AF201902

DUMONT

Hempel hat keinen Traum. Ja, tatsächlich: Er hegt keine besonderen Wünsche für sein Leben. Seine Freundin Elfie hingegen ist besessen von Träumen. Um ihr zu gefallen, erfindet Hempel einen: einmal den New-York-Marathon mitlaufen. Als er gegen jede Wahrscheinlichkeit eine Zusage bekommt, hat er ein Problem.

Friederike ist erfolgreiche Professorin, hat einen tollen Mann und ist gerade Mutter geworden. Alle glauben, sie müsse überglücklich sein – in Wirklichkeit jedoch wünscht sie sich nichts sehnlicher, als aus ihrem Leben zu verschwinden.

Eines Tages bietet sich den beiden die Chance, für eine Zeit lang alles hinter sich zu lassen – in einem Hotel, das keine Touristen beherbergt, sondern Menschen, die den Halt verloren haben. Doch als Hempel und Friederike sich dort begegnen, kommt alles anders als gedacht …

Voller Fantasie erzählt ›Nicht aus der Welt‹ von Vereinsamung inmitten von Menschen, von Lügen und unausgesprochenen Wahrheiten, von den vielen Formen des Verschwindens. Klug und unheimlich lustig legt Anne Köhler das Abgründige und Absurde im Leben frei – und zeigt, wie aus einer Flucht vor dem eigenen Leben eine Reise zu sich selbst werden kann.

Anne Köhler wurde 1978 in Gießen geboren und lebt als Autorin und Texterin in Berlin. Ihr Debütroman ›Ich bin gleich da‹ erschien 2015 bei DuMont. Für die Arbeit an ›Nicht aus der Welt‹ erhielt sie ein Arbeitsstipendium des Berliner Senats. Ihr Schlupfloch aus dem eigenen Leben hat sie im Schreiben gefunden – dank ihrer Familie kehrt sie aber immer wieder daraus zurück.

Anne Köhler

Nicht aus der Welt

Roman

DUMONT

Von Anne Köhler sind bei DuMont außerdem erschienen:

Nichts werden macht auch viel Arbeit
Ich bin gleich da

Die Autorin dankt dem Berliner Senat für die Unterstützung ihrer Arbeit
an diesem Buch.

Das bei der Produktion dieses Buches entstandene CO_2 wurde
durch die Finanzierung von Klimaschutzprojekten kompensiert:
climate-id.com/17531-2110-1001/de

Februar 2024
DuMont Buchverlag, Köln
Alle Rechte vorbehalten
© 2022 DuMont Buchverlag, Köln
Umschlaggestaltung: Lübbeke Naumann Thoben, Köln
Umschlagabbildung: © Greens87/istockimages
Satz: Fagott, Ffm
Gesetzt aus der Dante
Druck und Verarbeitung: GGP Media GmbH, Pößneck
Gedruckt auf säurefreiem und chlorfrei gebleichtem Papier
Printed in Germany
ISBN 978-3-8321-6734-9

www.dumont-buchverlag.de

Hempels Traum

Keine Träume, hätte ich sagen sollen, dachte Hempel. Er reichte dem Airline-Mitarbeiter am Check-in-Schalter seinen Pass über den Tresen und beobachtete aufmerksam seine Reaktion. Hempel kannte die Gesichtsausdrücke, die der Blick auf seinen vollständigen Namen üblicherweise hervorrief: ungläubiges Staunen, Belustigung, schlimmstenfalls Mitleid. Doch der Airline-Mitarbeiter verzog keine Miene, gab ihm den Pass zurück und forderte Hempel mit einer gelangweilten Handbewegung auf, seinen Koffer auf die Waage zu stellen. Und obwohl Hempel sich immer darüber aufregte, dass jeder seinen Namen kommentierte, war er jetzt enttäuscht. Hatte der Airline-Mitarbeiter etwa nicht richtig hingeschaut? Erst beim Blick auf die Gewichtsanzeige wirkte der Mann irritiert, sagte aber noch immer nichts, während er den Aufkleber für den Koffer ausdruckte. Hempels Koffer wog nicht viel, er wog sogar lächerlich wenig, so wenig, dass er sich dadurch offenbar verdächtig machte. Mein Gepäck wiegt genauso viel wie mein angeblicher Traum, dachte Hempel und sagte erklärend »Funktionswäsche« zu dem Airline-Mitarbeiter. Als dieser nur die Nase rümpfte, schob er hinterher: »Marathon, verstehen Sie?« Der Airline-Mitarbeiter schien nicht im Mindesten beeindruckt zu sein. »Wie nennt man Ihren Beruf eigentlich – Steward?«, fragte Hempel in dem Versuch, lässig zu wirken. Der Airline-Mitarbeiter ignorierte die Frage mit zusammengepressten Lippen und befestigte die Banderole, die das klägliche Gepäck Hempels Bordkarte zuwies, am Koffergriff. Es hätte Hempel nichts gebracht, den Koffer vollzupacken, es gab nichts, was ihm helfen, nichts, das ihn vor dieser Reise noch bewahren würde. Weiter hinten in der Halle sah er Elfie am Kaffeestand anstehen. Sie hatte sich in den Kopf gesetzt, ihm etwas zu essen zu besorgen, sie war davon überzeugt, dass er unterzuckert war. »Dann bist du immer so dünnhäutig und wirkst fahrig«, hatte sie gesagt und nicht zugelassen, dass er den Vorrat an Müsliriegeln in seinem Rucksack anbrach. Er werde diese Reserve noch brauchen, er habe eine lange Reise vor sich, und man könne nie wissen, was alles passiere, zu welchen Verzögerungen es komme, zu welch unvorhergesehenen Umständen. Hempel war schleierhaft, wie er die Masse an Müsliriegeln in seinem Rucksack jemals bewältigen sollte, doch er hatte Elfie nicht widersprochen, sondern war froh, einen Moment für sich zu sein.

Vor dem Bereich der Check-in-Schalter sah er ein Pärchen, das verzweifelt versuchte, das Gewicht eines Koffers zu reduzieren. Sie nahmen probeweise Bücher heraus und packten den Restinhalt um, als könnten sie ein paar Gramm gewinnen, indem sie die Hohlräume zwischen den einzelnen Packstücken verringerten. Die Frau setzte sich auf den Koffer, um den Deckel zu schließen, beide atmeten sichtlich erleichtert aus, als die Verschlüsse zuschnappten. Der Mann trug den Koffer zur Kontrollwaage, schüttelte niedergeschlagen den Kopf und kehrte um. »Ich habe noch Platz, ich kann gern etwas von euren Sachen in meinen Koffer packen«, rief Hempel ihnen freundlich zu und bereute es sofort, als ihn der eisige Blick des Airline-Mitarbeiters traf. Jetzt hat er mich erst recht auf dem Kieker, dachte Hempel, man fliegt nicht in die USA und bietet Fremden ungestraft Platz in seinem Koffer an. Schließlich wurde man heutzutage überall darauf hingewiesen, dass man sein Gepäck nie unbeaufsichtigt lassen durfte, ja, dass man am besten im Koffer geschlafen und ihn vor der Fahrt zum Flughafen noch einmal auf fremde Gegenstände kontrolliert haben sollte. Hempel senkte rasch den Blick, nahm die Bordkarte entgegen und drückte seinen kleinen Rucksack an sich, um seine Gewissenhaftigkeit, was die Gepäckstücke anbetraf, zu demonstrieren.

Akribie gehörte nicht zu Hempels Stärken, obwohl es auf den ersten Blick so hätte wirken können. Wer im sechsundzwanzigsten Semester studierte, dem war doch wohl eine gewisse Gründlichkeit zu attestieren oder aber fehlender Ehrgeiz. Bei Hempel traf beides nicht richtig zu. »Faulheit«, meinte seine Mutter, Trägheit, dachte er, vielleicht ein bisschen. Obwohl man ihm das in den letzten vier Jahren wirklich nicht mehr nachsagen konnte, genau genommen seit der Traum Teil seines Lebens geworden war. Zwar war er in seinem Studium nicht nennenswert vorangekommen, hatte aber immense Energien mobilisiert, um das Konstrukt seines Traumes aufrechtzuerhalten, sodass er mittlerweile fast selbst an ihn glaubte.

Elfie war besessen von Träumen. *Träume nicht dein Leben, sondern lebe deinen Traum* stand in goldener geschwungener Schrift an der Wand in ihrem Wohnzimmer. Ebenfalls besessen war Elfie von Wandtattoos. Außerdem vom Fernsehprogramm, wodurch sich viele ihrer Leidenschaften begründeten: Einrichtungsserien, Shoppingsendungen, Realitysoaps, Castingshows – Hauptsache »echte Emotionen«. Daher kannte sie Hempel auch, denn er hatte bei »Berlin Diary« mitgespielt, eine Scripted-Reality-Soap der schlimmsten Sorte. Man hatte ihn in den Neukölln Arcaden angesprochen, und da er dringend Geld gebraucht hatte – so ein Studium finanzierte sich schließlich nicht von selbst –, stand er wenige Tage später bereits in einer Bowlinghalle vor der Kamera. Texte auswendig zu lernen gehörte genauso wenig zu seinen Stärken wie zu improvisieren, das musste auch der Regisseur bald einsehen, er strich Satz für Satz seines Textes zusammen und platzierte Hempel schlussendlich stumm im Hintergrund, wo er unmotiviert Bowlingkugeln auf die Bahn hievte, während im Vordergrund ein Paar seine fingierten Beziehungsstreitigkeiten für die Ewigkeit festhielt.

Hempels Glück war sein Aussehen: die großen braunen Augen, das dichte Haar, der leichte Bartschatten, die vollen Lippen – nur deswegen hatten sie ihn als Randfigur besetzt. Es reichte, um die hübsche Maskenbildnerin zu beeindrucken. Diese pirschte sich in einer Pause an ihn heran und bot ihm einen Schokoriegel an, offenbar da schon seine Neigung zur Unterzuckerung ahnend. Hempel hielt nur den einen Drehtag durch, aber am Ende desselben hielt er einen Zettel mit Elfies Telefonnummer in der Hand. Drei Mal trafen sie sich anschließend zu Spaziergängen: in den Park, ans Ufer, durch die Laubenkolonie. Elfie war erfrischend anders als Hempels Kommilitoninnen, die immer in globalen Zusammenhängen dachten und handelten, was unglaublich anstrengend und ermüdend sein konnte, vor allem, weil sie dabei das, was direkt um sie herum war, aus den Augen verloren. Die meisten von ihnen wussten nicht einmal, dass es sich bei ihrem Studiengang früher einmal um einen Magisterstudiengang gehandelt hatte, denn sie machten Bachelor und Master und fragten erstaunt: »Geht das denn überhaupt noch, eine Magisterarbeit schreiben?«

Hempel war sich nicht sicher, wie genau der Studiengang heute hieß, denn er war in den letzten Jahren immer wieder umbenannt worden. Er hatte auf einer Liste seiner Mutter gestanden, die sie ihm zum Ende der Schulzeit in die Hand gedrückt hatte, und Hempel hatte einfach den obersten in das Formular von der Uni übertragen. Wehr- und Zivildienst waren ihm erspart geblieben; wegen seiner Rückenprobleme hatte man ihn ausgemustert, auch wenn seine Mutter bis heute theatralisch behauptete, er hätte den Dienst an der Waffe verweigert.

Anfangs war Hempel einer von circa zehn Prozent männlichen

Studenten in seinem Studiengang gewesen. Mit den Jahren war der Anteil geschrumpft, Hempel sah nie andere Männer, höchstens einmal von Weitem, und sicher konnte man da auch nicht sein seit den Trends mit dem Androgynen, der Boyfriend- und Oversize-Mode, vielleicht hatten sie sich auch nur ans Institut verirrt oder holten jemanden ab.

Wenn Hempel sich in einer Gruppe mit seinem Nachnamen vorstellte, gab es verlässlich jemanden, der sich nicht zu blöd war, ihn zu fragen, wie es bei ihm unterm Sofa aussah. Hempel hatte sich unzählige Male ein Lächeln abgerungen. Die mitfühlende Kommilitonin bemerkte dann, dass er das sicher schon hundertmal gehört habe und fragte, warum er sich nicht einfach nur mit seinem Vornamen vorstelle. Daraufhin erstarb das Lächeln auf seinen Lippen. Es gab einen guten Grund dafür, dass er genau das nicht tat, einen Grund, den er für sich behielt: Sein Vorname war noch schlimmer.

Als Ablenkungsmanöver hatte Hempel sich mehrere politisch brisante Aussagen zurechtgelegt. Seine Kommilitoninnen liebten es, sich in politische Diskussionen zu verstricken – mit einer gut platzierten Bemerkung zur Bekleidungsindustrie oder der Fairtrade-Problematik konnte man sie eine gute halbe Stunde lang beschäftigen. Wenn das Gespräch erneut in persönliche Gefilde abzudriften drohte, erwähnte Hempel seine Semesterzahl, woraufhin seine Gesprächspartnerinnen verlässlich das Interesse verloren und ihn betont kumpelhaft mit *Hempel* anredeten. Sie waren engagiert und ehrgeizig, einen Langzeitstudenten hielt man besser auf Abstand, bevor er einen mit in den Abgrund zog. Elfie war weniger verkopft, eher pragmatisch und gefühlvoll – eine Wohltat für Hempel. Als sie seinen vollen Namen hörte, schwieg sie taktvoll, legte ihm ihre Hand auf den Arm und drückte zwei-, dreimal sanft zu, tröstend und irgendwie aufmunternd. Nie machte sie einen Witz daraus. Alles zwischen ihnen hätte gut sein können – wenn das mit dem Traum nicht gewesen wäre.

Ohne Traum könne niemand existieren, hatte Elfie einmal gesagt und in schillernden Farben von ihrem Kindheitstraum erzählt, eines Tages mit Delfinen zu schwimmen. Da hätte er es schon kommen sehen müssen, aber vorausschauend zu sein gehörte ebenfalls nicht zu Hempels Stärken, und so wurde er völlig überrumpelt von ihrer Frage: »Und wovon träumst du?« Fieberhaft suchte er nach einer Idee, hoffend, dass sein Schweigen dem Moment Wichtigkeit und Dramatik verlieh. Doch dann kam »Marathon« aus seinem Mund, und als er sah, wie wenig Eindruck das auf Elfie machte, dass es offensichtlich als Traum nicht taugte, schob er noch »New York« hinterher. Fast vier Jahre lag das jetzt zurück. Vier Jahre, in denen Hempel plötzlich einen Traum hatte, über den er reden konnte, über seine Fortschritte beim Training, denn damit hatte er wahrhaftig begonnen. Er hatte sich sündhaft teure Laufschuhe gekauft und war vier Mal pro Woche losgelaufen, zuerst schwungvoll, mit den besten Vorsätzen, dann in einen Trab verfallend, der rasch in eine gemächliche Gangart mündete, bis Hempel sich als Spaziergänger wiederfand, der auf einer Bank unter einem Baum eine Pause machte. Wenn er von diesen gescheiterten Laufversuchen zurückkehrte, wirkte er stets abgekämpft, auch wenn es nicht seine Ausdauer war, mit der er gerungen hatte, sondern sein innerer Schweinehund. Insgeheim genoss er es, im Besitz eines Traumes zu sein. Wenn er vor Elfie oder ihren Freunden darüber redete, fühlte sich der Traum ganz real an, als wäre Hempel ehrgeizig und zielstrebig – etwas, das ihm von jeher fremd gewesen war; er hatte sich mit allen Umständen stets zufriedengegeben, wie sie waren. Anfangs hegte er Zweifel, ob Elfie nicht auffallen würde, dass weder sein Körper noch seine Kondition nennenswerte Veränderungen aufwiesen. Doch mit der Zeit hörte er auf, sich den Kopf darüber zu zerbrechen. Auch hörte er auf, darüber nachzudenken, wie er mehr als 42 Kilometer laufen sollte, und schon gar nicht dachte er noch daran, dass das nicht wirklich sein Traum war, sondern der eines anderen Hempels, eines besseren, eines Hempels voller Hoffnungen und Ideale.

Die Wahrscheinlichkeit, dass man ausgerechnet ihn mitlaufen ließ, war verschwindend gering. Es gab nicht viele Chancen, eine Zulassung für den New York City Marathon zu erhalten. Eine war ein Haufen Geld, die zweite eine Spitzenzeit bei einem anderen Marathon. Die einzige Möglichkeit, die für Hempel infrage kam, war das Losverfahren. Er hatte gelesen, dass die Zahl der Interessenten die Zahl der Plätze um ein Vielfaches überstieg, und sich daher relativ gelassen um einen Startplatz beworben. Drei Jahre lang erfolglos. Was ihm beim Recherchieren entgangen war: Wer drei Jahre in Folge nicht ausgelost wurde, hatte im vierten Jahr automatisch Anspruch auf eine Teilnahme.

Er hatte es bereits geahnt, als er vor ein paar Monaten den Umschlag aus Elfies bebenden Händen in Empfang genommen hatte. Vielleicht lag es am Gewicht, dass der Brief sich so bedeutungsvoll anfühlte, beinahe schicksalhaft. Eine schmale Broschüre lag bei, die Hempel beim Öffnen herausfiel und die Elfie sogleich aufhob und aufschlug, bevor sie ihn mit leuchtenden Augen ansah, die Broschüre an ihre Brust presste und ehrfürchtig wisperte: »Du bist dabei, in New York …«

Wenn Elfie *New York* sagte, dachte sie vor allem an *Sex and the City*, an teure Schuhe und fancy Cocktails in trendigen Bars. Auch Hempel sprach es andächtig aus; er hatte sich während seiner Trainingsstunden einmal eine Fotoausstellung über New York in den Sechzigerjahren angesehen und den zehn Jahre alten Katalog der MoMA-Ausstellung in der Neuen Nationalgalerie durchgeblättert. Er stellte sich die Wolkenkratzer wie einen Wald aus dicht stehenden, riesenhaften Bäumen vor, glänzend und glatt, in einen immerwährenden Schimmer getaucht, der auch tief in der Nacht nicht erlosch. Man stieß bei der Bildersuche im Internet darauf, man konnte die Skyline sogar auf Leinwand bei jeder x-beliebigen Einrichtungskette kaufen: tiefe Schluchten erhellt von Abertausend glitzernden Lichtern, wahlweise mit oder ohne das World Trade-Center. Die Stadt, die niemals schlief. Dort wäre es nicht wie in Berlin, wo man vor zehn Uhr morgens Schwierigkeiten hatte, ein geöffnetes Café zu finden.

Nach den ersten kläglich gescheiterten Laufversuchen hatte Hempel an einem Trainingsmorgen müde im Dunkel des Treppenhauses vor seiner Wohnung gestanden, schlotternd und ratlos, wohin. Er war die Stufen hinuntergeschlichen, hatte vor dem Haus Wolken in die Luft geatmet und in den Straßen nach erleuchteten Schaufenstern und Läden gesucht. Doch die gemütlichen Cafés waren alle noch geschlossen, und Hempel blieb nur eine der neumodischen Backfabriken. Zwar verteidigte er sie immer seinen Kommilitoninnen gegenüber, aber nur aus Prinzip. Denn sie lehnten die großen Backshops kategorisch ab und regten sich darüber auf, dass sie die kleinen Bäcker verdrängten und damit die echte Handwerkskunst sukzessive vernichteten. Vegetarisch oder vegan, auf jeden Fall aber saisonal und regional hieß die Devise, seine Kommilitoninnen standen in einem wahren Wettstreit, was ihre mitgebrachten Mahlzeiten anbetraf: aufwendig hergerichtete Häppchen mit Körnern, Sprossen und farblosen Aufstrichen in Bento-Boxen aus Bambus oder Edelstahl. Hempel trotzte ihnen mit Wurstcroissants und Backfabrik-Kaffee im Einwegbecher, obwohl die Brühe nicht schmeckte. Aber am frühen Morgen lange in einem Backshop herumzulungern, deprimierte ihn. Also entschied er sich, von da an seine Trainingszeiten in Spätshops zu verbringen – im Rotationsprinzip, damit man ihn nicht wiedererkannte. Das Publikum hatte sich in den vergangenen Jahren verändert. Früher wäre Hempel nicht aufgefallen, ein Trainingsanzug aus Ballonseide wäre eine adäquate Bekleidung um sechs Uhr morgens gewesen, ein oder zwei Stehtische wären immer besetzt gewesen von Nachteulen, die noch einen Absacker nahmen oder sich ein letztes Wegbier gönnten, die einfach noch nicht nach Hause gehen mochten. Jetzt fühlte Hempel sich underdressed zwischen den zumeist Englisch sprechenden bärtigen jungen Männern in gediegenen Woll- und Kamelhaarmänteln, die Biozigaretten, koffeinfreien Kaffee oder Club Mate kauften und sogleich wieder verschwanden. Nachdem er sich mehrere Morgen in unterschiedlichen Spätis herumgedrückt hatte, begann Hempel tatsächlich, die frühesten Seminare der Uni zu besuchen, um die Trainingszeit zu überbrücken – mit Menschen, denen er in all den Jahren seines Studiums noch nie begegnet war, sogar ein paar Männern. Hauptsache ein Plätzchen im Warmen, hatte er gedacht. Er war dazu übergegangen, zu verschweigen, wann er das Studium aufgenommen hatte, und zu behaupten, dass er in zwei, höchstens drei Semestern seinen Abschluss machen würde. Wunderlich oder speziell schienen sie ihn trotzdem zu finden, was möglicherweise an seinem Trainingsanzug lag. Hempel war es wichtig, zu Zeiten seines Trainings die angemessene Kleidung zu tragen, auch wenn es sich nur um ein erfundenes Training handelte, als wäre seine Täuschung dadurch weniger gravierend.

Elfie legte großen Wert auf das richtige Outfit. Nicht nur Schuhe und Tasche passten stets zusammen, auch ihre Nägel waren entsprechend lackiert oder mit einem Muster versehen, das Elemente der Kleidung aufgriff und ihr Styling komplettierte. Ihr Ankleidezimmer sah wie eine kleine Boutique aus, die Schuhe waren im Regal ausgestellt wie kostbare Exponate, jedes Paar in einem eigenen Fach, und Hempel hatte Elfie schon dabei beobachtet, wie sie zärtlich mit den Fingerspitzen über die Absatzrücken strich. Der Schmuck lag in einer Schublade des Kleiderschranks, auf Samt gebettet und nach Farben sortiert, es gab eine Abteilung für Schickes und eine für Legeres – »casual«, sagte Elfie. Hempel kannte niemanden, der so sorgfältig zurechtgemacht war – sie war wunderschön. Schon deshalb war er ihr den Trainingsanzug zu den Trainingszeiten schuldig.

Dass es die Skyline von New York auf Leinwand zu kaufen gab, wusste er sicher, denn ein Exemplar davon hing über seinem Bett, ein weiteres in der Küche und ein drittes in Elfies Flur, umgeben von keck über die Tapete tollenden Delfinen. Die erste Leinwand hatte ihm Elfie zu ihrem ersten gemeinsamen Weihnachtsfest geschenkt. »Damit du deinen Traum nie aus den Augen verlierst«, hatte sie geflüstert und ihn so fest umarmt, dass ihm die Luft ausblieb. Die anderen beiden Bilder waren dann wie von selbst ohne besonderen Anlass aufgetaucht, und lange Zeit waren sie Hempel kaum aufgefallen noch hatten sie ihn gestört. Bis das Schreiben mit der Zusage zum Marathon gekommen war. Seitdem perlten kühle Schauer seinen Rücken hinunter, wenn er die Bilder betrachtete und sie ihn daran denken ließen, wie weit 42 Kilometer waren und wie weit es von Berlin nach New York war, unendlich weit, vor allem für jemanden, der Berlin bisher kaum verlassen hatte. Mit 6366,86 Kilometern berechnete Google Maps die Distanz zwischen Tegel und John F. Kennedy Airport, so weit ist eine Marathonstrecke gar nicht, dachte Hempel.

Nach Brandenburg und an die Ostsee, ja, das hatte auch er schon geschafft, aber äußerst ungern. Es machte ihn nervös, in der Nähe von Grenzen zu sein, auch wenn es immer hieß, dass die Grenzen kaum noch existierten, zumindest innerhalb Europas. Er war davon überzeugt, dass jedes Land imstande war, sie in Sekundenschnelle wieder hochzuziehen und sie bis an die Zähne bewaffnet zu bewachen, sollte man das für nötig halten, entweder damit niemand mehr hinauskonnte oder niemand mehr hinein.

Völlig unverständlich für ihn, dass seine Mutter sich aus Berlin heraus so nah in Richtung polnische Grenze bewegt hatte.

»Reisen« sagen und seufzen, das hatten seine Kommilitoninnen alle drauf, wenn man sie fragte, was sie nach dem Abschluss vorhatten. So war es schon in der Schule gewesen, erinnerte sich Hempel, all seine Mitschüler wollten die Welt bereisen nach dem Abitur oder dem Zivildienst – Au-pair, soziales Jahr oder Work & Travel, und einige hatten es sogar durchgezogen. Einen besseren Zeitpunkt dafür gab es angeblich nicht, die Grenzen waren durchlässiger als je zuvor, es gab nichts, das die Reiselustigen noch in ihrer Heimat hielt. Warum verspürte Hempel nie den Drang, sich in die Ferne zu bewegen?

Hempels Mutter hätte ihn Ronny nennen können. Wirklich, es hätte ihm nichts ausgemacht, Ronny, Kevin oder Justin zu heißen, es wäre ein langweiliger Allerweltsname gewesen, typisch für sein Alter und die Region, aus der er kam. Keiner zuckte beim Nennen dieser Namen noch mit der Wimper. Hempel als Nachname reichte doch wirklich, um sich unbehaglich im Leben zu fühlen. So unbehaglich, dass Hempel sich seit seinem Auszug aus dem Elternhaus weigerte, sich ein Sofa anzuschaffen. Sessel, Hocker, Stühle, Bänke und Liegestühle, das waren Sitzmöbel, die Hempel akzeptierte. Er vermied es lange Jahre sogar, auf anderer Leute Sofas zu sitzen. Heutzutage waren es nicht einmal mehr Sofas, es waren ganze Sofalandschaften, auf denen komplette Familien liegend Platz fanden. Elfie war keine Ausnahme, ihr Sofa war rot und stand erhaben in einer Gegend der Wohnung, die sie ihren »Wohnbereich« nannte, etwas, das sie in Hempels Wohnung schmählich vermisste, und Hempel hegte den Verdacht, dass allein das Sofa ausschlaggebend war, um einen Teil der Wohnung als »Wohnbereich« definieren zu dürfen. Er brauche so etwas nicht, hielt er dagegen, wenn Elfie anbot, mit ihm ein Sofa shoppen zu gehen, seine Wohnung sei ja auch recht klein, sie sei ausschließlich Wohnbereich. Daher fehlte es dort auch heute noch an Elfies wichtigsten Einrichtungsgegenständen: einem Fernseher und eben einem Sofa, weshalb sie es meistens vorzog, bei sich zu Hause zu sein. Hempel war das ganz recht, denn obwohl er Elfies Gesellschaft schätzte, zog er sich hin und wieder gern in seine eigenen vier Wände zurück und erholte sich von der Anstrengung, Elfies Hempel zu sein.

Im Geheimen aber liebte er Elfies Sofa. Wie gut es tat, nach einem langen Tag die erschöpften Beine darauf auszustrecken, an einem Bier zu nippen und Elfies Stimme zu lauschen. Manchmal bestellte Elfie ihnen Sushi, für sie der Inbegriff von Lifestyle. Hempel hatte eine Weile gebraucht, um sich mit dem rohen Fisch anzufreunden, bis er die frittierten Rollen entdeckt hatte, die bekam er einigermaßen hinunter. So lässt es sich leben, dachte Hempel dann, und alles war gut. Und dann tauchte die Zusage zum New York City Marathon auf, und die Welt geriet ins Wanken.

»Viel zu teuer«, sagte er niedergeschlagen zu Elfie, nachdem sich der erste Schreck über die Einladung gelegt hatte. Er spürte förmlich die Enttäuschung, wobei er nicht zu sagen vermochte, ob es Elfies war oder seine eigene, denn er empfand den Traum schon fast als einen echten Traum, zumindest in dem Moment, in dem er platzte. Doch Elfie wusste eine Lösung. Elfie wusste immer eine Lösung, und wenn ihr selbst nichts einfiel, bemühte sie einen ihrer zahlreichen Telefonjoker – es gab keinen Bereich, für den sie nicht einen Experten in ihrem Adressbuch parat hatte.

»Airbnb«, sagte sie beschwörend. Seine kleine Einzimmerwohnung mitten in Neukölln würde er doch im Handumdrehen loswerden, für wenige Nächte könne er dafür die komplette Monatsmiete verlangen, meinte Elfie, wenn man sich weit genug aus dem Fenster lehne, könne man schließlich sogar den Kanal sehen. Zwei bis drei Monate und er hätte genug gespart für den Flug, das Hotel und eine bescheidene Urlaubskasse. Wo er denn dann wohnen solle?, fragte Hempel zurück, und in dem Moment, als er die Frage aussprach, wusste er auch schon Elfies Antwort: »Ziehst du eben solange zu mir.«

Ehe er sichs versah, hatte Hempel alle persönlichen Gegenstände in Kisten gepackt, sie auf dem Zwischenboden verstaut und stand mit seinen wichtigsten Habseligkeiten vor der Schlange. Wenn Elfie sagte, dass sie in *der Schlange* wohnte, sprach sie es aus wie etwas, das selbstverständlich jeder kannte, als sei die Schlange schlechthin *das* Wahrzeichen Berlins – und für Elfie selbst war sie das auch. Hempel hatte bescheidwisserisch abgewinkt, als sie die Schlange ihm gegenüber zum ersten Mal erwähnte, und später im Internet recherchiert. Der Name ist irreführend, dachte Hempel, als er das Gebäude in der Realität sah. Nichts schlängelte sich durch die Landschaft, es wirkte eher wie ein Dampfer auf dem Trockenen. Von der Straße aus blickte er zu dem Gebäude empor, durch das die Stadtautobahn mitten hindurchführte, und sah dabei zu, wie die Autos in dem riesigen Schlund der Schlange verschwanden. Der Wohnkomplex verdankte seinen offiziellen Namen nicht seiner Gestalt, sondern einzig dem Straßennamen: Schlangenbader Straße. Elfie liebte die Schlange, die wichtigsten Geschäfte waren in das Gebäude integriert und an jeder Ecke grüßte sie jemanden oder hielt einen kleinen Plausch, es war das großstädtischste Dorf der Welt. Niemals hätte es Hempel übers Herz gebracht, ihr zu sagen, dass es gleichzeitig auch das hässlichste Dorf der Welt war. Doch glücklicherweise sah man die Schlange ja nicht mehr, wenn man in ihr wohnte, und Elfies Wohnung war so gemütlich, dass Hempel schnell vergaß, dass unter ihnen die Autobahn brummte.

Elfie hatte, wie sich herausstellte, nicht nur ihren Delfin-Traum, sondern sie träumte vielfältig und ausgiebig. *Traumhaft* war eines ihrer Lieblingswörter, und Hempel ahnte nach einiger Zeit, dass man damit im Leben besser fuhr als mit nur einem Traum. Ein einziger Traum war groß, anstrengend und erforderte vollen Einsatz, wohingegen man bei vielen kleinen Träumen deutlich öfter das Gefühl der Erfüllung verspürte und damit den Pegel der Zufriedenheit auf einem erstaunlich konstant hohen Niveau zu halten vermochte. »Traumhaft« sagte Elfie zum Beispiel mit einem verliebten Blick auf die kleinen, aus glitzernden Wellen emporspringenden Delfine auf ihren Nägeln, die sie sich passend zu ihrem neuen rauchblauen Poncho hatte designen lassen. Das Nagelstudio ihres Vertrauens befand sich im Erdgeschoss der Schlange. Die Nageldesignerin war eine Asiatin namens Candy, die ihr Wohnzimmer zu einem Nagelstudio umfunktioniert hatte, das wie ein explodiertes Bonbonglas aussah und so ihrem Namen alle Ehre machte. Nur der Geruch passte nicht recht dazu: eine Mischung aus angesengten Nägeln und aggressiven Chemikalien. Candy hatte lange als echter Geheimtipp in der Schlange gegolten, jeder, der etwas auf sich hielt, ging zu ihr. Anfangs war Elfie noch spontan vorbeigegangen, eine Kundin der ersten Stunde, mittlerweile musste sie zwei Wochen im Voraus einen Termin vereinbaren. Hätte Hempel damals, als Elfie ihn nach seinem Traum gefragt hatte, geahnt, dass es auch viele kleine Träume getan hätten, steckte er jetzt nicht in diesem Schlamassel.

Elfie rückte in der Reihe am Kaffeestand weiter nach vorn, nur drei andere Kunden standen noch vor ihr. Hempel blickte sich nach Fluchtwegen um und dachte einen Augenblick ernsthaft darüber nach, zu verschwinden. Einfach seinen kleinen Rucksack nehmen und das Weite suchen, auf Nimmerwiedersehen. Er dachte an Udo Jürgens' Songtitel *Ich war noch niemals in New York* und dass es dabei doch wirklich bleiben könnte. Hempels Mutter hatte das Lied gemocht, aber nicht genug, um ihn Udo zu nennen. Als hätte Elfie seine Fluchtgedanken gehört, wandte sie plötzlich den Kopf und blickte ihn an, mit dieser Mischung aus Stolz und Zuneigung, die Hempel liebte wie verwunderte, und er wusste, es war ihm ein unmögliches Unterfangen, sie jemals zu verlassen.

Natürlich hatte Elfie mitkommen wollen nach New York. Sie hatte es schon vor sich gesehen: Sie würde am Streckenrand stehen, sie würde ihm Wasser und Powerriegel reichen, sie würde ihn anfeuern und ihm zujubeln, wenn er über die Ziellinie lief, und später mit ihm feiern. Nichts und niemand könne sie davon abhalten, das mitzuerleben, hatte sie gesagt. Auch Hempel hatte es schon vor sich gesehen: er mit ihr zusammen im Krankenwagen, winzig klein zwischen den Wolkenkratzern, nachdem er irgendwo auf der Strecke zusammengebrochen wäre vor Erschöpfung.

Doch dann war seine Rettung aufgetaucht – in Gestalt von Martha. Martha war Elfies älteste Freundin, und nach Jahren voller Unglück, Enttäuschung und Einsamkeit in Sachen Männer hatte Martha endlich ihre große Liebe gefunden. Niemand verdiene das so sehr wie sie, hatte Elfie ihm versichert, und nun würde sie heiraten, und zwar genau am Marathon-Wochenende. Zunächst hatte Elfie die Hoffnung gehegt, dass sie den Termin noch verlegen könnten, weil eine Sommerhochzeit sowieso schöner wäre, allein wegen der Blumenauswahl. Doch dann stellte sich heraus, dass das Datum dem Paar etwas bedeutete, und nicht einmal nur etwas bedeutete, sondern magisch war, und Magie ließ sich nun einmal nicht austricksen: Wenn es ein anderes Datum würde, wäre die Ehe zum Scheitern verurteilt. Hempel konnte Elfie die innere Zerrissenheit ansehen, den Unwillen, einen ihrer Lieblingsmenschen enttäuschen zu müssen. Das war nur eine der Eigenschaften, die Hempel so an ihr schätzte – man konnte sich absolut auf sie verlassen; wen Elfie einmal in ihr Herz geschlossen hatte, den ließ sie niemals mehr im Stich.

Großherzig beruhigte er sie, war sehr verständnisvoll, beteuerte mehrfach, dass sie die Hochzeit natürlich keinesfalls verpassen dürfe, dass sie und Martha sich doch schon als Kinder versprochen hätten, die Hochzeit der jeweils anderen zu organisieren. Er sang eine blumige Lobeshymne auf die Freundschaft, auf die Verlässlichkeit, auf Felsen in der Brandung und betonte nachdrücklich, dass er zugunsten von Freundschaft und Liebe auch auf den Marathon verzichte, wenn es Elfie so viel bedeute. Elfie, den Tränen nahe, bestand darauf, dass er seinem eigenen Traum folgte, diese Freiheit müsse man sich in einer Beziehung zugestehen, damit man später nichts bereue.

Nachdem Elfie sich noch einmal rückversichert hatte, dass es für Hempel wirklich okay wäre, allein nach New York zu fliegen, stürzte sie sich voller Elan in die Vorbereitung von Marthas Hochzeitsfeier. Hempel war nicht klar gewesen, was man für eine Hochzeit alles organisieren musste. Elfie legte Ordner an, fertigte Collagen und schrieb Listen, wälzte Brautmagazine, holte Cateringangebote ein und vereinbarte Termine für Probeessen. In einer Woche erledigte sie mehr als Hempel in einem ganzen Jahr. Sie ließ extra Etiketten mit dem Bild des Brautpaares drucken und klebte sie auf Piccolo-Flaschen. Sie bereitete für jeden Gast eine Tasche mit getrockneten Blütenblättern, einem Stofftaschentuch, Kopfschmerztabletten und anderen nützlichen Utensilien vor. Sie drehte sogar einen Film für das Brautpaar über ihre unterschiedlichen Lebenswege und ihr Kennenlernen. Der schönste Tag im Leben ihrer Freundin sollte es werden, für allezeit unvergessen. Nebenher organisierte sie auch noch für Hempel alles: Flug, Unterkunft, Sightseeing-Programm, Restaurant-Tipps – sie dachte wirklich an alles.

Hempel war erleichtert gewesen. Er hegte die Hoffnung, dass

sich, wenn er allein nach New York flog, ein Ausweg ergeben würde. Er könnte jemanden dafür bezahlen, dass er seinen Platz beim Marathon einnahm, oder er fand jemanden, der laufen wollte, aber keine Startnummer ergattert hatte – vor Ort würde sich da schon irgendeine Möglichkeit auftun. Er malte sich Menschen aus, die er treffen würde, legte sich kleine Anekdoten zurecht, die ihm seine Kommilitoninnen von irgendwelchen Reisen erzählt hatten und die sich gut auf New York umdichten ließen, las online Reisetagebücher und Restaurantbewertungen. Wochen verstrichen, in denen Elfie sich der Hochzeitsplanung hingab und Hempel aufmerksam an ihren Sorgen Anteil nahm, während sich sein Kopf mit immer mehr Geschichten über New York füllte.

Vor drei Wochen dann das böse Erwachen. Während er, ganz Kind der Achtziger- und Neunzigerjahre, das Internet für E-Mails, Online-Bestellungen und spontanes Nachschlagen in digitalen Lexika nutzte, war Elfie technisch völlig auf der Höhe der Zeit. Sie hatte gründlich recherchiert und ihm freudestrahlend verkündet, dass sie nun doch dabei sein könnte beim Marathon – zumindest virtuell, per App. Sie erklärte ihm, dass jede Startnummer getrackt werden könne, dass man quasi jeden Läufer am Bildschirm verfolgen könne, als leuchtenden Punkt auf dem Stadtplan, und ab und zu würde man über Kameras sogar Live-Aufnahmen sehen, wenn der Läufer bestimmte Punkte passiere. Jeder Teilnehmer wäre für jeden auf der Welt elektronisch sichtbar, egal ob in Berlin, Kinshasa oder Sydney. Alle Hoffnungen Hempels, den Marathon betreffend, zerplatzten. Elfie würde nichts verpassen – und Hempel war geliefert.

Die Schlagzeilen über die erneuten Verzögerungen beim Bau des künftigen Flughafens waren noch mal ein kleiner Hoffnungsschimmer gewesen. Immerhin war sein Flugticket auf den BER ausgestellt, dieses absurde Gebäude, das schon bei Baubeginn zu klein war, um den Bedürfnissen der Hauptstadt gerecht werden zu können, weshalb Hempel sich insgeheim zu dem Bauprojekt hingezogen fühlte, denn das Gefühl, eine Enttäuschung zu sein, war ihm bekannt. Doch es bedurfte nur zweier Telefonate von Elfie, und sie wusste zu berichten, dass das Ticket trotzdem gültig war, dass eben nur der Abflugort ein anderer wäre, Schönefeld oder Tegel, das würde noch bekannt gegeben. Selbst schuld, dachte Hempel, ich hätte meinen Traum eben größer anlegen sollen, ein Flug zum Mond oder zum Mars. Doch bei seinem Glück wäre das dann auch irgendwann möglich, und wenn er darüber nachdachte, was er noch weniger wollte, als in New York einen Marathon mitzulaufen, war es ein Astronautencamp mit anschließendem Raketenabschuss, wenn er achtzig wäre.

Er hatte sich die unterschiedlichsten Szenarien einer möglichen Rettung ausgemalt. Zwei Jahre zuvor war der Marathon wenige Tage vor dem Start wegen der Verwüstungen eines Hurrikans abgeblasen worden. Hempels letzte Hoffnung war also eine Naturkatastrophe. Er hatte sich einen Flugzeugabsturz ausgemalt. Er hatte sich einen Vulkanausbruch vorgestellt, der den Flugverkehr lahmlegte. Sogar eine weltweite Seuche war ihm in den Sinn gekommen, eine verheerende Pandemie. Was sonst könnte eine Absage des Marathons oder einen weltweiten Ausfall von Flügen zur Folge haben? Sogleich schämte er sich ein bisschen, sich so verhängnisvolle Katastrophen herbeizuwünschen, nur weil er zu feige war, seine Lüge zu beichten.

Hempel spürte, wie ihm der Schweiß auf der Stirn stand.

Der Airline-Mitarbeiter sah ihn aufmerksam an. »Ist Ihnen nicht gut?«

»Nein, nicht besonders«, krächzte Hempel, die Stimme versagte ihm.

Der Airline-Mitarbeiter kam hinter dem Tresen hervor und lotste ihn ein Stück zur Seite an einen unbesetzten Schalter, sodass die ungeduldig Wartenden bei seinem Kollegen weiter reibungslos einchecken konnten. Hempel bekam einen Becher Wasser gereicht. Es rann kühl seine trockene Kehle hinunter, half aber nichts: In weniger als zwei Stunden würde er in einem Flugzeug sitzen und nonstop nach New York fliegen.

Bereits vor seiner Geburt war Hempel eine Enttäuschung für seine Mutter gewesen, obwohl sie es damals noch nicht ahnte. Von dem Tag an, an dem sie von ihrer Schwangerschaft erfuhr, war Hempels Mutter der festen Überzeugung, ein Mädchen zur Welt zu bringen. »Ich fühle das«, sagte sie und fing an zu stricken: Mützchen und Söckchen in Altrosa und Flieder, das komplette Babyzimmer staffierte sie in Pastelltönen aus, nähte Kleidchen und Röckchen und verzierte sie mit Rüschen und Spitzenborte. An alles wurde ein »-chen« angehängt und damit babytauglich gemacht, und auch an Namensideen fehlte es ihr nicht. Sieben Mädchennamen standen am Ende auf ihrer Liste, die sie mit in den Kreißsaal nehmen wollte, sie würde beim Anblick ihrer Tochter sicher wissen, welcher der richtige wäre. Und dann hatte man ihr einen Jungen in die Arme gelegt, dazu die Schwemme an Hormonen und Schmerzmitteln – so hatte eins zum anderen geführt. Sie habe wahrlich nicht damit gerechnet, einen Jungennamen aus dem Hut zaubern zu müssen, verteidigte sie sich stets, dabei war die Chance dafür doch ganz klar 50:50 gewesen.

Es sprach nicht grundsätzlich etwas dagegen, seine Kinder nach Sängern zu benennen, deren Lieder man gern hörte. Elvis Hempel wäre okay gewesen. Aber Hempels Mutter hatte sich nicht für Elvis interessiert. Sie hatte sich hauptsächlich für Weihnachten interessiert. »Nach dem Fest ist vor dem Fest«, pflegte sie zu sagen. Sie hielt es jedes Jahr höchstens bis kurz nach Ostern aus, dann holte sie die Bastelutensilien heraus. Sie saß nicht vor der Glotze am Abend, nein, acht Monate des Jahres faltete

Hempels Mutter Aurelio-, Fröbel- und Bascetta-Sterne. Während sich alle anderen darüber aufregten, dass im Supermarkt immer früher die Weihnachtsartikel in die Regale einzogen, triumphierte Hempels Mutter und holte alle Weihnachtskisten vom Dachboden herunter. Sie besaß eine stattliche Sammlung von Lametta aus Stanniol, Schwibbögen, Räuchermännchen, Herrnhuter Weihnachtssternen und Weihnachtspyramiden aus dem Erzgebirge. Innerhalb weniger Stunden verwandelte sich die sonst recht nüchterne Wohnung in ein buntes Wunderland, in welchem es bis Mariä Lichtmess nach Weihnachten roch. Überall lagen oder hingen Orangen und Mandarinen, mit Nelken gespickt, Zimtstangen zierten Tannengrün und Stechpalmenzweige, und im Hintergrund dudelten die Weihnachtslieder.

Hätte seine Mutter doch nur Folk gehört, Cat Stevens zum Beispiel. Zum Zeitpunkt von Hempels Geburt hatte er sich schon Yusuf Islam genannt, einen Yusuf Hempel würden die Amerikaner bestimmt nicht einreisen lassen. Doch Hempel hieß nicht Yusuf, jetzt hatte er den Salat, jetzt stand er am Flughafen und hielt eine Bordkarte in der Hand.

Der Airline-Mitarbeiter fächelte ihm mit einer Zeitschrift Luft zu, lauwarm und stickig. Hempel zog an seinem Pullover-Ausschnitt, obwohl er wusste, dass nicht sein Kreislauf das Problem war, sondern sein fehlendes Rückgrat.

Dass die Wahl seines Vornamens ein Fehler gewesen war, gab Hempels Mutter bis heute nicht zu. Er solle froh sein, dass nicht tausend andere genauso hießen wie er, er sei eben etwas ganz Besonderes. Sollte Hempel jemals Vater werden, hatte er sich geschworen, würde er den Namen bereits vor der Geburt festlegen und auf alle Gefahren des Hänselns hin abklopfen.

Das ganze Universum musste sich bei seiner Geburt gegen

ihn verschworen haben. Es war kurz vor Weihnachten gewesen und die Lieder im Radio dementsprechend, die Wehen dauerten dreißig Stunden, Hempels Mutter erhielt Lachgas und wer weiß was an Medikamenten, und kurz bevor Hempel das Licht der Welt erblickte, fing es draußen an, in dicken Flocken zu schneien. So erzählte es Hempels Mutter.

Sie hätte ihn George oder Andrew nennen können, in seinem Geburtsjahr hatte es schließlich angefangen mit dem Wham!-Wahnsinn zu Weihnachten, aber nein. *White Christmas*. Es hatte ausgerechnet das Lied *White Christmas* sein müssen, an welches Hempels Mutter in dieser Nacht ihr Herz verlor, und Hempel war es bis heute ein Rätsel, warum man ihr erlaubt hatte, ihr Baby »Bing« zu nennen.

Gleich war es so weit. Elfie rückte in der Schlange am Kaffeestand an die erste Stelle. Sie war hochkonzentriert bei ihrer Bestellung, jetzt wäre er für wenige Augenblicke unbeobachtet.

»Hallo?« Der Airline-Mitarbeiter sah ihn ungeduldig an, offenbar hatte er Hempel eine Frage gestellt.

»Wie bitte?«

»Sie wollen wirklich in New York den Marathon mitlaufen?«, fragte er zu Hempels Erstaunen.

Hempel, des Lügens müde, sagte schlicht: »Nein. Nein, absolut nicht. Aber ich muss«, und sein Blick schwenkte zu Elfie, und am liebsten hätte er angefangen, zu heulen. In drei, vier hektisch gehaspelten Sätzen gestand er dem Airline-Mitarbeiter seine Situation, wies mit einer Kopfbewegung zu Elfie hin und blickte beschämt zu Boden.

Der Airline-Mitarbeiter trat dicht an Hempel heran und raunte in sein Ohr: »Mitkommen« – auf eine Art und Weise, die keinen Widerspruch duldete, ein Tonfall, den gebürtige Berliner aus dem Effeff beherrschten und der Hempel zusammenzucken ließ. Was hatte er jetzt schon wieder falsch gemacht? Sicher würde er ihn zum Zoll schleppen oder zum amerikanischen Geheimdienst, man würde seinen Koffer durchwühlen und ihn immer wieder fragen, was er in New York wolle und warum er nur so wenige Sachen dabeihabe und ob er wirklich niemanden kenne in New York. Wenn er ihnen mit dem Traum vom Marathon käme, würden sie ihn auf ein Laufband stellen und 42 km laufen lassen, nur um zu beweisen, dass er es nicht konnte. Demütig taperte Hempel hinter dem Airline-Mitarbeiter her, der ungeduldig an seinem Ellenbogen zerrte. Mit gesenktem Kopf ging Hempel durch die Tür, die ihm aufgehalten wurde. Zu seiner Überraschung folgte der Airline-Mitarbeiter ihm nicht, sondern zischte nur: »Warte hier«, und verpasste ihm einen Stoß in den Rücken. Die Tür fiel mit einem dumpfen Knall hinter Hempel ins Schloss, und er sah die Hand vor Augen nicht mehr.

Die räumliche Beschaffenheit von Glück

Von der Straße aus war das Hotel nicht zu sehen. Es war eine Straße wie etliche andere in Berlin, mit den typischen Altbauten in der Front, großzügig bestanden mit Linden, unter welchen die Windschutzscheiben der parkenden Autos verklebten, und mit von Heerscharen an Miniermotten befallenen Kastanien. Nur der sehr aufmerksame Spaziergänger würde bei trübem Wetter an einer bestimmten Stelle der Straße kurz stutzig werden und meinen, ein gläsernes Etwas hinter den Dächern hervorlugen zu sehen. Wenn die Sonne durch die Wolken brach, würde sich diese Ahnung jedoch verflüchtigen. Eine optische Täuschung, würde er denken und weiterziehen, und bald darauf hätte er es vergessen. Vielleicht würde er sich noch wundern, dass die Bar im Vorderhaus »Hotel-Bar« hieß, obwohl weit und breit kein Hotel zu sehen war. Doch auch das wäre schnell wieder vergessen, da es in der Stadt etliche viel eigentümlicher klingende Bar-Namen gab: das Ä, den Würgeengel oder das Immertreu. Nur wer dem Trampelpfad folgte, der zwischen der Bar und dem Nebenhaus durch einen schulterbreiten Gang auf den Hinterhof führte, dem würde sich der volle Blick auf das Hotel eröffnen. Da es aber weder ein Schild gab, auf dem das Gebäude als Hotel ausgewiesen wurde, noch eine ins Auge fallende Rezeption, würde wohl auch dieser neugierige Betrachter das Grundstück unverrichteter Dinge wieder verlassen.

Valentin stand in seinem Wohnzimmer am Fenster. Seine Wohnung lag abseitig, im zweiten Stock, in einem Teil des Gebäudes, der beinahe quer zum Rest des Hauses stand. Er nannte ihn

Westflügel. Etwas hochtrabend, aber dennoch. Es war der niedrigste Teil des Gebäudekomplexes. Von hier aus hatte er einen Großteil des Hotels und den einzigen Zugang zum Gelände gut im Blick. Jeder, der es betrat oder verließ, musste an ihm vorbeikommen; er konnte niemanden übersehen. Deshalb hatte er diese Wohnung ausgewählt. Als Hoteldirektor wollte er den Überblick behalten, vor allem außerhalb der Hauptarbeitszeiten. Es war ihm wichtig, dass seine Mitarbeiter jederzeit mit seinem Auftauchen rechnen mussten, es wirkte sich erwiesenermaßen positiv auf das Arbeitspensum aus.

Unter ihm im ersten Stock befand sich eine identisch geschnittene, leer stehende Appartementwohnung, und darunter im Erdgeschoss waren einige selten genutzte Lagerräume. Über seiner Wohnung kam nichts mehr. Alle anderen Gästezimmer, Studios und Appartementwohnungen des Hotels waren im Haupttrakt untergebracht, daher hatte Valentin den Westflügel quasi für sich allein.

Die eigenwillige Form des Hotels war durch das Grundstück bedingt. Das hinter der Reihe aus Gründerzeitbauten verborgen liegende Reste-Grundstück war durch die neue Festsetzung von Grundstücksgrenzen entstanden, wodurch es seine eigentümlich verwinkelte, lang gezogene Form erhalten hatte. Ein Gelände, auf das niemand Anspruch erhob, ein Überbleibsel. Aus diesem Grund hatten Valentin und seine Kommilitonen es als Standort für das Hotel ausgesucht. Die Bebauung des Grundstücks war eine echte Herausforderung für die werdenden Architekten gewesen. Sie hatten die Aufgabe meisterhaft gelöst, hatten zahlreiche Module so kunstvoll ineinander verschachtelt, dass sich die äußere Gestalt nur schwer beschreiben ließ. Das runde gläserne Zimmer saß, mit einer Kuppel versehen, am höchsten Punkt des Gebäudes und war Valentins größter Stolz, auch wenn es nicht ganz zum Rest des Hotels passen mochte – ein stilbrechendes

Element, das er den anderen untergejubelt hatte. Er wusste, wie man auf die Tränendrüse drückte.

Was andere als Partykeller genutzt hatten, war Valentins Kinder- und Jugendzimmer gewesen. Er war der Nachzügler, niemand hatte mehr mit ihm gerechnet, nicht einmal seine Mutter. Als er zur Welt kam, waren die Ressourcen innerhalb der Familie aufgeteilt und keiner seiner Brüder war bereit gewesen, auch nur einen Quadratzentimeter des eigenen Zimmers herzugeben oder mit ihm zu teilen. Also wuchs Valentin im Souterrain auf, sah seine Kinder- und Jugendjahre hindurch zu viele Menschen von den Knien an abwärts durch das Fenster, sodass man sein Verhältnis zu Unterschenkeln, Knöcheln und Füßen als höchst problematisch beschreiben konnte, wenn nicht gar als traumatisch, das bestätigte auch seine Therapeutin. Fußpflege war der absolute Albtraum für ihn, allein die Vorstellung, mit seiner Hand einen bloß liegenden Knöchel zu umfassen, trieb ihm die Schweißperlen auf die Stirn – ein Freibad würde er niemals betreten. Er ertrug es nicht einmal, sich lange an Orten aufzuhalten, an welchen man Schritte aus den darüber liegenden Räumlichkeiten hören konnte, denn dann träumte er nachts von unzähligen nackten körperlosen Füßen, die über ihn hinwegtrampelten.

Valentin hätte sich keine bessere Wohnung als diese wünschen können, mit dem Panoramablick auf das Hotel. Wenn er hier stand und auf sein Bauwerk schaute, fühlte es sich an, als gehörte es ihm allein. Damit begann und beendete er seit sieben Jahren fast jeden Tag.

Der eintönige Berliner Oktoberhimmel erfreute ihn. Dichte Wolken türmten sich in unterschiedlichen Graustufen immer höher aufeinander. Sicher würde es heute noch Regen geben. Jetzt brach die angenehme Zeit des Jahres an, mit weniger Sonnenstunden, endlich wurde es kühler und ungemütlicher. Immer

öfter peitschten Wind und Regen die notorisch zu leicht beklei-
deten Touristen durch die Straßen zurück in ihre Unterkünfte.
Valentin hatte kein Problem mit langen Wintern und der Dunkelheit. Angeblich würden in Folge der Klimaerwärmung die Sommer heißer und trockener werden. Vielleicht müsste er höher
in den Norden ziehen, näher an den Polarkreis. Er dachte ernsthaft darüber nach, ob man auch in Skandinavien etwas wie das
Hotel eröffnen könnte. Aber Zufluchtsstätten gab es im hohen
Norden wohl genug, einsam gelegene Hütten mit integrierter illegaler Schnapsbrennerei, genug für den Eigenbedarf in der vor-
herrschenden dunklen Jahreszeit.

Am liebsten wäre Valentin längst ausgewandert, in eine Hütte
am Fjord oder einen Verschlag im Wald; er stellte es sich behag-
lich vor in der Abgeschiedenheit. Leider aber war er gänzlich un-
begabt für die praktischen Dinge des Alltags, die ein Leben in der
Wildnis erforderte. Holz hacken, Feuer machen, Löcher boh-
ren – für diese Aufgaben war er nicht gemacht. Puzzle mit 10.000
Teilen oder anspruchsvolle Origami-Faltungen fielen eher in sein
Ressort. Auch Kochen war nicht seine Sache, die Zubereitung
von Essen beschränkte sich bei ihm auf das Erwärmen fertiger
Speisen. Vermutlich würde er, auf sich allein gestellt, über kurz
oder lang verhungern. Nein, er konnte sich wirklich nicht vorstellen, auf den Komfort, den eine Stadt bot, zu verzichten.

Woran es liege, dass man so oder so sei, hatte er seine Therapeutin einmal gefragt, in der Hoffnung auf einen Schuldigen,
der nicht er selbst war. Wie so oft hatte sie mit einer Gegenfrage
gekontert: »Was denken Sie denn?« Ob sie es richtig finde, seine
Fragen immer mit Gegenfragen zu beantworten und ihn so in
der Luft hängen zu lassen, fragte er, und darauf sie: »Ach, hängen Sie denn gerade in der Luft? Wie fühlt sich das an?«

»Können Sie nicht ein einziges Mal etwas, das ich sage, hin-
nehmen, ohne es infrage zu stellen?«

»Es ist mein Job, Fragen zu stellen.«

»Ich dachte, es wäre Ihr Job, Antworten zu geben.«

Seine Therapeutin machte sich eine Notiz.

»Was haben Sie da aufgeschrieben?«

Selbst nach all den gemeinsam verbrachten Stunden konnte Valentin noch nicht einordnen, welche Dinge sie sich notierte und welche nicht. Manchmal gewann er den Eindruck, es geschehe völlig willkürlich, und in anderen Sitzungen glaubte er, ein System dahinter zu erkennen. Dann begann er, nicht mehr darüber nachzudenken, was er erzählte, sondern zu experimentieren, bei welcher Art von Aussage sie zum Stift griff und bei welchen Themen sie eine Aufzeichnung offenbar für nicht der Mühe wert befand. Einmal war er richtig aufgebracht, weil sie sich gar nichts notierte. Dabei hatte er ihr gerade von seiner Kindheit im Souterrain erzählt und wie er einmal eine ganze Woche den Keller nicht verlassen hatte, ohne dass es jemandem aufgefallen war.

»Wollen Sie sich das nicht aufschreiben?«, fragte er.

»Möchten Sie, dass ich es aufschreibe?«

»Nicht, wenn Sie es nicht wichtig finden.«

»Ist es für Sie wichtig?«

Valentin presste die Lippen fest aufeinander, lehnte sich im Stuhl zurück und verschränkte trotzig die Arme.

»Was genau macht Sie wütend?«, fragte die Therapeutin weiter.

»Versuchen Sie sich wieder in gewaltfreier Kommunikation? Das macht mich aggressiv.«

»Gegen wen oder was richtet sich Ihre Aggression?«

»Ich denke ernsthaft darüber nach, mir einen neuen Therapeuten zu suchen.«

»Frau Maiwald am Empfang händigt Ihnen gerne eine Liste mit freien Kollegen aus«, antwortete seine Therapeutin ungerührt und ließ den Stift endgültig sinken.

Zu der darauffolgenden Sitzung kam Valentin absichtlich fünf Minuten zu spät, sie sollte ruhig glauben, dass er wirklich den Therapeuten gewechselt hatte. Zu seinem Ärger blickte sie nicht einmal auf, als er das Sprechzimmer betrat. Erst als er Platz genommen hatte, fragte sie: »Wie anstrengend war es für Sie, sich heute zu verspäten?«

Als Valentin das gläserne Zimmer damals bei seinen Kommilitonen ins Spiel gebracht hatte, war das Hotel noch reine Fantasie gewesen. Ein Entwurf, den er gemeinsam mit drei anderen Architekturstudenten für den Abschluss des Studiums entwickelte, an dessen tatsächliche Umsetzung niemand von ihnen dachte. Sie forschten damals zum Thema »Verstecke und Geheimräume«, untersuchten Inhalte von Hosentaschen, Handtaschen, gestrandeten Koffern und im Stich gelassenen Schließfächern. Eine Statistik fiel ihnen in die Hände, nach welcher eine stattliche Anzahl Touristen in Berlin Einwohner der Stadt waren. Valentin und seine Kollegen recherchierten, aus welchen Gründen Menschen schon einmal eine Herberge an ihrem eigenen Wohnort aufgesucht hatten. Sie stießen auf naheliegende Geschichten wie heimliche Liebschaften, Beziehungsstreits und vergessene Schlüssel, aber auch auf skurrile und bewegende Geständnisse. Menschen, die so einsam waren, dass sie sich in Schlafsälen von Hostels einmieteten. Menschen, die sich von einem ganz persönlichen Schock zu erholen versuchten und sich absolute Abgeschiedenheit wünschten, um ihre Optionen in Ruhe zu überdenken. Ein älterer Herr zum Beispiel, der seinen Partner verloren hatte und sich nicht traute, in seine Wohnung zurückzukehren, weil dort noch das Essen auf dem Herd stand, welches er für sie beide vorbereitet hatte. Eine Vollblut-Mutter, deren jüngstes von acht Kindern ausgezogen war, die die ungewohnte Stille und das Fehlen von Fremdbedürfnissen nicht ertrug und deshalb eine Weile von Hotel zu Hotel zog, von Lobby zu Lobby, die Menschen um sich herum beobachtete und versuchte herauszufinden, was sie von ihrem eigenen Leben noch erwartete. Oder eine junge Frau, die in einer toxischen Beziehung lebte und keinen Weg hinaus fand, die an ihrem eigenen Verstand zweifelte. Ein Mann, der seinen Beruf hasste, aber so viel arbeitete, dass er kaum zum Luftholen kam. Menschen, die sich wie im Hamsterrad fühlten – physisch oder psychisch. Gestrauchelte, gestrandete, vom Leben überforderte Seelen.

So entstand nach und nach die Idee für das Hotel. Sie wollten eine Zuflucht erschaffen für die Menschen in ihrer eigenen Stadt, die ein Innehalten brauchten. Einen Ort, an dem sie isoliert sein konnten, wo niemand sie erreichte. Wo sie frei von Beeinflussung oder Manipulation durch andere nachdenken konnten. Wo sie nicht mit Fragen bedrängt oder ihnen Entscheidungen abverlangt wurden, die zu treffen sie nicht in der Lage waren. Ein Ort, an dem sie ohne Druck bleiben konnten, bis sie sich bereit fühlten, zurückzukehren. Oder bis sie sich entschlossen, aus dem eigenen Leben zu verschwinden.

Eine Realisierung dieses Projekts schien allen utopisch – ja, sie kamen nie auf den Gedanken, die Idee könne Wirklichkeit werden. Valentin und seine Kommilitonen selbst hielten ihr Hotel für einen dieser typischen Luftschloss-Entwürfe, wie man sie in den künstlerischen Büros und Unis feierte: abgefahren, cool – und komplett an der Realität vorbei. Eben ein Entwurf, der wunderbar für eine Diplomarbeit oder einen Wettbewerb taugte, der aber nie gebaut werden würde. Wie hatten sie sich getäuscht! Heute wusste Valentin kaum noch, wie das alles geschehen war – ein mysteriöser Anruf, eine erstaunlich erfolgreiche Crowdfunding-Aktion, Vertragsverhandlungen über einen Anwalt, und schon steckten sie mittendrin in ihrer ersten konkreten Bauplanung.

Bis zuletzt versuchten seine Kommilitonen, Valentin das gläserne Zimmer auszureden. Sie wedelten mit Fachbüchern, führten aktuelle Architekturbeispiele an, appellierten an sein Stilbewusstsein. Valentin zeichnete im Gegenzug ein herzzerreißendes Szenario von dem einsamen Jungen im Souterrain, der immer davon geträumt hatte, eines Tages ein Zimmer aus Glas in luftiger Höhe zu bauen, und der nur deswegen Architekt geworden war. Die Umsetzung dieses Kindheitstraums sei eine Art kosmische Wiedergutmachung für die dunklen Kindheitsjahre, ja, Karma.

Tatsächlich hatte Valentin bei jedem seiner Entwürfe, die er im Verlauf des Architekturstudiums angefertigt hatte, seinen persönlichen Platz in das Gebäude hineingeplant. Ganz egal, ob es sich bei dem Entwurf um ein Bahnwärterhaus, eine Brücke oder eine Galerie gehandelt hatte: Valentin hatte stets eine Wohnung, ein Zimmer oder wenigstens einen kleinen versteckten Unterschlupf für sich eingebaut. Das Hotel war allerdings das erste und einzige Projekt von ihm, das verwirklicht worden war.

Für Berliner Verhältnisse war der Bau in stattlicher Geschwindigkeit vorangeschritten. Valentin hegte den Verdacht, dass man vielerorts mit streng geheimen Bauprojekten wie diesem ausgelastet war, sodass für öffentliche Vorhaben wie ein Stadtschloss oder einen Flughafen schlicht keine Kapazitäten mehr übrig blieben und sich die Bauzeiten deshalb schwindelerregend in die Länge zogen. Je näher die Fertigstellung des Hotels rückte, umso unruhiger wurden Valentins Kollegen. Sie wollten ihr Projekt zwar ungern aus den Händen geben, aber sie mochten auch nicht mehr ewig in Berlin festsitzen. Wer in ihrem Jahrgang etwas auf sich hielt, der zog hinaus in die Welt, sobald er den Abschluss in der Tasche hatte. Alle waren ganz versessen darauf, sich in den international renommierten Büros ausbeuten zu lassen, sich sechzig bis achtzig Stunden pro Woche für namhafte Architekten abzurackern, ohne dafür angemessen wertgeschätzt, entlohnt oder auch nur namentlich erwähnt zu werden. So nahmen sie schließlich Valentins Angebot, als Bauleiter und später als geschäftsführender Direktor des Hotels vor Ort zu bleiben, dankbar an – und damit auch das gläserne Zimmer in Kauf. Sie würden noch viele Entwürfe in die Tat umsetzen, während Valentin die aktive Architektur an den Nagel hängen und das Hotel vor Ort am Laufen halten würde. Das Hotel war also seine einzige Chance, seinen Traum des gläsernen Zimmers jemals zu verwirklichen. Seine Kollegen konnten es ihm gar nicht abschlagen.

Valentin brachte dieses Arrangement unverhofft die perfekte Lösung. Ihn zog es nicht in die Ferne, im Gegenteil, es kostete ihn bereits Überwindung, sein Viertel zu verlassen, geschweige denn die Stadt oder gar das Land. Schon zu Beginn seines Studiums hatte er sich gefragt, wie es danach in seinem Leben weitergehen sollte. Er hatte sich nicht vorstellen können, durch die Architekturbüros der Welt zu tingeln oder sich auf dem Land mit dem Bau von Einfamilienhäusern herumzuschlagen. Mit dem Hotel fiel ihm der Ausweg regelrecht in den Schoß: Als Hoteldirektor musste er nicht auf Baustellen um Akzeptanz und Respekt kämpfen, sondern konnte in seinem vertrauten Umfeld bleiben, die Fäden in der Hand halten und den Kontakt mit anderen Menschen auf ein erträgliches Maß beschränken. Denn, da war er ehrlich zu sich selbst: Kommunikation, soziales Miteinander und Teamwork zählten nicht zu seinen herausstechenden Fähigkeiten.

Noch bevor der Bau abgeschlossen war, zerstreuten sich seine Kommilitonen in unterschiedliche Himmelsrichtungen – New York, Rotterdam, Shanghai. Seitdem wechselten sie die Metropolen wie andere Leute ihre Socken. Ab und zu trafen Lebenszeichen bei Valentin ein, auch heute noch nach all den Jahren.

Nur selten waren es Postkarten; sie waren fast vollständig abgelöst worden von elektronischen Nachrichten. Für Valentin kein akzeptabler Ersatz, allein schon wegen der Briefmarken, den Poststempeln und wegen des Geruchs, der weit gereisten Gegenständen anhaftete und welchen Valentin stets mit einer Mischung aus Neugier und Ekel einsog. Seine ehemaligen Kommilitonen schrieben: *Valentin, komm doch mal zu Besuch* – und anfangs meinten sie es wohl auch so. Über die Jahre jedoch wurde ihnen klar, dass Valentin nie kommen würde, und sie verzichteten auf die Floskel. Alle außer Daniel. *Hongkong wird dir gefallen,* schrieb er zuletzt, sogar einmal wieder per Postkarte, auf der ein riesiger goldener Buddha im Nebel thronte, *es ist ruhiger, als man denkt.* Valentin war Daniel dankbar, dass er auch jetzt, sieben Jahre nach seinem Fortgang, jede seiner Nachrichten schloss mit den Worten: *Du bist hier jederzeit willkommen* – wie eine lieb gewonnene Abschiedsformel, als hielte er ihm eine Tür geöffnet, durch die Valentin unfähig war, hindurchzugehen.

Früher hätte Valentin es nicht für möglich gehalten, dass Daniel eines Tages aus Berlin fortging. Er hätte nicht einmal damit gerechnet, dass er ihren gemeinsamen Kiez verließ, geschweige denn, dass er über achttausend Kilometer weit wegziehen würde. Zuerst Shanghai, danach Peking, jetzt Hongkong. Valentin erfüllte es mit Verachtung und Bewunderung gleichermaßen. Er erinnerte sich noch gut daran, als er Daniel zum ersten Mal gesehen hatte, inmitten eines Gebüschs in der Nähe der Schulhofsmauer. Ein schlaksiger Junge in Jeans und abgewetzten Turnschuhen, Angst in den grünen Augen, Sommersprossen überall. Mitten im Schuljahr war er neu an die Schule gekommen, verlegen, unsicher, schön. Auf Valentin, der schon in der Grundschule ein Einzelgänger gewesen war, wirkte seine Nervosität so entwaffnend, dass er ihn unter seine Fittiche nahm. So war der zurückhaltende Junge sein einziger richtiger Freund geworden. Umso mehr hatte es Valentin schockiert, als Daniel Berlin ohne ihn den Rücken kehrte.

Valentins Blick fiel auf den einzigen Balkon des Hotels. Von Nummer 52 war noch nichts zu sehen. Sie würde wahrscheinlich nicht mehr lange auf sich warten lassen, es war ungefähr die Zeit, zu der sie sich üblicherweise auf dem Balkon blicken ließ. Natürlich kannte Valentin ihren vollen Namen, er stand ja in der Akte, doch er hatte sich angewöhnt, sich stattdessen die jeweilige Zimmernummer seiner Gäste einzuprägen, schließlich legten sie größten Wert auf Anonymität und Diskretion in diesem Haus. *Open End* hatte er in ihre Akte als Abreisedatum eingetragen. Wenn jemand diesen Status bekam, war das betreffende Problem nichts, was man so einfach lösen konnte, wo es um eine Entweder-oder-Entscheidung ging. Auch diese Gäste verließen das Hotel in der Regel irgendwann, wenn das Vergessen weit genug fortgeschritten war und seinen Mantel gnädig ausgebreitet hatte über alle Erinnerungen. Bei Nummer 52 bezweifelte Valentin jedoch, dass irgendein Mantel groß genug dafür wäre.

Von seiner Position aus konnte er nur die vordere Hälfte des Balkons einsehen, die Balkontür und die Fenster von Zimmer Nr. 52 wurden von einem Gebäudevorsprung verdeckt. Wenn er sie mehrere Tage hintereinander nicht zu Gesicht bekam, erkundigte er sich bei seinen Mitarbeitern, ob sie sich ihr Essen aufs Zimmer geholt hatte. Falls ihn ernsthafte Sorgen befielen, ging er in den östlichen Trakt hinüber, in Zimmer Nr. 31. Von dort aus konnte er direkt auf ihre Fenster sehen. Er wartete so lange, bis sich etwas in ihrem Zimmer bewegte oder er das Flackern des Fernsehers erkennen konnte.

An anderen Tagen sah er sie stundenlang bäuchlings auf dem Balkon liegen. Dann stellte er sich vor, wie sie flach atmete, wie sie versuchte, sich zu sammeln, um sich den nächsten Zentimeter nach vorn zu kämpfen. Als er sie zum ersten Mal auf dem

Balkon entdeckt hatte, hatte er das als persönlichen Triumph verbucht. Die Höhenangst war in ihrer Akte vermerkt, und Valentin hatte genau aus diesem Grund das Balkonzimmer für sie ausgesucht. Der perfekte Ort für eine Konfrontationstherapie. Dass sie sich tatsächlich dazu entschlossen hatte, den Versuch zu unternehmen, ihre Höhenangst zu überwinden, bestätigte Valentin wieder einmal darin, dass er für seinen Posten als Direktor dieses besonderen Hotels wie geschaffen war. Mit Höhenangst einen Balkon zu betreten, das war ein konkretes Ziel, etwas, woran man arbeiten konnte. Allerdings fragte sich Valentin, was wohl geschehen würde, wenn sie eines Tages das Ende des Balkons erreichte – welche Gefühle würden dann zutage treten, die durch die Höhenangst im Moment überlagert wurden? Welche Erinnerungen würden sie heimsuchen? Valentin wünschte ihr, dass es noch sehr lange dauern würde. Schuld war schwer zu ertragen. Vielleicht war es leichter, wenn man verurteilt wurde und eine Strafe verbüßen konnte. Aber wenn man wegen einer Unachtsamkeit Schuld am Tod eines anderen war und juristisch freigesprochen wurde, musste man es mit sich selbst ausmachen. Nicht alle konnten das ertragen, schon gar nicht, wenn es dabei um jemanden ging, den man liebte.

Valentin hatte nicht gezögert, sie aufzunehmen. Das war das Beste an seinem Hotel: Er konnte die Gäste selbst auswählen. Zusätzlich zu seinem Posten als Hoteldirektor war er seit seinem Abschluss auch Lehrbeauftragter an der Universität, und eines seiner Seminare sicherte ihm den steten Zustrom an Hotelgästen. Er hatte sich in seinem Lehrstuhl in einer Nische eingerichtet. Da er parallel zu seinem Architektur-Studium auch das Studium der Psychologie absolviert hatte, galt er als Experte in Sachen psychologische Aspekte der Architektur. Studenten der Architektur wie der Psychologie konnten sein Seminar belegen, das in jedem Semester denselben Titel trug: *Die räumliche*

Beschaffenheit von Glück. Wer dahinter etwa innenarchitektonische Themen vermutete, sah nur den oberflächlichen, offensichtlichen Aspekt. Zwar richteten die Studenten auch Zimmer des Hotels ein – und zwar sehr gekonnt, wie Valentin immer wieder zufrieden feststellte –, aber diejenigen seiner Studenten, die er als besonders vertrauensvoll einschätzte, beschafften ihm seine Gäste. Sie schwirrten mit offenen Ohren durch die Stadt, blickten hinter die Fassaden und horchten in Winkel, in die Valentin selbst nie vorgedrungen wäre. Ihre Recherchen hätten jedem erfahrenen Journalisten zur Ehre gereicht. Sie stöberten Geschichten auf, filterten für Valentin die besonders interessanten Fälle heraus und legten Akten für ihn an. Darin fand Valentin die Eckdaten, auf deren Grundlage er seine Entscheidung traf. In der Regel dauerte das keine 24 Stunden. Bei einigen seiner Anwärter war Eile geboten, weil sie sich in einer Notlage befanden oder doch wenigstens in einer verfahrenen Situation. Das Hotel gewährte ihnen Obdach, eine Auszeit, um in Ruhe zu entscheiden, wie es weitergehen sollte in ihrem Leben. Da die »echten Architekten« gemeinhin boshaft auf die Innenarchitekten als Dekorateure oder Kissenaufschüttler herabsahen, verirrte sich kaum einer seiner Kollegen in Valentins Fachbereich. Sie betrachteten ihn nicht als ebenbürtig. Wenn die wüssten, dachte er insgeheim verächtlich. Es wurmte ihn, dass er ihnen die Existenz des Hotels verschweigen musste.

Dass Valentin nicht der Inhaber des Hotels war, sondern nur der geschäftsführende Direktor, verdrängte er. Das Geld für die laufenden Kosten, zu denen auch Valentins Gehalt zählte, kam von einem anonymen Geldgeber, der nicht einmal Valentin selbst bekannt war. Einzige Auflage für die Zahlungen war, dass die Existenz des Hotels nicht öffentlich bekannt wurde. Das verstand sich von selbst – was nützte eine geheime Zuflucht, wenn jeder von ihr wusste? Solange der Geldgeber anonym blieb und sich nicht in die Belange des Tagesgeschäfts einmischte, gelang es Valentin, dessen Vorhandensein zu vernachlässigen. Die einzige Kommunikation hatte bisher über eine Kanzlei stattgefunden, in der Startphase des Hotels, und das lag etliche Jahre zurück. Fast hatte Valentin vergessen, dass es den stillen Geldgeber überhaupt gab.

Valentin konzentrierte sich wieder auf den Zugang zum Hotel. Es war alles vorbereitet für Nummer 47. Er hatte das beste Zimmer ausgesucht und hergerichtet. Valentin selbst hatte es nach skandinavischem Vorbild gestaltet. Er schätzte den nordischen Stil sehr – die perfekte Vereinigung von Funktionalismus und Gemütlichkeit. Es hatte das an Wärme, was beispielsweise dem Bauhaus-Design fehlte. Gestern hatte Valentin sogar noch ein paar besonders edle Blumen in die große Bodenvase gestellt und die Laken extra straffgezogen. Seitdem wurde er von einer ärgerlichen Unruhe heimgesucht, Blutdruck und Puls außer Rand und Band. Ein unangenehmes Gefühl, das ihn normalerweise befiel, wenn sich zu viele Dinge seiner Kontrolle entzogen.

Ein gewisses Maß an Aufregung verspürte er jedes Mal, wenn die Ankunft eines neuen Gastes bevorstand. Bis zuletzt war Valentin nicht sicher, wer die Einladung ins Hotel wirklich annehmen würde. Seine Mitarbeiter öffneten den Auserkorenen eine Tür – ob sie hindurchgingen, musste jeder für sich entscheiden. Tauchte ein erwarteter Gast nicht auf, erfüllte es Valentin vor allem mit Ärger. Er nahm es persönlich. Wie konnte es jemand wagen, diese einmalige Chance, Gast in seinem Haus zu sein, auszuschlagen? Gleichzeitig dachte er, dass derjenige den Aufenthalt dann auch nicht verdient hatte. Trotzdem erfüllte ihn jeder Gast, der seiner Einladung nicht Folge leistete, mit dem Gefühl der Niederlage, wie eine Ablehnung, ein ganz persönliches Versagen. Dieses Mal mischte sich jedoch noch eine andere Empfindung darunter: Sorge. Sorge, dass sein Gast nicht auftauchen

könnte, dass er Nummer 47 vielleicht nicht wiedersehen würde. Die Anspannung war kaum auszuhalten. Das Blut jagte durch
seine Adern, an den Schläfen pulsierte es spürbar, sein Herz drohte jeden Augenblick zu zerspringen.

Schwerkraft

Linda starrte an die Decke. Der weiße Hintergrund ließ die kleinen Schäden auf der Netzhaut deutlich hervortreten, wie kleine Flusen schwebten sie über den rohen Putz, zogen ihre Bahnen, ab und zu fiel Glitzerregen herab, bestehend aus Lichtpunkten. Eine harmlose Augenkrankheit, hatte irgendwann einmal ein Augenarzt diagnostiziert, Linda erinnerte sich nicht mehr an den Namen des Arztes oder den der Krankheit, irgendwas mit Fliegen oder Sternen. Linda beeilte sich, möglichst rasch nach dem Aufwachen aus dem Bett zu kommen. Wenn das Gefühl der Verlorenheit am Morgen die Oberhand gewann, blieb sie den ganzen Tag über liegen, bleischwer, und wartete auf die Rückkehr der Dunkelheit. Nicht heute. Irgendetwas lag in der Luft. Nicht, dass sich das Wetter besonders anstrengte, nein, es war diesig und grau; es war nichts Äußerliches, sondern eine diffuse Unruhe, die irgendetwas in ihrem Innern zum Klingen brachte. Sie stellte dieses Gefühl nicht infrage oder hielt sich lange damit auf, nachzuspüren, woher es kam. Es war einfach da.

Sie schlüpfte in eine Jeans und einen Pullover und trat an die Balkontür. Man sah einen kleinen Ausschnitt Schienen der hier oberirdisch fahrenden U-Bahn, einen Streifen Grün mit ein paar Bäumen, ansonsten die üblichen Stadthäuser, typische Altbauten, wie es sie zu Hunderten in Berlin gab. Linda wusste das, schließlich lebte sie seit vielen Jahren in der Stadt – wenn auch zum ersten Mal im Hotel. Welcher Entschluss sie hergeführt hatte, daran konnte sie sich nicht erinnern. Sie war schon eine ganze Weile hier. Wenn sie versuchte, sich an ein Datum oder an die genauen

Umstände zu erinnern, die sie hergeführt hatten, scheiterte sie. Nebel lag auf ihrer Erinnerung, oder vielleicht war es einfach einer dieser wolkenverhangenen Tage gewesen, wie sie sich in Berlin wochenlang aneinanderreihen konnten, ohne dass ein einziges Mal die Sonne durchbrach.

Bei dem Balkon ihres Zimmers musste dem Architekten ein Fehler unterlaufen sein. Er ragte lang und schmal nach vorn wie ein Sprungbrett im Schwimmbad – als hätte man ihn versehentlich falsch herum an das Haus gezimmert. Zu allem Übel bestand der Boden aus einem Metallgitter, durch das man nach unten bis zum Grund sehen konnte. Jedes Rechteck maß ungefähr drei Zentimeter, und auch wenn das zu wenig war, als dass Linda hätte hindurchrutschen können, ängstigte sie der Blick in die Tiefe.

Linda litt an Höhenangst. Wobei die Angst sie nicht ausschließlich in der Höhe überfiel. Es war vielmehr ein Gefühl, als hätte sie etwas Lebenswichtiges vergessen. So erklärte sie sich die Schweißausbrüche, die sie manchmal ohne Vorwarnung heimsuchten, das eigentümliche Zittern, das von außen nicht sichtbar war, sondern in ihrem Inneren stattfand, den Verlust des Langzeitgedächtnisses. Alles, was vor der Ankunft im Hotel geschehen war, verblasste zusehends. Dass sie in Friedrichshain gelebt hatte, wusste sie noch, ihre Wohnung verschwand dabei aber schon im Nebel. Linda machte keine Anstalten, die Erinnerung festzuhalten.

Sie brühte sich einen Kaffee auf, stellte sich damit an die Balkontür und wappnete sich innerlich für ihr Vorhaben. Als sie ausgetrunken hatte, stellte sie die Tasse beiseite, zog ihre Daunenjacke an und öffnete die Tür. Angenehm strömte ihr die Kühle des Tages entgegen. Linda schloss die Augen und sog die Luft ein. Es war ihr unmöglich, einfach mit einem beherzten Schritt auf das Metallgitter zu treten, auch wenn sie sich das jeden Tag vornahm. Stattdessen ließ sie sich auf alle viere nieder, legte sich flach auf den Boden des Zimmers, streckte die Arme über den Kopf, atmete tief ein und zog sich beim Ausatmen an der Türschwelle nach vorn, sodass sie mit Kopf und Schultern auf das Balkongitter glitt. Der Erdboden drehte sich zu Spiralen, bereit, sie nach unten zu ziehen.

Mommy loves me

Das Baby befand sich im freien Fall, aus dem vierten Stock vom Balkon, Friederike sah es in Zeitlupe vor sich, die Welt stand still, sie hörte die Luft unter dem kleinen Körper zur Seite weichen, ein leises Zischen, die Haare an ihren Armen stellten sich auf, und sie spürte beinahe physisch den dumpfen Aufprall auf dem Asphalt, die Erschütterung der Welt, hatte dieses unsägliche, unvorstellbare Bild vor Augen, wie es sich den ersten Passanten darbieten würde, dem Notarzt, der Feuerwehr, der Polizei, wie diese Menschen es niemals wieder vergessen und es sie zeitlebens in ihren Träumen verfolgen würde. Hastig trat Friederike von der Brüstung zurück in die Wohnung. Sie presste das unversehrte Baby an sich und schloss die Tür. An dieses Gefühl würde sie sich nie gewöhnen. Seit der Geburt vor sechs Monaten litt Friederike an Tagträumen, diesen Visionen, wie das Baby zu Tode kam. Wie der Kinderwagen auf die Straße rollte und ein heranbrausender Bus ihn erfasste und zermalmte oder wie das Baby zu Hause mit dem Kopf unter eine Decke geriet und erstickte. Friederike hatte mit Thomas und der Hebamme darüber gesprochen, beide hatten ihr versichert, dass es normal sei, dass es sich bessern würde mit der Zeit, bis sie sich an diese neue Sorge um ein Menschenleben, das nun von ihr abhängig war, gewöhnt hätte. Wie lange es andauern würde, hatte ihr niemand sagen können. Das, was Friederike daran wirklich Sorge bereitete, verschwieg sie bei diesen Gesprächen: den Moment unmittelbar vor dem Eintreten der Katastrophe. Denn sie selbst war die treibende Kraft, die das Unglück verursachte. Friederike war es, die das Baby über die Brüstung hielt und die Arme öffnete; sie versetzte dem Kinderwagen am Straßenrand den entscheidenden Schubs; sie zog ihrem Baby eigenhändig die Daunendecke über das kleine Gesicht und lauschte dem Verklingen des Atmens. Dass das normal war, konnte Friederike sich nicht vorstellen.

Als sie das Baby zum ersten Mal vom Balkon hatte fallen lassen, war es gerade zwei Wochen alt gewesen und Friederike hatte nach einer durchwachten Nacht übermüdet und mit vom Stillen schmerzenden Brustwarzen an der Brüstung gestanden, und das Baby hatte einfach nicht aufgehört zu brüllen. Vom Asphalt war ein unwiderstehlicher Sog ausgegangen, Friederike hatte das schreiende Bündel schon halb über das Geländer gehoben, ehe sie zu sich kam. Sie flüchtete vom Balkon, legte das schreiende Baby in die Wiege, musste sich übergeben, wischte das Erbrochene auf und erwähnte abends Thomas gegenüber das Geschehene mit keinem Wort. Nichts hatte sich seitdem gebessert, die Tötungsfantasien blieben Teil ihres Alltags.

Anfangs hatte Friederike den Balkon gemieden, was nichts nützte, denn es brauchte ja nicht vier Stockwerke, um ein Leben zu gefährden, es reichte der Blick auf ein Küchenmesser oder ein Daunenkissen, um die Fantasie in Gang zu setzen und die Visionen auszulösen. Jeden Tag quälte sich Friederike aus der Wohnung, obwohl alles in ihrem Körper danach verlangte, sich auszuruhen, das Baby ins Nebenzimmer zu bringen und die Tür zu schließen, mit Ohropax die Welt verstummen zu lassen. Einfach nur hinlegen und schlafen. Aber es war zu hellhörig im Gebäude. Die Nachbarn würden Sturm klingeln wegen des Gebrülls, und wenn Friederike nicht aufmachte, würden sie die Feuerwehr holen, die Polizei oder das Jugendamt. Sie würden Thomas abends, wenn er nach Hause kam, auf das brüllende Baby und die unfähige Mutter ansprechen. Sie lauerten hinter den Spionen ihrer

Wohnungstüren, um ihn abzupassen, den Herrn Doktor; um ihm scheinheilig zu den kräftigen Lungen seines Nachwuchses zu gratulieren und um Spaziergänge während der Mittagsruhe zu empfehlen – ganz zum Wohl des Kindes und der Mutter selbstverständlich. Ganz beiläufig würden sie ihn dann noch zu einem Zipperlein befragen, das sie befallen hatte. Wenn sie ihn verpassten, hängten sie ausgedruckte Zettel in den Fahrstuhl, dass die Mittagsruhe bitte auch von den jüngsten Bewohnern einzuhalten sei. Es war ein beliebtes Kommunikationsmittel in dem Wohnkomplex in Schöneweide – weil ein Fahrrad im Weg gestanden hatte, weil jemand seinen Müll nicht ordnungsgemäß sortiert hatte, weil die Haustüren ab 20 Uhr zur Sicherheit aller verschlossen werden mussten. Friederike wusste nicht, was sie mehr verabscheute – die Wohnung, die Nachbarn oder den ganzen Stadtteil.

Sie konnte sich immer noch nicht richtig erklären, wie sie hier gelandet war, wie es so weit hatte kommen können. Es war, als befände sie sich in einer anderen Dimension, einer Art Paralleluniversum zu ihrem vorherigen Leben, das mit der Schwangerschaft unwiderruflich geendet hatte.

Familienplanung war nie ein großes Thema für Friederike gewesen. Sie hatte ihr Studium mit Bravour abgeschlossen und promoviert, um anschließend in die Lehre zu gehen. An ihrer Uni hatte sie es bis zur Dekanin gebracht, hatte sich als Medienphilosophin international einen Namen gemacht und etliche wissenschaftliche Arbeiten für Fachmagazine verfasst; sie wurde für Vorträge und Konferenzen in Europa, den USA und Asien gebucht. Zufällig war Thomas auf einem ihrer Vorträge gewesen, weil ihn ein Freund mitgeschleppt hatte, und Friederike musste irgendwie anziehend auf ihn gewirkt haben, umgeben von der Aura der eloquenten Rednerin. Mittlerweile waren sie seit elf Jahren miteinander verheiratet. Jahr um Jahr war verstrichen, und

während um sie herum alle Familien gründeten und Kinder be-
kamen, blieb Friederike der Gedanke an ein eigenes Baby fremd.
Sie stellte sich zwar manchmal vor, später erwachsene Kinder
zu haben, mit denen sie bei einem Glas Wein in der Küche saß
und redete – aber die Zeit bis dahin, die konnte sie sich nicht aus-
malen. Und dann war sie mit 43 schwanger geworden. Tja, bei
den Kupferspiralen sei das schon manches Mal vorgekommen,
hatte ihre Frauenärztin der verdutzten Friederike mitgeteilt, die
sich fragte, warum ihr das dann als Verhütungsmittel empfohlen worden war. Tja.

Seit sie 35 geworden war, hatte ihre Ärztin sie bei jeder Vorsor-
geuntersuchung nach dem Kinderwunsch gefragt, als habe sie
sich einfach nicht vorstellen können, dass eine Frau in den Drei-
ßigern nicht irgendwann davon überwältigt wurde. Friederike und
Thomas hatten zu Beginn ihrer Beziehung darüber gesprochen.
Keiner von ihnen hatte Kinder kategorisch ausgeschlossen, genauso wenig hatte einer von ihnen einen starken Kinderwunsch
verspürt. Danach hatten sie das Thema nie wieder aufgegriffen,
und Friederike war spätestens seit ihrem vierzigsten Geburtstag
davon ausgegangen, dass das gleichbedeutend war mit der Entscheidung, alles so weiterlaufen zu lassen. Warum auch nicht?
Sie waren beide erfolgreich in ihrem Beruf und führten ein er-
fülltes Leben. Dachte Friederike.

Sie hatte also zumindest mit einer Debatte gerechnet, als sie
es Thomas erzählte, mit einem sorgfältigen Erörtern der Möglichkeiten, einem Abwägen, einer Auflistung von Für und Wider
einer solch weitreichenden Entscheidung, ein Kind in diese Welt
zu setzen, und vor allem in ihr gemeinsames Leben. Zu ihrer
großen Überraschung war Thomas den Tränen nah gewesen, als
sie ihn einweihte – vor purer Freude. Als wäre ein lang gehegter
Traum endlich in Erfüllung gegangen. Während sie von Panik
erfüllt war und sich fragte, wie es weitergehen sollte, war sein

Glück über die Nachricht so ungetrübt und überschwänglich, dass Friederike sich nicht traute, ihre wahren Gefühle zu offenbaren. Für Thomas war es glasklar, wie es von da an weitergehen sollte, er sprudelte geradezu über vor Ideen und Tatendrang, um ihr Leben an »die neuen Umstände« anzupassen. Zuerst wurde alkoholfreier Sekt besorgt und dann die neue Wohnung.

Ja, ein echter Glücksgriff, diese Wohnung, das fanden alle; Thomas war ganz aus dem Häuschen gewesen, als er das Exposé des Maklers in den Händen hielt und bereits den Umzug plante. Friederike erkannte ihn gar nicht wieder. Es war, als hätte er sich über Nacht in einen anderen Menschen verwandelt. Mit einem Kind ändere sich der Bedarf, sagte er, die Wohnung sei perfekt, allein der Spielplatz, den nur die direkten Anwohner nutzen durften und den man vom Wohnzimmer aus einsehen konnte – wie praktisch das wäre in den kommenden Jahren! Die Ereignisse überschlugen sich, und Friederike stand da wie gelähmt, unfähig, den Mund aufzumachen. Danach ging alles ganz schnell. Friederike musste nichts tun, außer auf den Kisten zu vermerken, wo sie in der neuen Wohnung abgestellt werden sollten, den Rest erledigte ein Umzugsunternehmen. Friederike packte also ihr ganzes Leben in Kartons: Bücher, erlesene Spirituosen und Souvenirs aus aller Herren Länder. Es waren unzählige Kleinigkeiten, die sie verpackte wie archäologische Artefakte. Sie schrieb Schlafzimmer, Wohnzimmer, Küche und so weiter auf die Kisten, ohne mit diesen Wörtern irgendetwas zu verbinden, und kurz darauf fand sie sich in den kalkweißen Wänden dieses Neubaus wieder, in dem es merkwürdig roch, neu eben. Verschwunden war alles, was sie kannte und liebte: die Geschäfte, Cafés und Bars rund um ihre alte Wohnung am Stuttgarter Platz – der Kiez, in dem sie sich seit ihrer Ankunft in Berlin wohlgefühlt hatte, den sie kannte wie ihre Westentasche. Dort hatte sie sich nie verabreden, sondern einfach nur ums Eck gehen müssen, zum Bäcker, in die Buchhandlung, ins Café oder in ihr Stammlokal, irgendwo traf sie immer zufällig einen ihrer Bekannten, wenn Thomas mal wieder lange im Krankenhaus war. Menschen, die etwas zu erzählen hatten. Ach, wie vermisste sie die etwas in die Jahre gekommene, hochherrschaftliche Altbauwohnung mit ihren 3,40 Meter hohen Decken, den Flügeltüren, der Stuckverzierung und dem knarzenden Parkett! Durch den alten Mietvertrag hatten sie nur einen Spottpreis dafür bezahlt – unverzeihlich, dass sie sie aufgegeben hatten. Aber nein, sie musste dankbar dafür sein, die alte Dreizimmerwohnung mitten in der Stadt gegen diese großzügige Idylle so nah am Müggelsee eingetauscht zu haben. Als wäre der Lietzensee nicht mehr gut genug, wenn man ein Kind bekam. »Stell dir nur vor, wie prima man dort spazieren gehen kann, all die frische Luft,« hatte Thomas gesagt, während Friederike googelte, wo die nächsten Kinos, Cafés und Geschäfte im Umkreis waren, irgendetwas, das Zerstreuung bot. Doch nie war die Verballhornung eines Ortsnamens treffender gewesen: Schöneweide – schweineöde. Was nutzten ihr da die doppelten Quadratmeter?

Die Wohnung war nur die erste in einer beträchtlichen Reihe von Veränderungen gewesen, die mit der Schwangerschaft einsetzten und denen Friederike, wie unter Schock, nichts entgegenzusetzen vermochte. Wenn sie rückblickend nach einem Zeitpunkt suchte, zu welchem sie und Thomas sich unwiderruflich voneinander entfernt hatten, war es der Moment, in dem sie ihm von der Schwangerschaft erzählt hatte. Das war der Ursprung, der Punkt, an dem die Dinge angefangen hatten, aus dem Ruder zu laufen. Von da an befanden sie sich in zwei unterschiedlichen Welten und drangen nicht mehr zueinander durch. Es war der Point of no Return in ihrer Beziehung, der Augenblick, von dem an Friederike zum ersten Mal das Gefühl hatte, nicht mehr ehrlich zu ihm sein zu können, ohne mit einer Welle der Verachtung rechnen zu müssen. Doch dieses Verschweigen ihrer wahren Gefühle zog weitere Verheimlichungen nach sich, es war wie ein Strudel, aus dem sie sich nicht mehr befreien konnte. Und nicht nur Thomas, nein, alle um sie herum nahmen an, zu wissen, wie sie sich fühlte. Aus dem Freundes- und Familienkreis tönte ihr erleichtertes Seufzen entgegen – offenbar hatten viele sie jahrelang still bedauert, dass es bei ihnen »nicht klappte« mit dem Schwangerwerden, und jetzt gingen sie davon aus, dass Friederike überglücklich war über dieses späte Wunder. Niemand zog in Erwägung, dass die Schwangerschaft nicht geplant gewesen war, dass es auch eine denkbare Möglichkeit wäre, das Kind nicht zu bekommen.

Von da an schenkte man Friederike keinen ihrer geliebten Bildbände über eindrucksvolle Landschaften mehr – Siebenbürgen, Laos, der australische Busch. Mit Reisen sei es jetzt erst einmal vorbei, da waren sich alle einig, na gut, vielleicht noch Rügen, Dänemark oder Italien. Man schenkte ihr Schnittmuster für Babykleidung, Bücher mit Do-it-yourself-Tipps für die Kinderzimmergestaltung, sündhaft teure Aquarellstifte und Mandala-Malbücher. Als hätte die Schwangerschaft Friederikes komplettes Wesen umgekrempelt und sie plötzlich zur Heimwerkerkönigin und DIY-Queen gemacht, sie, die selbst einen abgerissenen Knopf vom Schneider annähen ließ, die nicht einmal Backmischungen benutzte, sondern die Kuchen gleich fertig beim Bäcker bestellte. Ausgerechnet sie bekam plötzlich exotische Gewürze, Bände über ayurvedische Küche und Yoga geschenkt – jetzt, wo das Baby kam, würde sie doch sicher mit dem Kochen anfangen und etwas für ihre Entspannung tun, Achtsamkeit sich selbst gegenüber, das neue Allheilmittel. Friederike hatte in der Speisekammer eine Sortierbox für Maggi-Fix-Tüten und alle in der Gegend verfügbaren Lieferdienst-Apps auf ihrem Handy installiert – mit den meisten Fahrern war sie per Du. Sie ging zweimal im Monat zur Massage, um die Verspannungen zu lösen, die sie sich durch die Fehlhaltung beim vielen Lesen holte. So war es zumindest vor der Hiobsbotschaft gewesen.

»Alles, was von jetzt an geschieht, ist ganz normal«, sagte ihre Frauenärztin. »Genau, du bist schwanger und nicht krank«, sagte Thomas, wohl um Friederike zu beruhigen, weil sie wegen ihres Alters automatisch als Risikoschwangere eingestuft wurde. Doch Friederike fühlte sich krank. Kein Wunder – ein fremdes Wesen hatte ungefragt von ihrem Körper Besitz ergriffen und die Alleinherrschaft übernommen. Wo blieb diese sagenhafte Verwandlung, die eine herannahende Mutterschaft angeblich mit sich brachte, diese überirdische Schönheit, die werdenden Müttern nachgesagt wurde? Alles schmerzte, der Rücken, die Beine, die Brüste, das Herz – und man sah es ihr an. Doch Friederike biss die Zähne zusammen, sie war kein Schwächling! Sie biss die Zähne zusammen, wenn sich kurz nach dem Aufstehen bleierne Müdigkeit in ihren Gliedern ausbreitete, wenn die Übelkeit sie den halben Morgen ins Badezimmer zwang, wenn sie es nachts nicht mehr aus eigener Kraft schaffte, sich von einer Seite auf die andere zu drehen, und ihr Bilder in den Kopf stiegen von gestrandeten Walen oder auf den Rücken gefallenen Käfern, die hilflos mit den Beinen strampelten. Sie biss die Zähne zusammen, wenn sie morgens vergeblich versuchte, trotz des riesigen Bauches die dicken Kompressionsstrümpfe anzuziehen. Sie biss die Zähne zusammen, immer dann, wenn sie sich am liebsten bei irgendjemandem auf dem Schoß zusammengerollt hätte, der ihr den Rücken streichelte und sie tröstete. Doch dieser jemand war nicht da. Überhaupt war plötzlich niemand mehr da außer den Menschen, die selbst Kinder hatten und Friederike mit Ratschlägen zu ihrem künftigen Leben überhäuften, ohne darum gebeten worden zu sein. Zu geselligen Abendrunden wurde sie kaum noch eingeladen, denn sie wohnte ja nun so weit weg, zudem konnte sie keinen Alkohol trinken, und in ihrer Gegenwart konnte man auch nicht mehr rauchen, zumindest nicht guten Gewissens. Kaum jemand fand den Weg zu ihr nach Schöneweide. »Wir kommen vorbei, wenn das Baby da ist, zum Antrittsbesuch«, versprachen alle, dabei war sich Friederike sicher, dass ein Baby keinen Wert auf neue Bekanntschaften legte, dass es keinen Sinn ergab, mit einem Besuch zu warten, bis das Baby geboren war – Friederike war diejenige, die jemanden brauchte.

»Du bist um die Pause wirklich zu beneiden«, hatte Thomas gesagt, als es um die Planung der Elternzeit ging. Einen Monat ganz am Ende, das könne er einrichten, sagte er, während sie ein volles Jahr aussetzen durfte. »Ein Jahr nicht arbeiten, da bist du sicher froh, so viel wie du in den letzten Jahren geschuftet hast«, glaubten alle zu wissen. Friederike wusste genau, wer an der Fakultät sich die Hände reiben würde bei dieser Nachricht, in der Hoffnung, ihr in dieser Zeit ihre Stellung abzujagen. Dennoch versuchte sie, sich auf die Elternzeit zu freuen, es als eine heilsame Pause von dem elitären Unisystem zu betrachten, das sie nach dem Abschluss ihres Studiums nie wirklich verlassen hatte. Sie nahm sich fest vor, schon den Mutterschutz zu nutzen, um an den beiden Artikeln zu arbeiten, die angefangen auf ihrem Rechner lagen. Doch die Schwangerschaft verwandelte sie in einen Zombie. Von Anfang an konnte sie nicht mehr richtig schlafen, sie wälzte sich stundenlang hin und her, kam einfach nicht zur Ruhe. Logisches Denken war kaum noch möglich, Müdigkeit und Hormone erstickten jeden halbwegs intelligenten Gedanken auf der Stelle im Keim und ließen ein Vakuum zurück, ein kleiner Vorgeschmack auf die Altersdemenz, die irgendwann einsetzen würde, na bravo. Sie hoffte sehr, dass sie den eigenen Verfall dann nicht mitbekommen würde, dass er zu schnell ginge, um von ihr bemerkt zu werden, und sie beschloss, rechtzeitig vorzusorgen. Ihr Mann war schließlich Arzt, der würde ihr doch sicher etwas besorgen können, womit man dem eigenen Elend zur Not ein Ende setzen konnte.

»Das schaffen wir schon«, hatte Thomas beim Geburtsvorbereitungskurs zu der verstörten Friederike gesagt, eine Hand auf ihrem Bauch. Die meisten der Frauen dort waren etwa halb so alt wie sie, sie wussten noch zu wenig von der Ungerechtigkeit des Lebens, um Angst zu haben. »Wenn du dein Kind in den Armen hältst, ist das alles vergessen«, prophezeite ihr die Hebamme. Also hielt Friederike nach der Geburt ihr Baby im Arm und wartete darauf, dass sie die Schmerzen vergessen würde, dass sich dieses tiefe, bedingungslose Gefühl der Liebe einstellte, von dem immer alle sprachen. Vergeblich. »Wochenbettdepression«, sagte die Hebamme. »Mein Gott«, sagte Thomas.

Der Gang auf den Balkon war zu einer Versuchsanordnung für Friederike geworden, ein regelmäßig stattfindendes Experiment, um zu sehen, ob die Tagträume nun vorbei waren, ob sie sich endlich wie prophezeit in ihre Mutterrolle eingewöhnt hatte. Mittlerweile war es eher obligatorisch, sie erwartete längst nicht mehr, dass dieser Drang, das Baby loszuwerden, sie jemals wieder verlassen würde, und somit war sie heute einigermaßen gefasst trotz ihrer Vision. Etwas anderes beschäftigte sie, nämlich die bevorstehende Verabredung mit Sibylle, zu der sie sich von Thomas hatte überreden lassen. Sibylle – die Frau eines Kollegen von Thomas: blutjung und voll im Babyrausch. Ihre Profilbilder in den sozialen Netzwerken hatte sie bereits wenige Tage nach der Geburt durch Fotos ihrer »kleinen Süßen« ersetzt: Baby im rosafarbenen Strickoutfit mit Häkelblume auf der Stirn, Baby nackt auf Lammfell, Baby mit Satinschleife umwickelt in den starken Händen des Vaters – weichgezeichnete Sinnbilder des perfekten Mutterglücks. Vor ihrer Schwangerschaft hatte Friederike nichts mit Sibylle zu tun gehabt; außer wenigen, höflich ausgetauschten Sätzen beim Sommerfest des Krankenhauses hatten sie kaum ein Wort miteinander gewechselt. Aber sobald Friederike schwanger gewesen war und Thomas von Christian gehört hatte, dass dessen Frau ebenfalls »guter Hoffnung« war, war er schier besessen davon gewesen, die beiden zusammenzubringen – als könnten sie sich plötzlich etwas zu sagen haben.

Während Sibylle leidenschaftlich über die Schwangerschaft und ihre Begleiterscheinungen, Pränataldiagnostik, Babymessen, Erziehungsratgeber und Kinderwagen geplappert hatte, als wäre ihr ganzes vorangegangenes Leben von nun an nicht mehr von Belang, hatte sich Friederike weiterhin mehr für ihre Fachzeitschriften interessiert. Aber weil Thomas so viel daran zu liegen schien, hatte sie sich sporadisch auf die Treffen eingelassen.

»Es wird dir sicher guttun, mal hier rauszukommen«, hatte Thomas heute morgen mit einer hilflosen Handbewegung zu dem Chaos in der Wohnung gesagt: Überall türmten sich Schmutzwäsche, saubere Wäsche, Stilleinlagen, Windeln, Pflegeutensilien und Babyklamotten. Spucktücher lagen herum wie herabgefallene Blätter im Herbst, dazu Babyrasseln und pädagogisch wertvolles Motivationsspielzeug, horrend teure Tretminen, welche ihr Baby allesamt links liegen ließ. Friederike wusste, dass Thomas die Unordnung auf die Nerven ging und er sich das Meckern nur verkniff, weil die Hebamme ihn ausdrücklich dazu aufgefordert hatte. Friederike hatte einmal ein Gespräch der beiden in der Küche belauscht, als sie dachten, sie wäre eingeschlafen. Friederike aber schlief seit Monaten nicht mehr, sie nickte nur für wenige Minuten ein, aus blanker Erschöpfung. Vertraulich bei einem Tässchen Kaffee – natürlich mit Koffein, diese Heuchler, von wegen »man schmeckt doch kaum einen Unterschied, wirklich nicht« – hatten Thomas und die Hebamme ungeniert über Friederikes Gemütszustand gesprochen, über die Hormonschwankungen, die Stillprobleme und ihr dünnes Nervenkostüm, was das Baby-geschrei anging. »Wunde Brustwarzen«, fand Friederike, hörten sich nahezu harmlos an. Eine Woche lang war sie bei den ersten Hungeranzeichen des Babys bis ins kleinste Blutgefäß hinein erstarrt. Wenn es mit schmatzenden Lauten begann, an den Händen zu lutschen, wand Friederike sich innerlich bei der bloßen Vorstellung der bevorstehenden Schmerzen, Tausende Nadelstiche schossen in die empfindlichsten Stellen bei jedem Saugen, die Tränen traten ihr in die Augen, und sie hielt die Luft an, was das Baby so irritierte, dass es nicht selten das Trinken unterbrach. Beim Ansaugen war der Schmerz am stärksten, und natürlich brauchte das Baby stets mehrere Anläufe, bis es einige Züge am Stück trank, um dann die Brustwarze wieder auszuspucken und kurz zu grinsen, bevor es erneut andockte.

Der eklatante Schlafmangel machte Friederike nahezu unzurechnungsfähig, dazu kam das schlechte Gewissen, weil sie am liebsten verschwunden wäre. Traf Thomas die völlig übermüdete Friederike am Morgen in der Küche an, sagte er etwas wie: »Diese erste Zeit mit Baby ist wirklich anstrengend, mir geht der Schlafmangel auch an die Substanz.« Und er meinte es wahrhaftig ernst, obwohl er doch seit der Geburt des Babys im Gästezimmer übernachtete. Das Stillen könne er ihr schließlich nicht abnehmen, und nachts hätte sie doch sicher lieber ihre Ruhe, hatte er verständnisvoll gesagt. Ja, es war doch ungemein praktisch für Männer. Sie konnten großzügig versichern, wie gerne sie den Frauen Schwangerschaft, Geburt und das Stillen abnehmen würden, in dem Wissen, dass das unmöglich war. Außerdem musste er natürlich ausreichend schlafen, bei ihm ginge es schließlich um Leben und Tod, keiner wolle einem übermüdeten Chirurgen im Operationssaal begegnen. Friederike könne sich ja tagsüber ausruhen, wenn das Baby schlief. »Sag Bescheid, wenn du Hilfe brauchst«, so lautete ein typischer Satz von Thomas. In diesem Satz offenbarte sich das ganze Dilemma: Scheinbar war alles, was das Baby betraf, Friederikes Aufgabe. Genauso gut hätte er sagen können: »Sag Bescheid, wenn du deinen Job nicht allein auf die Reihe kriegst.«

Als Friederike einen Milchstau hatte mit Brüsten aus Stein und 40 Grad Fieber, nahm er sich zwei Tage frei, um sie zu unterstützen, damit sie sich nach dem Stillen Quarkwickel auflegen konnte. Und während Friederike wegen des kühlen Quarks frierend mit Schüttelfrost unter mehreren Decken im Bett vergraben war und sich nach ein paar Stunden Schlaf am Stück sehnte, bewachte Thomas das vom Trinken zufrieden schlafende Baby im Stubenwagen. Er beurteilte ihre Schmerzen von der medizinischen Seite, und natürlich sah er im OP jeden Tag Schlimmeres als entzündete Brustwarzen. *Stell dich nicht so an,* schien sein Blick zu sagen. Also stellte Friederike sich nicht so an und quälte sich, als der Quark zu bröckeln anfing, aus dem Bett. »Geht schon«, sagte sie, übernahm das Wickeln und Herumtragen, während sie parallel versuchte, den Abendbrottisch zu decken.

»Geh du in Ruhe duschen, ich nehme das Baby«, hatte Thomas heute Morgen gesagt. Friederike war sich nicht sicher, ob er dabei wirklich an sie dachte oder ob es ihm nur unangenehm war, wenn sie der adretten Sibylle so derangiert unter die Augen treten würde. Aber es war auch nicht wichtig, Friederike nahm alles an Zeit für sich, was sie kriegen konnte, ganze zwanzig Minuten ungestörte Körperpflege hatte sie so selten, dass es schon als Qualitätszeit für sie einzustufen war.

Die Aufmerksamkeit für das eigene Äußere und die Angst, was andere Leute von einem denken könnten, gehörten schon immer zu den größten Unterschieden zwischen ihr und Thomas. In ihrem gemeinsamen Schrank belegte er ¾ des Platzes. Friederike kam mit wenig aus: ein paar Kostüme in unauffälligen

Farben, Röcke und Blusen, Blazer, Strumpfhosen und Wäsche –
das war es im Wesentlichen. Einzig die Halstücher und Schals
waren mehr, als man brauchte, der einzige Farbtupfer an ihrer
Erscheinung. Auf gemeinsamen Reisen hatte sie sich immer über
ihn lustig gemacht: Während sie mit einer kleinen Reisetasche
auskam, die zur Hälfte mit Büchern gefüllt war, reichte Thomas
gerade so der große sperrige Rollkoffer. Jetzt mit Baby widmete
Friederike ihrer Garderobe noch weniger Aufmerksamkeit als
vorher. Oft sah sie tagelang nicht in den Spiegel. Sie kam schlicht
nicht dazu, außerdem wollte sie sich den Anblick ersparen: das
Gesicht teigig, die Augen verquollen, die Haut noch schlapp von
der Schwangerschaft, die Haare zerzaust, die schlabbrigen Still-
Shirts übersät mit Speichelflecken, als wäre eine Horde Schne-
cken über sie hergefallen. Friederike Leupold, Prof. Dr. phil.,
dachte sie bitter. Wie konnte es sein, dass eine Akademikerin an
einem Baby scheiterte? Hinz und Kunz schafften es doch, Kinder großzuziehen.

Friederike wusste nicht, wohin die Stunden verschwanden.
Nicht selten stellte sie am Nachmittag fest, wenn sie es endlich
geschafft hatte, dass das Baby satt und sauber war und woanders
als auf ihrem Körper schlief, dass sie noch keinen Kaffee getrunken, geschweige denn etwas gegessen hatte. Nahrungsaufnah-
me traf es eher als essen, denn meistens dauerte die Ruhepause
nicht lange, sodass sie schnell irgendwas in sich hineinstopfte,
bis das Baby wieder aufwachte. Thomas hatte überall Schalen
mit Mandeln, Nüssen und Trockenfrüchten aufgestellt wie für
ein Eichhörnchen.

Anfangs hatte Friederike noch versucht, den Grund für das viele Brüllen des Babys herauszufinden: Hunger, Durst, eine volle
Windel, Müdigkeit oder schlicht Unbehagen. Mittlerweile dachte
sie, dass es ganz normal war, ihr selbst war schließlich auch meist

zum Brüllen zumute, und wenn sie nicht über eine Impulshemmung oder Schamgefühl verfügen würde, über dieses vermaledeite Pflichtgefühl, dann hätte Friederike einfach mitgebrüllt oder wenigstens geheult. Wenn sie das Gebrüll nicht mehr aushielt, schleppte sie sich nach draußen, mit schnellen Schritten den Kinderwagen vor sich herschiebend. Sie wusste, dass sie in den Park gehen sollte, wegen der frischen Luft. Stattdessen fuhr sie an belebte Plätze, wo die Geräusche von Touristen, Straßenbahnen, Baustellen und das Gebrabbel von Verrückten das Geschrei des Babys etwas überdeckten. Manchmal sah Friederike Frauen mit ebenso kleinen Säuglingen, doch diese Mütter sahen aus wie frisch aus dem Wellness-Hotel, wie das schönste Cover der Hochglanzmagazine. Wie machen sie das bloß?, fragte sich Friederike und versuchte sich einzureden, dass es alles Au-pair-Mädchen waren.

Seit Monaten beschränkten sich Friederikes soziale Kontakte auf die kurzen Besuche der Gratulanten. Selbst diesen Treffen hatte sie entgegengefiebert – endlich mal wieder mit Erwachsenen sprechen, hatte sie gedacht. Doch dann ging es meist ausschließlich darum, das Baby zu begutachten und ihr zu versichern, wie süß es war. Kein interessanter Satz wurde gewechselt, die Leute kamen, glotzten, aßen ein Stück Kuchen und gingen. Und jetzt stand sie hier mit Augenringen bis zum Gehtnichtmehr und überlegte, unter welchem Vorwand sie die Verabredung mit Sibylle noch absagen könnte.

Nie war Friederike so viel gegen ihren Willen draußen gewesen wie in den letzten Monaten, weil viel frische Luft ausnahmslos von den Broschüren empfohlen wurde, die überall in der Wohnung herumlagen. Zwei Wochen nach der Geburt war sogar eine Frau vom Gesundheitsamt bei ihr erschienen und hatte weitere Ansprüche an sie als Mutter formuliert. Das ganze Gespräch über hatte Friederike nervös auf die Unordnung geschaut, weil sie es für einen Kontrollbesuch hielt, und obwohl sie vorher das meiste vom Boden wahllos in ihren überdimensional großen Kleiderschrank gestopft hatte und es einigermaßen annehmbar in der Wohnung aussah, fühlte sie sich wie eine Versagerin. Es dauerte jedoch nicht lange, bis Friederike erkannte, dass die Frau vom Gesundheitsamt bereits froh darüber war, dass Friederike dieselbe Sprache wie sie sprach. Man müsse sich heutzutage schon glücklich schätzen, wenn die Eltern ihren Babys keine Limonade in die Babyflaschen füllten und Pommes oder Fruchtzwerge nicht für den geeigneten Einstieg in die Beikost hielten, seufzte die Beamtin. Friederike hatte schnell den Dreh raus, von sich selbst und dem Baby abzulenken und die Frau von sich und den traurigen Geschichten ihres Berufsalltags erzählen zu lassen, endlich einmal ihr Herz auszuschütten über die verwahrlosten Zustände in den Berliner Familien. Was man denn auch von einer Regierung zu erwarten habe, die den größten Erzieher- und Lehrermangel aller Zeiten stoisch auf sich zurollen sah, ohne sich zu rühren, und stattdessen jeden Tag Millionen für einen unnützen, nicht benutzbaren Flughafen vergeudete und nicht einmal jemanden zur Rechenschaft dafür zog, sondern horrende Abfindungssummen zahlte, so sprach Friederike das aus, was die Beamtin sich kaum zu denken traute, und öffnete damit alle Schleusen. Insofern hatte der Besuch der Gesundheitsbehörde tatsächlich etwas Gutes für Friederike, denn als sie der schluchzenden Beamtin auf ihrem Sofa ein Glas Wasser brachte und ihr den Rücken tätschelte, fühlte sie sich zum ersten Mal seit der Geburt nicht überfordert oder nutzlos.

Die Menschen aus Friederikes Umfeld ließen keinen Zweifel daran, dass Friederike das Baby immer im Auge behalten musste. Ein einziges Mal die Hand nicht am Baby auf dem Wickeltisch und es wird hinunterfallen und sich das Genick brechen. Einmal allein schlafend auf dem Bett liegen gelassen und es wird sich herumdrehen und auf das Parkett stürzen. Allein auf dem Teppich im Wohnzimmer wird es ein verloren gegangenes winziges Teilchen verschlucken und daran ersticken. Die Wohnung kam einer Todesfalle gleich, man musste sich wirklich wundern, dass nicht jeder zweite Säugling in den eigenen vier Wänden einen Unfalltod erlitt. Sie hatten ja keine Ahnung. Sie wussten nicht, dass das Baby sicherer war, wenn es sich außerhalb von Friederikes Reichweite befand. Sie wussten nichts von den Szenarien, die sich in ihrem Kopf abspielten, diesen erschreckend real anmutenden Tagträumen, die immer mit denselben Gefühlen endeten: Erlösung, Scham und Fassungslosigkeit. Das Erschreckendste daran war für Friederike, dass sie die Tat selbst *nicht* erschreckte – nur die Konsequenzen, die daraus folgen würden. Es waren Millisekunden und minimale Bewegungen, die sie vom Tod ihres Babys trennten, sie war so nahe dran – und wusste doch, dass sie ihr altes Leben nie wieder zurückbekäme, wenn sie ihrem Impuls nachgab.

Es juckte sie in den Fingern, nach ihren Symptomen zu googeln. Aber es erschien ihr zu riskant. Zwar hing sie keiner Verschwörungstheorie an, benutzte die Cloud und die gängigen sozialen Netzwerke, vor allem für ihre ganzen internationalen beruflichen Kontakte. Aber Begriffe wie »Tötungsfantasien Baby« in eine Suchmaschine einzugeben, das brachte sie nicht über sich. Allein die Vorstellung davon, welche Bilder das Internet ausspucken würde, ließ sie zurückschrecken. Ging da nicht direkt beim Bundesnachrichtendienst, der Polizei oder dem Kinderschutzbund ein rotes Lämpchen an? Irgendwer würde es gewiss irgendwo speichern, und man würde es bis zu ihr zurückverfolgen, sie zur Rede stellen oder sie einweisen. Nie wieder würde ihr Name im rein beruflichen Zusammenhang fallen, sondern immer begleitet werden von dem Nachsatz: »Das ist doch die, die ihr Baby umbringen wollte.« Schon so mancher Geisteswissenschaftler hatte sich seinen Namen ruiniert – Affären mit Studenten oder Studentinnen, Steuerhinterziehung, Urheberrechtsverletzungen oder Plagiatsnachweise bei Magister- und Doktorarbeiten. Die meisten erholten sich davon nicht, egal, ob an den Vorwürfen etwas dran war oder nicht. War die Integrität einmal angekratzt, konnte man es nicht mehr aus dem kollektiven Gedächtnis löschen, die Welt vergaß nichts. Nicht den kleinsten Verriss konnte man vertuschen, irgendwer, der es darauf anlegte, grub die Geheimnisse früher oder später aus, und wenn man eine Unikarriere hingelegt hatte, hatte man sich auf dem Weg nach oben mit Sicherheit Feinde eingehandelt, wegen gekränkter Eitelkeit, Geltungssucht und anderer Profilneurosen. Friederike selbst hatte eine Art rote Liste im Kopf; Menschen, mit denen sie eine Begegnung vermied, mit denen sie nicht auf einem Podium sitzen oder sich einen schriftlichen Schlagabtausch liefern wollte. Jetzt hätte sie sich auf jedes verdammte Podium mit all ihren Erzfeinden gesetzt, nur um dem Mutterdasein für ein paar Stunden oder Tage zu entfliehen. Obwohl sie einer anspruchsvollen Debatte gar nicht mehr gewachsen wäre, ihre Konzentrationsfähigkeit war auf wenige Minuten geschrumpft, die einfachsten Zusammenhänge stellten für sie mitunter einen undurchdringlichen Dschungel von Informationen dar. Zum ersten Mal in ihrem Leben hatte sie den Hauch einer Ahnung, wie sich jemand mit einer Lernschwäche fühlen musste oder jemand, dem sich simple Zusammenhänge nicht erschlossen, so sehr er es auch versuchen mochte. Fast empfand sie so etwas wie Mitgefühl, und im selben Moment Verachtung gepaart mit der Angst, dass dieser Zustand bei ihr selbst anhalten würde. Schädigte Übermüdung bestimmte Bereiche des Gehirns irreparabel? Starben Gehirnzellen durchs Stillen unwiderruflich ab? Konnte sie noch hoffen, je wieder »die alte Friederike« zu werden? Die Babybücher mit Fingerspielen und Reimen entsprachen ungefähr Friederikes momentanem intellektuellem

Niveau. Erwähnte sie ihre Sorge anderen Müttern gegenüber, taten sie es mit einem lapidaren »Ach ja, die Stilldemenz« ab und lachten. Friederike konnte daran nichts Lustiges finden. Wenn sie vorsichtig Andeutungen über depressive Verstimmungen machte, lächelte diese stets jemand mit einem »Ja ja, der Babyblues, das geht vorbei« weg. Aber es ging nicht vorbei, und Friederike gab es auf, darüber reden zu wollen.

Seit Thomas die Wohnung heute Morgen verlassen hatte, schrie das Baby, sobald Friederike es ablegte. Aber sie würde es schon schaffen; eineinhalb Stunden mit Sibylle, und dann könnte sie sich unter einem Vorwand – irgendetwas fürs Baby: Pekip, Babyschwimmen oder »Fit-mit-Baby-Kurs« – wieder auf den Heimweg machen. Mit dem Baby auf dem Arm packte sie einhändig Wickelzeug ein, ein Spucktuch, Schnuller, extra Feuchttücher für die Handtasche, ein Mützchen, ein Wolljäckchen und Wechselsachen. Unglaublich, welches Geraffel sie seit Wochen mit sich herumschleppte, selbst wenn sie nur kurz Brötchen holen ging. Jeder Gang nach draußen glich einer Expedition, die akribisch vorbereitet werden musste, und obwohl Friederike im Kopf immer fieberhaft alles durchging, bevor sie das Haus verließ, vergaß sie doch jedes Mal etwas, was sie später als schlecht organisierte Mutter entlarvte.

Sie hievte die schwere Babywanne auf das Gestell des Kinderwagens, schob ihn aus der Wohnung hinaus und drückte auf den Fahrstuhlknopf. Das Babygeschrei hallte durch das Treppenhaus, während der Fahrstuhl enervierend langsam zu ihnen nach oben tuckerte, echote von den Wänden zu ihr zurück und vervielfachte sich, eine Kakophonie Hunderter Babystimmen, die alle das Gleiche brüllten: Warum verstehst du mich nicht? Friederike versuchte, sich auf die Stille hinter ihrer Stirn zu konzentrieren, wo ihre Gedanken auf leisen Sohlen ein einsames Dasein fristeten. Die Türen öffneten sich, und sie betrat den Fahrstuhl. Wenigstens der war praktisch, dachte sie, im Treppenhaus würde man das Geschrei nun kaum noch hören.

Sie wuchtete den Kinderwagen um die Hausecke und ging an der viel befahrenen Hauptstraße entlang bis zur Fußgängerampel. Der Verkehrslärm dämpfte das Babygebrüll etwas. Als Friederike die S-Bahn betrat, hatte das Baby sich müde gebrüllt und war völlig erschöpft eingenickt. Nach einem Umstieg verließ sie an der Schönhauser Allee die Bahn und stellte sich in die Warteschlange vor dem Aufzug. Warum die Leute es vorzogen, hier zu warten, statt die Treppe zu nehmen, war ihr ein Rätsel. Zwei Mal tuckerte das rostige Ding ohne Friederike nach oben, bis sie endlich mit dem Kinderwagen Platz fand. Noch einer und noch einer drückte sich mit in die Aufzugkabine hinein, »ist ja nur kurz«, murmelte einer dabei, als wäre noch nie ein Fahrstuhl stecken geblieben.

Die Karte auf ihrem Handy lotste Friederike durch die kleinen Seitenstraßen bis in das von Sibylle ausgesuchte Kindercafé am Rand des Mauerparks. Friederike hätte sich liebend gern in ihrem alten Kiez in Charlottenburg mit ihr getroffen, kannte jedoch kein einziges Café, in dem es eine Krabbelecke für Kinder gab, worauf Sibylle bestanden hatte. Dabei krabbelte bisher keines der beiden Babys. Sibylles Mädchen machte wohl schon Anstalten, sich umzudrehen und aufzusetzen, stolz hatte sie dies am Telefon kundgetan, als wäre sie gerade für den Nobelpreis nominiert worden. Friederike konnte keine Anzeichen dafür bei ihrem eigenen Baby entdecken, das als einzige Bewegungsform beim Brüllen mit den Michelin-Männchen-Armen wild um sich schlug, die Füße dazu in die Luft warf und dann kraftvoll in den Boden rammte.

Auf der großzügigen Terrasse des Cafés war ein Parkplatz für Kinderwagen eingerichtet, wo Friederike ihren einreihte. Da das

Baby erstaunlicherweise immer noch schlief, nahm sie es samt der Babywanne mit hinein. Sie war fünfzehn Minuten zu früh, Sibylle war noch nicht da; ihr war es recht so, da könnte sie in Ruhe einen Kaffee trinken. Das Café war sehr gut besucht, vorrangig von Frauen mit Babys. Einige wurden gerade gestillt, oder sie lagen in Tragetaschen und schliefen, Staubkörnchen glitzerten im einfallenden Sonnenlicht, Vormittagsmüdigkeit lag in der Luft. Friederike stellte die Wanne auf der Bank ab. Zum Bestellen kam sie nicht mehr. Sobald das Baby nicht mehr bewegt wurde, schlug es die Augen auf, blickte Friederike an, holte Luft und begann zu brüllen. Fieberhaft suchte Friederike den Schnuller, steckte ihn in den aufgerissenen Schnabel, doch das Baby spuckte ihn angewidert aus, und das Brüllen sprang eine Oktave höher. Sie nahm das Baby heraus und schuckelte es, summte beruhigend, was das Baby nur noch wütender zu machen schien. Es ließ sich kaum auf dem Arm halten, es bog den gesamten Körper und schrie aus Leibeskräften, wie sehr sie es auch wiegte und streichelte, sodass es ihr mehrere Male aus dem Arm zu fallen drohte. Genervte Blicke von den Schlafbaby-Müttern trafen sie, Friederike spürte die plötzliche Feindseligkeit, die sich im Raum ausbreitete und sich eindeutig gegen sie richtete. Quälende Minuten lang schuckelte sie das Baby ohne Erfolg, Tränen liefen ihm über die Wangen, seine Haut wurde krebsrot, außerdem fing es durch das Geschrei auch noch zu schwitzen an. Friederike war drauf und dran, das Café zu verlassen, Sibylle mit einer Ausrede per SMS abzuspeisen, als sich plötzlich eine Hand auf ihre Schulter legte und eine Stimme säuselte: »Na, du kleine Maus, bist du ein bisschen aufgeregt?« Sibylle trug ihr Baby in der Trage vor dem Bauch, offensichtlich schlief die Kleine. Sie sprach weiter auf Friederikes Baby ein, in Babysprache mit einem Tonfall, der Friederike aggressiv machte, aber ihr Baby reagierte darauf. Es hörte auf zu schreien und blickte Sibylle mit großen Kulleraugen an, nahm die Finger in den Mund und begann, seelenruhig an ihnen zu nuckeln, als wäre nichts gewesen.

»Wie machst du das?«

»Was meinst du denn?«

Das Ruhigbleiben meinte Friederike, die Gelassenheit, die Liebe, die Sibylle offensichtlich unerschöpflich in sich trug und jederzeit bereit war, über anderen auszuschütten, diese Intuition, die sie einfach das Richtige tun ließ, um das Baby zu beruhigen, es in Sicherheit zu wiegen. Friederike hatte mehrfach gelesen, dass man möglichst viel mit Babys sprechen solle, dass man einfach laut kommentieren solle, was man gerade tat, aber sie kam sich dabei immer so albern vor, dass sie allenfalls manchmal aus der Zeitung vorlas. Sie setzte sich auf die Bank und hoffte inständig, Sibylle würde ihre Hand nicht vom Baby wegnehmen, die leichten Klapse auf den Po schienen es zu beruhigen und bei Laune zu halten. Warum funktionierte das bei Friederike nie? Warum schrie das Baby bei ihr so viel und bei anderen Leuten nicht? Sibylle erzählte vom ersten Lächeln ihrer Tochter beim Aufwachen, über die ersten Versuche der Beikost und die lustigen Fingerspiele beim Anziehen, die sie in der Krabbelgruppe gelernt hatte, bis hin zu den Lobeshymnen, welche die Kinderärztin bei der letzten Kontrolluntersuchung über Sibylle und ihre Tochter gesungen hatte, als gäbe es Preise zu gewinnen, wenn der erste Zahn zur vorgesehenen Zeit durchbrach und das Kind sich mit den Entwicklungssprüngen genau an die aktuellen Eltern-Leitfäden und Erziehungsratgeber hielt oder sogar um eine Nasenlänge voraus war. Friederikes Baby schien von Sibylle völlig gefangen genommen zu sein, es war die Ruhe selbst. Wenn Friederike jetzt erzählte, dass sie nicht mehr konnte, weil das Baby so viel schrie – wer würde ihr das abkaufen?

Als Sibylles Tochter aufwachte, wandte Sibylle sich von Friederikes Baby ab und schälte sie aus der Babytrage wie aus einem

Kokon. Beide trugen das gleiche Kleid, rosafarbener Mädchentraum mit Rüschenband; wäre es nicht so absurd gewesen, hätte Friederike angefangen zu lachen. Sie verbiss sich einen sarkastischen Kommentar – sie wollte die Babyflüsterin auf gar keinen Fall vergraulen. Zu Friederikes Erstaunen bestellte sich Sibylle einen normalen Latte macchiato. »Sag es bloß nicht Thomas, der petzt es meinem Mann, aber ohne ein Minimum an Koffein bin ich nicht zu gebrauchen.« Zum ersten Mal empfand Friederike echte Sympathie für Sibylle und fragte übermütig: »Soll ich uns Zigaretten holen gehen?«

Sibylle sah sie abschätzend an, ob sie es ernst meinte, und lachte schließlich: »Genau, ich bestelle dann schon mal den Schnaps.« Angespornt von so viel Courage bestellte Friederike sich ebenfalls einen richtigen Kaffee – und lange hatte in ihr nichts mehr dieses Gefühl von Ausweglosigkeit und Ausgeliefertsein so gedämpft wie diese kleine Tasse Koffein.

Plötzlich bemerkte sie die Wärme in Sibylles Stimme, ohne von ihr genervt zu sein. Sie ließ sich von der Flut ihrer Worte umspülen und dahintreiben, die Müdigkeit der durchwachten Nächte breitete sich in ihr aus, ein Sonnenstrahl wärmte ihr Gesicht. Das Baby sah aus wie eine zufriedene Katze, und Friederike konnte es ohne Protestgeheul in die Babywanne legen. Sibylles Hand ruhte beim Erzählen an der Wange des Babys, diese kleine Berührung und ihre Worte schienen Wunder zu wirken, meditativ und hypnotisierend. Friederike nahm noch einen Schluck von dem kräftigen Kaffee, lehnte sich zurück und schloss die Augen, dachte an nichts mehr, fühlte bloß noch die Wärme der Sonne und der Stimme, vergaß das Baby und entspannte sich zum ersten Mal seit Wochen. Bis es sie plötzlich fröstelte. Die Atmosphäre schien verändert, eine Wolke hatte sich vor die Sonne geschoben, und es war schlagartig kühler, auch Sibylles Tonfall hatte sich verändert, klang besorgt und ängstlich. War Friederike eingeschlafen? Sie öffnete die Augen und konzentrierte sich wieder auf Sibylles Worte. »Immerzu habe ich wahnsinnige Angst vor Unfällen, stelle mir vor, dass meinem kleinen Goldschatz etwas passiert«, beendete sie gerade mit ernstem Gesichtsausdruck ihre Rede. Ging es am Ende nicht nur Friederike so? Waren es doch ganz normale Gefühle einer Erstlingsmutter, weil sie mit der neuen Verantwortung nicht zurechtkam? Gedankenverloren blickte Friederike in ihren Kaffee, der fast ausgetrunken war. Stockend, aber ohne abzubrechen, redete sie sich alles von der Seele, erzählte von dem ersten Mal auf dem Balkon, als sie ihr Baby über die Brüstung gehalten hatte, sprach von den Schuldgefühlen, von der Übelkeit, von der sie überkommenden Gefühllosigkeit, von ihrer Ratlosigkeit, von der Sehnsucht, ihr altes Leben wieder zurückzubekommen, wie sie sich wünschte, nichts von der Existenz des Babys zu wissen. Das alles erzählte sie Sibylle, ohne sie anzusehen. Erst als sie geendet hatte mit dem heutigen Morgen, an dem sie sich vorgestellt hatte, den Kinderwagen einfach in der U-Bahn sich selbst zu überlassen, blickte sie auf und in Sibylles Gesicht: Entsetzen, Fassungslosigkeit und Furcht spiegelten sich darin, während sie beschützend ihre Tochter an sich presste. »Ich muss mal«, stammelte Friederike, sprang hastig vom Stuhl auf, ließ ihr Baby in der Wanne am Tisch liegen, floh aus dem Gastraum und schloss sich auf der Toilette ein. Sie setzte sich auf den Klodeckel. Ihr war abwechselnd heiß und kalt, ihre Hände krampften, wie manchmal nach zu langem Lesen, wenn Friederike mal wieder die Zeit vergessen und nicht gemerkt hatte, wie sie vor lauter Konzentration die Finger zusammengepresst hatte. Das war in ihrem vorherigen Leben gewesen. Warum hatte sie sich so gehen lassen? Es musste die Übermüdung sein. Ich bleibe einfach hier sitzen, dachte sie. Wann würde das Café schließen? Ob sie auf den Toiletten nachsahen, bevor sie die Tür abschlossen? Dann fiel ihr das Baby ein. Sicher kümmerte sich Sibylle jetzt gerade vorbildlich um beide Babys gleichzeitig, ohne dass eines schrie. Friederike musste eine Erklärung für das Gesagte finden, etwas, um das alles zu verharmlosen und zu einem schlechten Scherz zu degradieren. Neben ihrem Fuß bewegte sich etwas. Aus der Kabine nebenan rutschte ein Schlüsselring mit einer Plastikkarte über die Bodenfliesen zu Friederike hinüber. »Hallo?«, fragte sie. »Sie haben da etwas verloren?« Keine Antwort, kein Geräusch mehr, nichts. Friederike hob den Fund auf und betrachtete ihn genauer. Es handelte sich um einen Schlüsselring mit einer gewöhnlichen Keycard, wie sie es aus Hotels kannte. Ungewöhnlicher war die leuchtend gelbe Metallvignette, die daran hing, auf der eine 47 eingraviert war. Friederike entdeckte den gefalteten Zettel, der am Schlüsselring festgesteckt war. »Hotel«, stand handgeschrieben darauf, dazu eine Adresse in Charlottenburg. Friederike entriegelte die Tür und blickte in die benachbarte Kabine. Sie war leer. Auch in dem kleinen Vorraum, in dem man sich die Hände waschen konnte, hielt sich niemand auf. Ihr nächster Blick fiel auf das kleine, unvergitterte Fenster, das zum Hinterhof hinausführte. »Es wird dir sicher guttun, mal hier rauszukommen«, hatte Thomas gesagt. Friederike öffnete das Fenster und kletterte hinaus.

Die transparente Frau

Das Telefon vibrierte, als die Nachricht eintraf. Valentins Herz
vollführte einen kleinen Hüpfer. Die erste Hürde war genommen, die Schlüsselübergabe erfolgreich bewerkstelligt. Jetzt hieß
es abwarten. Er spürte, wie sich seine Muskeln in froher Erwartung anspannten, und heftete seine Augen auf den Zugang zum
Hof. Dabei brauchte selbst ein Taxi mindestens eine halbe Stunde für diese Strecke bis zum Hotel. Aber dennoch. Er würde seinen Beobachtungsposten erst wieder verlassen, wenn der neue
Gast eingetroffen war. Widerwillig betrachtete Valentin seine
Spiegelung in der Glasscheibe. Seine Nase war zu klein, die Ohren standen zu weit ab, die Augen zu dicht beieinander. Die Haut
war immer leicht fleckig und gerötet, egal, welch absurde Sum-
me er für eine dermatologisch getestete, prämierte Creme ausgab, oder ob er sich nur auf warmes Wasser und eine milde Seife
beschränkte. Wie konnte es sein, dass ein Ästhet wie er hässlich
war? Er, der einen so exquisiten Geschmack hatte! Wäre er ein
Möbelstück gewesen, hätte er den Designer verachtet. Wäre er
der Entwurf eines seiner Studenten gewesen, er hätte ihn gnadenlos bis auf die Bodenplatte zerpflückt. Valentin hielt sich gern
in Gegenwart hübscher Personen auf. Sein Stammcafé hatte er
sich nach dem Aussehen der Bedienungen ausgesucht, sie schu-
fen allein durch ihre Anwesenheit so eine Behaglichkeit, die es
Valentin beinahe ermöglichte, sich zu entspannen.

Wahre Schönheit entfalte sich von innen, hatte seine Therapeutin einmal zu ihm gesagt, als er sich bei ihr über sein Äuße-
res beklagt hatte.

»Haben Sie das in einem Glückskeks gelesen?«, fragte er abfällig.

Sie befanden sich damals in ihrer Kennenlernphase. Valentin konnte seine Therapeutin noch nicht einschätzen, er versuchte herauszufinden, wie sie tickte, aufrichtiges Interesse von rein therapeutisch intendierten Fragen zu unterscheiden.

»Einer der Gründe, den Sie für den Beginn Ihrer Therapie genannt haben, ist der Tod Ihrer Mutter. Wie stehen Sie selbst zu Kindern?«

Valentin war von der Frage ehrlich überrascht. »Wenn das Verhältnis zu meiner Mutter von Interesse ist, warum fragen Sie dann nicht danach, sondern nach meinem Verhältnis zu Kindern?«

»Unsere Einstellung zu Kindern sagt nicht selten etwas über das Verhältnis zu unseren Eltern aus. Nur, dass wir über jemanden, der nicht existiert, unbefangener sprechen als über Menschen, die wir in ihrer vollen Gestalt und all ihrem Handeln vor Augen haben, die wir vielleicht nicht verletzen oder deren Andenken wir nicht trüben möchten.«

Valentin dachte eine ganze Weile nach, bevor er antwortete. Eigene Kinder habe er nie in Erwägung gezogen, erklärte er. Babys könne er noch akzeptieren, aber sobald sie anfingen zu sprechen, werde es kompliziert. Kinder seien, wie so vieles in der Welt, nicht zu Ende gedacht. Valentin könne Kinder keinesfalls dauerhaft um sich herum ertragen. Er sei da realistisch – Kinder hätten Forscherdrang und wollten alles ausprobieren, vor allem Dinge, die sie nicht konnten. Und dann müsse man sie machen lassen. Sie müssten die Welt selbstständig entdecken, damit sie aus ihren eigenen Erfahrungen lernen könnten. Das leuchtete ihm in der Theorie vollkommen ein. Aber Valentin ertrug es nicht, wenn seine Nichten und Neffen Brettspiele anders spielten, als es in der Anleitung stand. Es gelang ihm auch nicht, Bewunderung zu heucheln, wenn eines der Kinder stolz seine mit Nägeln, Kordel und Klebeband zusammengezimmerte »Maschine« präsentierte, die einfach nichts konnte. Oder ein Lob auszusprechen, wenn er ein Bild geschenkt bekam, auf dem nur Krickelkrakel zu sehen war, was aber eine Lokomotive oder ein Säbelzahntiger sein sollte. Diese Unvollkommenheit mache ihn nervös, erklärte er.

»Warum sind Sie der Meinung, dass alles perfekt sein muss?«

»Sollte das nicht das Ziel sein? Wo kämen wir denn hin, wenn jeder einfach so vor sich hin stümpern würde, ohne den Willen, sich zu verbessern?«

»Aber wer legt die Maßstäbe für gut und schlecht fest?«

Valentin verschränkte die Arme: »Eine Zeichnung von etwas, das der Betrachter ohne eine Erklärung nicht erkennen kann, ist jedenfalls *nicht* gut.«

»Was halten Sie von Gerhard Richter?«, fragte sie genüsslich.

War Valentin bis dahin noch unentschlossen gewesen, ob er die Therapie bei ihr wirklich fortführen wollte – in diesem Moment entschied er sich, zu bleiben. Seit über zwei Jahren ging er nun zu ihr. Schlagfertigkeit zollte Valentin höchsten Respekt; sie begegnete ihm nur leider viel zu selten, die meisten Gespräche waren hohles Geplänkel. Valentin empfand körperlichen Schmerz, wenn er Small Talk halten musste. Gänzlich konnte er sich dem natürlich nicht entziehen, schon gar nicht im Universitätsbetrieb. Auf den internen Veranstaltungen musste er sich regelmäßig blicken lassen – auf Fakultätsfeiern, Sitzungen, wichtigen Präsentationen. Er verbrachte dort nie mehr Zeit als unbedingt nötig. Jeder versuchte zu glänzen, weil er gerade irgendwo einen Wettbewerb gewonnen oder einen Artikel veröffentlicht hatte, und wenn Valentin später allein an seinem Fenster stand und das Gehörte beim Blick auf sein Hotel Revue passieren ließ, blieb so wenig Erinnernswertes übrig, dass es ihm vorkam, als hätte er nur ein einziges, endlos langes Gespräch geführt. Ganz anders bei seinem ersten Zusammentreffen mit Nummer 47.

Die Begegnung mit Nummer 47 war eine glückliche Fügung gewesen, die vor ein paar Wochen aus Katastrophen heraus erwachsen war. Wie so oft hatte die Katastrophe ihren Ursprung in der Praxis seiner Therapeutin genommen. Eigentlich hatte die Sitzung vielversprechend angefangen. Valentin war nach einem gelungenen sarkastischen Seitenhieb blendender Laune gewesen, sodass er sich nicht einmal an der Ausstattung der Praxis störte. Die Einrichtung war unentschlossen – aus jedem Dorf eine Kuh! Tatamimatten in der einen Ecke, etwas separiert durch einen orientalisch anmutenden, mit Schnitzereien verzierten Paravent, eine Buddha-Statue auf einer rustikalen Bauernkommode, ein grünes ledernes Chesterfield-Sofa, daneben ein Chippendale-Tischchen und zwei Barocksessel, an den Wänden grob geschnitzte, bunt bemalte Masken neben drittklassigen Drucken abstrakter Gemälde. Es war grotesk. Am liebsten hätte Valentin einen Container bestellt und ausgemistet – sogar auf eigene Kosten.

An jenem Tag jedoch stimmte es Valentin heiter, ja, es belustigte ihn sogar. Zum ersten Mal fiel ihm die Symbiose zwischen seiner Therapeutin und ihrer Praxis auf, er war sogar geneigt zu glauben, dass dieser Stilmix für seine Therapeutin sprach statt gegen sie. Vielleicht wollte sie mit diesem Durcheinander jedem ihrer Patienten etwas Vertrautes anbieten, etwas, zu dem er sich hingezogen fühlte, das ihn berührte. Eine Atmosphäre schaffen, in der man sich fallen lassen konnte. Und so geriet Valentin richtig ins Reden, dass er fast das Gefühl dafür verlor, dass er bei einer Sitzung war. Am Ende der Stunde verabschiedete seine Therapeutin sich mit ihren üblichen Worten: »Wir knüpfen hier nächste Woche wieder an.« Doch diesmal endete das Gespräch nicht an dieser Stelle. »Es gibt da noch etwas, das ich Ihnen mitteilen muss«, sagte sie. Valentin verkrampfte. Wenn jemand etwas mitteilen *musste,* handelte es sich in der Regel um etwas Unangenehmes. Man musste jemandem mitteilen, dass er seine Arbeitsstelle verlieren würde, dass eine Steuerprüfung ins Haus stand, dass ein Angehöriger leider verstorben war. »Wir ziehen um«, sagte sie. »Also die Praxis.« Sie redete weiter, aber Valentin hörte nicht mehr zu. Wie konnte sie ihm das mitteilen wie etwas Alltägliches, Unwichtiges, als hätte sie einen neuen Handtuchhalter auf der Praxistoilette angebracht – was ihn sicher auch schon aus dem Konzept gebracht hätte.

»Damit kommen Sie jetzt, wo unsere Redezeit vorbei ist?«, unterbrach er sie.

»Oh, keine Sorge, wir bleiben in Berlin, wir ziehen nur nach Schöneweide.«

»Nur? Nur nach Schöneweide? Sie ziehen von Wilmersdorf nach Schöneweide und lassen das hier so ganz lapidar am Ende unseres Termins fallen, als beträfe es mich nicht?«

»Es sind ja noch vier Wochen«, sagte sie.

»Vier Wochen?«

Sie schob ihn regelrecht aus dem Therapiezimmer hinaus und machte Valentin die Tür vor der Nase zu, bevor er das Gespräch vertiefen konnte. Verärgert zog er seinen Mantel an und nahm die Karte mit der neuen Adresse der Praxis von der Vorzimmerdame entgegen, die ihn besänftigend anlächelte. Draußen schien die Sonne. Obwohl Valentin sonst die wärmenden Strahlen nach einer Therapiesitzung genoss, weil sie das Gefühl der Anspannung vertrieben, welches er immer nach den Gesprächen mit Ärzten empfand, drang ihre Wärme heute nicht zu ihm durch.

Zu Hause besah er sich den Stadtplan und suchte die neue Adresse der Praxis, die auf der Karte stand. Nur noch drei Termine würden in den gewohnten Räumen stattfinden, gefolgt von einer Woche Pause; alle weiteren Termine würden in die neue

Praxis verlegt werden. Sie war am anderen Ende der Stadt, fast schon am Flughafen. Er hatte nicht vor, das einfach sang- und klanglos zu akzeptieren. Seit mehr als zwei Jahren ging er jetzt zu ihr in die Therapie, gerade gewöhnte er sich daran – da sollte sich schon wieder alles ändern?

Auf die nächste Sitzung bereitete Valentin sich gründlich vor. Wie zufällig lenkte er das Thema auf das schöne Charlottenburg-Wilmersdorf, zählte seiner Therapeutin die Vorzüge der Lage auf, erwähnte sogar einfühlsam einige Bars und Geschäfte, von denen er wusste, dass sie sie mochte. Es hätte jedem guten Immobilienmakler zur Ehre gereicht. Doch seine Therapeutin schien resistent gegen seinen Charme zu sein, also legte er nach: Er habe gelesen, dass man den Kiez, in dem man sich heimisch fühlte, besser ab einem gewissen Alter nicht mehr verließ, dass man die Wurzeln nicht unterschätzen dürfe, dass, wenn man nicht achtgab, darauf der soziale Abstieg folgen würde, Einsamkeit bis hin zu Isolation. Weil selbst die Freunde, die bei einem solchen Schritt beteuerten, dass sie einen natürlich weiter besuchen kämen, das nicht tun würden, und wenn doch, würden sie sich direkt nach dem Abendessen verabschieden, weil sie ja noch den ganzen Weg in die Stadt zurückfahren müssten. Der Bequemlichkeit halber würden sie das mit dem Auto tun, deshalb würden sie nichts mehr trinken, und aus den ehemals geselligen weinseligen Abenden würden kurze gehetzte Pflichttermine werden, bis sie irgendwann ganz ausfallen würden, weil einer sich nicht wohlfühlte. Wenn man sich nicht wohlfühlte, ging man trotzdem noch zum Stammtisch um die Ecke, weil man ja schnell wieder zu Hause wäre, falls sich die Lage verschlimmerte. Wenn man sich dafür aber in Auto oder Bahn setzen musste, würde man lieber gleich ganz absagen. So würde es also anfangen, und bald würde sie immer mehr Abende allein zu Hause verbringen und schließlich würde man sich nicht mehr an den Nachnamen der Freunde erinnern, und wenn man sie irgendwann doch einmal anrief, würde man den eigenen Nachnamen nennen müssen, wo vorher ein lockeres »Ich bins!« ausgereicht habe. Vielleicht hätten sie auch die Nummer gewechselt, ohne einen darüber zu informieren, weil es inzwischen eine lose Bekanntschaft geworden war. Valentin redete sich richtig in Rage, sprang auf und untermauerte seine Worte mit eindrucksvollen Gesten. Sogar einen passenden Zeitungsartikel hatte er mitgebracht: »Die Illusion eines besseren Lebens – Wie wir uns selbst betrügen«. Zufrieden mit seinem Auftritt ließ er sich atemlos auf seinen Stuhl zurückfallen und blickte seine Therapeutin zum ersten Mal an, seit er das Wort ergriffen hatte.

»Es geht Sie zwar nichts an, aber nur 15 Minuten von der neuen Praxis entfernt bin ich geboren und aufgewachsen. Auf mich warten Dinge, die ich in den letzten Jahren vermisst habe. Vor allem wartet auf mich meine Mutter, die Unterstützung braucht. Geplant habe ich das schon immer, für irgendwann. Nun geht es ihr gesundheitlich nicht gut, und der Umzug ist früher nötig. Es ist also eigentlich so, wie Sie sagen, nur andersherum. Ich habe mich hier nie wirklich zu Hause gefühlt.«

»Also hatte ich immerhin recht.«

»Wenn Ihnen das wichtig ist: Ja, Sie hatten recht.«

Es war ein schaler Trost. »Ihnen ist schon klar, dass es unfair ist, Ihre Mutter ins Spiel zu bringen«, entgegnete Valentin beleidigt. An der Art, wie sie lächelte, konnte er ablesen, dass sie ganz genau wusste, dass er niemals dagegen argumentieren würde, wenn sich jemand um seine kranke Mutter kümmern wollte.

Vor zwei Wochen dann hatte der erste Termin in der neuen Praxis angestanden. Valentin verließ seinen Stadtteil höchst selten, wenn möglich blieb er sogar im selben Kiez. Für alle seine Bedürfnisse fand sich hier der passende Ort: die französische Bäckerei, der asiatische Imbiss, die Wäscherei – seine Kleidung bestellte er online. Das war unumgänglich. Er hatte es mit mehreren Bekleidungsgeschäften versucht, aber überall hatten sie versucht, ihn »aufzupeppen«. Allein schon das Wort trieb Valentin Schweißperlen auf die Stirn, von den Umkleidekabinen ganz zu schweigen. Mittlerweile wusste er bei bestimmten Labeln seine Größe, sodass er alles online nachordern konnte, was er brauchte. Absichtlich setzte er dabei auf Traditionsmarken, die sich schon lange hielten, und kleidete sich in Basics, die unabhängig von irgendwelchen Trends unverändert nachproduziert wurden. Daher hatte sich seine Garderobe in den letzten Jahren kaum verändert, die abgetragenen Stücke wurden nahtlos durch neue ersetzt, noch bevor man es ihnen ansah.

Für seine Uni-Seminare fuhr er bis zum Tiergarten, manchmal bestellte er die Studenten auch zu sich ins Hotel, dann nutzten sie die im Vorderhaus befindliche Bar als Seminarraum, da der Betrieb erst um 19 Uhr losging. Für die Fahrten an die Uni nahm er immer sein Auto. Ein maigrüner Volvo Kombi von 1975. Er hatte ihn mit 18 gebraucht gekauft, ihn restaurieren lassen und seitdem liebevoll gepflegt. Ganz in der Nähe hatte er eine kleine Garage für ihn angemietet, an der Uni nutzte er den Mitarbeiterparkplatz. So verplemperte Valentin keine Zeit mit langem Suchen nach einer Parklücke und wusste seinen Wagen gut geschützt.

Die Gegend, in der die neue Praxis seiner Therapeutin lag, war ihm gänzlich unbekannt. Keinesfalls würde er dort irgendwo seinen geliebten Wagen unbeaufsichtigt am Straßenrand stehen lassen. Da er mit den öffentlichen Verkehrsmitteln nicht umsteigen musste, beschloss er, es damit zu versuchen.

Am Abend vor der ersten Sitzung in Schöneweide lief er rastlos in seiner Wohnung auf und ab. Wie lange war es her, dass er eine S-Bahn benutzt hatte? Wieder und wieder studierte er den Stadtplan, prägte sich die Straßennamen ein und suchte sich drei unterschiedliche Routen auf der Karte von der S-Bahn zur Praxis heraus, damit er vor Ort entscheiden konnte, welche davon in der Realität am wenigsten grässlich aussah. Erst im Morgengrauen fand er in einen unruhigen Schlaf.

Den gesamten Vormittag begleitete ihn das Unbehagen ob der bevorstehenden Fahrt. Er war richtig erleichtert, als seine Kalender-App auf dem Handy endlich das Signal gab zum Aufbruch.

Beim Anblick der Gestalten, die sich auf dem Bahnsteig tummelten, mit denen er sich gleich einen Waggon würde teilen müssen, hätte Valentin am liebsten kehrtgemacht. Aber er verachtete Wankelmütigkeit und Unentschlossenheit – nein, er würde jetzt nicht klein beigeben und seinen Plan verändern. Tapfer stieg er in die Bahn ein, stellte sich in die Nähe einer Tür und versuchte, während der ruckeligen Fahrt das Gleichgewicht zu halten, ohne irgendetwas zu berühren.

Schöneweide war noch schlimmer, als er erwartet hatte. Er suchte sich seinen Weg durch nichtssagende, seelenlose Bauten, entlang an großen Straßen mit zu wenigen Cafés und zu vielen Einkaufscentern, Nagelstudios und Schuhgeschäften, wich Hundehaufen und Schlaglöchern aus. Sogar eine Plattenbausiedlung wäre ihm lieber gewesen, die hatten Struktur und klare Linien, dort fand man sich schnell zurecht. Als er die Adresse der neuen Praxis endlich erreicht hatte, die in einem Ärztehaus untergebracht war, stand er vor verschlossener Tür. Bis zu seinem Termin dauerte es noch eine gute Stunde. Er war extra früh aufgebrochen, damit er sich eine Weile ins Wartezimmer setzen und akklimatisieren könnte bis zu seinem Termin. Zähneknirschend verließ er das Gebäude, um sich einen akzeptablen Ort zum Warten zu suchen. Die Bürgersteige waren grauenerregend, und die Lokale wirkten, als sollte das Gesundheitsamt mal nach dem Rechten sehen. Endlich stieß er inmitten des Verfalls auf eine kleine Grünfläche, bestanden mit drei Bänken und ein paar mickrigen Bäumen. Besser als nichts, dachte Valentin, unwillig, sich weiter als nötig von der Praxis zu entfernen. Gehörte das wirklich noch zu Berlin? Er scannte mit einem raschen Blick die drei Sitzmöglichkeiten. Auf der ersten Bank lag jemand Verlottertes und schlief. Die zweite Bank war unansehnlich, verschmiert mit irgendetwas großstädtisch Abartigem. Blieb ihm nur die dritte Bank, auf der eine Frau saß, neben der ein Kinderwagen stand. Auch das noch. Valentin stapfte zielstrebig auf die unbesetzte Hälfte der Bank zu. Er zog seinen Mantel aus, setzte sich auf die äußerste Kante der Sitzfläche, sodass er das abgenutzte Holz möglichst wenig berührte, und legte sich den Mantel über die Beine. Die Frau wandte sich von ihm ab, in Richtung des Kinderwagens, in dem ein schlafendes Baby lag. Sie drehte eine Zigarette und ein Feuerzeug in ihren Händen hin und her. Plötzlich seufzte sie tief und steckte sich die Zigarette in den Mund, ohne sie jedoch anzuzünden. Valentin betrachtete die Frau aus den Augenwinkeln. Sie wirkte vernachlässigt, mehrere kleine Haarsträhnen hatten sich aus ihrem Zopf gelöst. Dennoch konnte Valentin erkennen, dass ihre Kleidung qualitativ hochwertig war und ihre Fingernägel ganz natürlich, vielleicht sogar etwas zu kurz. Er achtete auf die Hände, wenn er Menschen traf. Valentin ekelte sich vor den Fingernägeln, wie Frauen sie heutzutage des Öfteren trugen, mit denen sie zu keinerlei filigranen Tätigkeiten mehr fähig waren: lang, manchmal merkwürdig spitz, überzogen mit dicken, glänzenden Glasuren, verziert mit Strass oder Glitzer. An der Supermarktkasse wählte er nicht anhand der Länge der Schlange aus, wo er sich anstellte, sondern anhand der Fingernägel der Kassiererin. Keinesfalls wollte er riesigen Gelnägeln dabei zusehen, wie sie pinzettenartig versuchten, die richtigen Münzen aus dem Kassenfach herauszufischen, und am Ende vermutlich noch seine bloße Haut streiften! Vermutlich hatte er die Frau angeglotzt, denn sie wandte sich ihm mit einem Ruck zu und blaffte ihn unfreundlich an. Die genauen Worte erinnerte er nicht mehr, irgendetwas über rauchende Mütter und Freiheitsrechte. Dabei hatte sie die Zigarette immer noch nicht angezündet und machte auch keine Anstalten, dies zu tun.

»Ich liebe Zigarettenrauch«, sagte er.

Verblüfft hielt sie inne. Sie sah ihn misstrauisch an, unsicher wohl, ob er es ironisch gemeint hatte. »Möchten Sie eine?«, fragte sie und hielt ihm die geöffnete Schachtel hin.

»Nein, danke, ich vertrage Tabak leider überhaupt nicht. Wissen Sie, der Geruch erinnert mich an meinen Großvater. Er hat sich in den Zigarettenrauch gehüllt wie in eine Wolke aus Schweigen, und in seinem Beisein waren sofort alle friedlich und ausgeglichen. Als hätte der Rauch die innere Ruhe und Gelassenheit auf alle Anwesenden übertragen. Es schien mir immer ein Segen zu sein, wenn man Raucher ist. Ich habe es früher ein paar Mal probiert, aber mir wird schrecklich übel davon.«

»Früher habe ich am Vormittag nur Kaffee und Zigaretten konsumiert. Da hat mein Mann das nie kritisiert. Bis ich schwanger wurde. Die Gesundheit des Babys scheint ihm wichtiger zu sein als meine.« Sie steckte die Zigarette in die noch volle Packung zurück. Gedankenverloren blickte Valentin auf das Baby, ohne es wirklich wahrzunehmen.

»Wollen Sie mir nicht sagen, wie niedlich das Baby ist?« Ihr Tonfall war immer noch angriffslustig.

»Ist es das? Ich kenne mich mit Kindern nicht aus«, antwortete er ehrlich und warf einen prüfenden Blick in den Kinderwagen. Unschlüssig zuckte er die Schultern und musterte die Frau unverhohlen. »Sie sehen jedenfalls furchtbar aus, als hätten Sie monatelang gecampt.«

Empathie gehörte laut seiner Therapeutin nicht zu seinen Stärken. Sie hatte ihn ermahnt, mehr Vorsicht walten zu lassen, um die Menschen mit seinen unverblümten Kommentaren nicht zu verletzen, als er zum Beispiel ihre Bluse als geschmacklich fragwürdig bezeichnet oder sie darauf hingewiesen hatte, dass der Schnitt ihres neuen Kleides ihre Figur nicht gerade vorteilhaft zur Geltung brachte. Valentin verstand das nicht. Kindern wurde immer ihre schonungslose Ehrlichkeit zugutegehalten – warum sollte man als Erwachsener davon abweichen? Die Frau auf der Bank schien ihm seine Worte nicht zu verübeln, ihre Lippen umspielte sogar ein Lächeln.

»Ist das Ihr Kind?«, fragte er.

»Was denn sonst? Denken Sie, ich hätte es geklaut?«

Er ließ abermals seinen Blick über sie wandern. »Zutrauen würde ich es Ihnen.«

»Manche mutmaßen auch, ich wäre die Oma, wenn sie mich mit dem Baby sehen. Schön wärs.«

Sie atmete ein paarmal tief ein und aus. Valentin hatte schon Sorge, dass sie gleich in Ohnmacht fallen würde. Doch ihr Atem beruhigte sich, und sie begann leise und etwas stockend zu reden. Sie erzählte ihm, dass ihr Tag um vier Uhr morgens begonnen habe und sie unendlich müde sei. Dass sie früher schon schlecht geschlafen, sie das aber nie gekümmert habe. Dann sei sie eben mitten in der Nacht aufgestanden und habe gelesen oder geschrieben. Ihr Mann habe Schichten im Krankenhaus gearbeitet, und es sei vorgekommen, dass ihr Rhythmus sich verschob und sie ein paar Tage lang in einer seltsamen Zeitblase verbrachten, in der sie mitten in der Nacht frühstückten oder die Nacht durchmachten und noch am frühen Morgen mit einem Glas Wein in der Küche standen und dann bis in den Nachmittag hinein schliefen, wenn sie es sich leisten konnten. Soweit Valentin verstand, war sie Professorin für irgendein geisteswissenschaftliches Fach, Philosophie vielleicht. Er fühlte sich so unerwartet wohl neben ihr, dass er eine Weile nicht aufpasste und kaum auf das achtete, was sie erzählte. Valentin gehörte nicht zu den Menschen, denen andere schnell etwas anvertrauten. Dabei sah er ungeheuer kompetent aus, wie er fand. Vermutlich wirkte er einschüchternd, anders konnte er es sich nicht erklären. Distanziert, sagte seine Therapeutin. Abweisend, meinte sie wohl eher. Aber die Frau auf der Bank redete mit ihm, als würden sie sich schon lange kennen. Er war es so wenig gewohnt, Persönliches zu hören, dass es einen Moment dauerte, bis er die Ungeheuerlichkeit der Dinge realisierte, die sie ihm erzählte. Sie sprach von ihrem Liebesleben, das offenbar seit der Geburt des Babys zum Erliegen gekommen war. Als sie merkte, dass er die Tragik dieses Umstandes nicht angemessen würdigte – in Wahrheit war er einfach sprachlos, dass sie mit einem ihr völlig Fremden über Sex sprach, ausgerechnet mit ihm –, erzählte sie auch noch von ihrem Liebesleben vor der Schwangerschaft. Wie sie es nach einem gemeinsam verbrachten Abend manchmal kaum noch geschafft hatte, die Wohnungstür hinter ihnen zu schließen, so schnell sei ihr Mann über sie hergefallen. Valentin glühten die Ohren. Zu seinem Ärger konnte er nie verbergen, wenn ihm etwas peinlich oder unangenehm war.

»In Sachen Sexualität bin ich wohl kaum ein geeigneter Ratgeber«, versuchte er, ihren Erzähleifer zu bremsen.

Jetzt musterte sie ihn. »Sind Sie Priester?«

»Nein.«

»Verklemmt?«

»Nein. Das Verlangen danach ist mir einfach fremd.«

Sie holte wieder eine Zigarette aus ihrer Packung und ließ sie durch ihre Finger wandern. »Ist vielleicht einfacher«, meinte sie schulterzuckend, »dann brauchen Sie sich nicht mit Beziehungsproblemen herumzuschlagen.«

»Oh, die Abwesenheit von sexuellem Verlangen bedeutet nicht zwangsläufig, dass man keine Beziehung hat oder haben möchte. Einige entwickeln durchaus romantische Gefühle und haben das Bedürfnis nach Nähe. Den meisten ›normalen‹ Menschen ist das allerdings nicht genug. Also bleibt man allein.«

»Scheiße«, sagte sie schlicht.

Valentin mochte ordinäre Ausdrucksweisen nicht. Aber es tat ihm gut, dass sie es aussprach, dass sie nichts versuchte abzufedern oder zu beschönigen. Dass sie ihm nicht das Gefühl gab, er müsse nur härter an sich arbeiten, um sich zu verändern und sich anzupassen. Valentins Blick fiel wieder in den Kinderwagen. Das Baby hatte bisher keinen einzigen Laut von sich gegeben oder sich bewegt. Es lag noch genauso da wie bei seiner Ankunft an der Bank. Die Frau ergriff wieder das Wort. Sie erzählte, dass je größer ihr Bauch während der Schwangerschaft geworden war, sie als Mensch gleichzeitig verblasst sei, als würde sie sich langsam auflösen. Die ganzen Monate über habe sie gehofft, es sei nur eine Schwangerschaftsdepression, etwas Vorübergehendes, das mit der Geburt aufhören würde. Aber es habe nicht aufgehört, im Gegenteil, es verschlimmere sich weiterhin mit jedem Tag. Wenn sie an einem Schaufenster vorübergehe, wundere sie sich manchmal darüber, dass ihr Spiegelbild überhaupt noch zu sehen sei. Sie schaute auf ihre ausgestreckten Hände hinunter und drehte sie hin und her, als erwarte sie, dass man wirklich hindurchsehen könnte. Ihre Worte rührten Valentin. Wie es wohl war, sich auf diese Art und Weise transparent zu fühlen?

»Wussten Sie, dass manche Menschen sich lebensecht aussehende Babypuppen anfertigen lassen und sie dann im Kinderwagen mit sich herumschieben? Sie ziehen sie abends um, kleiden sie in Schlafanzüge oder Nachthemden und singen ihnen zum Einschlafen etwas vor«, sagte er.

»Idioten«, entfuhr es der Frau. »Ehrlich gesagt, lieber würde ich wochenlang campen, als mich um ein Baby zu kümmern.«

Valentin schwieg, neugierig darauf, wie die Konversation weitergehen würde – bedauerlicherweise ein höchst seltener Umstand.

Sie hielt ihren Blick ins Leere gerichtet. »Manchmal denke ich ernsthaft daran, zu verschwinden. Einfach eine Tasche packen und los.«

»Zigaretten holen gehen?«

Jetzt lachte sie – aber mit einem bitteren Unterton. »In Liedern und Geschichten sind es immer die Männer, die Zigaretten holen gehen und nicht wiederkommen. Die Frauen sind die Gefängniswärterinnen, die den Männern ein unpassendes Leben zumuten. Die Gesellschaft hält sich für so modern, so fortschrittlich, so emanzipiert. Wenn ein Mädchen mit 14 schwanger wird, kritisiert keiner mehr, wenn sie das Kind abtreibt. Aber von einer kinderlosen Frau in meinem Alter erwartet man, dass sie sich überglücklich und gesegnet schätzt. Eine andere Möglichkeit zieht niemand in Betracht.« Ihr Blick verlor sich irgendwo über der kläglichen Grünfläche. Schließlich seufzte sie: »Ergibt das einen Sinn?«

Valentin war nicht sicher, was sie meinte. Sprach sie davon, einem Fremden ihre Probleme zu erzählen? Oder meinte sie das, was sie erzählte? Valentin war es völlig egal. Wie selten traf man Menschen, die noch von »Sinn ergeben« sprachen und nicht diese unselige Formulierung »Sinn machen« benutzten, bei der Valentin sich jedes Mal der Magen umdrehte. Mit diesem kleinen Wort gewann sie vollends sein Herz.

Abrupt stand sie auf und griff nach dem Kinderwagen.

»Sehen wir uns wieder?«, fragte Valentin schnell.

Sie nickte ihm mit einem schiefen Lächeln zu.

»Ich bin jeden Mittwoch hier«, redete er eifrig weiter, während sie bereits den Kinderwagen ins Rollen brachte und sich von der Bank entfernte. Er schaute ihr nach, wie sie den Weg hinunterging, bis sie aus seinem Sichtfeld hinter ein paar Bäumen verschwand. Valentin warf einen Blick auf die Uhr und fuhr erschrocken hoch. Er würde sich beeilen müssen, damit er sich zu seiner Sitzung nicht verspätete. Das war ihm noch nie passiert. Er legte die ganze Strecke im Trab zurück und traf außer Atem in der Praxis ein. Plötzlich überfiel ihn panische Angst, dass er die transparente Frau vielleicht nie wiedersehen würde. Valentin würdigte die Vorzimmerdame und die neuen Räumlichkeiten kaum eines Blickes und stürmte direkt zur Tür, an der ein handgeschriebener Zettel mit dem Namen seiner Therapeutin hing. Er klopfte einmal kurz mit dem Knöchel und riss, ohne eine Antwort abzuwarten, die Tür auf. Er lief ins Sprechzimmer hinein, baute sich vor dem Schreibtisch seiner Therapeutin auf und schimpfte los, dass er sich beinahe verlaufen habe in dieser unwirtlichen Gegend. Ungerührt blickte seine Therapeutin von ihren Notizen auf. »Ihnen auch einen guten Tag – schön, dass Sie zu uns gefunden haben. Haben Sie die Wegbeschreibung nicht genutzt, die wir Ihnen mitgegeben haben?«

»Dieses winzig kleine, speckige Stück Pappe, meinen Sie? Eine stümperhafte Wegbeschreibung, zweideutig und ungenau!«, antwortete er mit einem vernichtenden Blick.

»Konnten Sie niemanden nach dem Weg fragen?«, fragte sie.

»Wenn Sie nach zwei Jahren so wenig von mir wissen, zweifle ich daran, dass wir überhaupt Fortschritte machen«, knurrte er.

»Was wäre ein Fortschritt für Sie? Dass Sie Ihr Viertel mal verlassen, zum Beispiel?«, fragte sie und lächelte auf ihre hinterhältige Art und Weise.

Die ganze Sitzung über war Valentin unkonzentriert. Von der Begegnung mit der transparenten Frau erzählte er seiner Therapeutin nichts. Er wollte nichts zerreden, analysieren oder sich von ihr kaputtmachen lassen.

Auf dem Heimweg ließ ihn alles, was um ihn herum geschah, merkwürdig unberührt – nicht einmal über das schräge Geigenspiel zweier Männer mit angekaut aussehendem Kaffeebecher als Sammelbehälter regte er sich auf. Er hing seinen eigenen Gedanken nach, ließ wieder und wieder das Gespräch mit der transparenten Frau Revue passieren. Als Valentin im Hotel seine Wohnungstür öffnete, stutzte er und hielt inne. Irgendetwas fühlte sich fremd an. Er konnte es nicht genau benennen, denn augenscheinlich war nichts anders als beim Verlassen der Wohnung. In der Obstschale lagen zwei Äpfel und zwei Bananen. Der Messinghaken war bereit für seine Tasche, der Autoschlüssel hing daneben an dem zweiten Haken, wo er hingehörte. Die Wolldecke lag genau richtig gefaltet auf der Armlehne der Couch, die Fernbedienung in der linken unteren Ecke des Couchtischs. Notizblock und Stift lagen auf dem Stehtisch am Fenster. Nichts hatte sich verändert. Und doch. Hatte Valentin die Fernbedienung gestern nicht ein klein wenig mehr rechts hingelegt? Es wäre ihm doch aufgefallen, wenn er sie direkt an die Kante gelegt hätte. Hatte die Spitze des Stifts nicht genau auf die gläserne Kuppel gezeigt? Waren die Fransen des kleinen Teppichs unter dem Sideboard nicht in die andere Richtung ausgerichtet gewesen? Wahrscheinlich hatte ihn einfach der Umzug der Praxis mitgenommen, beruhigte er sich, die Fahrt im öffentlichen Personennahverkehr und dann noch das Gespräch mit dieser Frau …

An jenem Abend hatte Valentin lange wach gelegen. Das geschah durchaus nicht selten. Das Schlafen an sich war kein Problem, mit dem Einschlafen aber tat er sich schwer. Immer wenn er kurz davor war, in den Schlaf hinüberzugleiten, überkam ihn der Gedanke, er könne am Morgen vielleicht nicht wieder aufwachen. Damals war es aber noch etwas anderes gewesen, das ihn am Einschlafen hinderte. Seine Gedanken kreisten immerzu um die transparente Frau. Sie hatte sich kein einziges Mal verteidigt oder versucht, sich besser dastehen zu lassen. Genauso wenig war sie in einen märtyrerhaften Ton verfallen. Valentin hatte es normalerweise nicht so mit Gefühlen, was daran lag, dass die meisten Menschen selbstmitleidig waren, pathetisch und gefühlsduselig. Sie jammerten, fühlten sich immer zu kurz gekommen, als hätte man sie um etwas betrogen, das ihnen rechtmäßig zustand. Die transparente Frau hingegen war reflektiert und schonungslos gewesen – mit ihrem Mann, mit dem Baby, aber vor allem mit sich selbst. Den Gedanken, nie mehr mit ihr zu sprechen, fand er unerträglich. Grübelnd schlief Valentin zum ersten Mal seit Langem ein, ohne an seinen eigenen Tod zu denken.

»Sie bekommen nicht jede Krankheit, über die Sie etwas lesen«, hatte seine Therapeutin einmal zu ihm gesagt, als er ihr von seiner Befürchtung erzählte, an einer Glutenunverträglichkeit zu leiden.

»Woher wollen Sie wissen, dass ich darüber gelesen habe?«, fragte er.

»Entweder haben Sie darüber gelesen oder jemand hat Ihnen davon erzählt«, sagte sie.

»Ich habe weder darüber gelesen noch hat mir jemand davon erzählt. Ich fühle mich einfach elend, wenn ich Brot oder Nudeln gegessen habe«, sagte er.

Sie blickte ihn eindringlich an.

»Morgens nach meinem Birchermüsli geht es schon los.«

Sie wandte den Blick nicht ab.

»Erst dachte ich, es sei ein Infekt, aber bei Zwieback und Salzstangen wird es noch schlimmer.«

»Haben Sie eine Dokumentation im Fernsehen gesehen?«

»Warum sind Sie so versessen darauf, dass ich etwas darüber gehört habe?«

»Weil Sie schon eine lebensbedrohliche Grippe bekommen, sobald jemand im Bus neben Ihnen niest.«

»Ich fahre niemals Bus«, sagte er.

Sie ignorierte seinen Einwand.

»Finden Sie es eigentlich eine gute Strategie, Ihre Patienten nicht ernst zu nehmen?«

»Fühlen Sie sich wie mein Patient?«

»Ich bin mir nicht sicher, gesünder scheine ich durch die Termine mit Ihnen jedenfalls nicht zu werden.«

»Haben Sie im Wartezimmer in einer der Gesundheitszeitschriften geblättert? Ich hatte Ihnen doch gesagt, Sie sollen da nicht mehr reingucken, sondern eine von den Klatschzeitschriften lesen.«

»Was interessiert mich die Hochzeit von Schwedens Kronprinz?«

»Sie haben es ja doch gelesen.«

»Nur überflogen«, entgegnete Valentin schnell und ärgerte sich, dass sie ihn ausgetrickst hatte. »Der leidet übrigens nicht an Zöliakie«, konterte er und war sehr zufrieden mit sich.

Die letzte Sitzung bei seiner Therapeutin lag weniger als eine Woche zurück. Die Begegnung mit der transparenten Frau hatte er ihr gegenüber wieder nicht erwähnt. Es bereitete Valentin diebische Freude, ein Geheimnis vor ihr zu haben. Obwohl er sie gerne zu einigem befragt hätte. Warum hatte er nach der Begegnung abends so lange wach gelegen? Es war keine romantische Aufregung gewesen, wobei er es kurz für möglich gehalten hatte, sehr gut kannte er sich damit nicht aus. Die transparente Frau war sicher zehn Jahre älter als er, also kein ungewöhnlicher Altersunterschied mehr heutzutage. Er war nicht sicher, was genau ihn so an ihr fasziniert hatte. War es die scheinbare Abwesenheit von Liebe in ihrer Stimme und ihrem Blick gewesen, wenn es um ihr Baby ging? Ihr Geständnis, dass sie die Entscheidung für das Kind am liebsten rückgängig gemacht hätte?

Als er die Bank eine Woche nach dem ersten Zusammentreffen das zweite Mal aufgesucht hatte, war die transparente Frau noch nicht da. Auch sonst war an diesem Tag niemand im Park.

Valentin blickte auf die Uhr. Er war noch eine Viertelstunde früher dran als das letzte Mal. Erwartungsvoll setzte er sich auf ihre Bank. Diesmal hatte er sich ein dünnes Kissen zum Draufsetzen mitgebracht. Wieder und wieder sah er auf die Uhr und starrte auf die Stelle, an der sie eine Woche zuvor verschwunden war. Langsam wurde er nervös. Hatte sie sich im Laufe der vergangenen Tage vielleicht wirklich in Luft aufgelöst? Er versuchte, ruhig zu bleiben – sie waren schließlich miteinander verabredet. Oder etwa nicht? Erleichterung durchströmte ihn, als sie endlich am Eingang des Parks auftauchte. Sie zögerte, schob dann aber den Kinderwagen zu Valentins Bank und setzte sich neben ihn – etwas näher als das letzte Mal. Sie sagte nichts, und Valentin war froh, dass sie nicht aus Verlegenheit zu plappern anfing. Wir treffen uns erst zum zweiten Mal und können schon so märchenhaft miteinander schweigen, dachte er. Sie wirkte noch blasser als in der Woche zuvor. Ausgemergelt, dachte Valentin. Nicht mehr lange und sie wäre nicht mehr zu sehen. Sie seufzte kaum hörbar. Ein kläglicher, ratloser Laut. In diesem Moment entschloss sich Valentin, sie im Hotel aufzunehmen. Ein paar Tage Ruhe in einem seiner komfortablen Zimmer und sie würde sich erholen. Einmal rauskommen, dachte Valentin, wird ihr ganz bestimmt guttun. Dass dieses Vorgehen nicht den Regeln entsprach, schob er beiseite. Sie nahmen nie Gäste im Hotel auf, die eine persönliche Verbindung zu einem der Mitarbeiter hatten. Nur die Studenten rekrutierten neue Gäste, niemals einer von den Angestellten, die vor Ort im Hotel arbeiteten. Doch wo stand diese Regel eigentlich geschrieben? Vertraglich festgehalten war nur, dass die Existenz des Hotels nicht öffentlich gemacht werden durfte. Es war eine freiwillige Sicherheitsmaßnahme, dass sie niemanden mit Verbindung zum Personal aufnahmen. Wer konnte ein ungeschriebenes Gesetz umgehen, wenn nicht er, der geschäftsführende Direktor?

Dieses zweite Treffen mit der transparenten Frau lag erst wenige Tage zurück. Noch am selben Abend hatte Valentin ihre Akte angelegt. Die transparente Frau hatte ihm von der bevorstehenden Verabredung mit der Bekannten erzählt, vor der ihr offensichtlich graute, und durch vorsichtiges Nachfragen hatte Valentin die genaue Uhrzeit und den Ort in Erfahrung gebracht. Damit war der Zeitpunkt für die Übergabe der Schlüsselkarte gesetzt. Valentin hatte ihr das schönste freie Zimmer ausgesucht. Es hätte geradewegs aus einem skandinavischen Lifestyle-Magazin stammen können: alles in Beige und Lindgrün, ein Bett, eine Récamiere mit Seidenkissen und einer Wolldecke, ein unscheinbares, aber sündhaft teures Beistelltischchen. Auf dem antiken Sideboard aus Teak ein kleiner Kaffeeautomat. Sie sollte sich richtig wohlfühlen, sich mit jeder Faser ihres Körpers regenerieren – bis sie wieder vollends sichtbar war. Am liebsten hätte Valentin ihr den Umschlag mit der Schlüsselkarte einfach auf ihre Bank gelegt. Aber dann würde sie das Hotel mit Valentin in Zusammenhang bringen. Er ging niemals unnötige Risiken ein. Schon gar nicht zur jetzigen Zeit. Denn seit einigen Wochen begleitete ihn ein Unwohlsein, das unbestimmte Gefühl, dass sich etwas zusammenbraute. Eine diffuse Vorahnung, als wäre das Tageslicht eine Nuance weniger hell. Wie es einen plötzlich fröstelt, ein Schauer, der über den Rücken läuft, ohne erkennbaren Grund. Die Studenten schienen etwas unaufmerksamer, die Mitarbeiter bei der Betriebsversammlung unzufriedener als sonst, er selbst etwas nervöser. Sogar in seiner eigenen Wohnung, in der er immer zur Ruhe kam, in der er sich geerdet fühlte, ließ ihn dieses Gefühl nicht los. An jenem Tag, als er nach der zweiten Begegnung mit der transparenten Frau in seine Wohnung zurückgekehrt war, war diese Rastlosigkeit richtig greifbar gewesen. Zunächst hatte er es dem Treffen mit ihr zugeschrieben, der Aufregung, sie vielleicht bald als Gast hier im Hotel zu haben.

Deshalb hatte er alle Zweifel beiseitegeschoben. Das bilde ich mir nur ein, hatte er sich gesagt, als seine Pantoffeln sich irgendwie anders an seinen Füßen anfühlten. Auch diesen Hauch von Kaffeeduft, der in der Luft zu liegen schien, obwohl er an diesem Tag nur Tee getrunken hatte, schob er seinen überreizten Nerven zu.

Schweren Herzens hatte Valentin die Schlüsselübergabe heute seinen Mitarbeitern überlassen. Die halbe Nacht hatte er wach gelegen. Er wünschte sich so sehr, dass die transparente Frau ein Teil des Hotels wurde, dass er an nichts anderes mehr hatte denken können. Angestrengt starrte er aus dem Fenster auf den Hof. Wenn sie nicht auftauchte, würde er sie morgen wieder an ihrer Bank im Park treffen. Dann würde er sich einen anderen Weg ausdenken, um sie ins Hotel zu lotsen. Auch das entsprach streng genommen nicht den Regeln. Es war ein ungeschriebenes Gesetz, dass auserkorenen Gästen nur ein einziges Schlupfloch angeboten wurde. Wenn sie es wirklich brauchten, nutzten sie es. Wenn nicht, würden sie wohl auch ohne Auszeit ihre schwierige Lage meistern. So in Gedanken versunken stand Valentin am Fenster, starrte auf den Hof hinaus und fieberte der Ankunft der transparenten Frau entgegen.

Flugmodus

In der Dunkelheit verstrich die Zeit anders. Jeder noch so vage Gedanke wurde riesengroß und unendlich schwer, und nach zähen Minuten schien es Hempel so, als wäre der ganze Raum um ihn herum mit Problemen angefüllt, mit Lügen, mit unausgesprochenen Wahrheiten, so massiv, dass keine Luft zum Atmen mehr übrig blieb. Aber da war noch etwas anderes, Pulsierendes, Lebendiges. Er war nicht mehr allein. Suchend streckte er die Hände ins Dunkel. »Nimm sofort deine Pfoten da weg!« Die unfreundliche Stimme gehörte unverkennbar dem Airline-Mitarbeiter. Hempel zuckte zurück. Doch dann überkam ihn die Wut, und er packte beherzt in den Stoff, dort, wo er die Brust des Mannes vermutete, zog ihn an sich heran und sagte mit zittriger Stimme: »Ich will sofort hier raus.«

»Ruhig, Kumpel. Komm hier entlang.« Der Airline-Mitarbeiter wand sich aus Hempels viel zu sanftem Griff und zog ihn am Ellenbogen mit sich.

»Ich bin nicht Ihr Kumpel.« Stur machte Hempel sich los und blieb stehen. »Was soll das sein? Eine Entführung? Ich gehe nirgendwohin, wenn Sie mir nicht sofort sagen, was hier vor sich geht.«

Der Airline-Mitarbeiter seufzte hörbar genervt: »Du musst nur ein Wort sagen und ich bringe dich zur Handgepäckkontrolle, dann schaffst du deine Maschine noch.«

»Und wenn nicht?«

»Dann stellst du keine dummen Fragen und kommst mit.«

Fieberhaft überlegte Hempel. Hatte er sich nicht eben noch

gewünscht, irgendetwas würde ihn vor dem Abflug bewahren? Er hatte zwar eher an einen kleinen Unfall auf dem Rollfeld gedacht, an einen Wartungsfehler oder eine Überbuchung der Maschine, etwas Harmloses, das ihm Zeit verschaffte. Doch wenn er ehrlich war – was nutzte ihm Zeit? Er müsste schon tagelang aufgehalten werden, um den Start des Marathons zu verpassen. Ein paar Stunden änderten rein gar nichts daran, dass er nicht in der Form war, um einen Marathon durchzustehen, und dass dennoch eine Startnummer für ihn bereitlag und eine jubelnde Elfie in Berlin kein Auge zumachen würde, bis er durchs Ziel gelaufen war. Was sollte er tun? Wo sollte er hin? In seine Wohnung konnte er nicht zurück, da wohnte gerade irgendein Spanier, Engländer oder Franzose, Hempel hatte den Überblick verloren. Für den Überblick war Elfie zuständig, in jeder Lebenslage, egal ob Fernsehprogramm, Freizeitgestaltung oder Wohnungsvermietung. Sie war die Organisiertheit in Person, mit ihr blieb nichts dem Zufall überlassen. Auf sich allein gestellt war Hempel aufgeschmissen. Er gab seinen Widerstand auf, ließ sich durchs Dunkel führen und saß kurze Zeit später auf der Rückbank eines schäbigen Kleinwagens und bewegte sich zurück Richtung Berlin Zentrum. Der Airline-Mitarbeiter trug jetzt eine Jeans und einen schwarzen Kapuzenpulli. Ohne seine Uniform wirkte er unscheinbar, jemand, den man leicht übersah. Harmlos, dachte Hempel, und dass es doch immer die Harmlosen waren, die sich später als Psychopathen entpuppten. »Stopp! Sofort anhalten!«, sollte Hempel rufen; er sollte aussteigen und umkehren, es war die einzig logische Reaktion. Aber er schwieg. Hinter dem Auto stieg ein Flugzeug in die Luft. Es konnte nicht das von Hempel sein, das würde in frühestens einer Stunde starten, und doch hatte er das Gefühl, es sei seine Maschine, die dort unwiderruflich ohne ihn abhob und dementsprechend auch unwiderruflich ohne ihn landen würde. Wie sollte er das Elfie jemals erklären? Er fühlte Tränen in sich aufsteigen. Schnell zog er einen von Elfies Müsliriegeln aus der Außentasche seines kleinen Rucksacks, öffnete die Verpackung und biss hinein. Wenn das hier kein Notfall war, was dann? Bissen für Bissen schluckte er seine Tränen mit hinunter, und als der Müsliriegel verspeist war, hatte er sich einigermaßen gefangen.

»Also, wie nennt man Ihren Beruf denn jetzt?«, fragte er.

»Warum bist du so versessen darauf?«

»In Gedanken nenne ich Sie die ganze Zeit *Airline-Mitarbeiter* – aber das ist mir selbst beim Denken zu kompliziert.«

»Über mich brauchst du nicht nachzudenken, ich liefere dich nur ab.«

»Aber wo?«, fragte Hempel.

»Im Hotel«, antwortete der Airline-Mitarbeiter, als wäre damit alles gesagt.

Hempel ließ es auf sich beruhen. Was sollte er auch anderes tun? Obwohl er sich fragte, was er jetzt in einem Hotel sollte. Was sollte ein Hotel ihm nützen?

Sie fuhren nicht auf die Stadtautobahn. »Unfall«, erklärte sein Fahrer kurz angebunden, während er den Wagen mühsam durch den dichten Verkehr Richtung Innenstadt lotste. Ab und zu scherte er ungeduldig aus und bog ungestüm in eine vorher unsichtbar gewesene Seitengasse ein, machte ein paar Meter gut, um auf der nächstgrößeren Straße wieder in Schrittgeschwindigkeit zu verfallen. Bald wusste Hempel nicht mehr, wo in der Stadt er sich befand. Es war nervtötend, und doch wäre er am liebsten ewig so weitergefahren. Es fiel ihm leichter, der Situation ausgeliefert zu sein, statt gegen sie zu rebellieren, also lehnte er sich zurück und sah Haus um Haus an sich vorüberziehen.

Sie waren schon eine ganze Weile unterwegs, da kramte der Fahrer in der Tasche auf dem Beifahrersitz herum und fischte ein Handy heraus. Er wählte eine Nummer und lauschte sichtlich ungeduldig, doch offenbar ohne Erfolg. Hempel erstarrte. An sein Handy hatte er gar nicht mehr gedacht! Er war einfach verschwunden, während Elfie ihm einen Snack hatte besorgen wollen. Wie hatte sie wohl reagiert, als er einfach von der Bildfläche verschwunden war? Hatte sie ihn ausrufen lassen? Suchte sie noch nach ihm? Erschrocken zog er sein Handy aus der Jackentasche und schaute auf das Display: Sieben Anrufe in Abwesenheit. Fünf von Elfie, einer von seiner Mutter und eine unbekannte Nummer. Er schrieb eine SMS an Elfie: *Man hat mich wegen meines Gepäcks beiseite genommen und befragt. Ich konnte nicht auf dich warten. Sie haben mich nun direkt in den Abflugbereich gebracht. Mach dir bitte keine Sorgen, ich melde mich, wenn ich ge-landet bin. Ich liebe dich.* Er hielt inne, löschte das Wort *gelandet*, ersetzte es durch *angekommen* und drückte auf »Senden«. Dann schaltete er das Telefon in den Flugmodus und versuchte, die aufsteigende Übelkeit zu unterdrücken.

Sein Fahrer hatte niemanden erreicht und legte sein Telefon in Reichweite auf den Beifahrersitz. Er beobachtete Hempel durch den Rückspiegel. »Wenn du spucken musst, sag lieber Bescheid, dann fahr ich ran«, sagte er mit hochgezogenen Augenbrauen.

»Nein, geht schon«, sagte Hempel und versuchte, sich auf einen ruhigen Atem zu konzentrieren.

Irgendwann hielten sie auf einem Stück Brachland neben einem alten Schrottplatz. Eine Metallquetsche und ein paar Autoskelette sahen aus, als wären sie vor Längerem hier vergessen worden und als würde auch so bald niemand kommen, um sich um sie zu kümmern. Der Fahrer verließ den Wagen und schlug die Tür hinter sich zu. Zögernd folgte Hempel ihm. Er drückte seinen kleinen Rucksack an sich, ohne jedoch Trost dabei zu empfinden. Er hätte sich nicht gewundert, wenn in diesem Moment ein Kran mit einem Riesenmagneten das Auto hochgehoben und in die Metallquetsche befördert hätte.

Die arrogante Überlegenheit, die sein Fahrer noch am Flughafenschalter ausgestrahlt hatte, hatte er mit dem Ausziehen seiner Uniform eingebüßt. Ein durchschnittlicher Typ, dachte Hempel, so durchschnittlich, dass kein Merkmal irgendwie hervorstach oder bemerkenswert gewesen wäre. Jemand, den man im Nachhinein schlecht würde beschreiben können, weil man einfach nichts Besonderes im Gedächtnis behielt. Hempel beobachtete ihn verstohlen und versuchte, sich seine Gesichtszüge einzuprägen. Der Fahrer drückte unterdessen erneut auf seinem Handy herum und hielt es sich ans Ohr. »Na endlich!«, rief er hörbar erleichtert, »warum gehst du nicht an dein verdammtes Telefon?«

Hempel ließ seinen Blick demonstrativ unbeteiligt über den Schrottplatz schweifen und versuchte dabei, die offenbar ungehaltene Stimme aus dem Telefon zu verstehen, doch die Außengeräusche waren einfach zu laut.

»Du musst herkommen, ich habe einen aufgegabelt. Na, einen Neuen.« Die Stimme seines Gesprächspartners wurde merklich lauter, Hempel hörte ein aufgeregtes Schimpfen, konnte jedoch noch immer keine einzelnen Wörter verstehen. »Reg dich ab. Das war ganz spontan. Wenn ich dich erst gefragt hätte, wäre er weg gewesen … Ja, nein, er passt perfekt, wirklich! Lass uns das nicht am Telefon besprechen. Wir sind gerade am Hotel angekommen.« Der Fahrer lauschte noch eine Weile der Stimme am Hörer, wobei sich seine Miene merklich verfinsterte. Nach ein paar Minuten war das Gespräch ohne ein weiteres Wort von ihm beendet. Seufzend steckte er das Handy in seine Hosentasche.

»Gibt es ein Problem?«, fragte Hempel.

»Keine Sorge, der beruhigt sich schon wieder«, sagte der Fahrer ohne eine weitere Erklärung.

»Und jetzt?«

»Warten wir.«

Der Fahrer lehnte sich ans Auto und steckte sich eine Zigarette an. Hempel hätte auch gern geraucht, um etwas zu tun zu haben und nicht nur tatenlos herumzustehen. Aber er machte sich nichts aus Zigaretten. Er hatte schon ein paarmal an einer gezogen, wenn in einer geselligen Runde alle geraucht hatten, ohne dabei jedoch irgendeine Art Wohlgefühl zu empfinden. Auch ein Verlangen nach Nikotin war ihm fremd, es schien, als wäre er gegen Süchte jeglicher Art immun, und so gab es nichts, das ihm Trost spenden konnte, nicht einmal vorübergehend.

Hempels Mutter hatte immer gesagt, Musik sei der beste Trostspender, besser als eine Umarmung. Und so verband Hempel die traurigen Momente seiner Kindheit mit unterschiedlicher Musik. Elvis oder Queen hatte seine Mutter bei Schürfwunden oder leichtem Fieber gespielt. Dean Martin und Frank Sinatra bei Enttäuschungen – einer schlechten Note oder wenn Hempel zu einer Geburtstagsparty nicht eingeladen worden war. Bei Tränen hatte sie zu Platten von Sandra oder Whitney Houston gegriffen. Wenn sie Herzschmerz vermutet hatte, hatte nur noch Bonnie Tyler helfen können.

Sie war immer der Überzeugung gewesen, Hempel würde Sänger werden. »Ich glaube fest an dich«, hatte sie öfter gesagt. Sein Vorname hatte den Grundstein gelegt und würde im Lauf der Zeit sein Karma verbreiten, daran hatte sie keine Zweifel, es würde schon noch etwas Besonderes aus ihrem Sohn werden. Während andere Babys Hasen, Entchen und Teddys aus Plüsch an sich drückten, lag in Hempels Bettchen ein handgenähtes Kuschelmikrofon, und als irgendwann die Füllwatte daraus hervorquoll, flickte seine Mutter es ein ums andere Mal, bis es eines Tages spurlos verschwunden war. Ein schwarzer Tag in der Familienchronik. Stundenlang hatten sie danach gesucht. Sie stellten die ganze Wohnung auf den Kopf, gingen jeden Zentimeter der Wege und Straßen ab, die sie betreten hatten, seit sie es zuletzt gesehen hatten. Tagelang gaben sie die Suche nicht auf. Aber sie fanden es nicht, trotz der Vermissten-Plakate, die sie überall aufhängten, trotz der Anzeige in der Zeitung, trotz des versprochenen Finderlohns. Hempel habe nicht mehr einschlafen können ohne das Kuschelmikrofon, erzählte seine Mutter heute noch, nicht einmal Musik habe da geholfen, wochenlang habe er mitten in der Nacht plötzlich vor ihrem Bett gestanden, ja, manchmal habe sie ihn am Morgen zusammengerollt auf ihrem Bettvorleger gefunden. Doch ein neues Kuschelmikrofon habe er abgelehnt, sagte sie.

Immer wieder drückte seine Mutter ihm Instrumente in die Hand, und lange bevor die erste Karaoke-Maschine auf den Markt kam, versammelte sie regelmäßig Freunde zum Musizieren zu Hause, »weil der Junge Bühnenerfahrung sammeln muss«. Dabei lag Hempel das Musikmachen oder Singen überhaupt nicht; schon beim Klatschen im Takt versagte er, sein Rhythmusgefühl ging gegen null. Zudem fühlte er sich unwohl, wenn er im Mittelpunkt stand. Er mochte es nicht, wenn mehrere Leute ihn gleichzeitig ansahen, im schlimmsten Fall auch noch voller Erwartung. Doch weil seine Mutter ihm und allen anderen einredete, dass er musisches Talent besaß, das gefördert werden müsse, welches hervorbrechen würde, wenn er sich nur genug anstrengte, hatte er sich widerwillig an den Instrumenten versucht und sich dabei immer wie ein Versager gefühlt. Als er sich zum Geburtstag ein Mofa wünschte, bekam er ein Keyboard geschenkt, und als die Eltern seiner Freunde vor dem Abitur auf sie einzuwirken begannen, sie sollten etwas Zukunftsträchtiges studieren, Wirtschaft oder Jura oder etwas mit Computern, da meinte Hempels Mutter, er könne auch etwas Kreatives machen, er könne alles erreichen, was er wolle. Sie empfand sich als extrem liberal und verständnisvoll. Vor allem war sie verständnisvoll bei den Sachen, die Hempel gar nicht betrafen. Sollte er Musiker, Tänzer oder Schauspieler werden – sie würde ihn unterstützen, beteuerte sie. Seine ganze Pubertät hindurch hatte sie ihm versichert, dass es auch okay wäre, wenn er sich in einen Jungen verliebte, sie sei da ganz offen. Ein Mädchen sei er nicht geworden, aber vielleicht schwul, hatte er sie einmal zu einer Freundin sagen hören, so sehr habe sie sich in der Schwangerschaft doch wohl nicht täuschen können. Daraufhin hatte Hempel ein Mädchen nach dem anderen mit nach Hause gebracht, es hätte seiner Mutter klar sein müssen, dass sie sich schlicht geirrt hatte. Doch selbst jetzt, wo er Ende zwanzig war, vertrat sie offenbar die Ansicht, dass er sich selbst etwas vormachte. Hempel hatte dieses Glitzern in ihren Augen gesehen, als er ihr Elfie das erste Mal präsentierte, dieses wissende verschwörerische Glitzern, das so viel meinte wie: Du wirst es schon irgendwann noch merken, mein Junge, eines Tages wirst du es einsehen, und ich werde dann nur denken, aber nicht sagen: Ich habe es schon immer gewusst.

Elfie hatte seine Mutter von Anfang an in ihr Herz geschlossen, sie sei so nett zu ihr: wohlwollend, freundlich, fast fürsorglich. Hempel erzählte Elfie nie, dass die Sanftheit seiner Mutter ihr gegenüber wohl vor allem daher rührte, dass sie seit Beginn ihrer Beziehung davon ausging, dass Hempel Elfie früher oder später verlassen würde, wenn er sich seine wahre sexuelle Orientierung endlich eingestehen würde, und dass es beileibe kein Zufall war, dass bei ihren Besuchen so oft Elton John und George Michael im Hintergrund liefen. Im Verhalten seiner Mutter Elfie gegenüber schwang immer Mitleid mit, das noch gar nicht angebracht war, ja, welches niemals angebracht sein würde, denn Hempel war sich seiner sexuellen Orientierung ganz sicher. Mehr noch, er war sich mit Elfie ganz sicher, sein Leben hatte sich nie richtiger angefühlt als mit ihr.

»Hör endlich auf damit, das ist ja nicht auszuhalten«, fuhr der Fahrer ihn an. Er zeigte auf Hempels Fuß, der wild auf und ab wippte – ein Tick, der sich ohne sein Zutun seiner bemächtigte, meistens, wenn er sich über seine Mutter ärgerte. Hempel wandte sich ab und ging ein paar Schritte. Der Schrottplatz war von einem Maschendrahtzaun umgeben. Auf der anderen Seite des kleinen Wiesenstücks, auf dem sie standen, fing eine gewöhnliche Reihe von Altbauten an. Keins der Gebäude wirkte wie ein Hotel. Die nächstliegende Fassade zog mit ihrem Neonorange jeden Blick auf sich. Es schien sich um eine Kneipe zu handeln; die in leuchtendem Blau gerahmten riesigen Fenster reichten fast bis zum Boden. Die auffälligen Farben ließen auf eine schlechte Cocktailbar schließen. Das schlichte verwitterte Holzschild über dem Eingang fiel auf, weil es so gar nicht zu dem geschmacklos sanierten Äußeren passte. *Hotel-Bar* stand darauf. Hempel stiegen die Bilder von seinem kleinen Hotel in New York in den Kopf. Fröstelnd und mit hochgezogenen Schultern machte er kehrt und trottete zurück zum Auto.

Fuß vor Fuß

Das Herz schlug ihr bis zum Hals. Friederike hechtete über den Hinterhof. Überall, wo sie ein Schlupfloch zu finden hoffte, um das Hofgelände zu verlassen, stieß sie auf einen mannshohen Zaun, von Stacheldraht gekrönt, als gäbe es hier zwischen Mülltonnen und vor sich hin vegetierenden Fahrradüberresten etwas Kostbares zu schützen. Vorne Kindercafé, hinten Gefängnis, dachte sie frustriert. Es blieb ihr nichts anderes übrig, als den Durchgang zu nehmen, der unmittelbar neben dem Caféeingang auf die Straße hinausführte. Was hätte sie für ihre Jacke gegeben, unter deren Kapuze sie sich hätte verstecken können! Aber die lag natürlich noch im Café. Sie konnte von Glück sagen, dass sie ihre kleine Umhängetasche bei sich hatte – mit ihrem Handy, ihrem Schlüssel und ihrem Portemonnaie. Sie trat aus dem schmalen Gang heraus auf den Bürgersteig und bog nach links ab, bewegte sich ein paar Meter weit, ohne dass etwas Außergewöhnliches geschah – Autos fuhren, Passanten gingen an ihr vorbei, Wind kam auf. Das Gefühl, beobachtet zu werden, saß ihr im Nacken. Irgendjemand musste ihr den Schlüssel unter der Tür hindurchgeschoben haben. War das ein Trick? *Professorin lässt Baby im Stich* – so und schlimmer malte sie sich die Schlagzeilen aus. Sie sollte umkehren. Noch könnte sie durchs Klofenster zurückklettern, sich mit dem Baby aus dem Staub machen und Thomas später erklären, dass Sibylle hysterisch sei und alles überdramatisiere. Automatisch war Friederike langsamer geworden. Sie schluckte. Die Stimme in ihr wurde immer lauter. Sie sollte zu Sibylle zurückgehen, sich entschuldigen, um Verständnis bitten; der Schlafmangel, du weißt schon. Sie sollte an die Solidarität zwischen Müttern appellieren und um Diskretion bitten, versprechen, sich Hilfe zu holen. Es war die einzig logische Reaktion. Friederike stand still. *Ich muss umkehren.* Sie hörte die Worte, als spräche sie jemand laut aus – und sie lief los. Zuerst in zügigen Schritten, doch schon bald rannte sie, weg vom Café, bevor die vernünftigen Gedanken sie einholen und zu Fall bringen konnten. Einige entgegenkommende Passanten mussten aus dem Weg springen, um nicht von ihr umgerannt zu werden; Friederike kümmerte sich nicht darum, sie wollte bloß weg von hier. Nur die Adresse auf der Karte suchen und herausfinden, was es mit dieser Schlüsselkarte auf sich hat, sagte sie sich, nur ein paar Stunden nichts mehr müssen, mal kurz rauskommen aus dem Trott. Als eine Straßenbahn neben ihr hielt und die Türen sich öffneten, sprang Friederike kurz entschlossen hinein.

Der Ruf der Leere

Linda zwang sich, die Augen geöffnet zu lassen, obwohl die Alarmglocken in ihrem Gehirn schrillten und ihr Instinkt sie quasi anflehte, sie zu schließen, um die bedrohliche Situation auszublenden. Ein Anfängerfehler. Linda wusste, dass sie dem Drang widerstehen musste, dass Blindheit die Panik weiter befeuerte, weil der Verstand ja wusste, dass ihr Körper sich immer noch in dieser absurden Höhe befand. Sie hatte gerade einmal ihren Oberkörper über die Schwelle geschoben. Das Metallgitter des Balkonbodens drückte scharfkantig in ihre Wange. Die Schwerkraft zog ihren Körper mit aller Macht nach unten, jede Zelle bleischwer. Ihre untere Körperhälfte lag noch sicher im Hotelzimmer, fühlte sich jedoch federleicht an, als könnte Linda jeden Moment vornüberkippen oder ein Windstoß sie hinunterwehen. Selbst wenn jemand sie an den Knöcheln umfasst hätte, wäre sie wohl noch gelähmt gewesen vor Angst. Sie begann zu summen. Einen einzelnen Ton, ein »G«, glaubte sie. Es beruhigte sie; sie konzentrierte sich ganz auf diesen Ton, ließ ihn lange und klar in ihrem Brustkorb klingen. So schob sie das drohende Gefühl des Fallens beiseite. Als Nächstes musste sie ihre Körpermitte aus der Sicherheit des Hotelzimmers hinaus nach draußen auf den Balkon schieben. Sie dachte daran, aufzugeben, ließ den Gedanken aber schnell wieder fallen. Er trudelte vom Balkon hinunter wie ein welkes Blatt, das auf dem Boden von den anderen Herbstblättern nicht mehr zu unterscheiden war. Zaghaft schob Linda sich mit den Zehenspitzen ein Stückchen weiter nach vorn. Die Hoffnung, mit ein paar schnellen Schritten aufrecht stehend das

Ende des Balkons erreichen zu können, hatte sie schon vor Wochen aufgegeben.

Es war lange her, dass Linda versucht hatte, sich zu erinnern, wie und warum sie in das Hotel gekommen war. Immer war sie auf diese massive Barriere in ihrem Kopf gestoßen, die sie nicht zu durchdringen vermochte. Sie versuchte, die losen Fäden in ihrem Gehirn zu fassen zu kriegen, die Erinnerungsfetzen zu sortieren, um irgendwo eine Information auszugraben, mit der ihre ganze Situation einen Sinn ergab. Doch das Gefühl, dass die Blockaden sich nicht gegen sie richteten, sondern zu ihrem Schutz dienten, festigte sich. So ließ sie nach einiger Zeit alles los und hörte auf, ihren Aufenthalt im Hotel zu hinterfragen. Es war für alles gesorgt. Vor ihrer Tür stand regelmäßig ein Tablett mit einfachen Mahlzeiten, und wenn sie das schmutzige Geschirr später vor der Zimmertür abstellte, verschwand es irgendwann wie von Zauberhand. Nie begegnete sie jemandem. Obwohl sie es anfangs versuchte. Sie erkundete das Gebäude, folgte den Stimmen, wenn sie welche hörte, ein paarmal erahnte sie sogar Menschen, sich bewegende Schemen hinter den Wänden – doch immer lag noch mindestens eine Wand dazwischen, in der keine Öffnung zu entdecken war. Jedes Klopfen blieb unbeantwortet. Ein anderes Mal setzte sie sich vor ihre Zimmertür, um zu warten, bis jemand das Essen bringen würde, fest entschlossen, Fragen an ihn zu richten, der Rätselhaftigkeit dieses Ortes auf die Spur zu kommen. Doch solange sie dort saß, tauchte niemand auf. Erst als Linda auf ihr Zimmer zurückgekehrt war, fand sie nach einiger Zeit wieder ein Tablett mit Essen auf dem Flur. Von da an hatte Linda sich dem Nichts überlassen, war im Dahinrauschen der Tage verloren gegangen. Dieses Gefühl, keinen Grund zum Aufstehen zu haben, war zermürbend gewesen, oft hatte sie sich gar nicht mehr die Mühe gemacht und war einfach im Bett geblieben. Bis sie eines Morgens von einer ungewohnten Energie erfüllt gewesen war. Sie war an die Balkontür getreten, hatte auf dieses Sprungbrett aus Metallgeflecht geblickt und einen Entschluss gefasst. Sie würde mit ein paar Schritten bis zum Ende des Balkons gehen, auf das Geländer steigen und springen. Jede Art von Veränderung wäre eine Verbesserung. Sie öffnete die Balkontür, atmete tief ein und setzte beim Ausatmen einen Fuß auf das Metallgitter. Und noch einen. Ihr Blick fiel nach unten in den Hof und verfing sich im Muster der Pflastersteine. Sie sank zu Boden und konnte sich nicht mehr rühren. Schultern und Kopf lagen auf dem Metallgitter, als würden sie von oben niedergedrückt, und obwohl sie eben noch fest entschlossen gewesen war, hinunterzuspringen, hatte sie plötzlich wahnsinnige Angst davor, in die Tiefe zu stürzen. Tränen liefen ihr aus den Augen vor Wut über die eigene Unfähigkeit. Mach schon, dachte sie, es sind höchstens drei Armlängen bis zum Geländer. Sie biss die Zähne zusammen und kämpfte sich Zentimeter für Zentimeter nach vorn. Von den Knien an abwärts lag sie noch im Zimmer, der Kopf ungefähr in der Mitte des sprungbrettförmigen Balkons. Die Seiten des Balkons bestanden aus Stahlstreben, deren Abstand groß genug war, um selbst im Liegen den vollen Rundumblick zu bieten. Alle Kräfte verließen Linda. Sie konnte weder vor noch zurück. Da sie der Blick nach unten in Panik versetzte, sah sie zur Seite und suchte nach einem Fokus, nach irgendetwas in ihrem Blickfeld, das ihr Halt bot. Da hatte sie den Mann zum ersten Mal gesehen.

Linda versuchte jetzt, sich diesen Moment in Erinnerung zu rufen, in dem sie sein Zimmer entdeckt hatte. Wie eine Theaterbühne, hatte sie damals gedacht. Die Vorderseite war komplett verglast, und sie hatte freie Sicht in das Zimmer. Die Einrichtung war übersichtlich: ein schlichtes Sofa mit Fußbänkchen und Couchtisch, an der Wand ein riesiges abstraktes Gemälde. Zwei kleine Regale mit Büchern und weißen Kartons, ein Sideboard, eine kleine Kochnische mit Kaffeeautomat und Mikrowelle, ein Wandschrank. Es sah sehr aufgeräumt aus. Der Mann hatte die Szene gerade betreten, hängte seine Tasche an einen Haken neben der Eingangstür und seinen Mantel auf einen Bügel in den Schrank. Er bewegte sich so, als würde er sich an ein Skript halten, es gab keinen Moment des Zögerns im Ablauf – er machte sich einen Kaffee, nahm einen Apfel aus einer Obstschale, setzte sich aufs Sofa. Das Gemälde entpuppte sich als Fernseher. Er sah sich eine Quizshow an, während er den Apfel aß und den Kaffee trank. Als er den Fernseher abschaltete, erstarrte der Bildschirm wieder zu dem Gemälde. Der Mann räumte alles auf, zog seinen Mantel an, nahm seine Tasche vom Haken und verließ das Zimmer. Liebend gern hätte auch Linda den Balkon verlassen, aber sie konnte sich nicht mehr bewegen. Zum Glück war es ein warmer Tag, und so blieb sie einfach liegen. Als es dunkel war, tauchte er erneut auf. Jetzt wirkte es noch mehr wie eine Theaterbühne, die hell erleuchtet in der Luft schwebte. Wieder schaute er Fernsehen, Sport diesmal, und aß dabei irgendwas aus einer Pappschachtel. Als die Sendung zu Ende war, räumte er wieder auf, trat ans Fenster und ließ den Blick über das Gelände schweifen. Wie ein König, der auf seine Ländereien herabschaut, dachte Linda, oder wie ein Wachmann, der sich noch einmal versichert, dass alles in Ordnung ist. Schließlich wandte er sich ab und verließ das Zimmer durch eine zweite Tür, das Licht verlosch.

Seither hatte Linda sich regelmäßig auf den Balkon hinausgewagt. Aber ihr Vorhaben hatte sich verändert. Sie wollte nicht mehr hinunterspringen, sondern es nur weit genug nach vorn schaffen, um sein Zimmer zu sehen. So wie heute. Es fehlte jetzt nur noch ein kleines Stück. Linda atmete tief ein, fokussierte die äußere linke Ecke des Gitters, auf dem sie lag, streckte die Arme über den Kopf, atmete mit einem Stoß aus und zog sich ein weiteres Stück nach vorn. Sie hatte es geschafft! Und sie wurde belohnt – denn just in diesem Augenblick stand er am Fenster und blickte hinaus, als hätte er sie erwartet.

White Chocolate Macadamia

Der Schmerz war das Erste, was Jupp beim Aufwachen begrüßte – erbarmungslos und mit voller Wucht. Das Schmerzzentrum
befand sich an den Schläfen, strahlte aus in den Kopf, hämmerte
von innen gegen die Lider. Seine Augen waren noch nicht einmal geöffnet und er wusste schon: Der Tag würde schlimm werden. Richtig schlimm. Allmählich nahm sein Körper um den
Schmerz herum Gestalt an, kehrte das Gefühl zurück in seine
Arme, Hände, Finger, Beine, Füße, Zehen. Die Zehen. Irgendetwas stimmte dort unten nicht. Jupp wackelte mit den Zehen
des linken Fußes: alles gut. Dann wackelte er mit den Zehen des
rechten Fußes, und eine Schmerzwelle schoss sein Bein hinauf bis
in die Leiste. Er stöhnte auf. Was war passiert? Woher die Kopfschmerzen kamen, war nicht schwer zu erraten. Als er die Augen einen Spalt weit öffnete, sah er verschwommen ein Arsenal
leerer Mini-Likörflaschen auf dem Couchtisch. Verdammt, hatte er seine Schätze angerührt? Seit er mit vierzehn Jahren zur
Konfirmation den ersten kleinen Jägermeister von seinem Opa
geschenkt bekommen hatte, war die Sammlung, die Jupp wichtig genug gewesen war, um sie bei seinem Umzug nach Berlin
mitzunehmen, auf eine stattliche Größe angewachsen. Von Zeit
zu Zeit staubte er die kleinen Fläschchen sogar ab. Verdammter
Mist, hatte er es nicht einmal bis ins Bett geschafft, sondern war
auf dem Sofa eingeschlafen? Das verhieß nichts Gutes, vor allem für seinen Rücken. Jupp kniff die Lider zusammen – so genau wollte er es noch nicht wissen. Doch an Weiterschlafen war
nicht zu denken. Der ganze gestrige Tag war ein Desaster ge-

wesen. Jupp versuchte, die letzten vierundzwanzig Stunden zu rekapitulieren.

Gestern Vormittag hatte er an zwei belanglosen Artikeln gesessen. Seine letzten »wichtigen« Artikel hatten von der drohenden Schließung der Schwimmhalle, einem hundertsten Geburtstag und einem Abschlussball des Tanzkurses im Seniorenstift gehandelt. Das mit dem Journalismus hatte er sich anders vorgestellt. Überhaupt hatte er sich alles in der Hauptstadt anders vorgestellt. Wofür hatte er sein ganzes vorheriges Leben aufgegeben? Er hatte seinen unbefristeten Job bei der Versicherungsfirma an den Nagel gehängt und das Dorf verlassen, um seinen Traum von einem Leben als Sensationsreporter zu leben. Ja, genau so großspurig hatte er es in seinem Kaff verkündet – dass er in die Hauptstadt gehen würde, um Reporter zu werden, ein erfolgreicher Reporter, der über die wichtigen Themen der Welt Bericht erstattete, dessen Standpunkt etwas zählte.

In Berlin war er dann hart auf dem Boden der Realität aufgeschlagen. Vom Herzen der Stadt aus angefangen hatte er bei jeder Zeitung angeklopft, doch nicht einmal ein unbezahltes Praktikum durfte er bei einem der renommierteren Zeitungshäuser machen! Die nahmen grundsätzlich nur Leute mit Erfahrung oder frisch von der Journalistenschule. Jupp war Mitte vierzig, er konnte sich nicht vorstellen, noch einmal mit lauter Grünschnäbeln die Schulbank zu drücken. Aber Jupp gab nicht auf. Die Hauptstadt würde ihn nicht so schnell kleinkriegen, er war ein Kämpfer! Doch je mehr Absagen auf Jobbewerbungen er bekam, umso kleinlauter wurde er. Meist wimmelten sie ihn schon am Empfang ab, sie nahmen sein Bewerbungsschreiben nicht einmal entgegen und fertigten ihn ab, als hätte er ihnen ein unanständiges Angebot unterbreitet. Obendrein gestaltete sich die Wohnungssuche äußerst schwierig. Die Preise in der Stadt stiegen unaufhaltsam, die luxussanierten Wohnungen drangen immer weiter in die Außenbezirke vor, bezahlbarer Wohnraum war Mangelware. Etliche Male stand Jupp mit 80 und mehr anderen Interessenten in 30-Quadratmeter-Löchern und füllte Bewerbungsbögen aus – doch selbst für die übelsten Absteigen bekam er nur Absagen. Schlussendlich kam er in einem winzigen Zimmer in einer WG in Schöneberg unter, doch es war ein Arrangement auf Zeit, da der Bewohner für sechs Monate im Ausland war, Erasmus oder so. Jupp hatte nur den Zuschlag erhalten, weil er sofort hatte einziehen können und bereit gewesen war, eine Kaution bar auf die Hand zu zahlen. Immerhin war es günstiger als auf Dauer im Hostel. Das nötige Kleingeld verdiente er schwarz mit Gelegenheitsjobs hier und da, Kellnern, Inventuren und Ähnliches. Als seine Zeit in der WG abgelaufen war, schmiss Jupp das Handtuch. Bereit, sein Scheitern einzugestehen und um seinen alten Job bei der Versicherung zu betteln, saß er im Zug zurück ins Niemandsland, zurück in sein Kaff. So schlecht hatte er es dort doch nicht gehabt, sagte er sich. Und dann traf er im letzten Regionalzug auf Fischer. Ausgerechnet sein Erzrivale aus Schulzeiten, der sich für wer weiß wen hielt. Er nannte sich die rechte Hand des Bürgermeisters, dabei wussten alle, dass er nur das Mädchen für alles war, zuständig für Büroequipment, Kopierarbeiten sowie Aushänge und Bekanntmachungen. All das erledigte er im Anzug mit schweinslederner Aktentasche unter dem Arm. Am Handgelenk trug er eine Rolex, deren Echtheit er regelmäßig wie beiläufig erwähnte, wobei Jupp sicher war, dass er sie bei einem Straßenverkäufer für einen Appel und ein Ei erstanden hatte. Er plusterte sich mächtig auf, als er Jupp erzählte, dass er gerade von einer wichtigen Veranstaltung komme, ex-trem wich-tig, dass er ja schließlich Verantwortung trage für die Bürger, seit er den Bürgermeister vertrat, weil dieser ernsthaft erkrankt sei. Es könne durchaus sein, dass er die Geschäfte vollständig übernehmen werde, da man noch nicht wisse, wann der Bürgermeister wieder auf die Beine komme, ob überhaupt. »Bürgermeister Fischer, wer hätte das jemals gedacht, was Jupp?«, polterte er mit schallendem Lachen und klopfte ihm schmerzhaft auf den Oberschenkel. Jupp hatte es über sich ergehen lassen, obwohl es ihn innerlich schüttelte; schon Fischers Art zu reden, wie er Wörter, die er für besonders wichtig hielt, aussprach, mit der Betonung auf jeder einzelnen Silbe, je-der ein-zel-nen, als könnten ihm sonst überlebenswichtige Informationen entgehen, »Bür-ger-meis-ter, Jupp, stell dir mal vor. Und du, Jupp? Haben sie dich aus der Stadt gejagt?« Das Glitzern in seinen Augen, als Fischer den großen Koffer auf der Gepäckablage erblickte, blieb Jupp nicht verborgen, das Lauern auf das kleinlaute Eingestehen des Versagens, die diebische Freude, dass er ihn übertrumpfen konnte. Doch Jupp hatte prompt den Kopf geschüttelt und erzählt, wie absolut perfekt es für ihn laufe in Berlin und in der Redaktion, op-ti-mal, dass es nur noch eine Frage von Tagen sei, dass man ihm ein eigenes Ressort anvertraue, Außenpolitik oder Wirtschaft, Themen von Welt. Er schwärmte von den köstlichen Häppchen, die auf dem Bundespresseball serviert worden seien, vom Kostüm der Kanzlerin, von den intelligenten Witzen der Journalistenkollegen aus Print und TV. Unerwähnt ließ er, dass er dort nur als Spüler anwesend gewesen war, um seine zur Neige gehenden Ersparnisse aufzubessern und um vielleicht eine interessante Story aufzuschnappen. Es sei doch ein anderes Leben in einer richtigen Stadt, ganz anders als in der Pro-vinz, winkte er ab und genoss es, dabei zuzuschen, wie Fischer Stück für Stück in sich zusammensackte.

Diese Fassade hatte er dann während seines gesamten Besuchs im Dorf aufrechterhalten. Niemals würde er vor Fischer einknicken und sein klägliches Scheitern zugeben. Mit gestärktem Willen fuhr er nach einer Woche in der Heimat wieder nach Berlin –

diesmal gab es kein Zurück mehr. Fast war er Fischer dankbar, seinetwegen hatte er sich durchgebissen. Sogar eine bezahlbare Wohnung in einer Platte in Hellersdorf ergatterte er, unter der Prämisse, dass er »leichte Hausmeistertätigkeiten« übernahm. Und er war bei dem Käseblatt gelandet. *Das Käseblatt*, dachte Jupp, so sollte die Zeitung heißen. Die Vorstellung, dass man schrieb, was man dachte, hatte man Jupp dort gleich ausgetrieben. Seinen ersten Artikel über den Förderverein der Sauna hatte er übersät mit roten Korrekturen zurückbekommen. Nach und nach hatte er sich den Jargon des Käseblatts angeeignet, Jupp war nicht dumm und durchaus sprachlich versiert, und mittlerweile winkte der Chef seine Artikel durch. Tja, beim Kirchenbasarbericht war ihm dann wohl einiges durchgerutscht, dachte Jupp hämisch. Er war nicht etwa dankbar dafür, dass der Chef ihm beim Käseblatt eine Chance gegeben hatte, sondern er verachtete ihn beinahe dafür. In der Redaktion hatte er zwar kein eigenes Büro, genau genommen nicht einmal einen eigenen Schreibtisch, aber immerhin ein Ablagefach und das Recht, einen der freien Plätze im Gemeinschaftsraum zu benutzen – es reichte, um sich einen Presseausweis anzuschaffen. Es war ein kleiner Anker, von dem aus er fest vorhatte, sich weiterzukämpfen zu den richtigen Journalisten.

Beim Gedanken an Fischer zuckte Jupp zusammen, eine Schmerzwelle rauschte durch seinen Kopf und brach sich an seiner Stirn. Fischer war schuld an dem ganzen Elend. Doch das war erst gestern Nachmittag passiert; Jupp hatte versucht, sich auf den Vormittag zu konzentrieren, als er an seinem Computer gesessen hatte.

In seiner Zweizimmerwohnung war es frostig kalt gewesen, weil seit Wochen etwas mit der Heizung nicht stimmte. Die Hausverwaltung rührte sich nicht, angeblich war die komplette Handwerkszunft Berlins mit dringenderen Angelegenheiten beschäftigt, Havarien überall, kein Wunder in dieser maroden Stadt. Nicht einmal eine warme Dusche konnte er nehmen, weil der Boiler den Geist aufgegeben hatte. Also hatte er sich ein Fußbad mit dem Wasserkocher im Putzeimer eingelassen und hockte in eine Decke gewickelt vor seinem Computer am Küchentisch. Aber konzentrieren konnte er sich nicht so recht, weil er die ganze Zeit an den bevorstehenden Termin mit dem Pfarrer am Nachmittag denken musste.

Diese Pfeife hatte sich über ihn beschwert, wegen seines Artikels über den Kirchenbasar. Dummerweise hatte er sich nicht bei Jupp beschwert, sondern hatte direkt Jupps Chef angerufen. Der war außer sich gewesen und hatte Jupp eine Gardinenpredigt gehalten, von wegen er dürfe den Pfarrer nicht beleidigen und müsse sich umgehend bei ihm entschuldigen oder sich ansonsten einen neuen Job suchen. Dabei *war* der Pfarrer schwul wie zehn Friseure, das war nicht zu übersehen. Das spiele keine Rolle, hatte sein Chef gesagt, das zu denken, sei eine Sache, ihn in der Zeitung »tuntig« zu nennen, eine andere.

Also musste Jupp heute vor ihm zu Kreuze kriechen, und zwar persönlich, darauf hatte sein Chef bestanden. Ausgerechnet Mitte hatte der Pfarrer sich als Treffpunkt ausgesucht, sicher irgend so einen Schickimicki-Laden, dachte Jupp.

Mittags war er mit den Artikeln immer noch nicht fertig. Er aß eine Kleinigkeit und legte sich aufs Sofa, nur eine halbe Stunde die Augen zumachen, dachte er. Und schlief ein. Natürlich hatte er sich keinen Wecker gestellt und wachte viel zu spät auf. Nicht einmal für einen Kaffee blieb ihm Zeit, er hechtete direkt mit seiner Arbeitstasche unter dem Arm los.

Unerträglich selbstgerecht saß der Pfarrer mit betont geradem Rücken im Café und bedachte den völlig abgehetzt eintreffenden Jupp mit einem spöttischen Lächeln. Seine Verspätung versuchte Jupp der BVG in die Schuhe zu schieben, und er war ganz erstaunt, als der Pfarrer, offenbar milde gestimmt, gar kein Drama daraus machte. Hatte Jupp sich in ihm getäuscht?

Beim Blick in die Karte wurde er wütend. 4,50 Euro für eine Tasse Filterkaffee? Als er nach Berlin gekommen war, hatte man ihn angestarrt wie eine sprechende Kuh, wenn er einen einfachen Kaffee bestellt hatte. Nein, man musste sich nicht nur entscheiden, ob Latte macchiato, Caffè Latte, Milchkaffee, Americano und wer weiß was, sondern auch noch für die Geschmacksrichtung dazu. Mit Schuss oder ohne – das war eine Wahl, die Jupp begrüßte, nicht aber so fragwürdiges Zeug wie »White Chocolate Macadamia« oder »Lebkuchen Pannacotta«. Jetzt feierte der Filterkaffee sein Comeback, kostete aber das Dreifache und wurde theatralisch per Hand aufgegossen – als gäbe es plötzlich keine Kaffeemaschinen mehr auf der Welt.

Als die Kellnerin vorbeikam, bestellte Jupp zwei Kaffee und sagte großzügig zum Pfarrer: »Sie können gern auch ein Stück Kuchen dazu nehmen.«

»Danke, ich habe bereits bestellt. Ich wusste ja nicht, wie lange ich auf Sie warten muss«, sagte er und zeigte wieder sein überlegenes Lächeln.

Jupp ahnte Fürchterliches. Und behielt recht. Als die Kellnerin mit der Bestellung kam, stellte sie Jupp seine Tasse Kaffee hin. Vor dem Pfarrer baute sie ein üppiges Ensemble aus Brötchen, Croissant, Ei, Lachs und diversen anderen Leckereien auf. »Toll, dass sie hier auch am Nachmittag noch Frühstück servieren«, sagte der Pfarrer zu Jupp und machte sich genüsslich über das Essen her.

Dieses Aas, dachte Jupp und versuchte, sich an die Preise auf der Karte zu erinnern. »Das geht auf Sie, versteht sich wohl von selbst«, hatte der Chef vorher unmissverständlich zu Jupp gesagt, schließlich habe *er* Mist gebaut.

Um es hinter sich zu bringen, betete Jupp seine Entschuldigung herunter und dachte dabei vor allem an die Rechnung, die folgen würde. Der Pfarrer hockte da, mit übereinandergeschlagenen Beinen, und ergötzte sich daran, wie Jupp sich vor ihm wand. Dieser arrogante Sack, dachte Jupp und konnte sich nur mühsam verkneifen, seine Gedanken laut auszusprechen. Sein Magen knurrte, das klägliche Mittagessen hielt längst nicht mehr vor. Aber er traute sich nicht, noch etwas zu bestellen, er war froh, wenn er diese Rechnung überhaupt würde bezahlen können. Er nippte an seinem Kaffee und schaute dem Pfarrer beim Schlemmen zu.

Der aß alles bis auf den letzten Krümel auf, dann verabschiedete er sich umgehend von Jupp, angeblich ein weiterer Termin. Jupp war der Letzte, der ihn aufhalten würde. Er war froh, dass der Pfarrer nicht mehr sah, wie er die Rechnung überreicht bekam und sie bis auf den letzten Cent genau beglich, ohne ein Trinkgeld zu geben. Für den Rest des Monats blieben ihm nur noch ein paar Euro übrig.

Er verließ das Café. Jupp brauchte sofort etwas zu trinken, aber etwas mit Umdrehungen. Hier in der Gegend kannte er sich nicht aus. Beim Blick in das nächstgelegene Schaufenster wusste er nicht einmal, was sie in dem Laden verkauften: Kaffee, maßgeschneiderte Klamotten, teure Blumengestecke oder überkandideltes Essen. Oder war es ein Friseur? Das war eine andere Welt – und ganz bestimmt nicht Jupps.

Es dauerte eine halbe Stunde, bis er einen Laden als Bar identifizieren konnte, die einigermaßen bezahlbar aussah. Er setzte sich an einen Tisch in der hintersten Ecke, von wo aus er den ganzen Laden im Visier hatte – alte Gewohnheit. In Hellersdorf hätte er einen Futschi bestellt. Hier auf fremdem Terrain behielt er lieber einen einigermaßen klaren Kopf und orderte ein Hefeweizen. Gerade als seine Laune sich allmählich zu bessern begann, klingelte sein Handy. Fischers Nummer wurde angezeigt. Ausgerechnet. Jupp ignorierte das Klingeln und stellte den Ton leiser. Doch keine zwei Minuten später rief er erneut an. Ob irgendwas mit Jupps Eltern war? Widerwillig nahm er den Anruf an.

Fischer gratulierte ihm, dass er in der Hauptstadt so eine tolle Karriere machte. Jupp wurde immer misstrauischer. Warum schmierte Fischer ihm Honig um den Bart? Was wollte er? »Das kann ich mir doch nicht entgehen lassen«, sagte Fischer prompt. Jupp umklammerte sein Weizenbierglas. Dann folgte, was folgen musste: »Und weil ich ein Mann der Tat bin, hab ich mir gesagt, Fischer, hab ich mir gesagt, das musst du dir ansehen«, sagte er. »Mein Ticket nach Berlin ist schon gebucht.«

Jupp war fassungslos. »Aber du wirst doch zu Hause gebraucht, der Bürgermeister …«, stammelte er.

»Der ist wieder fit«, gestand Fischer. »Nach all dem Stress habe ich mir ein bisschen Urlaub verdient. Ich brauche nicht viel, ein Plätzchen auf dem Sofa für ein paar Tage, das hast du doch für einen alten Kumpel frei, Jupp, oder?«

Was sollte Jupp darauf erwidern? Klar, dass er nachgegeben hatte, dass er Fischer seine Couch angeboten hatte, die paar Tage, klar könne er Fischer die Redaktion zeigen, die ganze Stadt. Übermorgen würde er ankommen. Ü-ber-mor-gen! Nach dem Telefonat hatte Jupp sein Glas in einem Zug ausgetrunken, sein Kleingeld gezählt und sich einen Korn bestellt.

Der Rest des Abends war aufgelöst in Alkohol und Kopfschmerzen. Wie konnte er sich so die Kante gegeben haben, ohne Kohle in der Tasche? Jupp versuchte, sich an irgendetwas zu erinnern, den Verlauf des Abends zu rekonstruieren. Laute Musik musste es gegeben haben, Jupps Ohren klingelten jetzt noch, wie immer, wenn er sich zu lange großer Lautstärke ausgesetzt hatte.

Irgendein illegaler Club vielleicht. Langsam dämmerte es Jupp, dass er nach Schöneberg gefahren war und die Bars aufgesucht hatte, in denen seine ehemaligen Mitbewohner sich normalerweise herumtrieben, in der Hoffnung, dass sie ihm ein paar Drinks ausgaben. Juri war Barkeeper, und die Barkeeper der Stadt kannten einander, in fast keiner Bar musste er für seine Getränke bezahlen. In seinem Dunstkreis fiel immer auch das ein oder andere Gläschen für seine Begleiter ab.

Tatsächlich hatte es nicht lange gedauert, bis er Juri und Bruno an einer Theke entdeckte. Jupp tat so, als wäre er ganz zufällig vorbeigekommen. Sie begrüßten ihn zwar nicht gerade erfreut, vor allem nicht Juri, aber Jupp war es egal, Hauptsache etwas Strammes zu trinken, um für ein paar Stunden den bevorstehenden Besuch Fischers zu vergessen.

Als Jupp sich endlich traute, die Augen richtig zu öffnen und in den Tag zu blinzeln, überkam ihn zunächst Erleichterung, dass er nicht seine Likörflaschensammlung ausgetrunken hatte. Er befand sich nämlich gar nicht in seiner eigenen Wohnung, sondern hatte die Nacht im Wohnzimmer seiner alten WG verbracht. Er musste sich wirklich ordentlich die Kante gegeben haben.

Das Zimmer war eine Mischung aus Wohn- und Abstellraum. Schmutzige wie saubere Wäsche türmte sich auf dem chronisch überfüllten Wäscheständer und dem unbenutzten Hometrainer – der teuerste Kleiderständer der Welt. Keiner wusste mehr, wer ihn eigentlich in die WG mitgebracht hatte, so wie es bei den meisten Dingen hier war, die Gegenstände kamen und gingen wie die Bewohner, jeder ließ irgendetwas zurück und nahm anderes mit. Jupp schaute auf seine Armbanduhr. Sie war stehen geblieben. Auf dem alten DVD-Rekorder konnte er erkennen, dass es beinahe Mittag war. In ungefähr 36 Stunden erwartete Fischer ihn am Bahnhof. Jupp dachte an seine Wohnung in Hellersdorf, an die schäbige Redaktion und an die abfälligen Kommentare seines Chefs. Nein, glamourös würde das nicht gerade wirken. Er müsste schon eine richtig gute Story finden, um seinen Chef zu beeindrucken und Fischer weiter den erfolgreichen Journalisten vorzugaukeln.

Er schwang sich vom Sofa. Ein scharfer Schmerz fuhr durch seinen Knöchel. Jupp ließ sich wieder zurückfallen und schloss die Augen.

»Aufstehen! Zeit für dich, zu verschwinden« blaffte es plötzlich. Juri stand vor dem Sofa und blickte ihn genervt an. Er hatte ein Handtuch um die Hüften gebunden, er kam offensichtlich gerade vom Duschen. Jupp rappelte sich auf, hielt sich den verletzten Knöchel und versuchte, bemitleidenswert auszusehen. Er könne kaum laufen, meinte er mit schmerzverzerrtem Gesicht.

Juri wollte gerade etwas erwidern, da klingelte sein Handy.

»Was gibt es?«

Die Stimme am anderen Ende war nicht zu verstehen, aber es schien gravierend zu sein, Jupp konnte regelrecht zusehen, wie sich Juris Gesichtsausdruck weiter verfinsterte. »Was soll das heißen, du hast einen aufgegabelt? Warum baust du immer Scheiße? … Ich habe keine Lust, mich mit dem Chef anzulegen. Der hat mich sowieso auf dem Kieker, verstehst du? Der lauert nur darauf, dass ich mich nicht an die Regeln halte …«

Jupp tat so, als würde er nicht zuhören, lauschte aber gespannt auf jedes Wort. Juri war Barkeeper – und Barkeeper kannten viele gut gehütete Geheimnisse. Vielleicht konnte Jupp durch ihn eine Story auftun?

Juri schien unterdessen vergessen zu haben, dass Jupp da war, oder er hielt ihn einfach nicht für wichtig genug, als dass ihn sein Mithören gestört hätte. Er redete weiter, ohne die Stimme zu senken oder das Zimmer zu verlassen: »Der riskiert auf keinen Fall etwas. Der lässt niemanden rein, den er nicht doppelt und dreifach überprüft hat … ja, ich komme, gib mir 'ne halbe Stunde.« Juri legte auf und verschwand fluchend in seinem Zimmer. Kurze Zeit später kam er angezogen wieder heraus, und während er sich seine Jacke schnappte und den Flur hinuntereilte zur Wohnungstür, rief er Jupp zu: »Wenn ich zurückkomme, bist du hier verschwunden, alles klar!?«

»Klar,« sagte Jupp. Die Wohnungstür krachte ins Schloss. Erleichtert sank Jupp wieder aufs Sofa.

Kein Kraut gewachsen

Immer wieder wanderte Valentins Blick zur Uhr. Eine gute Stunde war seit der Übergabe der Schlüsselkarte verstrichen, und noch immer war von seiner transparenten Frau keine Spur zu entdecken. Nummer 47, rief Valentin sich selbst zur Raison. Begriff sie ihre große Chance? Hätte er sie doch besser persönlich darauf vorbereiten sollen? Er war sich so sicher gewesen, dass sie nach jedem Strohhalm greifen würde, den man ihr anbot. Hatte er sich getäuscht? Oder hatte sich die transparente Frau aufgelöst? Sechs Tage waren seit ihrem zweiten und letzten Zusammentreffen im Park verstrichen. In sechs Tagen konnte vieles passieren. Valentin ging im Geiste sein letztes Gespräch mit ihr noch einmal durch, rief sich ihr Gesicht in Erinnerung, diese unendliche Müdigkeit gepaart mit Resignation. Dieser Ausdruck war es gewesen, der Valentin alarmiert und zur Eile angetrieben hatte. Wenn Resignation zu weit fortschritt, konnten die Menschen bald nicht mehr aus ihrem Leben ausbrechen, sondern verharrten in ihrer Starre. Dann waren sie für das Hotel verloren. Wer gebrochen war, der brauchte mehr als das Hotel. War er zu spät gekommen? Oder hatte sie es doch nicht fertiggebracht, ihr Baby zurückzulassen?

Der Tag, an dem Valentins Mutter seine Welt verließ, hatte sich durch nichts vorher angekündigt. Kein Zipperlein, kein Klagen. Sie schlich sich klammheimlich aus der Welt, atmete ein letztes Mal aus, früh am Morgen, ohne noch ein Wort des Abschieds an eines ihrer Kinder richten zu können. Es erschien Valentin so ungerecht. Sein Vater hatte wochenlang Zeit für seinen Abschied gehabt, obwohl er niemandem mehr etwas zu sagen gehabt hatte. Auch ihm hatte niemand mehr etwas sagen wollen; so kurz vor dem Ende wollte man keinen Streit vom Zaun brechen, sondern anstandshalber schweigen. Valentins Mutter hätte sicher noch viel zu sagen gehabt. Oder wenigstens zu umarmen. Und dennoch. Eines Tages war sie einfach nicht mehr Teil dieser Welt gewesen.

Der unerwartete Verlust seiner Mutter war der Grund für Valentins Therapie gewesen. Oder zumindest der direkte Auslöser. Die meiste Zeit ihres Lebens war sie vor allem Ehefrau und Mutter gewesen, hatte für Haushalt und Familie gesorgt, ihre eigenen Bedürfnisse hintangestellt. Selbst die Freundinnen und Freunde ihrer Kinder waren ihr stets willkommen gewesen, sie hatte für jeden ein offenes Ohr und immer ein Stück Selbstgebackenes in petto gehabt. Wann immer ihr jemand ans Herz legte, auch einmal an sich zu denken, sich ihre eigenen Träume zu erfüllen, wenigstens die kleinen – eine Schiffsreise zu den Lofoten oder eine Tour nach Pompeji –, da hatte sie erwidert, das könne sie machen, wenn alle Kinder aus dem Haus seien.

Valentins Geburt hatte diesen Zeitpunkt noch einmal um ein paar Jahre nach hinten verschoben. Auch sein Studium hindurch hatte er zu Hause gewohnt, war erst zur Hoteleröffnung ausgezogen. Von da an war er jeden Sonntag um 12.30 Uhr zum Mittagessen bei ihr erschienen und nach dem Kaffee wieder gegangen. Bis zu diesem einen Sonntag, an dem er die Haustür aufgeschlossen und als Erstes die Abwesenheit des typischen Mittagessengeruchs wahrgenommen hatte. Da hatte er gewusst, dass etwas nicht stimmte. Das leise Knarren der Dielen, das Einsinken der Füße auf dem dicken Läufer im Flur, das Ticken der großen Standuhr auf der Galerie – allem haftete plötzlich Traurigkeit an, an jenem Tag.

Zunächst verfiel Valentin in Tatkraft. Es gab so viel zu erledigen, wenn jemand starb. Dokumente mussten zusammengesucht, offizielle Stellen benachrichtigt, ein Bestattungsunternehmen beauftragt werden. Termine mussten abgesagt, ausstehende Verpflichtungen delegiert werden. Sarg, Urne und Kleidung mussten ausgesucht werden. Einladungen mussten entworfen, gedruckt und verschickt werden, Traueranzeigen geschaltet, ein Nachruf verfasst und ein Trauerredner mit Informationen versorgt werden. Ein Ort musste gefunden, Leichenschmaus und Blumenschmuck bestellt werden. Musik musste ausgewählt, Fotos und Erinnerungen herausgekramt werden. Für Trauer blieb da keine Zeit. Valentins Geschwister waren ihm dankbar, dass er, obwohl er der Jüngste der Brüder war, sich um alles kümmerte. Er vergaß niemanden, versäumte keine Frist, brachte die gesamte Beerdigung ohne Zwischenfälle über die Bühne.

Am Abend nach der Trauerfeier kehrte er ins Hotel zurück. Nicht in seine Wohnung. Er ging in eines der freien Zimmer des Hotels und legte sich dort ins Bett. Alle Energie verließ ihn. Er fühlte sich ausgelaugt und erschöpft und fand doch keinen Schlaf. Was, wenn auch er einfach nicht mehr aufwachen würde? Gleichzeitig war er außerstande, das Bett zu verlassen. Das erste Mal in seiner Rolle als Hoteldirektor meldete er sich krank. Er blieb auf dem Zimmer, wollte niemanden sprechen. Er sehnte sich nur nach einem einzigen lebenden Menschen, und das war Daniel. Daniel hatte seine Mutter erlebt, hatte bei Valentin zu Hause mehr Zeit verbracht als in seinem eigenen Elternhaus, in dem nicht nur der Vater cholerisch gewesen war, sondern auch die Mutter als ausgleichende Kraft gefehlt hatte. Und plötzlich war Daniel wirklich bei ihm. Zuerst dachte Valentin, er halluziniere, wegen des Fastens oder des langen Wachbleibens. Wegen der Isolation oder dem Schmerz. Er hielt seinen Freund wahrhaftig für eine Erscheinung, wie er da in der Tür auftauchte, sanft an den

Rahmen klopfte und hereinkam, als wäre er gerade zufällig vorbeispaziert. Valentin lag, wie die meiste Zeit seit der Beisetzung, auf dem Bett und starrte an die Decke. Sein Freund sagte kein Wort, er legte sich neben ihn und starrte mit. Unzählige Stunden ihrer Kindheit und Jugend hatten sie so verbracht, schweigend, auf dem Boden in Valentins Zimmer im Souterrain des Hauses. Die Fingerspitzen ihrer Hände stets so, dass nur ein Hauch fehlte, um sich zu berühren. Man hätte ihnen beim Wachsen zuschauen können, dort, auf dem Boden liegend. Mit seinem einzigen Freund neben sich fand Valentin endlich in einen unruhigen Schlaf.

Daniel blieb. Sie redeten wenig, lagen nebeneinander auf dem Bett oder auf dem Boden, saßen am Tisch und aßen etwas vom Imbiss, das Daniel holte. Meistens Suppe, auch zum Frühstück, das sei in vielen Regionen der Welt so üblich, erzählte Daniel, und tatsächlich tat Valentin die Wärme von innen gut. Ab und zu begann einer von Daniels Sätzen mit: »Weißt du noch …«, und darauf folgte eine kleine Erinnerung an Valentins Mutter.

Valentin war Daniel dankbar dafür, dass er sich nicht in hohlen Phrasen verlor, sondern akzeptierte, dass gegen manchen Kummer nicht anzukommen war – kein Kraut gewachsen, hätte seine Mutter gesagt –, dass er einfach nur Erinnerungen hervorkramte wie andere Menschen Fotos.

Als Valentin eines Morgens zum ersten Mal ohne Aufforderung aufstand, holte Daniel ein Puzzle aus seinem Koffer und legte den Karton auf den Couchtisch. Es war ein anspruchsvolles Puzzle, eine antike Weltkarte mit zwölftausend Teilen und wenig Kontrast. Vier volle Tage brauchten sie, um es zusammenzusetzen, und als Valentin das letzte kleine Teilchen einfügte, meinte Daniel, dass Valentin nun bereit sei für eine Therapie. Er vereinbarte einen ersten Gesprächstermin für ihn, begleitete ihn zur Praxis und wartete draußen. Vermutlich, um sicherzugehen, dass Valentin nicht im letzten Moment noch kehrtmachte. Was er vermutlich auch getan hätte – niemand anderer als Daniel hätte Valentin jemals dazu bringen können, zu einer Therapeutin zu gehen.

Zu seiner eigenen Überraschung vertraute Valentin ihr bereits im ersten Gespräch etwas an, das ihn bedrückte, nämlich dass er das Gefühl hatte, seine Mutter um ihr Leben betrogen zu haben, weil sie sich noch bis ins Erwachsenenalter hinein um ihn gekümmert hatte.

»Als Sie studiert haben, hatte Ihre Mutter doch sicher nicht rund um die Uhr mit Ihnen zu tun. Womit hat sie ihre freie Zeit verbracht?«, fragte die Therapeutin.

»Verplempert.«

»Wie bitte?«

»Mein Vater hat immer gesagt, sie verplempere ihre Zeit. Sie hat viel ehrenamtlich gemacht, hat Kleidung für die Frühchen im Krankenhaus gestrickt, Kuchen für Basare gebacken, Essen an Bedürftige ausgeteilt. Sie hat sich um ihre Enkelkinder gekümmert und meinen Brüdern bei der Betreuung unter die Arme gegriffen. Mittwochs und donnerstags, wenn wir bis spät nachts in der Uni an unseren Entwürfen gearbeitet haben, ist sie immer um 23 Uhr mit einem Korb voller belegter Stullen in unseren Arbeitsraum gekommen. Meinen ganzen Jahrgang hat sie damit versorgt. Obwohl es ihr zu schaffen gemacht hat, wenn sie so spät schlafen gegangen ist.«

»Warum, denken Sie, hat sie das getan?«

»Wir sind hungrig gewesen.«

Die Therapeutin notierte sich etwas.

Valentin ergänzte leise: »Sie hat es geliebt, zu helfen.«

»Denken Sie, es hat ihr ein gutes Gefühl gegeben, andere zu unterstützen?«

»Natürlich.«

»Könnte es nicht sein, dass es genau das war, was sie glücklich gemacht hat? Für andere zu sorgen?«

»Vermutlich ja.«

»Wäre es dann nicht überflüssig, sich zu grämen, weil man ihre Unterstützung in Anspruch genommen hat?«

Es war ein tröstlicher Gedanke für Valentin, auch wenn es ihm schwerfiel, das zuzugeben.

»Sie ist okay«, sagte er nach dieser ersten Sitzung zu Daniel, der ihm bestärkend auf die Schulter klopfte und vorschlug, noch einen kleinen Spaziergang zu machen. »Du entscheidest, wohin«, sagte Valentin. Es war ein Spiel, das sie früher manchmal miteinander gespielt hatten – einer bestimmte den Weg und der andere musste folgen. Für Valentin war es eine echte Herausforderung gewesen, sich der Führung eines anderen zu überlassen, aber an Daniels Seite war es ihm gelungen. Es wurde ein seltsamer Gang, an jenem Tag im Spätsommer. Es war windig. Es gab etliche schöne Spazierwege, über die sie zurück zum Hotel hätten gelangen können. Aber Daniel wählte Wege an mehrspurigen Straßen, vorbei an Baustellen und Absperrungen, unter Autobahnbrücken hindurch. Der Verkehr brummte so laut um sie herum, dass es sinnlos schien, ein Gespräch anzufangen. Sie schlugen einen großen Bogen, eine geschlagene Stunde stolperten sie durch Lärm und Staub, bis sie in eine ruhigere Seitenstraße kamen, die Richtung Charlottenburg zurückführte. Daniel atmete hörbar ein und stieß einen Seufzer aus. Irgendetwas hatte er auf dem Herzen. Daniel existierte zumeist völlig geräuschlos. Valentin hatte das immer besonders an ihm gemocht. Es brauchte mehrere Ansätze, bis Daniel endlich herausbrachte: »Als ich damals weggegangen bin aus Berlin ...« Seine Stimme brach. Er schien darauf zu warten, dass Valentin das Wort übernahm, aber der blieb still. »Du hast mich nie besucht«, sagte Daniel schließlich.

Dem war nichts hinzuzufügen. Valentin hatte Daniel nie besucht. »Du bist ja nicht aus der Welt«, hatte Valentin damals beim Abschied zu ihm gesagt, wohl wissend, dass Daniel zwar nicht aus der Welt verschwand, wohl aber aus Valentins Reichweite. Es hatte immer einleuchtende Gründe gegeben, einen Besuch zu verschieben: die Fertigstellung des Hotels, dann die Eröffnung, das Aufnehmen des Betriebs – alles hatte erst einmal in Gang kommen müssen. Doch in den vergangenen Jahren hätte es natürlich Gelegenheiten gegeben, das wussten sie beide, zwei Wochen oder drei hätte Valentin sich loseisen können.

Valentin sagte: »Ich habe Origamitiere gefaltet. Immer wenn ich dich in Gedanken herbeigewünscht habe, habe ich mir ein Blatt Origamipapier genommen und es gefaltet.«

»Was für ein Tier?«

»Zuerst eine Taube, nach und nach auch andere.«

»Wie viele sind es?«

»Ein paar«, sagte Valentin vage.

Valentin war nicht gut im Kontakt halten über die Ferne. Anfangs hatte er regelmäßig mit Daniel telefoniert. Doch selbst wenn er sich mit dem Telefon am Ohr flach auf den Boden gelegt und sich vorgestellt hatte, dass sein Freund Tausende Kilometer entfernt genauso dalag wie er, hatte diese Imagination die reale Distanz nicht überbrücken können. Auch Videoanrufe hatten das nicht verändert, im Gegenteil, danach hatte Valentin sich weiter entfernt gefühlt als vorher. Also hatte er sich in den Telefonaten beschränkt auf Informatives, auf Fakten, auf konkrete Fragen und Antworten. Nach diesen Gesprächen war ein zehrendes Gefühl der Leere zurückgeblieben, und so waren die Telefonate immer weniger geworden. Beim Falten der Papiertiere hatte er sich seinem Freund näher gefühlt; sie waren gleichsam still und freundlich, in ihrer Gesellschaft war Valentin weniger einsam als anderswo.

Wenige Tage nach ihrem Spaziergang reiste Daniel ab, zurück nach Hongkong. »Bei mir ist immer ein Platz für dich«, sagte er zu Valentin, als sie sich vor dem Hotel verabschiedeten, mit dieser Sehnsucht in den Augen, die Valentin fürchtete, weil sie es ihm unmöglich machte, seine Koffer zu packen und seinem Freund zu folgen.

Nachdem Valentin sich in der Therapie alles seine Mutter und auch seinen Vater betreffend von der Seele geredet hatte, verliefen die Sitzungen recht schweigsam. Einmal verging eine halbe Stunde, bis seine Therapeutin das Wort ergriff.

»Spielen wir ›Wer zuerst spricht, hat verloren‹?«

»Also, dann habe ich gewonnen.«

Sie lächelte nicht. »Wenn es Ihnen ums Gewinnen geht, sollten Sie vielleicht in Erwägung ziehen, die Therapie an dieser Stelle zu beenden«, sagte sie.

Valentin forschte in ihrem Gesicht nach einer Gefühlsregung, Bedauern oder wenigstens Ärger. Aber sie hatte ihr Therapeutinnen-Pokerface aufgesetzt – keine Falte grub sich in die Haut, nichts runzelte sich, kein Muskel zuckte. Sie hielt ihn für einen profanen Hotelverwalter, der seine Mutter verloren hatte und posthum Groll gegen seinen Vater hegte, weil der keine Gefühle hatte zeigen können und dieses Unvermögen auch noch an ihn vererbt hatte. Wenn Valentin vorhatte, es dabei zu belassen, dann hatte sie recht, dann wäre es am besten, hier Schluss zu machen. Valentin dachte an seine Mutter, wie unermüdlich sie ihre Schnittchen nachts für ihn zur Uni getragen hatte. Sie hatte gewusst, wie schwer Valentin sich tat mit allem Zwischenmenschlichen. Sie hatte immer schon für ihn gebacken, zuerst für den Kindergarten und später für Feste in der Schule. Es brauchte viele Kuchen und viele belegte Brote, um Valentins distanziertes Wesen auszugleichen. Sie hatte ihn nie anstrengend genannt. Nur sie hatte ihn regelmäßig umarmt und nie ein Wort darüber verloren, dass er unter körperlicher Berührung erstarrte. Sie hatte nie von ihm gefordert, irgendetwas an sich zu verändern oder sich anzupassen. Außer ihr war Daniel der Einzige gewesen, der ihm wirklich nahe gewesen war, der ihn nicht als zu absonderlich abgestempelt hatte.

Valentin dachte an die Papiertiere, die er gefaltet hatte, dachte daran, dass Daniel seit seiner Abreise so weit entfernt schien wie nie und seine Mutter nicht mehr auf dieser Welt war. Schließlich hob er den Kopf und blickte die Therapeutin entschlossen an: »Wir machen weiter«, sagte er.

»Na schön.«

Heute, zweieinhalb Jahre nach dem Beginn der Therapie, war Valentin froh darüber, damals diese Entscheidung getroffen zu haben. Es hatte ein paar Sitzungen gedauert, bis er sich dazu hatte überwinden können, ihr das Geheimnis des Hotels zu verraten. Sie unterlag zwar der Schweigepflicht, aber Menschen waren schwach, sie verplapperten sich auf der Suche nach Anerkennung, machten Andeutungen. Es konnte immer irgendwo etwas durchsickern. Aber dennoch. Valentin skizzierte ihr die Grundidee des Hotels. Er blühte dabei richtig auf, wurde euphorisch – seit seiner Diplompräsentation, in der er das Hotel wie eine Utopie behandelt hatte, hatte er mit niemandem mehr außer den Mitbegründern offen über das Hotel gesprochen. Es war befreiend, sich jemandem anzuvertrauen. So oft schon hätte er gern seinen herablassenden Universitätskollegen von seinem eigentlichen Job erzählt, wenn sie bereits während einer Unterhaltung mit ihm nach prestigeträchtigeren Gesprächspartnern Ausschau hielten. Er platzte schier vor Ärger, weil er ihnen nichts vom Hotel erzählen durfte. Umso irritierter war er, als die Therapeutin seine Euphorie nicht teilte.

»Was genau müssen Ihre Gäste vergessen?«, fragte sie.

»Sich selbst. Oder vielmehr: alle anderen, die ihnen einreden wollen, wie sie sich zu verhalten haben«, antwortete er.

»Sind es Kriminelle?«, fragte sie bestürzt.

»Nein, nein. Es sind Gestrandete. Kennen Sie noch dieses Ausruh-Feld beim Mensch-ärgere-dich-nicht-Spiel? Wo man nicht rausgeworfen werden darf? Das ist das Hotel. Wir geben Gelegenheit zum Luftholen. Manche finden einen Weg zurück, andere einen neuen Weg. Wir sind nur für den Übergang da, damit sie nichts überstürzen, damit sie Zeit haben, nachzudenken. Sie sollen nicht durch äußere Umstände gedrängt werden und aufgrund von Druck die falsche Richtung einschlagen.«

»Braucht man nicht einen Gesprächspartner, ein Gegenüber, um gedanklich voranzukommen?«

Er war unendlich enttäuscht, dass sie die Großartigkeit des Hotels nicht begriff.

»Sind Sie jetzt beleidigt?«, fragte sie.

»Ich hätte etwas mehr Begeisterung erwartet, gerade von Ihnen.«

»Oh, ich bin begeistert! Begeistert, dass Sie mir davon erzählen, obwohl es Ihnen sichtlich schwerfällt. Ja, ich würde das sogar als Durchbruch bezeichnen in unserer Beziehung.«

»Jetzt übertreiben Sie mal nicht gleich«, antwortete er verlegen.

Sie versteckte ein Lächeln, indem sie den Kopf senkte, und machte sich eine Notiz.

Seither erzählte Valentin ihr häufiger von den Gästen des Hotels. »Insassen«, verbesserte seine Therapeutin ihn. Manchmal sprach er mit ihr über die Anwärter, wenn er eine neue Akte bekommen hatte und sich nicht sicher war, ob er denjenigen im Hotel aufnehmen sollte. Es tat gut, mit jemandem darüber zu diskutieren, Für und Wider gemeinsam abzuwägen. Ihre anfängliche Skepsis hatte sie noch immer nicht abgelegt. Auch deshalb hatte er ihr nicht von der transparenten Frau berichtet, obwohl er so viele Fragen hatte. Sie hätte es ganz sicher nicht gutgeheißen, dass er eine Mutter dazu einlud, ihr Baby zurückzulassen. Ein heikles Thema! Er hatte den starken Verdacht, dass seine Therapeutin ungewollt kinderlos war; auch wenn sie es nie direkt ausgesprochen hatte, so hatte er es sich doch aus unterschiedlichen Andeutungen zusammengereimt.

Wieder blickte Valentin auf die Uhr. Eineinhalb Stunden waren nun seit der Übergabe der Schlüsselkarte verstrichen. Sie hätte längst hier sein müssen! Die Chance, dass sie noch auftauchte, sank statistisch gesehen ab jetzt mit jeder verstreichenden Minute. Valentin versuchte, die aufsteigende Enttäuschung zu unterdrücken – noch war es zu früh dafür. Es konnte mehrere Stunden dauern, bis ein neuer Gast nach Erhalt des Schlüssels eincheckte. Vielleicht war es zu unvorhergesehenen Verzögerungen gekommen: eine stehen gebliebene U-Bahn, ein Polizeieinsatz, Verspätungen aufgrund von Bauarbeiten oder Personenschäden, Schienenersatzverkehr. Oder, und das war Valentins größte Befürchtung: Zweifel.

Seit einigen Wochen hatte Valentin einen Traum, der sich regelmäßig wiederholte. In diesem Traum stand er an derselben Stelle wie jetzt und blickte auf das Hotel, das vor seinen Augen in sich zusammenbrach. Es stürzte lautlos ein, Modul für Modul, nur das gläserne Zimmer schwebte noch ein paar atemlose Takte lang oben in der Luft, wie von einer unsichtbaren Kraft gehalten. Dann, ganz plötzlich, löste es sich aus dem Himmel, fiel mit einem eigentümlichen Pfeifton herab und zerschellte mit ohrenbetäubendem Krachen in Abertausend glitzernde Splitter. An dieser Stelle wachte Valentin schweißgebadet auf, den Unterarm schützend vor die Augen erhoben.

Als Valentin sich zum ersten Mal im Wachzustand an diesen Traum erinnerte, lief er eine Extrarunde durch den sonnigen Morgen, um auch die letzten Reste der Nacht und der Erinnerung an das Geträumte abzuschütteln, und tatsächlich verlief die nächste Nacht traumlos. Doch in der darauffolgenden Nacht sah er wieder dabei zu, wie seine Existenz in sich zusammenfiel. Den ganzen Tag über war er verstört und fahrig, konnte nicht still sitzen und hatte keinen Appetit.

»Fühlen Sie sich glücklich?«, fragte seine Therapeutin, als er ihr von dem Traum berichtete.

»Ich verstehe die Frage nicht.«

»Sind Sie zufrieden? Möchten Sie Ihr Leben so weiterführen, wie es jetzt ist? Oder würden Sie gerne etwas verändern?«

Valentin antwortete wie aus der Pistole geschossen: »Nein, ich möchte genau hier sein und genau das arbeiten, was ich jetzt tue.«

»Es gibt nichts, das Sie sich anders wünschten?«

»Nichts Realistisches.«

Sie blickte ihn an. Es kostete Valentin Kraft, ihrem Blick standzuhalten. Er war sich sicher, wenn er ihr auswich, würde sie fragen, was er sich anders wünschen würde, wenn alles möglich wäre. Es war eine beliebte Vorgehensweise von ihr. Ohne Grenzen zu denken. Die meisten Barrieren im Leben schuf man sich selbst, meinte sie.

»Was ist im Moment Ihre größte Sorge?«, fragte sie weiter.

»Dass die Existenz des Hotels bekannt wird und es damit seinen Sinn verliert. Dass sich alles ändert.«

»Veränderungen müssen ja nicht zwangsläufig schlecht sein.«

»Ach nein? Aber was wäre ich ohne das Hotel?«, fragte Valentin.

»Und was wäre das Hotel ohne Sie?«

Valentin schaute wieder in den Himmel. Die Wolken zogen sich immer dichter über dem Hotel zusammen. Wo blieb Nummer 47?

Baustellen

Sie standen eine Ewigkeit auf dem Schrottplatz herum. Hempel fror. Selbst der Fahrer wurde langsam unruhig, trat von einem Fuß auf den anderen, lief eine Runde ums Auto, lehnte sich wieder an die Fahrertür. Eine stattliche Menge Zigarettenstummel hatte sich um seine Füße auf dem Boden gesammelt. Immer wieder blickte er auf sein Handy. Hempel bemühte sich mehrere Male, ein Gespräch anzufangen, erntete aber nur vages Brummen. Sein Flugzeug musste mittlerweile gestartet sein, befand sich irgendwo hoch oben, auf dem Weg nach New York.

Ein Schrottplatz war per se ein trostloser Ort. Dass dieser hier verlassen war und kein Sonnenstrahl durch die dichte Wolkendecke drang, machte es nicht besser. Hempel wäre eine Baustelle lieber gewesen. Als kleiner Junge war er an jedem Bauzaun stehen geblieben, um zuzugucken. Alles dort hatte ihn begeistert, die Bagger, Betonmischer, Absperrbänder, Kräne und Schuttberge, die Gerüste und das Geschrei der Männer. Er hätte stundenlang zuschauen können, aber seine Mutter zog ihn immer weiter, sie konnte in einer Baustelle nichts Faszinierendes erkennen, und ein Junge, der auf eine Baustelle glotzte, entsprach in ihren Augen viel zu sehr den gängigen Klischees, als dass sie dies zugelassen hätte. Ihr Sohn war doch kein Allerweltsjunge! Jetzt hätten Hempel ein paar Baustellenfahrzeuge gutgetan, am besten eine Abrissbirne, die etwas Großes niederriss, ein baufälliges Haus, irgendwas. Krachende Balken, sich verbiegende Stahlbetonträger, zersplitternde Rigipswände, berstende Ziegel, das Splittern von Glas. Krach und Zerstörung konnten befreiend sein, selbst wenn man nur dabei zuschaute und es eine kontrollierte Verwüstung war. Wie unwichtig danach manche Gefühle schienen, wie klein sie wurden.

In Hempels Zusammenleben mit seiner Mutter hatte es selten ein lautes Wort gegeben. »Sag mir Bescheid, wenn du dich abgeregt hast und wir reden können« – das war ein häufig ausgesprochener Satz von ihr, vor allem, als er ein Kind gewesen war. Doch wenn seine Wut sich gelegt hatte, hatte er meistens kein Bedürfnis mehr gehabt, sich mit ihr zu streiten. »Dann war es wohl nicht so wichtig«, meinte sie.

Auch in seinen Beziehungen war es so gewesen. Wenn es wirklich einmal Streit gegeben hatte, war die Beziehung beendet. Erst mit Elfie hatte Hempel gelernt, sich zu streiten. »Streit reinigt die Luft«, davon war Elfie überzeugt. Zu Beginn ihrer Beziehung hatte Hempel sie einmal wütend erlebt. Sie hatte sich über jemanden am Telefon geärgert, so sehr, dass sie sogar laut gebrüllt und ihr Telefon gegen die Wand geworfen hatte. Hempel hatte sich richtig erschrocken. Doch genauso schnell, wie der Ärger gekommen war, verrauchte er auch wieder. Elfie war fest davon überzeugt, dass es gut war, sich abzureagieren, ja, dass Wut sogar etwas Nützliches sei. Wut zeige, dass man etwas als ungerecht empfinde, dass jemand eine Grenze überschritten habe. Es sei von Vorteil, die eigenen Grenzen zu kennen, sagte sie. Elfie war in einem lauten Haushalt aufgewachsen, mit zwei kleineren Schwestern. »Was glaubst du, wie da manchmal die Fetzen geflogen sind?« Hempel konnte es sich vorstellen, die ganze Familie war laut und impulsiv. Wenn sie alle zusammenkamen, hörte Hempel fasziniert dem Schlagabtausch zu, den sie sich lieferten. Doch so heftig sie miteinander stritten, so sehr liebten sie sich auch – nicht selten lagen sie sich am Ende dieser Treffen alle in den Armen. Hempel erinnerte sich, wie gekränkt er einmal gewesen war, als eine von

Elfies Schwestern wie nebenbei irgendeine frotzelige Bemerkung zu ihm gemacht hatte. »Glaub mir, das ist ein Liebesbeweis«, erklärte Elfie später, nachdem sie lange nachgebohrt hatte, warum Hempel so still gewesen war. »Ich würde mir ehrlich gesagt Sorgen machen, wenn sie immer noch höflich zu dir wären. Du gehörst jetzt dazu«, meinte sie anerkennend. Ob Elfie wohl eine ihrer Schwestern vom Flughafen aus angerufen hatte, als sie ihn nicht mehr gefunden hatte und er auch nicht an sein Telefon gegangen war? Hatte sie eine aufgeregte Nachricht in ihren Familienchat gepostet? Und dann seine SMS im Chat weitergeleitet und Entwarnung gegeben? In Elfies Familie wussten immer alle, was bei den anderen gerade los war. Wie lange würde der Familienfunk wohl brauchen, um alle ins Bild zu setzen, wenn Hempel jetzt bei Elfie auftauchen und ihr alles erzählen würde? Hempel wollte es lieber nicht herausfinden. Er wandte sich vom Schrottplatz ab und gesellte sich wieder zu dem Fahrer.

Nach einer gefühlten Ewigkeit kam ein Typ über das Gelände auf sie zugestapft – mittelgroß, drahtig, aber kräftig. Stoppelkurze Haare, eine Narbe zog sich quer über die Wange, bunte Tattoos blitzten am Halsausschnitt aus dem schwarzen Shirt hervor. Er trug Jeans, eine Bomberjacke und klobige Stiefel. Ohne Hempel eines Blickes zu würdigen, blaffte er direkt den Fahrer an: »Was soll der Bullshit?« Hempel entfernte sich ein paar Schritte; sollten die ihre Schwierigkeiten doch ohne ihn klären. Der Typ gefiel ihm ganz und gar nicht. So unauffällig sein Fahrer war, umso gewollt auffälliger wirkte sein Kumpan. Wer weiß, wo er sich die Narbe zugezogen hat, eine Messerstecherei oder ein Überfall, dachte Hempel. Er hatte etwas Finsteres an sich.

»Was soll der Alleingang?« Seine Stimme war erstaunlich warm und wohlklingend, mit einem derben Akzent, den Hempel nicht zuordnen konnte.

»Keine Ahnung, dir fällt bestimmt etwas ein.«

»Es gibt ganz klare Regeln. Du baust Scheiße, und ich soll mir was einfallen lassen?«

»Du hast doch selbst gesagt, die Regeln sind Schwachsinn. Und dass es an der Zeit ist, das Ganze ein bisschen aufzumischen!«

»Das heißt doch nicht, dass du den erstbesten Heini hier anschleppen sollst. Was für ein Experiment soll das werden?«

»Na ja, sagen wir: ein Feldversuch.«

Hempel tat so, als würde er nicht zuhören, sondern sich brennend für den Schrottplatz interessieren. Er wurde das Gefühl nicht los, dass die beiden Typen keinen blassen Schimmer hatten, was sie hier taten, und dass er das Versuchskaninchen bei der Sache war. Er ging ein paar Schritte auf die Metallpresse zu und gab vor, sie genauer unter die Lupe zu nehmen. Aus dem Augenwinkel beobachtete er die beiden Männer, die sich in eine rege Diskussion verstrickten. Hätte er eine Chance gewittert, sich ungesehen davonzumachen, hätte Hempel auf der Stelle das Weite gesucht. Aber das Grundstück war komplett eingezäunt, und der einzige Fluchtweg führte direkt an den beiden Männern vorbei.

Im Laufe ihres Gesprächs beruhigten sie sich. Schultern entspannten, Muskeln lockerten sich. Der Fahrer redete eifrig auf den anderen ein und schlug ihm dabei immer wieder spielerisch mit der Hand an den Oberarm. Irgendwann lachte der Narbige lauthals, als amüsierte er sich richtig. Hempel wurde es immer mulmiger zumute.

Als die beiden Männer eine Weile nichts mehr gesagt hatten, nahm Hempel seinen Mut zusammen und ging zu ihnen zurück. Sie lehnten nebeneinander am Auto und blickten ihm entgegen. Der Narbige schien jetzt besänftigt und deutlich interessierter zu sein.

»Bing, ja?«, grinste er.

Hempel zuckte hilflos mit den Schultern.

»Du bist also der Marathon-Mann.« Demonstrativ ließ er seinen Blick über Hempel schweifen, von Kopf bis Fuß, bevor er erneut in bellendes Gelächter ausbrach. Hempel entdeckte eine Zahnlücke und mindestens zwei Goldzähne. »Du gefällst mir, Digger.« Er klopfte Hempel unangenehm vertrauensvoll auf die Schulter. »Du kannst mich Juri nennen. Komm mit, wir finden schon ein Plätzchen für dich.«

Ausgerechnet Juri. Hempel dachte an die Mafia, an die russische, italienische, kaukasische oder libanesische, die in Berlin allesamt seit Jahrzehnten eine stabile Basis haben sollten, dachte an Clan-Kriege, Drogen, Erpressung und Geldwäscherei. In der Stadt lief vieles hinter den Kulissen ab, wovon Hempel lieber nichts Genaues wissen wollte, so viele Spätshops, Bars und Imbissbuden hatten hinter ihrer nachbarschaftlichen Fassade ganz andere Geschäfte am Laufen. Hempel war damit aufgewachsen, hatte einen recht guten Instinkt dafür entwickelt, wann es nach Ärger roch und man sich besser um die eigenen Angelegenheiten kümmerte. Im Moment sah er keine Alternative, als diesem Juri zu folgen, doch innerlich blieb er wachsam, bereit loszurennen, wenn es nötig werden sollte.

Flankiert von den beiden Männern verließ er den Schrottplatz und ging mit ihnen im Gleichschritt auf die Hotel-Bar zu, unsicher, ob er abgeführt oder eskortiert wurde. Das Schild neben der Eingangstür wies darauf hin, dass die Bar um 19 Uhr öffnete. Juri zog einen stattlichen Schlüsselbund aus seiner Jackentasche hervor und schloss auf.

»Warum gehen wir durch die Bar? Wir können doch hinten durchgehen«, meinte der Fahrer.

Juri setzte wieder seine abfällige Miene auf. »Dann können wir auch gleich beim Chef klingeln und Guten Tag sagen. Wenn er irgendwo hinglotzt, dann auf den öffentlichen Zugang.« Er hielt ihnen die Tür auf, klimperte wichtig mit seinem Schlüsselbund und schloss hinter ihnen wieder ab.

In der Bar war es wider Erwarten richtig anheimelnd. Der Raum mit hohen Decken und breiten Bodendielen war in lauschige Nischen unterteilt, voneinander abgeschirmt durch schlichte, offenbar selbst gebaute Holzkonstruktionen. Das Mobiliar bestand aus massiven Holztischen, die Sitzmöbel waren ein Sammelsurium aus Caféhausstühlen, alten Sesseln, Sofas und Kinobänken. Keine Spur von dem seelenlosen Minimalismus, den Hempel von Neukölln mittlerweile gewohnt war, diese sterile nichtssagende Allerweltswohlfühlausstattung aus der Fabrik mit dem Charme von nacktem Beton. Hier sah es aus, als wäre alles über Jahre oder sogar Jahrzehnte gewachsen, es war nicht zu übertrieben designt, sondern vielmehr gemütlich: viel dunkles Holz, abgewetzte Samtbezüge, kleine Beistelltischchen aus unterschiedlichen Epochen, kupferfarbene Kerzenleuchter. Die Wände waren über und über mit Schwarz-Weiß-Fotografien in alten Rahmen unterschiedlichster Größe bedeckt, dicht an dicht. Augenscheinlich alles Bilder aus der Bar selbst, Porträts einzelner Gäste oder auch Gruppen. Sie wirkten wie Fotos von Prominenten aus einer längst vergangenen Zeit, durch die Art, wie sie aufgenommen waren oder wie die Personen darauf guckten – und viele Gesichter davon kamen Hempel auch bekannt vor, ohne dass er Namen hätte nennen können.

Sie verließen den Gastraum durch eine Schwingtür, durchquerten die Küche und gelangten in ein Lager. Jedes kleine bisschen Platz war vollgestopft mit Kram. Hier stapelten sich Getränkekisten, hohe Regale mit staubigen Flaschen, ein paar Bierfässer standen auf dem Boden. Ein schäbiger Tisch mit einem überquellenden Aschenbecher und einem Klappstuhl diente offenbar als Platz für eine Pause zwischendurch. Eine Tür mit zersplittertem

Glaseinsatz führte auf den Hinterhof. Juri blieb eine ganze Weile an der Tür stehen und starrte durch die Scheibe, während er Hempel und den Fahrer mit einer Hand zurückhielt. »Jetzt, schnell«, zischte er plötzlich, wedelte ungeduldig mit der freien Hand und hielt ihnen mit der anderen die Tür auf. Der Fahrer preschte los, Hempel folgte ihm und spürte Juri direkt in seinem Rücken. Sie liefen im Stechschritt auf das rückwärtige Gebäude zu. Hempel war so konzentriert darauf, nicht zu stolpern oder zurückzufallen, dass er das Haus selbst kaum wahrnahm, zurück blieb nur ein vager Eindruck von Grautönen, Stahlbeton und Glas. Der Fahrer blickte beim Laufen stur geradeaus, mit hochgezogenen Schultern, und auch Hempel zog automatisch den Kopf ein, als gelte es, sich vor einer drohenden Gefahr von oben zu schützen. Juri drängelte von hinten, und Hempel beschleunigte seinen Schritt. Sie erreichten eine große Doppelglastür, die sich automatisch öffnete, durchquerten eine kleine Halle und bogen um die Ecke in einen unscheinbaren Flur ab. Außer Atem blieb der Fahrer stehen und lehnte sich mit dem Rücken an die Wand.

»Du Armleuchter«, schimpfte Juri. »Wer hat gesagt, dass du vorne reingehen sollst?«

»Glaubst du, jemand hat uns gesehen?«, fragte der Fahrer.

Juri zuckte mit den Schultern. »Jetzt können wir es sowieso nicht mehr ändern. Bringen wir ihn erst mal in die 36«, sagte er, und sie setzten sich in Bewegung.

Der dritte Mann

Valentin war so konzentriert auf den schmalen Zugang von der Straße zum Hotel gewesen, gedanklich fokussiert auf die Ankunft seiner transparenten Frau, dass er die Männer erst bemerkte, als sie mitten auf dem Hof waren. Achtlos trampelten sie im Gänsemarsch über die Pflastersteine. Sein Puls schnellte augenblicklich in die Höhe. Die drei hasteten über die freie Fläche, auffällig geduckt. Es war nicht zu übersehen, wie eilig sie es hatten. Den Barkeeper erkannte Valentin sofort, er hatte einen unverwechselbaren Gang, ein leichtes Entenwatscheln mit nach außen gedrehten Fußspitzen und großen Schritten, wie ein Balletttänzer. In dieser Geschwindigkeit sah das noch absurder aus als sonst. Vorneweg lief einer der Pagen, ein ruhiger Zeitgenosse in den Zwanzigern, der seit der Eröffnung des Hotels hier arbeitete, ohne jemals besonders aufgefallen zu sein. Aber den Mann in der Mitte wusste Valentin nicht zuzuordnen, ja, er war sicher, ihn noch nie zuvor gesehen zu haben. Sein Gesicht konnte er nur kurz richtig sehen. Es reichte, um zu erkennen, was für außergewöhnlich schöne Gesichtszüge der Mann hatte. Valentin musste unwillkürlich an einen Schauspieler denken. Doch warum sollten seine Leute ihm einen Schauspieler ins Hotel bringen? Für heute wurden außer der transparenten Frau keine neuen Gäste erwartet, und es standen auch keine Termine mit Handwerkern, dem Schornsteinfeger oder sonst jemandem an. Oder hatte Valentin etwas vergessen? Er warf einen Blick in den Terminplaner, den er in seiner kleinen Umhängetasche immer bei sich trug. Wie er bereits vermutet hatte, standen für heute nur noch die üblichen Pausenzeiten auf dem Programm; er hatte sich den Tag für die Ankunft von Nummer 47 extra freigeschaufelt.

Valentin war hin- und hergerissen. Am liebsten wollte er die Männer sofort zur Rede stellen. Aber er wollte auch die Ankunft seiner transparenten Frau nicht verpassen. In ihm brodelte es. Dem Barkeeper hatte er von Anfang an nicht über den Weg getraut. Leider hatte er auf seine Einstellung keinen Einfluss gehabt. Einer der Mitbegründer des Hotels hatte ihn in der Bar als Chef-Barkeeper einsetzen wollen, und Valentin hatte kein vernünftiges Gegenargument gehabt, außer seinem Bauchgefühl. Fachlich sprach nichts gegen ihn, er konnte gut anpacken, hatte keine familiären Verpflichtungen und war eine echte Nachteule – es war ihm egal, wann er Feierabend machte. Solange er sich nichts zuschulden kommen ließ, war er quasi unkündbar. Dass er und der Page öfter die Köpfe zusammensteckten, war Valentin aufgefallen, aber er hatte sich nichts dabei gedacht, schließlich arbeiteten sie oft zusammen. Hotel und Hotel-Bar hatten einige Berührungspunkte. Da sie das Hotel so geheim wie möglich halten und ein längeres, zufälliges Zusammentreffen der Bewohner verhindern wollten, hatten sie auf die Installation eines Aufenthaltsbereiches wie eine Lobby bewusst verzichtet. Stattdessen diente die Hotel-Bar als Anlaufstelle für die dringenden Anliegen der Gäste. Sie war meistens gut besucht, und die Bewohner des Hotels mischten sich mit den Gästen der Bar und blieben so füreinander unerkannt. Alle ihre Wünsche wurden an Irina, die Hausdame, weitergeleitet, die sich dann persönlich darum kümmerte. Doch da die Gäste des Hotels in der Regel kein Aufsehen erregen wollten, kam das sehr selten vor.

Valentins Verstand gewann die Oberhand. Er selbst durfte Nummer 47 ohnehin nicht in Empfang nehmen, darauf war Irina angesetzt, und Valentin konnte sich von ihr später alles en détail erzählen lassen. Jetzt musste er die drei Männer finden und zur Rede stellen. Er durfte Regelverstöße nicht durchgehen lassen, sonst tanzten ihm seine Mitarbeiter bald auf der Nase herum. Er suchte mit dem Blick das Gelände ab, konnte Irina aber nirgends entdecken. Sie war wirklich gut in ihrem Job. Ganz sicher hatte sie Stellung bezogen, um den neuen Gast wie zufällig abzufangen und zu begrüßen. Auf Irina war unbedingt Verlass. Sie hatte schon des Öfteren brenzlige Situationen mit Bravour für ihn entschärft, vor allem mit den Mitarbeitern. Sie verfügte über eine beeindruckende soziale Intelligenz, hatte ein Händchen für Menschen. Valentin war heilfroh, sie im Hotel zu haben, obwohl sie zu seinem Ärger überall selbst gehäkelte Spitzendeckchen verteilte. Bescheiden war wohl das Wort, das am ehesten auf sie zutraf, ohne dass sie dabei unterwürfig oder einfältig gewesen wäre. Bescheiden und stolz, irgendwie ehrwürdig. Der einzige Wermutstropfen – neben ihrem Hang zu Zierdeckchen – war ihr missratener Sohn. Nichts hatte er bisher in seinem Leben zustande gebracht; er war Mitte vierzig und tauchte regelmäßig auf, um seine Mutter anzupumpen. Natürlich unter einem Vorwand – stets war ihm ein Unrecht widerfahren, stand er kurz vor dem Durchbruch, brauchte nur ein letztes Mal eine Starthilfe. Nach seinen Besuchen wirkte sie jedes Mal um Jahre gealtert. Nicht direkt traurig, aber irgendwie enttäuscht, von sich oder vom Sohn, oder vielleicht war ein enttäuschender Sohn auch gleichzeitig eine enttäuschende Mutter, da sie ihn ja schließlich erzogen hatte. Irina war ein Glücksfall für das Hotel und, da machte Valentin sich nichts vor, vor allem für ihn selbst – die gute Seele des Hauses und der einzige Mensch hier, dem Valentin vorbehaltlos vertraute. Niemand anderem hätte er seine transparente Frau überlassen. Seufzend gab er seinen Beobachtungsposten auf und machte sich auf die Suche nach den drei Männern.

Zuflucht

Als Friederike die U-Bahn-Station verließ, war die Kälte so bei-
ßend, dass sie in das erstbeste Geschäft hineinschlüpfte. Was für
ein Glück, dass sie ihre kleine Tasche bei sich hatte. Das Handy
hatte Friederike bereits in der U-Bahn ausgeschaltet. Kurz hatte
sie mit dem Gedanken gespielt, es dort zurückzulassen, hatte es
dann aber doch nicht über sich gebracht, die einzige Verbindung
zu ihrem Leben zu kappen. Sie schlenderte durch den Laden.
Schwer zu sagen, was das Geschäftskonzept sein sollte. Es gab
ein Sammelsurium an Dingen: Drogeriebedarf, Haushaltswa-
ren, ein bisschen Kleidung und jede Menge Deko-Artikel. Zwar
fand sie keine Jacke, erstand aber einen günstigen Wollponcho,
den sie direkt überzog. Er hatte ein leuchtend pinkes Leoparden-
muster. Unter normalen Umständen hätte sie so etwas niemals
getragen, gerade deshalb nahm sie ihn – sie fühlte sich damit wie
verkleidet und somit gut getarnt.

Ihre alte Wohnung lag nicht sehr weit entfernt. Alles fühlte
sich angenehm vertraut an, doch genießen konnte sie es nicht.
Zu groß war die Gefahr, Bekannte zu treffen, die sie nach dem
Baby oder Thomas fragen würden. Und so mied Friederike ihre
Lieblingsorte, schlug Wege abseits der gut frequentierten Geschäfte ein und machte kleine Umwege, bis sie zu der Straße gelangte, die auf der Karte stand. Friederike konnte sich nicht erinnern, hier schon einmal entlanggegangen zu sein. Es gab nichts,
das irgendwie herausstach aus der Reihe von Mehrfamilienhäusern, außer einem Schrottplatz, dort, wo die Straße in einer
Sackgasse endete. 36a oder 38a stand auf der Karte. Die Hand-

schrift war verkünstelt und schwer zu entziffern, wie frisch aus einem experimentellen Kalligrafie-Kurs.

Friederike erreichte die 30er-Nummern. Die 36 war ein unspektakulärer Altbau ohne Hinweis auf ein Hotel oder den Zusatz »a«. Auch die Nummer 38 zwei Häuser weiter sah nicht nach Hotel aus, eher nach einem Wohnhaus mit vorgelagerter Bar. Die Fassade war in einem scheußlichen Orange gestrichen. Der verwitterte Schriftzug *Hotel-Bar* über der Tür erweckte den Eindruck, als ob es die Bar schon sehr lange gäbe. Friederike blickte sich um, doch das zugehörige Hotel konnte sie nicht entdecken. Warum gab es keinen Wegweiser? Neben der Bar lag nur noch ein Haus, das offensichtlich bereits zur Querstraße zählte, dann kam der Schrottplatz, den ein verrostetes Metallschild am baufälligen Zaun als Nummer 39 auswies.

Unschlüssig stand Friederike vor der Bar, als sich die Haustür neben dem Eingang öffnete. Eine zierliche Frau kam heraus. Sie war schon etwas älter, sicher über sechzig, sehr gepflegt. Sie trug die komplett ergrauten Haare zu einem ordentlichen Dutt zusammengedreht und schwarze, unauffällige Kleider. Eine richtige Dame, dachte Friederike unwillkürlich. In den Händen hielt sie etwas, das wie ein geklöppeltes Spitzendeckchen aussah. Friederike sprach sie an und fragte nach dem Hotel.

»Haben Sie sich verlaufen?«, fragte die Dame zurück.

»Nein, ich bin gerade angekommen und suche das Hotel.«

»Ach so, ich dachte, weil Sie eine Schlüsselkarte in der Hand halten. Sie möchten auf Zimmer 47?« Sie deutete auf die Plakette an Friederikes Schlüsselring.

Friederike nickte. Sie hatte Skrupel, sich als die rechtmäßige Besitzerin der Schlüsselkarte auszugeben – dann müsste sie ja schließlich wissen, wo sich das Hotel befand. Was, wenn doch nur jemand im Café die Karte verloren hatte und sie gar nicht für Friederike bestimmt gewesen war?

»Ich zeige es Ihnen. Kommen Sie, hier entlang.«

Die Dame verschwand in einer Öffnung zwischen den Häusern, die Friederike vorher nicht aufgefallen war. Jetzt entdeckte sie an der Wand die Plakette, auf der 38a stand und ein Pfeil in die Richtung wies, in welche die Dame ging. Ein schmaler Gang führte auf einen gepflasterten Hinterhof, gerade breit genug, dass zwei Personen nebeneinander hindurchpassten. Wo Friederike den typischen Seitenflügel oder eine kleine Remise erwartet hätte, stand zu ihrem Erstaunen ein gigantischer Neubau. Futuristisch und ungewöhnlich, er ähnelte überhaupt nichts, was sie jemals gesehen hatte, als hätte jemand riesige graue Bauklötze in den unterschiedlichsten Formen waghalsig aufeinandergestapelt. Es gab keinen Schriftzug oder ein Hinweisschild, von dem aus man auf irgendetwas hätte schließen können. Wenn Friederike nicht gewusst hätte, dass dies das Hotel sein musste, hätte sie es vermutlich für eine Botschaft oder ein medizinisches Labor gehalten. Oder ein Raumschiff. Wie konnte es sein, dass sie ein so außergewöhnliches Gebäude nicht kannte?

Sie gingen auf zwei große Glastüren zu, doch die Dame lotste Friederike daran vorbei und an der Längsseite des Gebäudes entlang über einen schmalen Kiesstreifen. Ein paar Stockwerke über ihnen bemerkte Friederike einen Balkon, der ins Auge stach, weil es der einzige am ganzen Gebäude war und er merkwürdig schmal und lang war, wie eine Brücke, die ins Nichts führte. Sie stutzte. Lag da jemand auf dem Boden?

»Zur 47 nehmen Sie am besten immer diese Tür hier, sie liegt dem Aufzug am nächsten«, erklärte ihr die Dame, während sie eine unscheinbare Seitentür aufhielt. »Sie erkennen sie leicht an dem hellgrünen Knauf, es ist der einzige in dieser Farbe. Jedes Stockwerk hat einen separaten Eingang, so laufen die Gäste sich kaum über den Weg. Viele unserer Besucher bevorzugen es, ganz ungestört zu sein.«

»Ja, ich freue mich auch auf etwas Ruhe«, entgegnete Friederike vage.

Die Dame legte ihr freundlich eine leicht knittrige Hand auf den Arm: »Dann sind Sie hier genau richtig. Möchten Sie ein paar Dinge abgeben?«

»Was meinen Sie?«

»Handy, Wertgegenstände, Laptop? Manche unserer Gäste möchten die Zeit für wirkliche Abgeschiedenheit nutzen, ohne Kontakte nach draußen.«

Aus der Nähe bemerkte Friederike, dass die Kleider der Dame abgetragen waren. Die Strickjacke war an einigen Stellen gestopft, und auch an der Hose entdeckte sie leichte Gebrauchsspuren. Heutzutage sah man nur noch selten, dass Leute ihre Kleidung pflegten und reparierten, um sie länger tragen zu können. Zu günstig konnte man alles entsorgen und ersetzen. Friederike empfand Sympathie für diese Weltfremdheit. Ihr selbst fiel es schwer, sich von älteren Kleidungsstücken zu trennen. Neue Kleidungsstücke verursachten ihr stets leichtes Unbehagen. Alles musste eingetragen werden, bis es sich richtig anfühlte. Allein deshalb trug sie hochwertige Stoffe, weil sie länger hielten – Friederike besaß das gleiche Oberteil derselben Firma in unterschiedlichen Grau- und Blaustufen ein gutes Dutzend Mal, dazu zwei oder drei Strickjacken und Blazer, einige Röcke und Anzughosen, viel mehr brauchte sie nicht. Unmittelbar vor wichtigen Terminen wusch sich Friederike meistens nicht einmal die Haare, weil auch diese sich dann für mindestens einen Tag fremd anfühlten, als gehörten sie nicht zu ihr.

Sie folgte der Dame durch mehrere Gänge, und da alles gleich aussah und sie einige Male abbogen, verlor sie schnell die Orientierung. Sie betraten einen kleinen Raum. Wieder war Friederike überrascht. Mitten in diesem modernen Gebäude standen sie plötzlich vor einer klassischen, sehr altmodischen Rezeption.

Die Wände waren mannshoch holzgetäfelt. Nach vorn wurde der Bereich begrenzt durch eine dunkle Holztheke, auf der eine Messingklingel stand. Sogar eine Pagenuniform in Burgunderrot mit goldenen Troddeln hing hinter der Theke an einem Haken wie ein Requisit. Die Hinterwand war fast komplett bedeckt mit den typischen kleinen Fächern, an denen allerdings die Zimmernummern fehlten und keine Schlüssel baumelten. Ein Rezeptionist war nicht zu sehen, genauso wenig wie ein Telefon oder ein Computer. Der Ort wirkte wie ein eingerichtetes Zimmer auf einer Theaterbühne, ein Raum im Raum, in Szene gesetzt für ein historisches Stück in einem avantgardistischen Schauspielhaus.

Die Dame bewegte sich darin, als wäre es ihr Wohnzimmer. Mit einem lässigen Schwung aus dem Handgelenk breitete sie ihr Spitzendeckchen auf der Theke aus, das von den Maßen her so genau passte, als hätte sie es extra dafür angefertigt. Sie zog einen Laptop unter dem Tresen heraus und klappte ihn auf. Nach ein paar schnellen Eingaben klappte sie ihn zu und verstaute ihn wieder.

Sie bedeutete Friederike, ihr durch einen offenen Durchgang neben der Rezeption zu folgen. Sie gelangten in das noch kleinere Hinterzimmer. Hier sah es wieder moderner aus. Die linke Wand bestand aus quadratischen, nummerierten Schließfächern. Die Dame zeigte auf das Fach mit der 47.

»Einfach die Karte davorhalten«, sagte sie und trat einen Schritt zurück, um Friederike Platz zu machen.

Kaum hörbar sprang die Tür auf, als Friederike ihre Schlüsselkarte davorhielt. Sie legte ihr Handy und ihren Schlüsselbund hinein und drückte die Tür wieder zu.

Der Dame schien ihr Zögern nicht zu entgehen. »Keine Sorge, Sie können jederzeit herkommen, wenn Sie es sich wiederholen möchten oder Fragen haben. Falls die Rezeption nicht besetzt ist, sprechen Sie einfach das Personal in der Hotel-Bar im Vorderhaus an. Oder mich.«

»Wo kann ich Sie denn normalerweise finden?«

»Ach, ich bin hier immer irgendwo«, antwortete sie mit einem unbestimmten Wedeln der Hand. Sie führte Friederike durch die Gänge zurück zu einem Fahrstuhl. Jetzt erst fiel Friederike die Karte auf, die an einer dünnen Metallkette um ihren Hals hing. Die Dame hielt die Karte vor ein kleines Fenster neben dem Fahrstuhl. Die Tür öffnete sich, und sie traten ein. In der Kabine gab es nur einen roten Alarmknopf. Unmittelbar darunter befand sich ein handtellergroßes Rechteck, ansonsten waren die metallischen Wände makellos glatt. Die Frau bedeutete Friederike, ihre eigene Schlüsselkarte zu benutzen. Als Friederike die Karte vor das Rechteck hielt, schloss sich die Fahrstuhltür geräuschlos. Sonst geschah nichts. Kein Ruck, auch nicht dieses unbestimmte Gefühl des Schwebens, wie sie es sonst in Aufzügen hatte, vielmehr fühlte es sich an, als ob sie sich gar nicht bewegten. Nach einem kurzen Augenblick glitt die Tür zur Seite.

Sie betraten einen kurzen Flur. Die Wände hatten einen leichten Stich ins Violette. Friederike war sich nicht sicher, ob sie farbig gestrichen waren oder ob es an der Beleuchtung lag, deren Quelle sie nicht genau bestimmen konnte. Die Dame ging ein paar Schritte bis zum Ende des Flures und blieb unmittelbar vor der Wand stehen. Erst jetzt entdeckte Friederike die Umrisse einer Tür. Sie war auf eine Art und Weise in die Wand eingelassen, dass sie fast mit ihr verschmolz. Statt eines Knaufs oder einer Klinke gab es nur eine kleine Öffnung zum Hineinfassen mit einem unscheinbaren Rechteck daneben, in dem ganz schwach die Nummer 47 leuchtete.

Die Dame trat zur Seite, um Friederike Platz zu machen. Als sie ihre Schlüsselkarte vor das Rechteck hielt, summte es und die Tür sprang mit einem leisen Klicken auf. Sie legte ihre Hände an die Tür und schob sie sanft weiter auf. Das Zimmer war leer, und Friederike war erleichtert zu sehen, dass es unbewohnt zu sein schien. Sie ging hinein. Die Dame blieb im Türrahmen stehen.

»Wie viele Zimmer gibt es im Haus?«, fragte Friederike.

»Schon einige, aber auch ein paar Appartementwohnungen für Gäste, die länger bei uns bleiben. Es sind aber nie alle Zimmer belegt«, antwortete die Frau etwas ausweichend. »Es wäre nett, wenn Sie das Haus Außenstehenden gegenüber nicht erwähnen. Es ist eine Zuflucht, die wir schützen möchten.« Mit diesen Worten überließ sie Friederike sich selbst.

In dem Moment, als die Dame die Tür hinter sich ins Schloss zog, wurde es still. Still auf eine Art und Weise, wie Friederike es seit der Geburt ihres Babys nicht mehr erlebt hatte. Sie ging zur Tür und legte die silberne Kette vor. Endlich allein. Das Zimmer war großzügig, sauber und schön. So sauber und schön, dass Friederike Angst hatte, etwas schmutzig zu machen oder aus Versehen zu beschädigen. Die Einrichtungsgegenstände waren die üblichen, wie man sie in Hotels erwartete: Garderobe, Kofferablage, Bett, Nachttisch, ein kleiner Schreibtisch und ein Stuhl; es gab sogar eine Récamiere mit Leselampe und Beistelltischchen. Alles war von herausragender Qualität. An der Wand hing nicht der übliche bunte Hoteldruck – Edward Hopper, Stillleben mit Blumen oder mittelmäßige Aquarelle von Landschaften waren international sehr beliebt –, sondern eine feine Kohlezeichnung eines Hauses am Fluss. Friederike hätte schwören können, es mit einem Original zu tun zu haben. Andere hätten sich über diesen Luxus gefreut und den Raum in Besitz genommen. Friederike aber fühlte sich fehl am Platz. Ihre eigene Verwahrlosung trat in diesem makellosen Zimmer noch deutlicher zutage. Sie durchsuchte die Schränke und Schubladen nach einem Fernseher oder einem Radio, nach irgendeiner Möglichkeit, das Zimmer mit

Geräuschen anzufüllen, mit Stimmen oder Musik. Doch sie fand nicht einmal die üblichen Hotel-Broschüren, Briefbögen oder eine Bibel.

Friederike trat an das große Fenster, das die komplette Außenwand des Zimmers ausmachte und rahmenlos den Blick nach draußen freigab. Sie bekam das Gefühl, aus dem Zimmer herauszufallen, wenn sie einen Schritt zu weit ging, als wäre der Bau dort urplötzlich abgebrochen worden, bevor man die letzte Wand eingezogen hatte. Friederike schloss den Vorhang auf einer Seite bis zur Mitte und wandte sich wieder dem Zimmer zu. Sie hatte viel Zeit in Hotelzimmern aller möglichen Länder und unterschiedlicher Preisklassen zugebracht. Es war ihr nicht wichtig, wie es aussah, ob ramponiert oder schäbig, solange es einigermaßen sauber war. Wenn es zu sehr nach Putzmittel und künstlicher Frische roch, wurde sie wachsam. Doch hier im Zimmer fehlte jeder Geruch, was sie fast noch mehr irritierte.

Normalerweise wurde Friederike die Umgebung schnell gleichgültig. Durch das Aufschlagen eines Buches oder das Einwählen ins Internet katapultierte sie sich in virtuelle Räume – in denen sie oft mehr Zeit verbrachte als in der Wirklichkeit. Für sie machte das Internet echte Bücher nicht überflüssig, sondern ergänzte diese perfekt. Jetzt aber war sie ganz allein. Kein Buch, kein Handy, kein Baby. Nur sie selbst.

Ihre Brüste spannten unangenehm. Natürlich, die Zeit fürs Stillen war längst verstrichen. Nicht einmal jetzt war sie völlig selbstbestimmt. Was machte sie hier bloß? Sie sollte Sibylle anrufen und sich entschuldigen, sagen, dass sie die Nerven verloren habe, wegen der Müdigkeit, und dass sie das Baby abholen würde. Und Thomas würde sie versichern, dass sie professionelle Hilfe in Anspruch nehmen würde, dass sie das alles schon schaffen würde. Hätte Friederike ihr Handy zur Hand gehabt, hätte sie genau das getan, wie sie in den ganzen letzten Monaten immer das getan hatte, was vernünftig zu sein schien. Doch jetzt dachte sie an die bevorstehende Nacht, an das Brüllen, das immer dann einsetzte, wenn es ihr einmal gelang, in die Tiefschlafphase zu geraten, an diese zermürbende Müdigkeit, die alles in ihr lähmte. Sie dachte an die nächsten Wochen, Monate und Jahre und daran, dass ihr Leben von nun an nie mehr dasselbe sein würde. Wenn sie jetzt umkehrte, hätte sie nichts gewonnen außer jeder Menge Ärger, Streit und Rechtfertigungen. Nur eine Nacht, sagte sie sich. Einmal in Ruhe schlafen und einen klaren Kopf bekommen, einmal nur für mich selbst verantwortlich sein.

Auch das Badezimmer war luxuriös und gemütlich. Friederike zog ihre Sachen aus, stellte sich unter die Dusche und strich die überschüssige Milch aus ihren Brüsten aus. Sofort fühlte sie sich etwas wohler. Sie blieb so lange unter dem warmen Wasser stehen, wie es möglich war, ohne sich aufzulösen.

Geborgtes Leben

Glücklich blickte Linda auf den Mann am Fenster. Seine Verlässlichkeit, was den Tagesablauf anbetraf, beruhigte sie. Seit einigen
Wochen beobachtete sie jetzt sein Verhalten. In seiner Wohnung
bewegte er sich wie zu einer perfekt einstudierten Choreografie,
bis hin zum Abspreizen des kleinen Fingers, wenn er die Tasse
zur Hand nahm. Ein besonderes Highlight für Linda war sein
Putztag. Der Saugroboter, der in seiner Abwesenheit geschäftige
Runden durchs Zimmer drehte, schien das einzige »Wesen« zu
sein, welches außer ihm jemals das Zimmer betrat. Zumindest
behandelte er es wie ein lebendiges Wesen. Linda hatte einmal
gesehen, wie der Mann, wenn er heimkam, sich hinunterbeugte
und die metallisch glänzende, makellose Oberfläche tätschelte
wie den Kopf eines Hundes. Das Staubwischen erledigte der Mann
selbst, und zwar täglich. Obwohl es kaum etwas gab, worauf sich
Staub hätte sammeln können. Einmal die Woche wischte er den
Boden feucht. Er zog sich Handschuhe an, Kunststoff-Überzie-
her über die Füße und band sich ein Tuch um den Kopf wie einen Turban oder wie Frauen mit langem Haar für eine Cabrio-
Fahrt in den 60er-Jahren. Linda war sicher, dass er auch Musik
dazu hörte, man sah es an der Art seiner Bewegungen – zu gern
hätte sie gewusst, welche es war. Es nervte sie, dass sie ihre Angst
vor der Höhe nicht überwinden konnte und der Weg auf den
Balkon jedes Mal eine solche Zerreißprobe für sie darstellte. Alles in ihr sträubte sich dagegen, sich auf das Gitter zu begeben.
Dieses Haus hatten schließlich auch nur normale Menschen gebaut, Menschen machten Fehler, Bauwerke stürzten ein, Balkone

krachten von Fassaden herunter. Außerdem war es doch merkwürdig, dass es nur diesen einen Balkon am Haus gab. Vielleicht hatten sie nur geübt, wie das ging mit einem Balkon, und Linda war nun das Versuchskaninchen, ob man es wagen könnte, mit dieser Technik noch weitere Balkone an das Gebäude zu zimmern. Einzig und allein der Mann war der Grund dafür, warum sie sich fast jeden Tag auf den Boden legte und sich Zentimeter für Zentimeter nach vorne schob, bis sie in seine Wohnung sehen konnte; selbst als die Temperaturen gesunken waren und es zunehmend ungemütlicher geworden war.

So früh wie heute war sie bisher selten dran gewesen, daher freute sie sich, dass sie ihn genau erwischt hatte. Er schien angespannt auf eine bestimmte Stelle unten im Hof zu starren. Selbst auf die Entfernung sah Linda, wie ihm plötzlich seine Gesichtszüge entglitten, ja, er sah richtig erschrocken aus. Sein ganzer Körper zuckte zusammen, dann drehte er sich um und preschte aus dem Zimmer. Linda war enttäuscht. Die ganze Quälerei für diesen kurzen Augenblick? Was hatte ihn wohl so aufgescheucht? Sie konnte von ihrer Position einen Teil des Hofes einsehen, zumindest theoretisch, denn sie traute sich nicht, nach unten zu schauen. Sie atmete ein paarmal bewusst aus und ein. Der Wind strich kalt über sie hinweg. Warum hatte sie bloß ihre Mütze nicht aufgesetzt? Es war eines der wenigen Besitztümer aus ihrem alten Leben.

Linda war damals ohne Gepäck im Hotel gelandet, nur mit dem, was sie am Leib trug. Das Zimmer war weiß und nüchtern gewesen, die einzige Dekoration eine schmale Vase mit einer einzelnen Blume und ein kleines Bild mit bunten Farbtupfen. Mittlerweile erinnerte der Raum kaum noch an ein Hotelzimmer. Linda hatte sich großzügig aus den Verschenke-Kisten bedient, die überall in der Stadt herumstanden. Was immer die Leute nicht mehr brauchten, stellten sie in Kartons vor die Häuser: Geschirr,

Kleidung, Kinderspielzeug – sogar Elektrogeräte, Möbel und Kosmetika wurden ausrangiert und zum allgemeinen Gebrauch freigegeben. Immer wenn Linda an einer Kiste vorbeigekommen war, hatte sie mitgenommen, was ihr gefiel, und so war ihr Zimmer mittlerweile gut ausstaffiert mit allerlei Kram; sogar eine funktionierende Kochplatte, etwas Geschirr und ein kleines Regal zählte sie zu ihren Habseligkeiten; die Wände waren fast komplett behangen mit Bildern, Postern und Fotografien. Die Mütze war der letzte Gegenstand aus Lindas altem Leben, der noch übrig war. Und obwohl sie sich nicht daran zu erinnern versuchte, hing sie an ihr. Sie zog sie immer auf, bevor sie auf den Balkon hinausging. Warum hatte sie es heute vergessen? Linda überlegte, den Rückzug anzutreten. Aber wenn sie jetzt ging, wusste sie, dass sie die Kraft nicht mehr aufbringen würde, sich ein weiteres Mal nach draußen zu kämpfen. Sie hatte das ganze Gebäude nach leichter zugänglichen Stellen abgesucht, von denen aus sie sein Zimmer sehen könnte – war aber nicht fündig geworden. Den besten Blick hatte man hier von ihrem Balkon aus. Linda beschloss, noch eine Weile abzuwarten. Vielleicht kam er ja gleich zurück?

Meuterei

Valentin wählte nicht den schnellsten Weg über den Hof, sondern ging über die versteckten Flure, die an den Lagerräumen im Erdgeschoss vorbei in den Haupttrakt führten, auch wenn er dabei wertvolle Zeit verlor. Es fehlte noch, dass er Nummer 47 versehentlich in die Arme lief. Er folgte dem zarten Grünton der Wände, wechselte die Farbbereiche an den verschiebbaren Elementen, die in die Wände eingelassen und für Uneingeweihte nur schwer auszumachen waren. Ein besonderes Detail, das Valentin liebte. Man konnte im Handumdrehen ausweichen, wenn sich Schritte näherten. Niemand bewegte sich so gekonnt durch das Gebäude wie er, mit dieser tänzerischen Leichtigkeit. Selbst die langjährigen Mitarbeiter kannten nicht alle Schlupflöcher. Anfangs war es eine Spielerei beim Entwerfen gewesen. Er und die anderen Architekten hatten das System gemeinsam perfektioniert und große Freude daran gefunden, die anderen durch immer weitere Raffinessen zu beeindrucken. Die Umsetzung war knifflig gewesen, sie hatten monatelang getüftelt, nach den richtigen Baustoffen gesucht, die stabil und gleichzeitig flexibel genug waren, hatten Testreihen mit Modellen im Maßstab 1:1 durchgeführt. Sie wollten keine schwerfälligen Mechanismen wie aus alten Gangsterfilmen, wo sich auf Knopfdruck knirschend schwere Regale in Bewegung setzten, sondern geräuschlos und elegant sollte es funktionieren. Es war ihnen meisterlich gelungen. Valentin bewegte sich zufrieden durch den Mitarbeitertrakt des Hotels in Richtung der Umkleideräume und der kleinen Kaffeeküche. Durch die geschlossene Tür hörte er leise Stimmen. Ohne anzuklopfen, riss er sie auf. Zwei Zimmermädchen blickten ihn erschrocken an. Valentin ließ sich nicht oft hier sehen. Sie stammelten eine Entschuldigung und hatten es sehr eilig, den Raum zu verlassen. Vielleicht hatten sie ihre Pause überzogen oder heimlich ihre Handys benutzt. Normalerweise wäre Valentin dem auf den Grund gegangen, aber jetzt hatte er wahrlich Wichtigeres zu tun. Wo konnten sich die Männer verkrochen haben? Er huschte weiter durch die umliegenden Gänge. Gerade als er die Suche abbrechen und umkehren wollte, um sich nach Nummer 47 zu erkundigen, vernahm er erneut Stimmen. Er legte ein Ohr an die Wand und lauschte. Sie flüsterten, sodass Valentin nichts Genaues verstehen konnte, aber es handelte sich diesmal eindeutig um Männerstimmen. Valentin holte einmal tief Luft. Geräuschlos tauchte er durch die Wand und stand direkt vor dem Barkeeper und dem Pagen. Sie waren nur zu zweit. Der Schrecken in ihren Gesichtern ließ Valentin genüsslich erschauern. Er setzte eine strenge Miene auf, schwieg aber. Die beiden Männer wechselten Hilfe suchende Blicke. Keiner von ihnen bekam den Mund auf. Das Schweigen war kaum auszuhalten. Valentin verkniff sich die Fragen, die ihm auf der Zunge lagen, vor allem die nach dem Verbleib des Fremden. Er wollte die beiden erst mal selbst reden lassen, ohne ihnen Worte in den Mund zu legen. Valentin suchte den Blick des Pagen – das schwächste Glied in der Kette. Und wie er es erwartet hatte, dauerte es nicht lange, bis dieser einknickte und den Mund aufmachte. Er stammelte: »Hi, Chef.«

Valentin starrte ihn an, bis er betreten zu Boden blickte.

Da ergriff der Barmann das Wort. »Entschuldigung, Chef. Ich wollte mir nur mal einen Schrank ansehen, bei dem die Tür klemmt. Sie wissen ja, der hier hat zwei linke Hände, der macht die Sachen bloß kaputt, wenn er versucht, sie zu reparieren.«

Valentin entging der erboste Blick nicht, den der Page dem Barmann zuwarf. »Und wo steht dieser ominöse Schrank?«

»Oh, jetzt ist alles wieder in Ordnung. Ein bisschen Öl ran und fertig. Schließt wie eine Eins.«

Interessant, dachte Valentin, wie gut der Barkeeper lügen kann, ohne rot zu werden oder auch nur ein Zittern in der Stimme zu haben. Valentin hätte ihm vermutlich geglaubt, wenn er den Fremden nicht mit eigenen Augen gesehen hätte. Der Page war Valentin angenehmer als der Barkeeper, in ihm konnte man lesen wie in einem offenen Buch. Valentin suchte wieder Blickkontakt zu ihm. Der Arme zitterte leicht, trat von einem Fuß auf den anderen, die Augen zu Boden gerichtet, als suchte er etwas, doch da war nichts als hilfloses Schweigen. Valentin hatte das Gefühl, ihre drei Herzen um sich herum schlagen hören zu können.

»Diesen Schrank möchte ich mir gerne persönlich ansehen. Vielleicht taucht das Problem auch noch in anderen Zimmern auf. In welchem Zimmer steht der Schrank?«

»In der 36«, entgegnete der Page.

Valentin blieb der fassungslose Gesichtsausdruck des Barkeepers nicht verborgen. Der Page sank noch mehr in sich zusammen – ein Häufchen Elend. Innerlich triumphierte Valentin. Er war sich ziemlich sicher, dass der Page die richtige Zimmernummer genannt hatte. Dann würden sie dort auch den Fremden finden. »Na, dann wollen wir uns diesen Schrank doch einmal anschauen«, sagte er und bedeutete den beiden Unglücksraben, voranzugehen. Langsam, sehr langsam setzten sie sich in Bewegung.

Gleich morgen

Sie hatten Hempel in dem kleinen Zimmer allein gelassen. Die Hoffnung, dass sich hier eine Lösung für seine Probleme finden würde, bröckelte unaufhaltsam. Der Fahrer schien sich seine ganze Rettungsaktion nur bis zum Erreichen dieses Hotels überlegt zu haben. Ein spontaner Einfall – kein durchdachter Plan. Im Zimmer waren sich die beiden Männer in dem Moment in die Haare geraten, als sie die Tür hinter sich geschlossen hatten. Sie scheuten sich spürbar, vor Hempel offen miteinander zu sprechen. Dieser Juri ermahnte seinen Kumpan immer wieder, die Stimme zu senken. Der Fahrer – Hempel kannte immer noch nicht seinen Namen, weil Juri ihn nur mit »Trottel«, »Armleuchter« oder »Digger« ansprach – schlug vor, Hempel in der Hotel-Bar zu verstecken, was Juri sofort abblockte. Er musterte Hempel geringschätzig von oben bis unten und erklärte, dass er ihm nur die ganze Bar leer saufen würde und er keine Lust habe, den Babysitter zu spielen. Sie sollten erst einmal herausfinden, ob sie jemand gesehen habe, dann könnten sie ihn immer noch woanders hinbringen. Hempel wurde noch mulmiger zumute. Wer hätte sie beobachten sollen? Und vor wem wollten sie ihn verstecken? Elfie würde hier bestimmt nicht zufällig aufkreuzen. »Ich kann das Zimmer auch bezahlen«, bot er an. Hauptsache, die beiden ließen ihn in Ruhe, solchen Typen wollte er auf keinen Fall etwas schuldig sein. »Wirklich, gebt mir einfach ein freies Zimmer, einen Schlüssel dazu, und gut ist. Ich kann auch im Voraus bezahlen, ich habe Travellerschecks. Mir wird schon was einfallen.«

»In das Hotel kannst du nicht einfach so einchecken«, sagte der Fahrer.

Juri fuhr ihm über den Mund: »Halt bloß deine Klappe!«

Danach hatten die beiden sich erst einmal verzogen. Um in Ruhe die Lage zu checken, hatten sie gesagt und Hempel aufgetragen, sich hier im Zimmer ruhig zu verhalten und auf ihre Rückkehr zu warten.

Und da saß Hempel nun auf dem Bett und wartete. Aber worauf eigentlich? Er stand auf und sah sich das kleine Zimmer genauer an. Es war gerade genug Platz für das Bett, einen Tisch und zwei Stühle – auch einen normalen Haushaltskühlschrank hatte man statt eines Nachttischs auf einer Seite neben das Bett gequetscht. Es roch ein wenig muffig. Hempel ging zu dem einzigen Fenster. Es hatte ein ungewöhnliches Format, befand sich etwa auf Brusthöhe, war höchstens 25 Zentimeter hoch, lief dafür aber über die komplette Breite der Wand. Um aus dem Fenster sehen zu können, musste Hempel sich bücken, genau so tief, dass es für den Rücken besonders unbequem war. Er sah den Innenhof, den sie eben überquert hatten und der bedingt durch die undefinierbare Form des Gebäudes ebenfalls eine merkwürdige Form hatte. Die seitliche Begrenzung des Hofes wurde von den Hausrückseiten der Querstraße gebildet, hinter denen verborgen der Schrottplatz liegen musste. Der einzige Weg vom Gelände hinunter schien über diesen Hof zu führen. Hempel fand nichts, das einen Aufschluss über die Lage des Hotels in der Stadt gegeben hätte, kein markantes Bauwerk, das irgendwo herausschaute, wie der Fernsehturm oder ein anderes Wahrzeichen. Hempel rüttelte am Griff des Fensters, doch es ließ sich nicht einmal kippen. Er besah sich den Rest seiner Unterkunft. In dem winzig kleinen Flur waren ein Wandschrank und eine Kofferablage mit darüberliegender Garderobe eingebaut. Das Badezimmer hatte ebenfalls keinen ungenutzten Quadratzentimeter und war ausgestattet mit WC, Waschbecken, Duschkabine und einem Oberlicht. Sehr kompakt, aber mit allem, was man brauchte. So stellte Hempel sich die Zimmer in New York vor, wo Wohnraum ja im Vergleich noch viel teurer war als in Berlin, eher eine Zelle, in die man zum Schlafen ging, denn ein Ort, an dem man sich länger aufhielt. Irgendwie war er froh darüber, in so einer bescheidenen Unterkunft gelandet zu sein. In einem großen oder luxuriösen Zimmer wäre er sich Elfie gegenüber wohl noch schäbiger vorgekommen. New York. Wäre ich doch bloß in das verdammte Flugzeug gestiegen, dachte er. Sein ganzes Leben schon schlitterte er so herum, während alle anderen munter ausschritten mit klaren Zielen vor Augen. Woher hatten sie ihre Ambitionen? Und warum fehlten sie Hempel völlig? Warum hatte er nicht mit dem Lauftraining begonnen, nachdem die Zusage zum Marathon gekommen war? Als Kind hatte er doch schließlich auch ab und zu Sport getrieben, so schwer konnte das doch nicht sein. Morgen, hatte er oft gedacht, morgen geht es los, morgen starte ich durch, morgen nimmt alles eine positive Wendung. Und an jedem Tag war aus dem »morgen« der nächste Tag geworden, die nächste Ausrede, und plötzlich war der letzte Tag vor dem Abflug da gewesen. Warum tat er sich so schwer damit, Dinge anzupacken?

Erst jetzt registrierte Hempel, dass das Zimmer wohl schon seit geraumer Weile in Benutzung war. Im Kühlschrank lagen Reste von einem Asia-Imbiss, von wo vermutlich auch der unangenehme Geruch herrührte, und auch das Bett sah zerwühlt aus. Neugierig durchstöberte er den kleinen Wandschrank. Darin standen ein ganzes Arsenal von Dosen mit Proteinshake-Pulver und ein paar große, mäßig saubere Tassen mit »witzigen« Sprüchen darauf, typische Büroküchen-Tassen: Erst der Kaffee, dann die Arbeit; Der frühe Vogel kann mich mal; Mir doch egal, ich lass das jetzt so. Jetzt bemerkte Hempel auch den Geruch nach abgestandenem Rauch, der in der Luft hing, obwohl nirgends ein Aschenbecher zu sehen war. Das Zimmer war offensichtlich nicht für Hempel bestimmt. Warum hatten sie ihn nicht auf ein freies Zimmer gebracht? Und wer wohnte hier? Dieser Juri? Das alles ergab für Hempel keinen Sinn. Er sah auf dem Handy nach der Uhrzeit. Vor zwei Stunden war sein Flieger gestartet, ihm kam es vor, als hätte er das Flughafengebäude bereits vor mehreren Tagen verlassen. Wann sollte er Elfie anrufen? Sein plötzliches Verschwinden würde er ihr noch irgendwie erklären können: der Zoll, die Einwanderungsbehörde, die amerikanische Polizei – irgendwer hatte ihn zum Verhör gebeten, weil er zu wenig Gepäck gehabt hatte und weil er Fremden angeboten hatte, ihr Übergepäck in seinem Koffer unterzubringen. Um 22.04 Uhr Berliner Zeit würde seine Maschine in New York landen. Spätestens dann müsste er sich wieder bei Elfie melden, spätestens dann schuldete er ihr eine Erklärung. Dass er nicht auf dem Weg nach New York war, nützte ihm gar nichts. Warum war ihm das vorhin als gute Idee erschienen? Es hatte sich so grundfalsch angefühlt, nach New York zu fliegen, dass er sich nicht klargemacht hatte, dass es keinen Sinn ergab, in Berlin zu bleiben. Er hatte einfach nach dem einzigen Strohhalm gegriffen, den er gefunden hatte, und war dem Airline-Mitarbeiter blindlings gefolgt.

Hempel krümmte sich, um erneut einen Blick aus dem Fenster zu werfen. Im Innenhof sah er jetzt Juri und den Fahrer stehen. Ein dritter Mann war bei ihnen. Er strahlte Autorität aus in seiner eleganten Kleidung, und die zwei Männer wirkten geschrumpft, obwohl beide den dritten Mann körperlich überragten. Hempel taufte ihn Pullunder. Auffällig an seinem Outfit war die kleine grüne Umhängetasche, die an ein Kindergartentäschchen erinnerte. Sein Kopf war gerötet, die Ohren schienen zu glühen, seine Hände gestikulierten wild, während er sprach. Oder schimpfte. Es wirkte auf Hempel wie ein cholerischer Ausbruch, obwohl nicht ein einziges Geräusch zu ihm ins Zimmer drang. Er rüttelte erneut am Fenstergriff, doch nichts tat sich. Der Pullunder deutete wiederholt auf das Hotel. Plötzlich schien er Hempel direkt in die Augen zu blicken, zornig und ungehalten. Instinktiv richtete Hempel sich auf, sodass er die Männer nicht mehr sah. Natürlich war aber sein Oberkörper durch die Scheibe sehr wohl noch zu sehen, und als er das realisierte, trat er schnell vom Fenster zurück. Ob der Mann Hempel entdeckt hatte? Das Herz klopfte laut und schnell in Hempels Brust. Ein paar Minuten wartete er, dann riskierte er einen Blick nach draußen. Die drei Männer waren wie vom Erdboden verschluckt. Zähe Augenblicke stand Hempel da wie gelähmt. Was, wenn er es wirklich mit der Mafia zu tun hatte? Wenn man Hempel in ein Verbrechen hineinziehen wollte? Wie war er schon wieder in so einen Schlamassel geraten? Er schnappte sich seinen Rucksack, den er neben der Tür abgestellt hatte, und hastete aus dem Zimmer. Als die Tür hinter ihm zufiel, überwältigte Hempel die Panik. Wo sollte er jetzt hin? Zu Elfie gehen und ihr alles beichten? Zurück an den Flughafen, um das nächste Flugzeug nach New York zu nehmen? Er zückte sein Handy: Noch sechseinhalb Stunden, bis sein Flieger in New York landete, dann würde er Elfie anrufen müssen, dann würde es Fragen geben und Tatsachen. Tatsachen, die man nicht beschönigen konnte, die einfach die Wahrheit waren und hässlich anzusehen. Hempel flüchtete den Flur hinunter. Hauptsache weg, dachte er. Den Fahrstuhl ließ er links liegen – falls die Männer auf dem Weg zu ihm waren, wollte er ihnen keinesfalls in die Arme laufen. Der Pullunder hatte nicht ausgesehen, als wäre mit ihm gut Kirschen essen. Hempel war nicht scharf darauf, sich ihm zu erklären. Sein Gefühl sagte ihm, dass er nicht hier sein durfte, und das hatte nichts mit seiner eigenen Misere zu tun. Irgendetwas schien mit diesem Hotel ganz und gar nicht zu stimmen.

Nach kurzer Zeit hatte Hempel sich hoffnungslos verlaufen. Ein Treppenhaus entdeckte er nicht, aber auch die Zimmertür fand er nicht wieder. Wie genau hatte sie ausgesehen? War irgendwo eine Nummer angebracht gewesen? Oder hatten nur die Männer eine Zimmernummer genannt? Hempel hätte schwören können, dass sich die Wände verschoben, während er durch die Flure lief, dass Türen verschwanden oder plötzlich aus dem Nichts auftauchten, wo vorher keine gewesen waren. Es gab selten lange Gänge, die meisten waren kurz und führten um unzählige Ecken, sodass es unmöglich war, den Überblick zu behalten. Er vernahm kein einziges Geräusch, das ihm Orientierung geboten hätte, und entdeckte auch kein Fenster, dessen Aussicht ihm einen Anhaltspunkt hätte liefern können. Einmal dachte er, er hätte das Treppenhaus gefunden, aber es war nur eine Art Rampe, die höchstens ein Stockwerk nach unten führte, bevor der Weg in einen weiteren Gang mündete. Jetzt war er wirklich auf sich allein gestellt.

In den letzten Jahren hatte er jegliche Verantwortung an Elfie abgegeben. »Was meinst du?« war wohl seine häufigste Frage an sie gewesen, und sie hatte es stets als Wertschätzung verstanden, dass er sie um Rat fragte und sie in seine Entscheidungen einbezog. Und jetzt? Wer würde ihm jetzt sagen, was er tun sollte? Im Prinzip standen ihm alle Türen offen, er konnte gehen, wohin er wollte. Er könnte alles hinschmeißen und auf Nimmerwiedersehen verschwinden. Es war verlockend. Ja, einen Moment lang versetzte ihn allein diese Möglichkeit in euphorische Aufbruchsstimmung.

Wo Rauch ist ...

Friederike saß, in einen flauschigen, wunderbar duftenden Bademantel gehüllt, auf dem Bett und versuchte, den perfekt glatt gestrichenen Überwurf nicht zu zerknittern. Die Hände lagen auf ihren Oberschenkeln, ab und zu ging ein leichtes Zucken durch ihre Finger. Sie war so unendlich müde, und alles in dem Zimmer war darauf ausgerichtet, für Entspannung zu sorgen. Aber sie wusste, wenn sie sich hinlegte, würde sie doch nicht einschlafen können. Es war einfach zu still hier, und in ihrem Kopf war es zu laut. Sie versuchte, alle Gedanken an andere Menschen beiseitezuschieben, sich frei zu machen von Pflichtgefühl und Verantwortungsbewusstsein und endlich mal wieder in sich selbst hineinzuspüren. Sie hatte Hunger. Und sie wollte eine Zigarette rauchen.

Friederike zog sich an und verließ das Zimmer. Über den Fahrstuhl und die Tür mit dem grünen Knauf gelangte sie nach draußen. Ihr Blick wanderte nach oben zu dem Balkon. Jetzt war sie sicher, dass dort jemand lag. Ob derjenige in Schwierigkeiten war? Immerhin war es kühl, und er lag offenbar schon eine geraume Weile dort. Gerade als Friederike sich fragte, ob die Person vielleicht tot war, streckte diese die Arme über den Kopf und zog sich auf dem Bodengitter ein Stück nach vorn Richtung Kante. Es schien ihr also gut zu gehen. Vielleicht irgendeine komische Art von Sport oder mentalem Training, irgend so eine Hipster-Aktivität, dachte Friederike, bestimmt etwas Skandinavisches. Die meisten Trends kamen von dort, skandinavisch schien in Berlin so eine Art Gütesiegel zu sein, dabei waren die Hälfte der

Krimiautoren und der Firmen mit skandinavischen Namen wahrscheinlich ein Fake. *Hygge*, dachte Friederike verächtlich. Sie konnte es nicht mehr hören. In ihrem Bekanntenkreis hatte es während ihrer Schwangerschaft um sich gegriffen, als wäre das eine sagenumwobene Neuheit, *Hygge* war plötzlich der Inbegriff von Lifestyle, und die Leute gaben jede Menge Geld für Produkte aus, die *Hygge* versprachen, als wäre es gleichzusetzen mit Glücksgefühlen. Dabei bedeutete es nichts anderes als *Gemütlichkeit*.

Friederike ging über den Hof und durch den schmalen Gang bis zur Straße. Nach einigen Metern warf sie einen Blick zurück. Das Hotel war hinter den anderen Häusern verschwunden, als wäre es nicht mehr da.

Vorsichtshalber schlug sie nicht den Weg in ihren alten Kiez ein, sondern bewegte sich in die andere Richtung, blieb wachsam, achtete unter den Passanten auf bekannte Gesichter, hielt die Muskeln angespannt, jederzeit bereit, hinter einen Baum zu springen oder sich hinter ein parkendes Auto zu ducken. Im nächstbesten Späti kaufte sie sich Zigaretten und ein Feuerzeug, riss, kaum draußen, die Schachtel auf und zündete sich direkt die erste Zigarette an. Gierig sog sie den Rauch ein, nahm mehrere tiefe Züge hintereinander. Ihre letzte Zigarette lag so lange zurück, dass das Nikotin einen angenehmen Schwindel auslöste. Sie setzte sich auf ein niedriges Steinmäuerchen und inhalierte die erste Zigarette. Vor Kurzem hatte sie sich schon einmal eine Schachtel gekauft, zum Anstecken der Zigarette war es allerdings nicht gekommen.

An jenem Tag hatte Friederike eine richtig schlimme Nacht hinter sich gehabt. Das Baby hatte sie nie länger als eine Stunde am Stück schlafen lassen, war weinerlich gewesen; nur Herumtragen hatte es einigermaßen beruhigen können. Ich bin zu alt für so was, hatte Friederike gedacht, als sie am Morgen völlig übermüdet am Küchentisch gesessen hatte. Das Baby war endlich auf ihrem Arm eingeschlafen, in einer so ungünstigen Position, dass sie sich nicht einmal einen Kaffee machen konnte, ohne befürchten zu müssen, es wieder aufzuwecken. Auch Thomas war übellaunig gewesen, und es hatte nicht lange gedauert, da waren sie in Streit geraten, über irgendeine Kleinigkeit, an die Friederike sich schon Minuten später nicht mehr erinnerte. An einen Satz ihres Mannes aber erinnerte sie sich genau, er hatte sich eingebrannt: »Stell dich nicht so an.« Seit Monaten waren ihre Wortwechsel ein reines Battle, wer von ihnen mehr Recht dazu hatte, erschöpft zu sein. Genervt war Thomas zur Arbeit aufgebrochen, und in dem Moment, als er die Tür hinter sich ins Schloss gezogen hatte, hatte das Baby angefangen zu brüllen. Friederike hatte keine Kraft mehr gehabt, sich mit dem Kinderwagen in die öffentlichen Verkehrsmittel zu begeben, also hatte sie sich nach draußen geschleppt und den Kinderwagen durch die Gegend geschoben in der Hoffnung, dass das Baby irgendwann einschlief. Mit jedem Schritt steigerte sich ihre Wut auf Thomas. Stell dich nicht so an. In Gedanken führte sie diesen Satz weiter: ... andere Frauen würden sich freuen über die Auszeit, ... du kannst dich ja tagsüber zu Hause ausruhen. Der ganze verlogene Mist. Seit Monaten hatte sie alle negativen Äußerungen, die ihr auf der Zunge lagen, runtergeschluckt. Sie fühlte sich einem Streit nicht gewachsen und hätte sicher angefangen zu heulen. Und Friederike hatte die Befürchtung, dass, wenn sie einmal mit dem Weinen anfangen würde, sie für sehr lange Zeit nicht mehr damit würde aufhören können. *Stell dich nicht so an.* Sie war so wütend, dass sie sich am nächsten Kiosk eine Schachtel Zigaretten kaufte. Wenn sie einen Platz zum Sitzen gefunden hätte, würde sie sich ganz genüsslich eine davon anstecken. Thomas würde ausflippen, wenn er das wüsste. »Wie asozial das schon aussieht, wenn Frauen mit der Kippe im Mund einen Kinderwagen vor sich herschieben«, hörte sie ihn sagen. Aber wenn nachts zwei Männer mit dem Baby in der Trage auf der Straße standen, sich beim Baby-Schuckeln unterhielten und ein Bier dabei tranken, waren alle begeistert von so viel väterlichem Einsatz. Ach, was für eine emanzipierte Gesellschaft wir in Deutschland doch sind, dachte Friederike bitter. Immer wenn sie mit dem Kinderwagen anhielt, für wenige Sekunden nur, begann das Baby zu brüllen. Zwei Stunden lang quälte sie sich durch die Straßen, bis es endlich eingeschlafen war. Die Füße taten ihr unendlich weh, sie wollte einfach einen Moment sitzen und ausruhen. Das Gewicht ihres Kopfes zog ständig nach vorn, ihre Augenlider wurden schwerer und schwerer, zu Hause wäre sie sofort eingeschlafen. Aber sie war fast nie zu Hause, wenn das Baby schlief, Friederike war schon drauf und dran, über Feng-Shui zu recherchieren oder nach Wasseradern suchen zu lassen, irgendeinen erklärbaren Grund dafür zu finden, warum das Baby mit ihr zu Hause offenbar nicht entspannen konnte, warum es aufwachte, sobald sie den Kinderwagen über die Schwelle schob.

Friederike suchte nach einem Fleckchen zum Hinsetzen. So gelangte sie in den Park. Park war übertrieben, es war vielmehr ein kleines Stück Grün inmitten von Hauptverkehrsstraßen, fernab von der frischen Luft, die alle immerzu für das Baby einforderten, aber Park klang gesünder als begrünte Verkehrsinsel. Friederike ließ sich auf einer Bank nieder. Sie zog eine Zigarette aus der Packung, zögerte aber noch, sie anzustecken. Ein gutes Jahr lang hatte sie nun nicht mehr geraucht. Sie wusste, wenn sie einmal an einer Zigarette zog, würde sie schon am nächsten Tag eine ganze Schachtel rauchen. Zwei Mal hatte sie bereits mit dem Rauchen aufgehört, aber nie länger als ein paar Wochen durchgehalten. »Warte nur ab, bald wirst du finden, dass es schrecklich stinkt«, hatten ihr alle prophezeit, die auch einmal geraucht und es sich erfolgreich abgewöhnt hatten. Doch selbst

nach mehreren Wochen stank für Friederike nichts, im Gegenteil, der Geruch zog sie magisch an und sie rauchte passiv mit,
wo sie konnte.

Der Mann erregte ihre Aufmerksamkeit, sobald er in ihr Sichtfeld geriet. Wie er da stand und seinen missbilligenden Blick durch
den Park schweifen ließ. Er war akkurat gekleidet, viel zu peni-
bel, sicher neurotisch. Unberechenbar, dachte Friederike, wie einer, der jeden Moment Amok laufen könnte. Minutenlang stand
er auf dem Rundweg, augenscheinlich verärgert darüber, dass es
keine freie Bank für ihn gab, als wäre sein Wohnzimmer plötzlich von einer Horde fremder Menschen bevölkert. Bitte nicht
meine, dachte Friederike und schaute demonstrativ in die ent-
gegengesetzte Richtung. Offenbar die falsche Taktik, denn nachdem er eine Weile vor sich hin gebrabbelt hatte, setzte er sich
in Bewegung und stapfte zielstrebig auf ihre Bank zu. Bevor er
sich setzte, zog er den dunkelgrauen Trenchcoat aus und legte
ihn mit einer gezierten Geste über seine Beine. Er trug einen Pullunder über dem weißen Hemd. Unter den Anzughosen schauten froschgrüne Socken hervor. Er wirkte etwas abgemagert,
ein Trinker, dachte Friederike gleich, auch wegen der roten Wangen und Ohren. Auf dem Kopf saß eine Schiebermütze, seine
schwarz-weißen Lackschuhe waren wie frisch poliert. Seine Ma-
kellosigkeit nervte Friederike. Sie versuchte, seine Anwesenheit
zu ignorieren, starrte auf die Zigarette in ihren Händen, und allein der Gedanke an Thomas' Empörung gab ihr ein gutes Gefühl. Der Mann starrte ebenfalls auf die Zigarette in ihren Händen, und augenblicklich wurde Friederike von einer Welle der
Aggression überrollt. Sie wusste nicht mehr genau, was sie zu ihm
gesagt hatte, jedenfalls blaffte sie ihn ziemlich barsch an. Der ganze Groll, der sich in den vorangegangenen Wochen in ihr ange-
staut hatte, brach aus ihr hervor. Der Mann auf der Bank ertrug
ihren Gefühlsausbruch mit stoischer Gelassenheit. Er schien nicht

im Mindesten persönlich berührt oder getroffen zu sein, vielmehr wirkte er plötzlich interessiert, als hätte Friederike freundlich Guten Tag gesagt.

Der Ausbruch war ihr peinlich, und Friederike wäre den Mann am liebsten so schnell wie möglich losgeworden, brachte es aber nicht fertig, selbst aufzustehen und zu gehen. Angriffslustig sagte sie: »Na los, sagen Sie mir schon, wie schädlich das Rauchen ist!«

»Vielleicht wiegt das Vergnügen, eine Zigarette zu rauchen, schwerer als der gesundheitliche Schaden, den sie anrichtet?«

Unwillkürlich musste sie lächeln, obwohl ihr vielmehr nach Heulen zumute war. In diesen einfachen Worten lag trotz der gestelzten Ausdrucksweise so viel Verständnis, dass es Friederike rührte. Gleichzeitig schockierte es sie, dass ein Fremder auf einer Bank ihr mehr Empathie entgegenbrachte als ihr eigener Mann. Vielleicht war es dieses Gefühl von Fürsorge und Anteilnahme in Kombination mit Übermüdung und Erschöpfung, das bei Friederike alle Barrieren niederriss. Als wäre ein Damm gebrochen, flossen die Worte nur so aus ihr heraus. Sie redete sich den ganzen Frust von der Seele, sprach alles aus, was sie seit Monaten in sich hineingefressen hatte. Sie redete sich richtig in Rage, erzählte ihm, dass die Mutterschaft sie, die immer gut für ihre Überzeugungen habe eintreten können, plötzlich unsicher und feige habe werden lassen, ja, dass sie sich gar nicht mehr wie sie selbst fühle. Erst in diesem Moment wurde ihr das in aller Tragweite bewusst: Die Person, die sie vor der Schwangerschaft gewesen war, war nicht mehr da. Zum ersten Mal sprach sie laut aus, was sie sich kaum zu denken traute: dass sie sich wünschte, ihr Baby wäre nie geboren worden.

Später hatte sie sich erschrocken gefragt, was sie dazu getrieben hatte, einem Wildfremden ihr Herz auszuschütten. Sie schob es auf die Müdigkeit. Die ganzen Monate hatte sich Friederike alleingelassen gefühlt. Alles war von ihr abgerückt, nichts mehr zu ihr durchgedrungen, als wäre sie der einzige Mensch auf der Welt. Nur dieser Fremde war für einen kurzen Moment wirklich da gewesen, neben ihr auf der Bank. Er hatte nicht gerade subtil durchblicken lassen, dass er jede Woche um dieselbe Zeit den Park besuchte. Friederike hatte nicht vorgehabt, dieses Treffen zu wiederholen. Doch dann hatte Thomas ihr an jenem Abend zum Gespräch mit einem Therapeuten geraten, um ihr »Problem in den Griff zu kriegen«. Sie habe heute bereits mit jemandem gesprochen, hatte Friederike kühl entgegnet, und Thomas hatte gesagt: »Endlich wirst du vernünftig.«

Eine Woche später war Friederike dann wirklich wieder zum Park gegangen, gespannt, ob der Mann auftauchen würde. Er saß bereits auf der Bank und schien sie zu erwarten. Friederike setzte sich, doch die Atmosphäre des ersten Treffens ließ sich nicht wiederherstellen, kein Gefühl der Vertrautheit heraufbeschwören. Friederike wusste nicht, was sie reden sollte, und der Mann sagte auch nichts. Als das Schweigen so unangenehm wurde, dass sie es nicht mehr aushielt, fing Friederike an zu plappern und erzählte ihm von ihrer geplanten Verabredung mit Sibylle im Café. Diese zweite Begegnung mit dem Mann hatte sehr merkwürdig geendet. Zuerst hatte er ihr Fragen gestellt, zu dem Café und ob noch andere zu dem Treffen eingeladen waren. Ein bisschen zu neugierig für Friederikes Geschmack. Und gerade als sie das Gespräch unter einem Vorwand hatte beenden wollen, war er aufgesprungen und hatte ohne eine Erklärung den Park verlassen. Als wäre ihm eingefallen, dass er den Milchtopf auf dem Herd vergessen hatte.

Bei der Erinnerung an diesen seltsamen Abgang musste Friederike unwillkürlich lächeln. Erst eine knappe Woche lag die Begegnung zurück. Friederike genehmigte sich noch einen Imbiss von einer Bude, rauchte eine weitere Zigarette und machte sich auf den Rückweg zum Hotel. Bevor sie auf ihr Zimmer ging, wollte sie noch kurz an der Rezeption vorbeigehen und ihr Handy mitnehmen. Sie könnte ja den Flugmodus aktivieren, sagte sie sich, wollte es aber wenigstens bei sich haben – so könnte sie sich Filme ansehen oder Musik hören. Doch dort, wo sie die Rezeption erwartete, stand sie plötzlich vor einer massiven Wand. Wie konnte das sein? Offenbar war sie irgendwo falsch abgebogen. Sie ging den Weg zurück und versuchte es noch einmal von vorn. Wieder landete sie vor der nackten Wand. Sie bog nach links ab, ging unter einem Bogen hindurch und folgte diesem Gang ein Stück weit, hatte jedoch auch dort kein Glück. Es war wie verhext. Es gab weder Fenster noch Bilder an den Wänden, die sie sich hätte merken können. Einige Wände waren aus seltsamen Lamellen gefertigt, die sich jedoch nicht bewegen ließen. Bald hatte sie jede Orientierung verloren. Lange irrte sie umher, bis sie ein Schlupfloch nach draußen entdeckte. Überrascht stellte sie fest, dass sie keine drei Meter von der Tür mit dem grünen Knauf entfernt herausgekommen war. Sie gab auf und ging zurück in ihr Zimmer. Als sie auf dem Bett lag, griff ihre Hand automatisch in ihre Tasche auf der Suche nach dem Handy, weil es für sie so normal war, noch dies und das zu googeln, bevor sie die Augen schloss. Andere verbannten ihr Handy aus dem Schlafzimmer, hielten es clean von Elektronik und Input. Friederike stellte ihr Gerät höchstens einmal in den Flugmodus, meistens nicht einmal das. Die Nächte mit dem Baby waren eine Aneinanderreihung von kurzen Schlaf- und Wachphasen, das Telefon eine willkommene Ablenkung. Wochenlang hatte Friederike sich nach ungestörtem Schlaf gesehnt, und jetzt, wo sie hätte schlafen können, kam sie nicht zur Ruhe. Bald wäre es dunkel. Seit mehreren Stunden war sie von der Bildfläche verschwunden. Was Thomas wohl gerade tat? So schnell würde er sicher keine Vermisstenanzeige aufgeben. Es wäre ihm peinlich, zuzugeben, dass seine Frau abgehauen war. Bei den engsten Freunden würde er wohl nachfragen, ob sie etwas von Friederike gehört hatten. Sie stellte sich vor, wie er verschämt herumdrucksen würde auf die Nachfrage hin, was denn geschehen sei, »sicher nur ein Missverständnis« oder ähnlich Verharmlosendes würde Thomas murmeln und sich beeilen, das Gespräch zu beenden. Nein, er würde sich nicht die Blöße geben, zu erzählen, dass seine Frau ihn im Stich gelassen hatte. Obwohl er sich für aufgeklärt und modern hielt, gehörte er nicht zu den Männern, die öffentlich Schwäche zeigten. Und Friederike konnte es nicht leugnen – sie hatte ihn im Stich gelassen, und zwar ohne Vorwarnung. Wie er wohl mit dem Baby zurechtkam? Normalerweise würde er in so einer Situation seine Mutter anrufen, die auch direkt zu Hilfe eilen würde – sie tat alles für ihr geliebtes Kind. Doch Thomas' Mutter befand sich gerade auf Donau-Kreuzfahrt, für zwei Wochen durch die Gegend schippern, hier und da eine Stadt besuchen oder eine Wanderung machen, Passau, Wien, Bratislava, Budapest, Belgrad, Eisernes Tor, Bukarest – das dauerte seine Zeit, das brach man nicht einfach zwischendrin ab. Friederike war sich nicht sicher, ob sie es tragisch oder lustig finden sollte, dass Thomas' Mutter ausgerechnet jetzt nicht zur Stelle war. Ihre Schwiegermutter verreiste nie, sie schien geradezu festgewachsen zu sein in ihrem kleinen Reihenhäuschen in Bayern, das sie selten länger als ein paar Stunden am Stück verließ. Aber wenn ihr Sohn anrief und Hilfe brauchte, dann sprang sie – und hatte immer selbst gebackenen Kuchen, Nähzeug und ein Bügeleisen in der Tasche. Nein, jetzt war Thomas ganz auf sich allein gestellt. Da kann er mal sehen, wie entspannend so eine Nacht mit einem kleinen Baby ist, dachte Friederike. Die Hälfte der Mahlzeiten nahm das Baby bereits aus dem Fläschchen zu sich – darum brauchte sie sich also nicht zu sorgen. Friederike hätte schon früher mit dem Zufüttern angefangen, wenn Thomas nicht der

Meinung gewesen wäre, dass das Baby so lange wie möglich voll gestillt werden sollte, um den besten Start ins Leben zu haben. Stillbabys würden nachweislich weniger Allergien und andere Krankheiten entwickeln, sagte er, außerdem sei es doch viel praktischer. Bis vor zwei Wochen hatte Friederike also mit dem Fläschchen abgewartet, genau genommen hatte sie am Tag nach dem ersten Zusammentreffen mit dem Fremden auf der Bank damit angefangen. »Der Therapeut hat mir zugeraten«, hatte sie Thomas' Einwände abgeblockt. Auch er hatte dem Baby mittlerweile ein paarmal das Fläschchen gegeben – auch wenn Friederike die Zubereitung übernommen und ihm alles angereicht hatte. Mit einem schreienden Baby auf dem Arm mit heißem Wasser und Milchpulver zu hantieren, war noch mal ein anderes Level. Aber schließlich hatte sie das Baby nicht irgendwem überlassen – sondern dem leiblichen Vater! Plötzlich wurde Friederike ganz ruhig. Sie würde sich jetzt um sich selbst kümmern. Nur eine Nacht, nur ein einziges Mal ausschlafen. Doch vorher wollte sie unbedingt noch etwas trinken, und zwar Hochprozentiges, und dazu so viele Zigaretten rauchen, wie sie konnte. Sie warf einen Blick auf die Uhr. Die Bar im Vorderhaus würde sicher bald öffnen.

Verzögerungen im Betriebsablauf

Valentin zweifelte keine Sekunde daran, dass es sich um ein stümperhaftes Ablenkungsmanöver handelte. Doch der Page hatte so jämmerlich ausgesehen, hatte blass um die Nase, mit blutunterlaufenen Augen nach Atem gerungen, sich in dramatischer Geste an den Kragen gefasst in dem Versuch, ihn zu lockern, und Valentin mit röchelnder Stimme um frische Luft angefleht. Also waren sie nicht direkt auf Zimmer 36 gegangen, sondern hinaus in den Hof, wo der Page nun stand, mit einer Hand an der Brust, während er sich mit der anderen Hand Luft zufächelte und tief ein- und ausatmete. Dachte er wirklich, er könne Valentin dadurch davon abbringen, sich das Zimmer anzusehen? Ungehalten zog Valentin seinen Terminplaner hervor und studierte erneut den Ablaufplan. Alles war durcheinandergeraten, sein ganzer Tag aus dem Takt. Das würde er so schnell nicht wieder in den Griff bekommen. Dennoch war er nicht bereit, die beiden Verräter ziehen zu lassen. Er begann, einen Vortrag über Loyalität am Arbeitsplatz zu halten. Schon bei den ersten Worten konnte er sehen, wie sich die Aufsässigkeit des Barkeepers verstärkte: Eine tiefe Falte legte sich zwischen seine Augen, der Blick wurde starr, Adern klopften sichtbar durch die Haut, Fäuste ballten sich. Wie schade, dass man niemanden ungestraft mit einem Gewicht an den Füßen in irgendeinem Gewässer versenken darf, dachte Valentin. Er hatte den dritten Mann selbst gesehen. Was für einen Grund konnten sie haben, jemanden vor Valentin zu verstecken? Ihm fiel nur ein einziger Grund ein: Geld. Hatten sie sich bestechen lassen? War es ein Journalist oder ein Schnüffler, der einem ihrer Gäste nachspionierte? In der Hotel-Bar erkundigten sich immer mal wieder Leute, warum sie Hotel-Bar hieß. Das Personal hatte hierfür genaue Anweisungen. Sie erklärten, dass es früher einmal ein Hotel gegeben habe, und als es geschlossen und das Innere in Wohneinheiten umgewandelt worden sei, habe man die Bar mitsamt ihrem Namen beibehalten. Eine klare, nicht sehr spannende Geschichte, womit sich alle weiteren neugierigen Fragen erübrigten.

Natürlich könnte ein ehemaliger Gast vom Hotel erzählt haben. Sie hatten das bereits während der Bauphase häufiger in ihrer Gruppe diskutiert, inwieweit es überhaupt möglich wäre, das Hotel über Jahre hinweg geheim zu halten. Sie mussten auf die psychologischen Aspekte setzen. Jeder, der einmal von der Verschwiegenheit des Hotels profitiert hatte, wäre sich bewusst, dass man das Geheimnis für alle folgenden Gäste weiter bewahren sollte. Valentin glaubte, dass es nicht einmal allein dieser Gedanke war, der die Ehemaligen davon abhielt, die Existenz des Hotels zu verraten. Das Hotel war ihre Hintertür, ihre Rückversicherung. Sie hatten hier einmal Zuflucht gefunden – wer von ihnen konnte schon ausschließen, ein zweites Mal in eine solche Situation zu geraten?

Es behagte Valentin gar nicht, auf die Verschwiegenheit anderer angewiesen zu sein. Menschen plapperten. Wenn sie aus dem Hotel auszogen, waren sie zunächst noch voller Dankbarkeit. Doch sobald sie sich nicht mehr in unmittelbarer Bedrängnis befanden, wurden sie nachlässig. Menschen liebten es, zu prahlen. Spätestens dann, wenn ihre Eitelkeit verletzt wurde und sie etwas zum Auftrumpfen suchten oder wenn sie ein Glas zu viel getrunken hatten. Irgendetwas sickerte früher oder später durch. Die meisten Zuhörer würden es vermutlich nicht ernst nehmen oder es als Angeberei abtun, doch irgendwann würde es dem Falschen zu Ohren kommen. Valentin war sicher, dass der Tag kommen würde, an dem alles aufflog. Aber er war fest entschlossen, zu verhindern, dass die Tage des Hotels jetzt bereits gezählt wären.

Als der Page wieder halbwegs zu Atem gekommen war, jetzt mit rosigen Wangen, bedeutete Valentin den beiden Männern, ihm zurück ins Hotel zu folgen. Er schlug den kürzesten Weg zu Zimmer 36 ein, durchschritt zügig die Flure. Die beiden mussten sich eilen, um mit ihm Schritt zu halten. Valentin wollte ihnen keine Gelegenheit lassen, sich heimlich abzusprechen. Vor Zimmer 36 zückte er seine Universal-Schlüsselkarte und hielt sie vor den Öffnungsmechanismus. Er trat einen Schritt zur Seite und gab der Tür einen Schubs. Mit Schwung flog sie auf, und alle drei Männer schauten in das Zimmer. Es war leer. Wie konnte das sein? Valentin lief hinein und öffnete die Tür zum Badezimmer, anschließend die vom Schrank, die angeblich schlecht geschlossen hatte. Nichts. Forschend sah er den Barkeeper und den Pagen an und versuchte, ein verräterisches Anzeichen von Erleichterung zu erkennen. Doch selbst der Page hatte sich mittlerweile wieder im Griff und ließ nicht durchblicken, ob er jemanden vermisste. Hatte Valentin sich in ihm getäuscht? War er vielleicht der abgebrühte Lügner und hatte nur sehr gekonnt so getan, als wäre ihm die echte Zimmernummer herausgerutscht? Valentin tobte innerlich vor Wut. Er hätte sie sofort nach dem Fremden fragen sollen. Doch diese Chance war vertan, er konnte ihnen nicht beweisen, dass es den dritten Mann überhaupt gegeben hatte. Ein unangenehmer Geruch stieg Valentin in die Nase. Er öffnete den Kasten in der Wand, hinter dem sich die elektronische Steuerung verbarg, und kippte über einen Schalter das Fenster, um zu lüften. Jetzt erst bemerkte er, dass das Zimmer nicht den Standards entsprach. Es war richtig verunstaltet. Sogar einen Kühlschrank hatten sie in eine Ecke gequetscht, ja, sie hatten sich hier häuslich eingerichtet! Valentin holte Luft, um zu einer mächtigen Standpauke anzusetzen.

»Fühlen Sie sich nicht immer genötigt, ad hoc auf Dinge zu reagieren«, hatte seine Therapeutin ihm einmal geraten, als es um seine Ausbrüche ging. Sie nannte sie cholerisch, Valentin bevorzugte den Begriff temperamentvoll.

»Lassen Sie sich Zeit. Überlegen Sie genau, wie Sie reagieren möchten. Bitten Sie sich Bedenkzeit aus, wenn Sie sich unter Druck gesetzt fühlen.«

»Haben Sie schon einmal darüber nachgedacht, Horoskope zu verfassen?«, fragte er.

»Wenn Sarkasmus Ihnen hilft, die Fassung zu wahren, ist das okay. Nur wird vermutlich nicht jeder darauf mit Gelassenheit reagieren. Oft fühlen Menschen sich verletzt.«

»Fühlen Sie sich verletzt?«

»Ich kann das einordnen«, sagte sie.

Da waren sie schon bei Stufe zwei gewesen. Wochenlang hatte sie mit ihm trainiert, zu zählen, statt einen Wutausbruch zuzulassen. Mittlerweile hatte er dieses Level gemeistert, sogar ohne laut zu zählen. Jetzt rief er sich ihre Worte in Erinnerung. Es war Valentin herzlich egal, ob die beiden Pfeifen sich in ihren Gefühlen verletzt fühlten. Er spürte aber auch, dass ein Streit ihn nicht weiterbringen würde. Wenn er den fremden Mann erwähnte, würden sie ganz sicher alles abstreiten. Dann würde Valentin ihn wahrscheinlich niemals aufspüren. Sollten sie sich lieber in Sicherheit wiegen. Er würde schon herausfinden, was sie im Schilde führten. Valentin beschloss, es für den Moment auf sich beruhen zu lassen und die beiden ganz genau im Auge zu behalten. Es kostete ihn seine ganze Willenskraft, in normaler Lautstärke zu sprechen: »Das Zimmer wird umgehend in Ordnung gebracht.«

»Jawohl, Chef.«

»Darüber sprechen wir noch«, setzte Valentin hinzu. »Na los, wegtreten, bevor ich es mir anders überlege«, blaffte er sie an.

Das ließen sie sich nicht zweimal sagen. Ohne ein weiteres Wort zu verlieren, drehten sie sich um und verließen mit raschen Schritten das Zimmer.

»Das wird Konsequenzen haben!«, rief Valentin ihnen vage hinterher. Stumm zählte er in sich hinein. Als er bei 324 angekommen war, hatte sich sein Puls einigermaßen beruhigt. Ob seine transparente Frau mittlerweile angekommen war? Er zog sein Telefon hervor und schaute auf den Belegungsplan des Hotels: Zimmer 47 war violett eingefärbt – das bedeutete, sie hatte wahrhaftig eingecheckt! Valentin wusste nicht, was überwog: die Freude darüber, dass seine transparente Frau sich für das Hotel entschieden hatte, oder die Enttäuschung, dass er ihre Ankunft verpasst hatte.

Die meisten von Valentins Tagen liefen nach einem festgelegten Muster ab. Die Routinen gaben ihm Orientierung und Stabilität, und solange er sich an diese hielt, hatte er seine Emotionen unter Kontrolle. Kleine Verzögerungen im Ablauf holte er normalerweise schnell wieder rein – aber diesmal war die Verspätung eklatant: Das Theater seiner Mitarbeiter hatte ihn eine geschlagene Stunde gekostet. Eine Stunde, in der er sich eigentlich zum Lunch und für eine kurze Mittagsruhe in seine Wohnung zurückzog, »die Akkus aufladen«, nannte es seine Therapeutin, die ihm dringend geraten hatte, die eingeplanten Ruhepausen im Tagesablauf nicht zu versäumen. Sie hielten ihn im Gleichgewicht, gaben ihm Kraft, um alle nötigen zwischenmenschlichen Interaktionen in angemessener Weise zu bewältigen. Pflichtschuldig machte Valentin sich also auf den Weg zu seiner Wohnung, um wenigstens seine übliche Kaffeepause zu zelebrieren, sich zu erden. Wieder fühlte er die Wut auf seine beiden Mitarbeiter in sich aufsteigen. Sie hatten alles durcheinandergebracht. Sie waren schuld daran, dass er nicht am Fenster gestanden hatte, als Nummer 47 eingetroffen war. Was bildeten sich die beiden eigentlich ein?

STOP.

Ich muss mich abgrenzen, ermahnte er sich. Er zwang sich, seine zu Fäusten geballten Hände zu öffnen. Die Fingernägel hatten bereits Kerben in seiner Handfläche hinterlassen. Was möchte ich?, fragte er sich. Es war ein langer Prozess gewesen, sich diese Frage überhaupt selbst stellen zu können. Alle Reize von außen beeinflussten sein Denken so sehr, dass er sich selbst dahinter vergaß, nicht mehr agierte, sondern nur noch reagierte auf seine Umwelt. »Konzentrieren Sie sich nicht auf die anderen. Vergessen Sie, dass jemand bei Rot über die Ampel gefahren ist, das Parkverbot nicht eingehalten hat oder sich in der Schlange an der Kasse vorgedrängelt hat. Bleiben Sie bei sich. Verschwenden Sie Ihre Energie nicht für Ärger auf andere, sondern bewahren Sie die Kraft für Ihre Aktionen, Ihr Handeln, Ihre Gefühle.« Was möchte ich?, fragte Valentin sich erneut, obwohl er es längst wusste. Er machte auf dem Absatz kehrt, tauchte wieder in einen der geheimen Gänge des Hotels, bewegte sich zwei Stockwerke weiter nach oben und schlüpfte unmittelbar vor der Tür des Zimmers 47 in den normalen Hotelflur zurück.

Buongiorno!

Nachdem Juri die WG verlassen hatte, war Jupp wieder eingeschlafen. Als er das nächste Mal aufwachte, fühlte er sich deutlich besser. Gesprächsfetzen von Juris Telefonat hallten in seinem
Kopf nach. Juri war so hastig aufgebrochen, dass er nicht einmal
seinen üblichen Proteinshake in sich hineingekippt hatte, auf den
er nach einer durchzechten Nacht sonst nie verzichtete. Dass Jupp
von ihm quasi rausgeschmissen worden war, ignorierte er. Ar-
rogant durch und durch, dachte Jupp. Da war ihm Bruno lieber,
mit dem ließ sich wenigstens reden. Der Italiener war zu gut-
mütig, auszusprechen, was er wirklich dachte, geschweige denn,
um Jupp zum Gehen aufzufordern. Wenn Jupp sich etwas bemühte, würde vielleicht sogar ein Frühstück für ihn dabei raus-
springen. Sein Knöchel fühlte sich bereits besser an, dennoch
humpelte Jupp zur Küche. Bruno hantierte gerade mit der Es-
pressokanne, und Jupp gesellte sich dazu. Er setzte sich in den
Sessel, den bequemsten Platz in der Küche, und legte seinen verletzten Knöchel mit einem demonstrativen Seufzer auf einem
Hocker ab. Er setzte einen leidenden Gesichtsausdruck auf und
jammerte über die starken Schmerzen – ein Kaffee würde ihm
sicher guttun! Die deutlichen Zeichen, dass Bruno lieber auf Jupps
Anwesenheit verzichtet hätte, überging er geflissentlich. Er machte es sich sogar richtig gemütlich mit seinem Espresso in den
Händen. Mal sehen, was aus dem Italiener herauszukriegen ist,
dachte er. Vielleicht wusste Bruno, was es mit dem Telefonge-
spräch von Juri und mit dem Ärger bei seiner Arbeit auf sich
hatte. Einen Versuch war es wert.

Kleine Pause

Linda drehte den Kopf und blickte auf die goldene Uhr am Kirch-
turm, der die Dächer der hinten liegenden Häuser knapp über-
ragte. Der Mann kam zu spät zu seiner Kaffeepause. Das war Linda noch nie untergekommen. Wieder spürte sie diese Unruhe in
ihrem Körper. Normalerweise sollte er jetzt die Wohnung betreten, Schal, Mantel und Mütze ablegen und sich bei einem Kaffee
seine Quizshow ansehen. Dazu würde er einen Apfel oder eine
Banane essen, vielleicht auch einen Joghurt. Ein Stück Kuchen
aus der nahe gelegenen Brasserie genehmigte er sich nur sonntags.
Sechzig Minuten Pause gönnte er sich am Nachmittag, manchmal nutzte er auch die Zeit und blätterte nach der Quizshow
am Stehtisch noch in einem Hefter, den er unter den Arm ge-
klemmt mitgebracht hatte.

Anfangs hatte Linda sich damit begnügt, den Mann von ihrem
Balkon aus zu beobachten und seine Gewohnheiten zu studieren. Sich daran zu freuen, wie genau er sich an Uhrzeiten hielt.
Wie er sich nur kleine Spielräume ließ, innerhalb derer er sich
Tag für Tag bewegte. Doch das Beobachten aus der Ferne hatte
ihr irgendwann nicht mehr gereicht. Sie hatte wissen wollen, was
er in der restlichen Zeit des Tages tat, ob er arbeiten ging, und
wenn ja, was. Sie konnte sich keinen herkömmlichen Beruf bei
ihm vorstellen. Vielleicht ein schräger Millionenerbe, dachte sie,
der es nicht nötig hatte, zu arbeiten. Oder ein Adeliger, der Letzte einer sonst ausgestorbenen Fürstenlinie. Oder er war ein bisschen durchgedreht und das hier war so eine Art betreutes Wohnen – nur ohne Betreuung. Linda jedenfalls hatte mehr über ihn

erfahren wollen. Zuerst hatte sie sich in der Nähe des Hauptein-
gangs auf die Lauer gelegt und war ihm gefolgt, als er über den
Hof gekommen war, um das Grundstück zu verlassen. Auch
außerhalb seiner Wohnung pflegte er feste Gewohnheiten, und
bald wusste Linda, wo er sein Essen abholte, wann er eine Runde
spazieren ging, wohin und wie lange es dauerte. In einer Miet-
garage in der Nähe stand sein Auto, das immer blitzeblank sauber war. Ein ungewöhnlicher Wagen in Grün, altmodisch, mit
eleganten cremefarbenen Ledersitzen, mit einem echten Zünd-
schlüssel und einem Kassettendeck. Ein gewöhnlicheres Auto
hätte Linda erstaunt, wobei sie fast etwas noch Spezielleres erwartet hatte, einen Rolls Royce vielleicht oder aber einen richtig modernen Wagen. Dieser hier schien ein Liebhaberstück zu
sein, gut gepflegt, aber auch nicht zu kostspielig. Dreimal die
Woche fuhr er mit dem Auto weg, wusste Linda, der es bisher
noch nicht gelungen war, herauszufinden, wohin. Doch sie wusste immerhin, wie lange er an welchen Tagen unterwegs war –
und genau diese Zeiträume hatte sie genutzt, um mehr über ihn
in Erfahrung zu bringen.

Ein kalter Windstoß fegte über Linda hinweg. Sie war heilfroh, dass sie wenigstens ihre Jacke nicht vergessen hatte. Vom
Hof drang lautes Stimmengewirr hinauf. Am liebsten hätte sie
hingesehen – brachte es aber nicht fertig. Die Stimmen klangen
aufgeregt, eine davon unverkennbar verärgert. Das Stimmengewirr verstummte. Linda war allein.

Paralleluniversen

Hempels positive Stimmung hielt nicht lange an. So schnell, wie das Freiheitsgefühl gekommen war, verschwand es auch wieder und machte der alten Niedergeschlagenheit Platz. Aus seinem Leben zu verschwinden, würde auch bedeuten, aus Elfies Leben zu verschwinden. Und das würde er niemals fertigbringen. Ihm gelang es ja nicht einmal, dieses verfluchte Hotel zu verlassen. Die Flure sahen alle gleich aus, wie in einem Labyrinth, er hatte keine Ahnung, in welchem Stockwerk er gerade war. Mittlerweile gelang es ihm zwar, Türen und Zimmernummern zu erkennen – doch die Nummern schienen völlig willkürlich und durcheinander zu sein, ohne System. Mutlos sank er mit dem Rücken gegen die Wand. Doch die vermeintlich stabile Stütze in seinem Rücken gab nach. Hempel stürzte ins Nichts und schlug hart mit dem Kopf auf. Er tastete vorsichtig mit der Hand nach der schmerzenden Stelle – das würde eine stattliche Beule geben. Was war passiert? Ihm war, als hätte sich die Wand hinter ihm plötzlich einfach in Luft aufgelöst. Hempel versuchte, sich zu orientieren. Er befand sich in einem dunklen Raum mit niedriger Decke und einer schmalen Öffnung zum Flur, durch die er gefallen sein musste. Er konnte sich nicht erklären, wie er die übersehen haben konnte. Soweit Hempel das erkennen konnte, war der Raum leer. Er war allein, und er war immer noch in Berlin. Warum war er weggelaufen? Die beiden schrägen Typen hatten zumindest irgendeine Idee gehabt, der er sich hätte überlassen können, das war doch besser als nichts? Andererseits war dieser Juri niemand, mit dem Hempel gern in Ruhe ein Bier trinken, geschweige denn sich ein Zimmer teilen wollte. Er wollte auch nicht in krumme Geschäfte reingezogen werden, er hatte wirklich genug eigene Probleme. Jetzt muss ich mich nicht nur vor Elfie verstecken, sondern auch noch vor diesen Typen, dachte er. Er setzte sich auf und schob sich rückwärts über den Boden, bis er die Wand im Rücken spürte. Das einzige Licht drang vom Flur als Dämmer zu ihm herein. Jemand, der den Flur entlangkam, würde die Öffnung in der Wand vermutlich nicht einmal bemerken. Hempel stellte die Beine auf, vergrub seinen Kopf in den Armen und dachte an Elfie.

Elfie hatte sich auf ihrem Handy ein Paralleluniversum eingerichtet – mit der New Yorker Uhrzeit, den Wetterverhältnissen, einem Newsticker. Durch einen Blick konnte sie sich zu ihm versetzen, ohne sich sorgen zu müssen, ihn mit einem unbedachten Anruf zu wecken oder zu stören. In ihrem Kalender war eingespeichert, wann sein Flugzeug landete, wann das gemeinschaftliche Abendessen der Marathonläufer stattfand, wann der Startschuss für den Lauf ertönte. Sie wollte nichts verpassen und in allen wichtigen Momenten in Gedanken bei ihm sein. Elfie hatte ihm eine Liste mit lohnenswerten Unternehmungen zusammengestellt, darunter echte Geheimtipps, wie zum Beispiel die besten Pommes der Stadt, die angeblich in irgendeinem U-Bahnhof zu bekommen waren. Vom Floh- bis zum Streetfood-Markt, von kleinen, versteckten Boutiquen bis hin zu einer ruhigen, idyllischen Grünfläche mit Wasserfallwand für eine meditative Ruhepause zwischendurch war alles vertreten, damit Hempel ganz seinen Launen würde folgen können. Zu allen fest geplanten Terminen würde Elfie wissen, wo Hempel sich befinden sollte. Dieser Ort hier gehörte definitiv nicht dazu. Er sollte jetzt im Flugzeug hoch über dem Atlantik sitzen, und wenn es in wenigen Stunden am New Yorker Flughafen landete, würde Elfies Handy in ihrer Tasche in Berlin vibrieren. In Hempels Handy-

Kalender hatte Elfie ihm im Gegenzug ihre festen Termine während seiner Zeit in New York eingetragen. Die ganze Hochzeit war akribisch durchgeplant, und vor allem jetzt, in den wenigen verbliebenen Tagen vor der Feier, hatte Elfie alle Hände voll zu tun mit den letzten Erledigungen und der Organisation von unterschiedlichen Programmpunkten für die auswärtige Verwandtschaft. Ihr Tag schien immer um ein Vielfaches länger zu sein als seiner – was sie alles in wenigen Stunden schaffte! Hempel gelang es, nur eine einzige Wochenaufgabe – wie einen Anruf beim Arzt oder eine kleine Besorgung – auf viele Wochen auszudehnen, bis sie endlich erledigt war. Er vergaß sie nicht etwa, nein, sie quälte ihn Tag für Tag, bescherte ihm unruhige Nächte und abenteuerliche Ausreden, bis er sich endlich einen Ruck geben konnte. Hatte er eine Aufgabe bewältigt, war er davon so erschöpft, dass er sich mindestens eine Woche lang erholen musste.

In seiner Schreibtischschublade befand sich eine stattliche Anzahl ungeöffneter Briefe, allesamt formelle Schreiben – von der Krankenkasse, der Hausverwaltung, dem Finanzamt, der BAföG-Stelle, dem Sekretariat seiner Fakultät, von einem Inkassobüro. Während Elfie jeden wichtig aussehenden Brief umgehend öffnete und das Anliegen spätestens am nächsten Tag aus der Welt schaffte, legte Hempel sie in seine Schublade. Sporadisch öffnete er einen davon. Er konnte schon lange keine Priorität in der Dringlichkeit mehr abschätzen, die Schreiben wirkten alle hochoffiziell, also war es ein Glücksspiel, welchen Brief er beim blindlings Hineingreifen in die Schublade erwischte. Hempel hätte Jahre gebraucht, um diese Hochzeit zu organisieren. Heute Abend fand der Junggesellinnenabschied statt. Nichts Profanes, nein, Elfie hatte sich für ihre beste Freundin ins Zeug gelegt: ein Besuch im Hamam, anschließend ein Essen in einem schicken Restaurant, danach würden sie wechseln in eine exklusive Cocktailbar mit Blick über die Stadt. Stil und Klasse sollte es haben, das war ihr wichtig gewesen, das hatte Martha sich verdient. Gestern hatte Elfie noch lange über den Notizen für das Kennenlern-Essen beider Familien gebrütet. Ein heikler Moment: Die Eltern des Brautpaares waren sich noch nie begegnet, und Martha fürchtete, dass bestimmte Themen Streit auslösen könnten. Es galt also, unverfänglich zu plaudern und die brenzligen Gesprächsthemen zu umschiffen. Wenn das jemand konnte, dann Elfie.

Hempel entsperrte sein Handy und überflog Elfies Tagesprogramm. Mehrere Stationen verteilt über die ganze Stadt standen auf dem Plan. Ihre Handtasche musste noch für den großen Tag gefüllt werden – mit Notfallsnacks, Ersatzstrumpfhosen, Taschentüchern und allen möglichen anderen Helferlein für eventuell auftretende Schwierigkeiten oder Hindernisse. Elfie war stets auf alles vorbereitet. Es gab nichts, was sie nicht mit einem Griff in ihre Handtasche oder einem Anruf bei einem ihrer Telefonjoker aus der Welt schaffen konnte, sie war der moderne MacGyver in Frauengestalt. Ihr Pragmatismus war eines der Dinge, die Hempel besonders an Elfie bewunderte. Sie war stets lösungsorientiert. Sie trug immer Schere, Kabelbinder und Klebeband in ihrer Handtasche mit sich, was sich schon in diversen Situationen als ungemein nützlich erwiesen hatte. Sogar einen Minizollstock bewahrte sie darin auf. Ihre Handtasche schien unerschöpflich zu sein, und obwohl sie eine durchschnittliche Größe hatte, kam es Hempel manchmal so vor, als hätte Elfie die ganze Welt darin verstaut.

Allein für die Fahrten von Ort zu Ort würde Elfie heute ewig brauchen. Hempel sah sie beinahe vor sich, wie sie mit dem Handy am Ohr jede Minute nutzen würde, um die immer neu auftauchenden Probleme eins nach dem anderen zu lösen. »Es gibt keine Probleme. Es gibt Herausforderungen«, pflegte sie zu sagen. »Ja, aber«, sagte Hempel dann, doch Elfie ließ »ja, aber« nicht zu, »so fangen Ausreden an«, sagte sie, »und mit Ausreden kommt man nie ans Ziel«. Was immer sich ihm in den letzten vier Jahren in den Weg gestellt hatte – Elfie hatte ihm darüber hinweggeholfen. Sie hatte für den entscheidenden Schubs gesorgt, nie zu viel, sondern immer gerade so, dass es vorwärtsging und Hempel das Gefühl hatte, es aus eigener Kraft bewerkstelligt zu haben. Schier unüberwindliche Hindernisse schrumpften unter Elfies Regie auf ein bezwingbares Maß zusammen. Was würde sie ihm jetzt raten? Vermutlich würde sie erst einmal etwas gegen die drohende Unterzuckerung tun. Hempel öffnete seinen Rucksack. Doch er brachte es nicht über sich, noch einen der Müsliriegel aufzubrauchen, es wäre das Eingestehen seines Scheiterns auf ganzer Linie. Diese Müsliriegel waren für die Reise nach New York bestimmt, er durfte sie erst anrühren, wenn er sich wirklich auf dem Weg dorthin befand. Er griff nach der Wasserflasche und trank sie mit ein paar Zügen halb leer.

»Die darf ich doch nicht durch die Handgepäck-Kontrolle mitnehmen«, hatte er gestern Abend zu Elfie gesagt, als sie ihm die Wasserflasche hingestellt hatte.

»Bis dahin hast du sie längst einmal leer getrunken – und dann kannst du sie nach der Kontrolle im Waschraum wieder auffüllen. Dann musst du dir kein Wasser zu überhöhten Preisen im Flughafen kaufen. Wasser soll man immer dabeihaben.«

Was sollte Hempel bloß ohne Elfie anfangen? Er nahm noch ein paar Schlucke. Als er die Flasche zurück in den Rucksack steckte, entdeckte er einen Umschlag. Er hätte schwören können, dass er am Morgen noch nicht da gewesen war – wann hatte Elfie ihn reingeschmuggelt? Darauf stand in ihrer tadellosen Schönschrift: *Nach der Landung in New York zu öffnen.* Sie hatte noch ein Herzchen darunter gemalt. Was hatte Hempel bloß angerichtet?

Contenance

Valentin tigerte auf dem Gang vor ihrem Zimmer auf und ab.
Auf der Höhe der Tür trat er vorsichtig näher heran, in der Hoffnung auf irgendein Geräusch aus dem Inneren. Ein Rascheln,
ein kleines Poltern, irgendetwas. Doch es blieb vollkommen still.
Eine gute Schallisolierung war ihnen beim Bauen wichtig gewesen, keinesfalls sollte man den Geräuschen anderer Gäste aus den
Nebenzimmern oder vom Flur ausgesetzt sein. Am liebsten hätte Valentin sein Ohr an die Tür gepresst, um zu lauschen, bewahrte aber mit höchster Anstrengung Contenance. War sie im
Zimmer? Schlief sie? Er verfluchte sich selbst dafür, dass er ihr
kein Zimmer ausgesucht hatte, in das er von seiner Wohnung
aus hineinsehen konnte. Hastig verbannte er diesen Gedanken
aus seinem Kopf – er war kein Voyeur! Er machte sich lediglich
Sorgen um sie. Dass er ihr nicht persönlich im Hotel begegnen
durfte, erschwerte die ganze Angelegenheit. Valentin war auf
Hilfe angewiesen. Dieses Eingeständnis ließ erneut die Wut in
ihm auflodern. Er hasste es, von anderen abhängig zu sein.

Schon immer hatte Valentin sich schwer damit getan, Aufgaben
zu delegieren. Er wollte immer die Kontrolle behalten und am
liebsten alles selbst erledigen. Dieser Umstand hatte gegen ihn
als Hoteldirektor gesprochen, und in der Bauphase hatte er oft
mit Daniel darüber beratschlagt. Sowohl bei der Beschaffung
von Gästen als auch bei der Mitarbeiterführung würde er kom-
petente Unterstützung benötigen. Die Lösung dafür war ihnen
mit Irina regelrecht in den Schoß gefallen.

Irina führte ein kleines Caféhaus, in dem Valentin und Daniel bereits zu Schulzeiten regelmäßig eingekehrt waren, um sich in den Pausen mit Nervennahrung zu versorgen. Es war im Erdgeschoss eines winzigen, zweigeschossigen Fachwerkhauses untergebracht, das in Charlottenburg zwischen zwei Mehrfamilienhäusern lag. Es sah aus, als hätte sich dieses Kleinod geradewegs von irgendeinem Dorf in die Stadt versetzt und in die kleine Lücke gedrängelt. Im Innern ähnelte es einem Oma-Wohnzimmer: Vitrinen voller Mokkatässchen, Zierdeckchen auf jedem freien Platz, kleine Kissen mit Samtbezügen, Stiche an den Wänden und bestickte Leinenservietten auf jedem Tisch, angeschlagenes Goldrandgeschirr und leicht angelaufenes Silberbesteck mit Rosenornamenten darauf. Legendär war Irinas Kakao. Sie kochte ihn aus Milch, Schlagsahne und Blockschokolade auf einem alten Herdfeuer in einem verbeulten Topf. Eine Tasse von ihrem Kakao sättigte für Stunden und wärmte das Herz für viele Tage. Die Atmosphäre war nicht allein der Einrichtung zu verdanken, sondern vor allem Irinas Wesen. Sie plauderte mit ihren Gästen, als würde man sich schon lange kennen, ohne dabei beliebig zu werden oder unangemessen vertraulich. Jahrelang fühlte Valentin sich dort fast wie zu Hause. Und dann zeigte Irina ihnen irgendwann mit zitternden Fingern den Brief ihres Vermieters, dass sie wegen Eigenbedarfs das Café und die darüberliegende Wohnung zu räumen habe. Valentin war hilflos gewesen, weil sie anfing zu weinen, aber auch wegen des Umstands an sich, dass sie ihr Café nach über zwanzig Jahren würde schließen müssen. Es war Daniel gewesen, der auf die rettende Idee kam, sie für das Hotel zu gewinnen. Es hatte sogar perfekt gepasst, denn bis zur Eröffnung des Hotels hatte es nur noch wenige Monate gedauert, sie hatte nahtlos bei ihnen anfangen und sich ihr eigenes Refugium herrichten können.

Sie war also von Anfang an im Boot gewesen. Fürs Erste hatte sie sich ein Apartment im rückwärtigen Teil des Hotels eingerichtet, später war sie in eine kleine Wohnung im Vorderhaus gezogen. Ein bisschen Abstand zwischen Arbeitsplatz und Wohnen sei gesund, meinte sie mit einem Augenzwinkern, auch wenn es nur ein paar Meter Luftlinie seien. Außerdem könne sie von dort aus die Neuankömmlinge abfangen und ins Hotel geleiten. In ihrer Wohnung sah es aus wie vorher in ihrem Café, nur noch ein bisschen vollgestopfter, und Valentin genoss es, sie dort ab und zu unter dem Vorwand einer dienstlichen Besprechung zu besuchen. Es hatte so etwas Vertrautes, denn Irina ließ es sich nicht nehmen, ihm dann einen Kakao zuzubereiten, wie in alten Zeiten. Irina war es auch gewesen, die Daniel informiert hatte, als Valentin sich nach dem Tod seiner Mutter in einem Zimmer verschanzt hatte. Damit hatte sie wieder ihr Feingefühl bewiesen, denn Valentin hätte mit niemand anderem sprechen wollen als mit Daniel.

Unterstützung bei der Rekrutierung von Gästen zu finden, war hingegen nicht ganz so leicht gewesen. Valentin erinnerte sich noch gut, wie er seinem ersten Seminar gegenübergesessen und in die Gesichter der Studenten geblickt hatte, unsicher, wer von ihnen vertrauenswürdig genug war, dass man ihm das Geheimnis des Hotels anvertrauen konnte. Was, wenn er sich falsch entschied? Wenn es einer von ihnen irgendwo ausposaunte? Es war nur eine Handvoll Studenten, die er letztlich einweihte. Jeder von ihnen wurde einer Reihe psychologischer Tests unterzogen, bevor Valentin ihn in den inneren Kreis aufnahm und ihm die Chance gab, potenzielle Gäste für das Hotel ausfindig zu machen. Voll und ganz vertrauen konnte Valentin ihnen jedoch nie. Er wahrte immer ein gewisses Maß an Distanz, er gehörte einfach nicht zu den Menschen, die sich anderen öffneten. Dafür gab es Irina. Irina war das perfekte Bindeglied zwischen Direktion und Personal. Sie mochte die Bezeichnung »Hausdame«. Sie war es, die schnell anderer Leute Vertrauen gewann, die immer ein offenes Ohr für die Sorgen und Nöte der Mitarbeiterinnen und Mitarbeiter hatte. Irina knackte jede noch so harte Nuss, selbst der Barkeeper wurde in ihrer Gegenwart ganz höflich und handzahm.

Wenn Valentin vorher gewusst hätte, dass er seinen Posten am Fenster würde aufgeben müssen, hätte er mit Irina verabredet, dass sie ihm Bericht erstattete, wenn die transparente Frau angekommen war. Er wollte alles wissen – welche Kleidung sie getragen und welchen Eindruck sie gemacht hatte, was sie zu dem Hotel und zu ihrem Zimmer gesagt hatte! Am liebsten hätte er Irina jetzt geholt und sie vorgeschickt – mit frischen Handtüchern oder unter einem anderen Vorwand. Nur um nachzusehen, ob alles in Ordnung war. Valentin warf einen Blick auf die Uhr. Auch seine Kaffeepause war verstrichen. Wenn er jetzt noch Koffein zu sich nahm, würde er mit Sicherheit am Abend wach liegen. Trotzdem wäre es gut für ihn, eine Pause zu machen – ein heißer Tee, eine Kleinigkeit essen, zwanzig Minuten die Füße hochlegen –, vielleicht auch ein bisschen den Hof im Auge behalten, dachte er.

In der Schwebe

Linda musste eingedämmert sein. Es war jetzt richtig kalt. Ihr Nacken tat weh, vom Wind oder von der steifen Haltung der letzten Stunden. In der Wohnung gegenüber wies nichts darauf hin, dass er in der Zwischenzeit da gewesen war. Für sein Abendessen war es noch etwas zu früh, sie würde sich gedulden müssen. Linda nahm all ihre Kraft zusammen, presste die trockenen Lippen aufeinander, zwang ihre Arme nach oben und versuchte, mit ihren klammen Fingern Halt im Gitter zu finden. Ruckartig zog sie sich noch ein Stück weiter nach vorne. Jetzt konnte sie das gesamte Zimmer gut einsehen. Doch nichts rührte sich, nicht einmal der Saugroboter drehte seine Runden. So weit draußen auf dem Balkon wie jetzt hatte Linda noch nie gelegen, nur ihre Füße waren noch im Hotelzimmer. Obwohl sie sich davor hütete, nach unten zu sehen, spürte sie den Sog, der vom Erdboden ausging. Ein unangenehmes Taubheitsgefühl breitete sich langsam von den Fingerspitzen an in ihrem ganzen Körper aus. Linda beschloss, den Rückzug anzutreten, lockerte ihre einzelnen Glieder, um sich vorsichtig zurück in die Sicherheit des Hotelzimmers zu schieben, da flog plötzlich die Eingangstür seiner Wohnung auf, und er stürmte hinein. Er nahm nicht einmal seine Umhängetasche ab, um sie neben der Tür aufzuhängen. So konfus und planlos hatte Linda ihn noch nie erlebt, als hätte es in seinen Systemen einen Kurzschluss gegeben. Er biss einen Apfel an und legte ihn auf der Anrichte ab, er schaltete den Fernseher ein und kurz darauf wieder aus, nahm den Apfel wieder zur Hand, dann kam er ans Fenster. Wie ein alter knorriger Baum stand er in der Mitte der Glasfront und blickte nach draußen ins Leere – unfokussiert, irgendwie verloren. Ein paar Sekunden stand er still, dann fing er an, hin und her zu laufen wie ein Tier in seinem Käfig. Immer wieder verharrte er kurz am Fenster und starrte hinaus, bevor er die nächste Runde drehte. Plötzlich erstarrte er. So abrupt, wie er das Zimmer betreten hatte, so lief er auch wieder hinaus.

Linda pfiff der kalte Wind um die Nase, doch sie spürte die Kälte nicht mehr. Im Gegenteil, eine wohlige Benommenheit hüllte sie ein und wärmte sie. Sie verwarf ihr Vorhaben, sich zurück in ihr Zimmer zu begeben, und schloss die Augen.

Linda hatte den Mann über Wochen hinweg beobachtet, so lange, bis sie mit Sicherheit hatte sagen können, an welchen Tagen er das Gelände für mehrere Stunden verließ. Sie war fest entschlossen gewesen, sich Zutritt zu seiner Wohnung zu verschaffen. Zuerst hatte sie sich einen Schlüssel besorgt. Ihre Schlüsselkarte hatte sie auf den Gedanken gebracht. In der Regel konnte man diese Art Karten konfigurieren und dabei festlegen, welche Türen sich damit öffnen ließen. Sie brauchte also Zugang zu einem hausinternen Computer. In den ersten Wochen ihres Aufenthaltes war Linda durch das gesamte Gebäude gewandert. Der Raum, auf den sie dabei immer wieder gestoßen war, der einzige, der sich irgendwie von den endlosen Gängen und Nischen abhob, war die Rezeption. Sie zu finden, war Linda mittlerweile ein Leichtes; sie hatte gelernt, wie man sich am besten durch das Gebäude bewegte. Der Trick war, sich keine genauen Wege zu merken und auf ihnen zu beharren – man musste sich vielmehr dem Hotel anvertrauen, sich grob in die gewünschte Richtung treiben lassen, ohne nervös zu werden, wenn sich unvorhergesehene Umwege ergaben. Mit etwas Zuversicht führte einen das Hotel früher oder später dorthin, wohin man wollte. Die

Räume selbst blieben Lindas Ansicht nach an derselben Stelle im Gebäude – nur die Laufwege verschoben sich. Als sie erst einmal die Rezeption erreicht hatte, war es geradezu lächerlich einfach gewesen. Der Computer war frei zugänglich gewesen, die Software selbsterklärend: Linda hatte ihre Karte eingelesen und im Pop-up-Menü das Feld »uneingeschränkt« ausgewählt.

Als sie den Mann das nächste Mal mit seinem Wagen hatte davonfahren sehen, war sie zu seiner Wohnung geeilt. Mit klopfendem Herzen hielt sie ihre Karte vor den Öffnungsmechanismus und hörte das leise Klicken, als die Tür aufsprang. Schnell schlüpfte Linda hinein. Sie ahmte seine Abläufe nach, hängte in Gedanken eine Tasche an den Haken und einen Mantel in den Schrank, ging die Wege ab, wie er sie später gehen würde, zur Kaffeemaschine, zum Sofa und schließlich zum Stehtisch am Fenster. Von hier aus lag das Hotel in beeindruckender Schönheit vor ihr, sie erblickte die Kuppel aus Glas und konnte sogar den vorderen Teil des Balkons an ihrem Zimmer erkennen. Beim ersten Mal blieb sie nur eine Viertelstunde, bei ihrem zweiten Besuch war sie wagemutiger. Sie hängte ihre Jacke in den Schrank, legte ihren Schlüssel in die Obstschale und schlüpfte in die bereitstehenden Pantoffeln, die ihr wie angegossen passten. Sie kuschelte sich auf das Sofa und nippte an ihrem Kaffee, den sie sich in einem Pappbecher mitgebracht hatte. Anschließend sah sie sich überall um. Außer dem Wohnzimmer gab es noch das Schlafzimmer und ein großzügiges Bad, alles sehr clean und aufgeräumt. Auch in den Schränken lag alles akkurat gefaltet übereinander und war nach Farben und Größen sortiert. Ein weißer Wandschrank war von oben bis unten gefüllt mit Puzzlespielen. Linda trank ihren Kaffee am Stehtisch am Fenster aus, den Blick auf ihren Balkon gerichtet. Erst eine halbe Stunde, bevor sie mit seiner Rückkehr rechnen musste, hatte sie alles aufgeräumt und sich wieder aus der Wohnung geschlichen.

Am liebsten hätte Linda jetzt die Seiten getauscht, wäre vom Balkon in sein Wohnzimmer gewechselt, hätte sich einfach dort auf das Sofa gesetzt, den Blick zur Tür gerichtet und darauf gewartet, dass er nach Hause kam.

Das gläserne Zimmer

Valentin war wütend. Warum war er nicht gleich darauf gekommen? Wertvolle Minuten hatte er in seiner Wohnung vergeudet. Dabei gab es doch genügend leer stehende Zimmer im Hotel, von denen aus er einen Blick in ihr Fenster werfen konnte! Die beste Sicht bot zweifellos das gläserne Zimmer. Er eilte an der Rezeption vorüber, schnappte sich im Vorbeigehen das Spitzendeckchen vom Tresen und steckte es in seine Umhängetasche. Irina konnte es einfach nicht lassen. Gleich zu Anfang hatte er ihr ein paar dezente Hinweise gegeben, dass die Zierdeckchen nicht zum Stil des Hauses passten, doch Irina ließ sich davon nicht beirren. Ihr Vorrat an diesen Dingern schien endlos zu sein – so viele hatte Valentin bereits eingesammelt und heimlich verschwinden lassen. Doch wie durch Zauberhand tauchten immer wieder neue davon auf, sogar in der Bar hatte er schon welche gefunden. Aber an Irina konnte Valentin einfach kein kritisches Wort richten.

Valentin lief am Fahrstuhl vorbei in Richtung des ersten Treppenaufgangs. Er war nicht gern der Technik ausgeliefert, daher nutzte er Fahrstühle nie, wenn es sich irgendwie vermeiden ließ. Die Gänge des Hotels kannte er wie seine Westentasche; er war so in Fahrt, dass er fast in Nummer 11 hineingestolpert wäre. Die meisten Gäste entwickelten schnell Routinen und Gewohnheiten während ihres Aufenthalts im Hotel. Bemerkenswert fand Valentin, dass sie sich, obwohl sie frei von Beeinflussung und Verpflichtungen waren, schnell selbst Aufgaben auferlegten, eine Struktur, an der sie sich festhielten. Vielleicht waren die Menschen für absolute Freiheit einfach nicht gemacht. Nummer 11 hatte die Gewohnheit, jeden Spätnachmittag trotz der mittlerweile unwirtlichen Temperaturen auf die kleine Terrasse hinauszutreten, die komplett vom Hotelgebäude umschlossen war – eine quadratische Fläche von vielleicht zwölf Quadratmetern, inmitten eines Lichthofs. Eine Stunde lang verrichtete Nummer 11 dort Tai-Chi-Übungen. Valentin wusste das sogar! Er bewegte sich stets mit Vorsicht durch das Haus und nutzte, wo es ging, die verborgenen Gänge des Hotels, um niemandem aus Versehen über den Weg zu laufen. Jetzt wäre er beinahe mit Karacho durch die Glastür auf die Terrasse hinausgestürmt. Im letzten Moment bremste er ab, geriet dabei ins Straucheln und landete unsanft mit dem Gesicht an der Scheibe. Zum Glück hatte Nummer 11 ihm gerade den Rücken zugewandt. Was war nur in ihn gefahren? Er war doch sonst so vorsichtig. Er drückte sich mit dem Rücken flach gegen die Wand neben der Tür und japste nach Luft.

Als sein Atem sich normalisiert hatte, spähte er durch das Türenglas. Nummer 11 schien ihn nicht bemerkt zu haben, so versunken war sie in ihre Choreografie. Valentin sah ihr von seinem Versteck aus zu. Diese fließenden langsamen Bewegungen hatten etwas Beruhigendes an sich. Er bewunderte Präzision. So etwas fand er sonst nur im Fernsehen. Am besten entspannte ihn Profisport – Synchronschwimmen der chinesischen Nationalmannschaft funktionierte hervorragend.

Nummer 11 war seit gut sechs Wochen Gast des Hotels. Von ihrem Vorleben kannte Valentin die groben Fakten aus der Akte. Eine chronisch überarbeitete Börsenmaklerin, nervös, ständig in Sorge, sich zu verspekulieren. Und natürlich war genau das irgendwann passiert – wenn auch ganz anders als vielleicht befürchtet. Sie verspekulierte sich nicht an der Börse, sondern in der Liebe. Zuerst, auf Wolke sieben, stellte sie ihre Lebensweise als Workaholic infrage, gab alles auf, um dann, kurz nach ihrem Umzug von New York nach Berlin, sang- und klanglos sitzen gelassen zu werden. In ihr altes Leben konnte sie nicht zurück, und das neue hatte noch nicht begonnen; kurz: Sie wusste nicht weiter. Die vermeintliche Liebe hatte sie nach Berlin geweht und sie dann sich selbst überlassen. So hatte eine seiner Mitarbeiterinnen sie aufgelesen, ratlos und verloren. Als er die Akte in den Händen gehalten und die Einträge gelesen hatte, hatte sich Valentin wieder einmal darin bestätigt gefühlt, dass die Liebe eine gefährliche Angelegenheit war, von der man sich besser fernhielt.

»Denken Sie nicht, dass sich das Wagnis in manchen Fällen lohnt?«, hatte seine Therapeutin ihn gefragt. »Was war mit Ihren Eltern?«

»Meine Mutter hätte gut daran getan, wenn sie meinen Vater früh genug rausgeworfen hätte«, sagte Valentin ungerührt.

»Aber es gibt doch sicher auch Beispiele von gut funktionierenden Partnerschaften in Ihrem Umfeld?«

Valentin dachte nach. Ja, es gab vermeintlich gut funktionierende Partnerschaften, einige seiner Brüder mit ihren Familien, doch erlebte Valentin sie eigentlich immer in dem Gefühl, gefangen zu sein in Verpflichtungen, zu wenig Zeit für die Dinge zu haben, die sie eigentlich gern tun würden. Sie schienen mehr gehetzt als glücklich zu sein, zu beschäftigt mit Organisatorischem, als dass sie ihre Lebensweise hätten hinterfragen können. Wie oft hatte Daniel mit Liebeskummer in Valentins Zimmer auf dem Fußboden gelegen und gelitten? Die halbe Pubertät hindurch hatten die ungleichen Freunde nebeneinanderliegend dort verbracht. Valentin hatte die Gefühle eines Heranwachsenden aus zweiter Hand miterlebt, die Selbstzweifel, die Schmetterlinge, die Desillusionierung, die Tonnen an Schokolade, die nötig waren. Nein, er hatte diese Berg- und Talfahrt der Gefühle nie verlockend gefunden.

Valentin wartete, bis Nummer 11 ihre Übungen beendet und die Terrasse verlassen hatte. Nur wenige Tage war sie im Hotel tatenlos gewesen, dann hatte sie mit dem morgendlichen Joggen angefangen, und seit gut drei Wochen machte sie ihre Thai-Chi-Übungen. Valentin vermutete, dass sie das Hotel bald nicht mehr brauchen würde. Sie war sicher niemand, der lange in Lethargie versank. Er warf einen Blick an den Himmel – immer noch kein Regen. Die Wolken wirkten massig und schwer, wie kurz vor dem Bersten. Valentin überquerte rasch die Terrasse und schlüpfte in einen der verborgenen Gänge. Er würde jetzt nichts mehr riskieren. Bald darauf gelangte er zu der Röhre, die senkrecht nach oben führte. Der Durchmesser war gerade groß genug, dass Valentin bequem die in die Wand eingelassenen Sprossen hinaufsteigen konnte. Lehnte er sich dabei zu weit nach hinten, berührte er mit dem Rücken die Röhrenwand. Metallgriffe an den Seiten boten ihm Halt, und so erklomm er Sprosse für Sprosse.

Der Moment, in dem sein Kopf oben aus der Röhre hervorkam, raubte ihm jedes Mal aufs Neue den Atem. Die gläserne Kuppel erhob sich direkt über ihm. Es war, als stemmte er sich dem Himmel entgegen. Valentin wurde flau im Magen. Er zog automatisch den Kopf ein, als er sich aus der Röhre hinausschob und im Innern der Kuppel aufrichtete. Hier hatte er nun den vollen Blick in den Himmel. Die Wolken hatten sich noch dunkler und dichter zusammengeballt. Ein paar lose Herbstblätter fegten über das Glas hinweg.

Das gläserne Zimmer war kreisrund und hatte einen Durchmesser von genau sechs Metern. Die Außenwand lief 1,80 Meter gerade nach oben, erst dann wölbte sich der Rest zur Kuppel über dem Zimmer. Ein Holzgeländer umlief das gesamte Rondell in Hüfthöhe. An manchen Stellen waren Ziffern eingraviert. Sie bezeichneten die Nummern der Zimmer, deren Fenster man aus dieser Position im Blick hatte. Valentin brauchte die Markierungen nicht, er kannte alles auswendig. Die Schritte bis zum Geländer kosteten ihn Überwindung. Denn was er beim Entwurf und während des Bauens als therapeutisch betrachtet hatte an diesem gläsernen Zimmer in luftiger Höhe, von dem er als Kind geträumt hatte, erfüllte in der Wirklichkeit nicht die Erwartungen. Es war zu hell, zu luftig, zu offen nach allen Seiten. Jedes Mal, wenn Valentin hier stand, senkte sich die Einsamkeit wie eine Last auf seine Schultern. Wobei Einsamkeit es nicht richtig beschrieb, vielmehr ergriff ihn schlagartig eine unbeschreibliche Hoffnungslosigkeit, eine Sehnsucht, ohne dass er hätte sagen können, wonach. Das hätte er natürlich niemals zugegeben. Im Gegenteil, er quälte sich sogar regelmäßig hier herauf, wie um zu beweisen, dass der Bau des gläsernen Zimmers eine gute Idee gewesen war. Man könnte mich hier oben einfach wegpusten, mit einem guten Zielfernrohr könnte man von jedem der umliegenden Dächer auf mich schießen, dachte er, ohne eine konkrete Idee davon zu haben, wer auf ihn eine Waffe hätte richten sollen.

Einzig wenn es regnete, ließ Valentin alles stehen und liegen, um sich ins gläserne Zimmer zu begeben, sich direkt neben der Röhrenöffnung auf den Boden zu legen und dem Pladdern und vielstimmigen Klingen der Tropfen auf der gläsernen Kuppel zuzuhören – es war wunderbar. Dieses Konzert hätte er jetzt gut brauchen können zum Regenerieren. Doch noch immer fiel nicht ein einziger Tropfen Regen. Nervös trat Valentin nach vorn an die Scheibe und blickte auf das große Fenster von Zimmer 47. Es lag nur wenige Meter Luftlinie entfernt, zwei Stockwerke tiefer. Der Vorhang war zur Hälfte zugezogen. Ob sie im Bett lag und las? Nichts wies darauf hin, dass jemand im Zimmer war, kein Licht brannte, nichts veränderte sich. Valentin stand lange dort und wartete. Er bemerkte nicht einmal, wie das letzte Licht des Tages verschwand.

Seifenblasen

Hempel war eingenickt. Als er zu sich kam, dauerte es einen Moment, bis ihm einfiel, wo er sich befand. Kein Geräusch drang zu ihm, und die Leere um ihn herum war wohltuend nichtssagend. Die Lichtverhältnisse hatten sich nicht merklich verändert; er hätte nicht sagen können, ob nur ein paar Minuten oder bereits Stunden verstrichen waren, seit er auf dieses versteckte Zimmer gestoßen war. Es schien, als wäre das Gebäude – abgesehen von ihm – verlassen. Ob die beiden Typen hier irgendwo herumliefen und ihn suchten? Falls ja, hatten sie mittlerweile hoffentlich aufgegeben, dachte Hempel, dann könnte er sich ungesehen aus dem Staub machen. Er zog sein Handy hervor: Es war kurz vor 19 Uhr. Elfie würde sich gerade zurechtmachen, um mit den Frauen vom Hamam ins Restaurant zu wechseln. Sollte er zu ihr fahren, alles gestehen, auf Vergebung hoffen? Wurde Ehrlichkeit, wenn auch sehr späte, einem nicht positiv angerechnet? Hempel malte sich die Situation aus: Elfie sitzt mit ihren Freundinnen, ganz entspannt vom Dampfbad, um den runden Tisch im Restaurant. Sie haben einen besonderen Aperitif bestellt und erheben gerade ihre Gläser auf Martha, als Hempel wie ein Häufchen Elend in der Tür auftaucht, der bewundernswerte Freund, der doch angeblich gerade hoch oben in der Luft ist, um sich den Traum seines Lebens zu erfüllen, und der jetzt kleinlaut vor versammelter Frauenschaft gesteht, dass alles gelogen war. *Ich erkläre dir alles, wenn ich angekommen bin,* hatte er geschrieben. Seine einzige Möglichkeit, nichts erklären zu müssen, war also die, niemals anzukommen, schon gar nicht in dem Restaurant, in dem Elfie mit ihren Freundinnen saß und Martha feierte, nein, ganz besonders nicht dort.

Durch das lange Sitzen in dieser gekrümmten Haltung auf dem Boden konnte Hempel sich nur mit Mühe bewegen, sein ganzer Körper schien eingeschlafen zu sein, Schmerzen fuhren wie kleine Stromstöße in seine verspannten Rückenmuskeln. Er kroch auf allen vieren zurück zur Öffnung in der Wand, schob sich nach draußen in den Gang und versuchte, sich aufzurichten. Genau in diesem Moment rannte jemand in ihn hinein und warf ihn zu Boden. Irgendetwas bohrte sich schmerzhaft in seine Zehen. Wie von Ferne hörte er sein eigenes Aufjaulen.

»Oh, Entschuldigung, das tut mir leid. Sind Sie verletzt?«

Die raue, tiefe Stimme gehörte einer Frau, die Hempel zunächst nicht sehen konnte, weil ihm schwarz vor Augen war und glitzernde Sterne auf und ab tanzten. Allmählich nahm die Gestalt in dem Sternchenregen Form an, er sah schmale Lippen, die leicht ausgemergelt wirkende Haut, zu der die Sommersprossen kaum zu passen schienen, die Schatten unter den braunen Augen. Sie hätte hübsch sein können, dachte er, hätte sie nicht diesen verkniffenen, abgekämpften Zug um den Mund gehabt, durch den sie vermutlich älter wirkte, als sie war.

»Nicht so schlimm«, sagte Hempel, winselte aber bei dem Versuch aufzustehen. Sie half ihm hoch. Ihr Handgriff war überraschend stark und zupackend.

»Sind Sie Polizistin?«, fragte er.

»Nein, Professorin«, antwortete sie.

Er murmelte: »Das passt auch.«

»Können Sie auftreten?«, fragte sie.

Hempel belastete den rechten Fuß. Es tat kaum noch weh, dennoch verzog er das Gesicht. Er kniff die Lippen zusammen und wimmerte: »Können Sie mir vielleicht nach draußen helfen?«

Sie hakte ihn unter und führte ihn den Flur entlang um eine Ecke bis zu einem Fahrstuhl, dessen Tür kaum zu erkennen war. Die Frau schien keine Orientierungsprobleme zu haben. Hempel hinkte leicht. Sein Fuß tat kaum noch weh, aber so vieles andere schmerzte ihn, dass es ganz richtig schien, dem durch das Humpeln Ausdruck zu verleihen.

»Wohin möchten Sie denn?«, fragte sie.

Er stutzte, bevor er wahrheitsgemäß sagte: »Ich habe keine Ahnung, erst einmal raus.« Er geriet ins Wanken, sein Kreislauf kam ins Trudeln. »Vielleicht sollte ich etwas essen«, meinte er.

»Ich wollte gerade in die Bar.«

Mit diesen Worten nahm sie ihn ins Schlepptau, und Hempel ließ es geschehen. Sie schien sich im Hotel auszukennen, denn sie gelangten ohne Umwege auf den Hof und von dort zwischen den Häusern hindurch nach vorne zur Straße. Die Frau hielt ausgerechnet auf die Hotel-Bar zu. Hempel wäre lieber woanders hingegangen, wollte der Frau aber nicht erklären müssen, warum er den Besuch der Bar scheute. Außerdem bestanden draußen andere Gefahren. In Berlin traf man immer dann zufällig Bekannte auf der Straße, wenn man es am wenigsten erwartete oder gebrauchen konnte, und Hempel wusste immer noch nicht genau, wo in der Stadt er sich eigentlich befand.

Es waren noch nicht sehr viele Gäste in der Bar. Hempels Blick wanderte zur Theke, wo eine Kellnerin am Zapfhahn stand und sich mit einem Gast unterhielt. Hastig suchte er mit den Augen den Raum ab – konnte aber weder Juri noch den Fahrer entdecken. Trotzdem blieb er wachsam. Die Professorin lotste ihn an einen kleinen Tisch in einer dunklen Nische. Hempel suchte sich den Sessel aus, der mit dem Rücken zur Bar stand – sollten die beiden Männer doch noch auftauchen, würden sie ihn so wenigstens nicht gleich entdecken. Hier in der Bar würden sie ihn wohl sowieso nicht vermuten – welcher Idiot türmte schon und setzte sich dann in die Bar seiner Verfolger? Eigentlich genial, dachte Hempel, wenn sie ihn suchten, dann bestimmt nicht hier.

Er versank in den weichen Polstern, die sich perfekt seinem Körper anpassten – ein Sitzmöbel, das man so schnell nicht wieder verließ. Die Professorin nahm ihm gegenüber Platz und steckte sich noch im Hinsetzen eine Zigarette an. Mit übereinandergeschlagenen Beinen blickte sie Hempel durchdringend an. Auf dem Tisch standen ein Aschenbecher und eine Schale mit Erdnüssen, über die Hempel sich hungrig hermachte.

»Wohnen Sie im Hotel?«, versuchte er die etwas angespannte Stimmung zu durchbrechen.

»Ich bin heute angekommen, und Sie?«

»Ich bin hier gestrandet. Aber ich habe kein Zimmer«, sagte er.

»Ist das Hotel etwa ausgebucht? Ich bin außer Ihnen und einer Mitarbeiterin bisher niemandem begegnet.«

»Ich weiß nicht«, meinte Hempel vage, »ein Bekannter hat mich hergebracht.«

»Und wo ist Ihr Bekannter jetzt?«

Hempel zuckte die Schultern.

»Sie wissen nicht gerade viel, wie?«

Sie rauchte auf eine besonders abtörnende Art und Weise, nahm hektische, tiefe Züge, behielt den Rauch lange in der Lunge und stieß ihn in ebenso langen Zügen durch die Nase wieder aus. Hempel wurde allein vom Zugucken übel. Ihre rötlich schimmernden Haare waren zu einem zerzausten Zopf nach hinten geknuddelt, wirre Strähnen hingen heraus. Sie sah vernachlässigt aus, als schenkte sie ihrem Äußeren nicht viel Aufmerksamkeit. Elfie hätte am wenigsten Verständnis für ihre Fingernägel aufgebracht, die kurz geschnitten und unlackiert waren. An einigen von ihnen meinte Hempel sogar Knabberspuren auszumachen.

Nach kurzer Zeit waren alle Nüsschen aufgegessen und Hempel noch hungriger als vorher. Eine Karte für Speisen oder Getränke gab es nicht. Neben ihm räusperte sich jemand lautstark. Hempel zuckte zusammen. Es war die Kellnerin, die auf sich aufmerksam machte.

»Haben Sie Schnitzel?«, fragte Hempel, »ich sterbe vor Hunger.«

»Wir dürfen nichts Gebratenes verkaufen, sonst dürfte man hier nicht rauchen«, erwiderte sie mit einem Kopfnicken hin zur rauchenden Professorin.

»Hervorragende Prioritäten«, sagte die ungerührt und nahm einen tiefen Zug.

»Heißt das, es gibt überhaupt nichts zu essen?« Hempel würde jeden Moment in Ohnmacht fallen, wenn er weiter Zigarettenqualm einatmete und nichts in den Magen bekam. »Wollen wir woanders hingehen?«, wandte er sich seiner Begleiterin zu.

»Nein, wollen wir nicht«, antwortete sie und sagte zur Kellnerin: »Wir nehmen zwei Wodka.«

Als Hempel Anstalten machte aufzustehen, fasste sie ihn am Arm: »Setzen Sie sich«, forderte sie ihn auf. Zur Kellnerin sagte sie: »Bringen Sie ihm um Himmels Willen irgendwas Essbares.« Ihre Stimme erlaubte keinen Widerspruch.

Hempel sackte in den Sessel zurück. Es war ihm peinlich, dass er so einen jämmerlichen Eindruck machte, aber vor Hunger konnte er keinen klaren Gedanken fassen. Elfie lag eben doch richtig mit dem Unterzuckern. Elfie. Hempel blickte auf die Uhr auf seinem Handy. 19.30 Uhr. In zweieinhalb Stunden würde seine Maschine in New York landen. Zweieinhalb Stunden, bis er sich bei Elfie melden und ihr eine plausible Erklärung für sein Verschwinden am Flughafen präsentieren musste. Dann musste er alles beichten – oder sich vorher noch eine Geschichte einfallen lassen. Eine gute Geschichte. Seine Lage hatte sich wahrlich nicht gebessert, seit er den Flughafen verlassen hatte. Hempel musste laut geseufzt haben, denn die Professorin blickte ihn mit einer

Mischung aus Mitleid und Geringschätzung an. Sie schwieg und rauchte, bis die Kellnerin mit zwei kleinen Wassergläsern Wodka und einer großen Schüssel Nachos samt Dips zurückkehrte.

Die Professorin sah Hempel zu, wie er die Hälfte davon gierig in sich hineinschaufelte, dabei nippte sie an ihrem Glas, ohne eine Miene zu verziehen.

»Also, was ist mit Ihnen los?«, fragte sie schließlich.

Hempels Mund fühlte sich wund an, die Chips hatten seinen Gaumen zerkratzt, und das Chiligewürz brannte an den kleinen Verletzungen. Wenigstens sein Hunger war einigermaßen gestillt. Er trank einen Schluck Wodka und schüttelte sich. Hempel trank eigentlich nur Bier, und das auch nur in Maßen. Eine Flasche am Abend reichte ihm völlig, maximal zwei, oder er nahm eines von Elfies mit undefinierbaren Aromen versetzten Sektmischgetränken. Hochprozentiges rührte er nicht an; ab einer gewissen Umdrehung schmeckte für ihn alles nach Benzin. Doch jetzt war er fast dankbar dafür, wie der Schnaps ihm den Mundraum und die Kehle betäubte – wenigstens zum Desinfizieren war es gut.

Die Professorin blickte ihn abwartend an, während sie per Handzeichen Richtung Theke eine weitere Runde bestellte. Etwas in ihm sträubte sich dagegen, sich ihr anzuvertrauen. Sie strahlte nicht gerade besondere Fürsorge aus. Aber er wusste einfach nicht mehr weiter. Als Professorin musste sie doch ein abgeschlossenes Studium haben – vielleicht wusste sie einen Ausweg? Zaghaft erklärte er: »Ich sollte jetzt in einem Flugzeug nach New York sitzen. Meine Freundin denkt auch, dass ich im Flugzeug bin, und bald landet es in New York, und ich bin nicht drin. Ich bin nicht drin, verstehen Sie?« Bei den letzten Worten war er laut geworden, sodass sich die Leute am Nachbartisch neugierig zu ihnen umdrehten.

Die Professorin sah ihn schweigend an. Der Qualm ihrer Zigarette umspielte ihr Gesicht und ließ sie wie ein Wesen aus einer anderen Sphäre aussehen, einer geheimnisvollen Welt, in der alles möglich war. Konnte sie Hempels Probleme lösen? Er ließ seinen inneren Widerstand fallen und erzählte ihr alles. Von Anfang an. Er erzählte davon, wie Elfie in sein Leben getreten war, wie er ihr unbedingt hatte gefallen wollen und deshalb den Traum vom Marathon in New York erfunden hatte. Er habe keine Wahl gehabt, sagte er. Es fiel ihm schwer, die passenden Worte zu finden.

»Es war ein neues Gefühl, wissen Sie? Elfie hat Überzeugungen, hinter denen sie steht, das spürt man sofort. Mit ihr hat sich plötzlich alles so sinnvoll angefühlt, das wollte ich nicht vermasseln. Ich wollte sie für mich gewinnen, wollte, dass wir uns wiedersehen. Weiter als bis dahin habe ich nicht gedacht.«

»Wie lange kennen Sie sich jetzt?«

»Vier Jahre. Die besten Jahre meines Lebens.«

»Und waren es auch die besten Jahre für Ihre Freundin?«

Hempel schwieg verunsichert.

»Warum haben Sie nicht einfach für den Marathon trainiert?«, fragte die Professorin weiter.

»Ich konnte doch nicht damit rechnen, dass ich einen Startplatz bekomme.«

Sie brummte unzufrieden. »Seit wann wissen Sie denn, dass Sie beim Marathon mitlaufen dürfen?«

»Seit ein paar Monaten«, gestand Hempel. »Ich habe versucht, mit dem Laufen anzufangen, ehrlich, aber es ging einfach nicht. Unter Druck habe ich noch nie viel zustande gebracht.«

»Wollte Ihre Freundin nicht mit nach New York fliegen? Sie machen den Eindruck, als hätten Sie Freude an diesen typischen Pärchen-Sachen, und wirken nicht wie jemand, der viel allein unternimmt …«

»Ihre beste Freundin heiratet am Wochenende, und Elfie ist voll eingespannt. Das war schon ihr halbes Leben so abgesprochen – also, dass eine die Hochzeit der anderen organisieren würde.«

»Was für ein Glück für Sie«, sagte sie. Der Spott in ihrer Stimme war nicht zu überhören. »Das erklärt noch nicht, warum Sie jetzt hier sitzen und nicht im Flugzeug.« Als Hempel die Antwort schuldig blieb, fragte sie weiter: »Wann ist der Marathon?«

»In fünf Tagen«, sagte Hempel, »am Sonntag.«

»Ich verstehe immer noch nicht, warum Sie nicht im Flugzeug sind. Haben Sie nicht in Erwägung gezogen, die Tage einfach in New York zu verbummeln und Ihrer Freundin zu erzählen, Sie seien mitgelaufen?«

»Noch eine Lüge mehr?«

»Ach, kommen Sie!«, sagte sie mitleidlos.

Hempel knickte ein. »Ich habe darüber nachgedacht«, gab er kleinlaut zu.

»Natürlich.« Sie lächelte überlegen.

»Aber es geht nicht, keine Chance.« Hempel erklärte ihr, was die Technik mittlerweile alles vermochte, dass sich jede Startnummer tracken und live verfolgen ließ. »Elfie hatte heute Morgen kleine amerikanische Flaggen auf ihren Fingernägeln, verstehen Sie? Sie wird am Sonntag hautnah dabei sein. Sie wird gerade ihren Kater von der Hochzeitsfeier ausgeschlafen haben und mit einem Stars-and-Stripes-Schlafanzug auf ihrem Sofa sitzen und alles live auf ihrem riesigen Bildschirm verfolgen. Sie möchte es sogar aufnehmen, damit wir es uns später zusammen anschauen können.«

Er sah es vor sich. Elfie würde den Cocktail, den sie sich für seinen Zieleinlauf bereitgestellt hätte, einen Cosmopolitan oder Manhattan, unberührt stehen lassen, kein Konfetti werfen, die extra angefertigten glitzernden Pompons würden nicht zum Einsatz kommen, die Sandwiches und Mini-Burger, die sie vorbereitet hätte, würden nach Scheitern und Versagen schmecken. Jeder, der ihm beim Laufen zusah, würde erkennen, dass er nicht trainiert genug war, um einen Marathon durchzuhalten.

Hempel erzählte der Professorin, was beim Check-in am Morgen geschehen war. Dass er die Chance zur Flucht genutzt habe, ohne richtig darüber nachzudenken, und dass er jetzt nicht einmal mehr als Loser aus New York zu Elfie zurückkehren könne, sondern ihr gestehen müsse, dass der ganze Traum eine Lüge gewesen sei. Tiefer und tiefer rutschte Hempel in den Sessel beim Erzählen.

»Denken Sie nicht, sie könnte Ihnen irgendwann verzeihen, wenn Sie ihr die Wahrheit sagen?«

Hempel schüttelte den Kopf. »Wer möchte schon mit einem Lügner und Versager zusammen sein? Ohne Vertrauen geht gar nichts, sagt Elfie immer.«

»Schon mal daran gedacht, dass Sie vielleicht nicht der Richtige für sie sind?«

»Wie meinen Sie das?«

»Na ja, wenn Sie so lange nicht geschafft haben, ihr reinen Wein einzuschenken und Ihre Lüge zu beichten – dann ist die Bindung wohl gar nicht so stark, wie Sie meinen, dann gehören Sie eben einfach nicht zusammen.«

»Nein, nein, nein. Nicht unsere Bindung ist das Problem, ich bin das Problem. Ich wollte ihr so unbedingt gefallen«, sagte Hempel kleinlaut, »und dann hat sich alles verselbstständigt.« Er erinnerte sich an die qualvollen Nächte, in denen er wach neben Elfie gelegen und fieberhaft überlegt hatte, wie er ihr seine Lüge gestehen könnte, wie er sie noch in etwas verwandeln könnte, über das sie beide lachen könnten, das sie sich noch im hohen Alter schmunzelnd erzählen würden, wenn ihre Kinder oder Enkel nach ihrem Kennenlernen fragen würden. Anfangs hatte er wirklich die Absicht gehabt, das zu tun, wenn der richtige Moment gekommen wäre. Doch der richtige Moment war nie gekommen, oder er hatte ihn nicht bemerkt, denn Momente waren flüchtig, sie zogen an einem vorbei wie Seifenblasen im Wind, und ehe man sie richtig sah, waren sie schon zerplatzt. So verstrichen die Wochen, und irgendwann hatte Hempel einfach zu lange gewartet, so lange, dass seine Lüge schon längst nicht mehr als Notlüge, die im Affekt ausgesprochen worden war, durchgegangen wäre. Der Zeitpunkt, an dem man noch darüber hätte lachen können, war in dem Augenblick verstrichen, als er sich zum ersten Mal ein Laufoutfit angezogen und damit losgejoggt war, genau genommen sogar schon früher, als er es im Laden erstanden hatte, als er im Lauffachgeschäft auf einem Laufband zur Probe gelaufen war und seine Füße dabei hatte filmen lassen, um den perfekten Schuh für sich zu finden. Denn wer einen Marathon laufen wollte, der brauchte die richtige Ausrüstung, der machte keine halben Sachen. Und so war es auch keine halbe Lüge gewesen, sondern eine ausgewachsene, ja, eine dicke, fette Lüge, und die konnte man nicht einfach so wieder weglachen.

»Wo ist Ihr Koffer?«, fragte die Professorin.

»Was meinen Sie?«

»Na, Sie werden doch nicht ohne Koffer aufgebrochen sein?«

»Warum ist das wichtig? Der ist vermutlich auf dem Weg nach New York. Ist aber nicht schlimm«, meinte er, »es ist nichts Wichtiges drin.«

Sie schüttelte ungläubig den Kopf: »Sie glauben doch nicht wirklich, dass man einen herrenlosen Koffer in einem Flugzeug lässt?«

»Wie meinen Sie das? Ich bin noch nie geflogen.«

Die Professorin seufzte. »Haben Sie eine Bordkarte?«

»Ja, die habe ich irgendwo …«, murmelte Hempel und fing an, in seinen Jackentaschen zu wühlen.

»Lassen Sie nur, ich brauche sie nicht. Jeder, der eingecheckt und sein Gepäck am Schalter aufgegeben hat, muss beim Besteigen des Flugzeugs seine Bordkarte vorlegen. Was meinen Sie, was man vermutet, wenn jemand sein Gepäck aufgibt, aber dann nicht ins Flugzeug steigt?«

»Worauf wollen Sie hinaus?«

»Haben Sie noch nie von 9/11 gehört?« Sie zeichnete ein eindrucksvolles Szenario, das sich vermutlich am Flughafen abgespielt hatte, als das herrenlose Gepäckstück jemandem aufgefallen war: Lautsprecherdurchsagen, Absperrbänder, aufgeregte Passagiere, Bombenspürhunde, Flugsicherheit, Zoll, Polizei. Hempel wurde schlecht.

»Also, wenn Ihr Koffer ohne Sie im Flugzeug gelandet ist, glaube ich nicht, dass das von Ihrer Freundin unbemerkt geblieben ist. Sicher wurde der Flughafen zeitweise gesperrt. Geben Sie mir Ihr Telefon«, sagte die Professorin im Befehlston.

»Ich bin im Flugmodus«, flüsterte Hempel.

»Das WLAN kann man trotzdem aktivieren.«

Widerwillig reichte Hempel ihr sein Telefon. Virtuos tippte und wischte sie auf dem Display herum. Hempel saß angespannt in seinem Sessel und versuchte, in ihrem Gesicht irgendeine Regung zu erkennen. Einmal zuckte ihre Augenbraue, aber als Hempel nervös nachfragte, was sie gefunden hatte, blieb sie stumm und machte eine Geste, dass er abwarten solle.

Als die Kellnerin an den Tisch kam und zwei gefüllte Gläser abstellte, nahm Hempel eines und kippte es auf Ex hinunter.

»Noch mal dasselbe bitte«, sagte er und sank zurück in die Polster. Es dauerte ewig, bis die Professorin mit der Tipperei aufhörte und ihn ernst anblickte.

»Na los, sagen Sie schon, wie schlimm ist es?«

»Also…«, sagte sie lang gezogen und genoss seine Anspannung sichtlich. »Alles gut. Von dieser Seite haben Sie nichts zu befürchten. Ihr Retter hat offensichtlich daran gedacht und Sie mit Ihrem Koffer aus dem System genommen. Es steht jedenfalls nichts in der Presse über einen Zwischenfall am Flughafen«, sagte sie.

Ein sehr merkwürdiges Geräusch kam aus Hempel heraus, wie Luft, die man aus einem noch nicht zugeknoteten Luftballon entweichen lässt. Er richtete sich im Sitz wieder auf und trank das Glas der Professorin in einem Zug aus.

»Hat Ihnen das etwa Spaß gemacht?«, fragte er.

»Strafe muss sein«, meinte sie ungerührt, sein Handy noch in der Hand. Es war das erste Mal, dass er sie lächeln sah. Sie nahm das Gespräch wieder auf, langsam offenbar ehrlich interessiert. »Nur damit ich das richtig verstehe: Ihre Freundin weiß Ihre Startnummer und kann von zu Hause aus verfolgen, wo Sie sich befinden während des Laufs? Gibt es denn auch Bilder von den Läufern?«

»Es gibt wohl festgelegte Stationen an der Strecke, von denen aus Live-Aufnahmen gesendet werden. Anhand meiner Position müsste sie ziemlich genau voraussagen können, wann ich die Punkte passiere, und nach mir Ausschau halten können.«

Die Professorin nahm wieder sein Handy. Eine ganze Weile verging, in der sie abwechselnd las und auf dem Display herumtippte und -wischte. Ihre Miene verfinsterte sich zusehends.

»Wow!«, entfuhr es ihr plötzlich laut.

»Was denn?«

»Es gibt sogar Freaks, die nichts anderes tun, als nach dem Lauf Bildmaterial zu sichten und mit den gemeldeten Namen abzugleichen, um Betrüger zu entlarven. Sie sind geliefert«, sagte sie ungerührt.

»Taktgefühl ist wohl nicht gerade Ihre Stärke?«

»Ich halte nichts von Euphemismen.«

»Vielleicht verstecke ich mich einfach hier.«

»Und dann?«

Hempel zuckte die Schultern, und die Professorin orderte die nächste Runde Wodka.

»Wenn Sie ihr nicht die Wahrheit sagen wollen, dann müssen Sie in jedem Fall nach New York. Allein wegen der Fotos.«

»Welche Fotos?«

»Nach spätestens einem Tag ist es doch unglaubwürdig, dass Sie ihr noch nicht ein einziges Bild geschickt haben, oder nicht?«

Die winzige Hoffnung, die Hempel in seinem Innersten gehegt hatte, einen passablen Ausweg zu finden, fiel in diesem Moment in sich zusammen. Sie hatte recht. Elfie akzeptierte, dass Hempel kein Freund geschriebener Worte war, dass er keine großen Reden hielt und stets lieber Zuschauer als Akteur war. Aber gerade deshalb hatte sie auf ein Smartphone bestanden, hatte sein antiquiertes Tastenhandy relativ rasch durch ein neues Modell ersetzt, sehr günstig, ein Paar-Tarif. Hempel war es recht gewesen. Ein Bild zu schicken, fiel ihm viel leichter, als eine Nachricht zu schreiben. Beim Schreiben rang er um jedes Wort, aber was sich in der Vorstellung gut anhörte, sah hingeschrieben oft banal aus. Er brauchte ewig für eine einfache Zeile. Elfie hingegen konnte mit einer Hand im Gehen lange Nachrichten tippen, während sie sich nebenher noch mit jemand anderem unterhielt. Als agierten beide Gehirnhälften völlig unabhängig voneinander. Die Worte sprudelten mühelos aus ihr heraus. Hempel rechnete ihr hoch an, dass sie ihn diesbezüglich nicht hatte verbiegen wollen. Sie hatte seine Wortkargheit akzeptiert und ihm das Telefon als Hilfsmittel an die Hand gegeben, um mit ihr per Bild zu kommunizieren. Selbst Emojis benutzte Hempel mittlerweile fast virtuos – es war faszinierend, wie ein einziges Symbol ganze Sätze überflüssig machte. Elfie verstand es, ihm das Leben leichter zu machen, ihn so zu nehmen, wie er war, und trotzdem selbst auf ihre Kosten zu kommen. Sie hatte in den letzten Monaten etliche Bilder von Hempel im Trainingsanzug bekommen, vor, während oder nach seinem vermeintlichen Training, mit hochrotem Kopf und einem in die Luft gereckten Daumen, ab und zu im Gegenlicht des frühen Morgens, manchmal in der herannahenden Dämmerung. Oft hatte er sich aus der Wohnung geschlichen, wenn Elfie noch schlief, und war in den Volkspark getrabt, die kurze Strecke dorthin hatte schon gereicht, dass er auf den Fotos aussah, als hätte er ein beachtliches Training absolviert. Der Verbrauch von Muskelentspannungsbad in ihrem gemeinsamen Haushalt hatte sich vervielfacht, auch Elfie half es, um sich von den Strapazen der Hochzeitsplanung zu erholen. Wie nur hatte Hempel die Fotos vergessen können, als er entschieden hatte, dem Airline-Mitarbeiter zu folgen?

»Sie wird jetzt schon besorgt sein, dass ich ihr noch kein Bild geschickt habe. Wenn ich das nach der Landung nicht nachhole, wird sie wissen, dass irgendwas nicht stimmt. Sie wollte immer schon einmal nach New York, sie hat sich viele Bilder von mir gewünscht …« Wie hatte es nur so weit kommen können? Warum hatte er Elfie nicht direkt die Wahrheit gesagt – dass er keine Träume hatte, keine Ziele, dass es einfach nichts gab, wonach er strebte, das zu erreichen ihm wichtig war?

»Wie spät ist es?«, fragte er die Professorin.

Sie blickte auf sein Handy: »Genau 21 Uhr.«

Eine Stunde noch. In einer Stunde landete seine Maschine in New York.

»Weinen Sie?«

Hempel zuckte zusammen. Verstohlen wischte er sich die Tränen aus den Augenwinkeln, sparte es sich aber, sie zu leugnen. Was kümmerte es ihn, was diese Frau von ihm hielt?

»Hier, trinken Sie«, sagte die Professorin und reichte ihm das nächste volle Glas.

Hempel nahm einen Schluck und drehte sich suchend um, er musste dringend pinkeln. Da entdeckte er diesen Juri hinter der Bar. Bei ihm an der Theke saß der Fahrer und nippte an einem Bier, neben ihm ein weiterer Mann, etwas älter und rundlich. Schnell drehte Hempel sich weg und duckte sich so tief wie möglich unter die Sessellehne.

Herzklopfen

Erschrocken bemerkte Valentin, dass es draußen dunkel geworden war. Wie lange hatte er hier herumgestanden? Im Zimmer seiner transparenten Frau war längst nichts mehr zu erkennen. Enttäuscht ging er zurück zur Mitte der Kuppel, ließ seine Beine in die Röhre hinab und machte sich an den Abstieg. Unten angekommen, klopfte er sich den Schmutz von den Hosenbeinen. Ein Blick auf die Uhr machte klar, dass er heute nicht mehr in einen normalen Ablauf zurückfinden würde. Die Zeit für das Abendessen war verstrichen, und zu so später Stunde vertrug Valentin kein Essen mehr. Wenn er jetzt noch etwas zu sich nahm, würden ihn gewiss die ganze Nacht über Albträume quälen. Eine weitere halbe Stunde Verspätung machte jetzt auch keinen Unterschied mehr. Die Hotel-Bar war seine letzte Chance, die transparente Frau zu finden. Wenn sie dort nicht war, würde er den Barkeeper ausquetschen wegen des Fremden. Und wenn aus ihm nichts herauszubekommen war, dann könnte er ihn wenigstens anbrüllen.

Valentin stand direkt hinter der Schwingtür und lugte durch das Bullauge in den Gastraum. Und wahrhaftig: Dort saß seine transparente Frau. Wärme durchströmte ihn. Er hatte sich nicht in ihr getäuscht, sie brauchte sein Hotel, und mit ihrem Hiersein wurde sie Teil der Hotel-Geschichte, ein Teil von Valentins Geschichte. Ihr auffälliges pinkfarbenes Oberteil irritierte ihn, es passte gar nicht zu ihr. Valentin war so versunken in ihren Anblick, in die Art, wie sie die losen Haarsträhnen zurück hinter das Ohr strich, in ihre absurde Art zu rauchen – sie hielt die Zigarette zwischen Daumen und Zeigefinger und sah aus, als hielte sie die erste Zigarette ihres Lebens in der Hand –, dass es eine ganze Weile dauerte, bis er den Mann ihr gegenüber bemerkte. Offenbar galt ihm ihre ungeteilte Aufmerksamkeit, und Valentin entging nicht, dass sie viel gebannter wirkte als bei seinem letzten Gespräch mit ihr auf der Parkbank. Oder besser gesagt: Sie wirkte anwesender. War das schon ein Effekt seines Hotels? Oder waren die Erzählungen des Fremden so spannend? Der Mann wandte Valentin den Rücken zu und war so tief im Sessel versunken, dass nur die obere Hälfte seines Hinterkopfs zu sehen war. Wer war das? Und was fiel ihm ein, mit seiner transparenten Frau zu reden? Unmittelbar neben Valentins Kopf hämmerte es plötzlich lautstark gegen das Holz. Erschrocken sprang er zur Seite. Gerade rechtzeitig, denn die Tür flog auf und schwang nur Millimeter an seiner Nase vorbei, bevor sie gegen die Wand krachte.

»Wenn Sie nicht aufpassen, haben Sie die Tür bald im Gesicht, Chef«, rief der Barkeeper frech und quetschte sich an Valentin vorbei, in den Händen mehrere kleine Kästen mit leeren Flaschen. Als er mit zwei vollen Kisten in den Händen zurückkam, hatte Valentin sich wieder gefangen. Er stellte sich ihm in den Weg.

»Sollte das eine Drohung sein?«, fragte er forsch.

Der Barkeeper sah ihn übertrieben erstaunt an. »Ich bin nur um Ihr gesundheitliches Wohlergehen besorgt. Sagen Sie später nicht, ich hätte Sie nicht gewarnt.« Er schob Valentin zur Seite und verschwand durch die Schwingtür, bevor dieser etwas erwidern konnte. Am liebsten wäre Valentin ihm hinterhergerannt, um ihn zur Rede zu stellen. Aber wenn seine transparente Frau ihn hier sah, würde sie eins und eins zusammenzählen. Das Risiko, dass sie ihn mit dem Hotel in Zusammenhang brachte, war zu groß. Wenn Valentin an Informationen über sie rankommen wollte, war er wohl oder übel auf die Hilfe des Barkeepers angewiesen. Wäre doch nur Irina da gewesen – aber sie ging nach Feierabend nie in die Bar.

Als der Barkeeper das nächste Mal vorbeikam, hielt Valentin ihn zurück. »Sind die beiden zusammen reingekommen, oder haben sie sich nur zufällig am Tisch getroffen?«

Der Barkeeper blieb neben Valentin stehen und guckte durch das Bullauge der Tür in den Gastraum: »Die Tante im Leopardenprint? Keine Ahnung, Chef.« Dann musterte er Valentin von der Seite mit einem breiten Grinsen.

»Nicht, was Sie denken! Na los, weitermachen«, fuhr Valentin ihn an, und der Barkeeper verschwand immer noch grinsend hinten im Lager.

Irrlichter

Zuerst hatte Friederike keine besondere Lust gehabt, den Jungen mit in die Bar zu nehmen. Aber sein Humpeln, die hängenden Schultern und der verlorene Blick waren so bemitleidenswert gewesen, dass sie sich erbarmt hatte. Es hatte sogar sein Gutes: Es bewahrte sie davor, weiter über sich selbst nachzugrübeln. Denn die Stimme der Vernunft hatte sie längst wieder eingeholt, flüsterte ihr ein, dass sie sofort nach Hause gehen sollte, zu ihrem Mann und ihrem Kind. Ein, zwei Drinks, ein bisschen zuhören, was solls, hatte sie deshalb gedacht.

Trotz der schauderhaften Fassade war es überraschend gemütlich in der Bar, ein Ort, an dem man richtig versacken konnte. Und genau das hatte Friederike vor zu tun. Der erste Wodka rann weich ihre Kehle hinab – über ein Jahr hatte sie nun schon nichts Alkoholisches mehr getrunken. In ihrem Magen wurde es wohlig warm, sie meinte zu fühlen, wie sich der Alkohol in der Blutbahn ausbreitete, alles wurde etwas langsamer, die Gedanken etwas leiser, sie kamen nicht mehr so dicht an Friederike heran.

Nachdem der Junge eine Unmenge an Chips in sich hineingestopft hatte, wirkte er stabiler. Als er von seiner Freundin erzählte, fiel es Friederike schwer, bei der Sache zu bleiben. Eine typische Beziehungsgeschichte, eine kleine Lüge zu Beginn, weil er dachte, er sei nicht interessant genug. Das ist das häufigste Problem, dachte Friederike bei sich. Die Leute befürchteten, sie selbst würden nicht genügen, damit sich jemand für sie begeisterte. Deshalb brauchten sie Filter für ihre Social-Media-Posts oder gar Schönheitskorrekturen, oder sie mussten, in Friederikes Kreisen, die Veröffentlichungen von Kollegen verreißen oder sich am geistigen Eigentum anderer vergreifen, weil sie selbst nicht mit beeindruckenden Theorien oder Standpunkten aufwarten konnten. Alles war Ablenkung und Täuschung, resultierend aus fehlendem Selbstvertrauen. Minderwertigkeitskomplexe und Profilneurosen mussten irgendwie kompensiert werden. Friederike hatte sich immer recht gut abgrenzen können, hatte sich auf sich selbst und ihre Fähigkeiten besonnen, beruflich wie menschlich, und war damit gut gefahren. Sie hatte genug Selbstvertrauen gehabt, um vor sich selbst und vor anderen zu bestehen. Warum gelang ihr das als Mutter nicht? Von Anfang an hatte sie das Gefühl gehabt, zu versagen. Als würde sie etwas imitieren – sie tat nur so, als wäre sie eine Mutter, aber sie fühlte sich nicht so. Sie kippte den nächsten Wodka hinunter und versuchte, sich auf die Worte ihres Gegenübers zu konzentrieren. Seine Geschichte hatte inzwischen skurrile Züge angenommen. Die Männer, die ihn vom Flughafen hergebracht hatten, schienen ihm plötzlich Angst eingejagt zu haben. Immer wieder blickte er sich beim Erzählen hektisch um. Seine Lüge über den großen Traum vom New York Marathon hatte eine eigene Dynamik entwickelt, die sich mittlerweile seiner Kontrolle entzog. Er kicherte hysterisch, dann brach er in sich zusammen. Seine Verzweiflung hatte etwas Entwaffnendes. Die Naivität und Hingabe, mit der er von seiner Freundin erzählte, rührte Friederike – machte sie aber gleichzeitig wütend. Warum hatte er sich nicht einen Ruck gegeben und etwas dafür getan, dass seine Lüge nicht aufflog? Er erzählte seine ganze Geschichte, als wäre sie ihm ohne sein Zutun einfach zugestoßen, ohne auch nur einen Hauch Verantwortung zu übernehmen.

Friederike kannte diesen Ton. Ein paar Jahre an der Uni mit Studenten, die ihre Hausarbeiten nicht pünktlich abgaben oder

zu Prüfungsterminen zu spät bis gar nicht erschienen – sie hatte
schon die abenteuerlichsten Ausreden gehört. Dahinter steckte
immer dieselbe Aussage: Ich kann nichts dafür! In den seltensten
Fällen traf dies zu. Und so war es auch bei ihrem Schützling – er
gestand sich nicht ein, dass er allein die Schuld trug. Er schien
darauf zu warten, dass die ganze Situation ohne sein Eingreifen
deeskalieren würde. Und als Friederike bemerkte, wie er sie ansah, wurde ihr klar, dass er sich durch *sie* Rettung versprach. Ausgerechnet Friederike sollte den Ausweg für ihn kennen, sie, die
selbst knietief im Schlamassel steckte. Wenn der wüsste, wie dünn
der Strohhalm ist, an den er sich da klammert, dachte sie. Völlig
erschöpft vom Erzählen lag er beinahe im Sessel und blickte ab-
wesend ins Nichts, das Wodkaglas in der Hand. Es war randvoll.
Er war beim Trinken nicht hinterhergekommen und hatte mehrmals den Rest seines alten Getränks in das neue, frisch gefüllte
Glas gegossen, sodass es nun überschwappte, wenn er nur huste-
te. Friederike hielt immer noch sein Handy in der Hand. Sie nutzte die Gelegenheit, überflog hastig den Newsfeed: Syrienkrieg,
erster Tweet der Queen, Astronaut im All, Klimawandel, EU-Par-
lament – die Welt hatte weitaus Besseres zu tun, als sich um einen verschwundenen Fluggast oder eine durchgedrehte Mutter
zu kümmern. *Baby allein Café Berlin* gab sie in die Suchmaschine ein und checkte die Ergebnisse: ein schwerer Autounfall in
Mitte, ein Café spricht Hausverbot für Kinder aus, Meldungen
zu Hebammenmangel sowie Artikel über Pränataldiagnostik
wurden angezeigt. Kein ausgesetztes Baby, keine vermisste Professorin, kein verzweifelter, von seiner Frau sitzen gelassener Chi-
rurg. Sie atmete auf.

Ihr Schützling war blass um die Nase, die Haut schimmerte
grünlich. Friederike hätte zwischendrin Wasser bestellen sollen.
Er beugte sich schwerfällig zu ihr nach vorn und murmelte etwas Unverständliches. Er versuchte es noch einmal und deutete

hinter sich zur Bar, und Friederike verstand: Einer seiner »Retter«
war dort aufgetaucht.

»Sagen Sie nicht Retter. Die haben alles nur schlimmer gemacht«, lallte er, und dann: »Mir ist schlecht.« Er versuchte, aus
dem Sessel herauszukommen, doch dieser schien ihn festzuhalten. Es dauerte ewig, bis sich der Junge daraus emporgestemmt
hatte und mit wackeligen Beinen dastand. Er konnte kaum noch
allein gehen, obwohl er genau das beteuerte. Friederike ließ ein
paar Geldscheine auf dem Tisch liegen, hakte ihn unter und brachte ihn erst mal raus aus der Bar.

Sie selbst spürte die Wirkung des Alkohols nach den Monaten
der Abstinenz ebenfalls deutlich. Doch bei jedem Schluck hatte
sie sich Thomas' missbilligendes Gesicht vorgestellt und dadurch
etwas mehr getrunken, als gut für sie war. Sie war wirklich aus
der Übung.

Draußen war es angenehm kühl. Doch wo sollte sie den Jungen hinbringen? Ein Zimmer hatte er nicht, und es gab offensichtlich keinen anderen Ort, an dem er sein konnte oder sollte,
außer in einem Flugzeug Richtung New York.

Er stützte sich mit einem Arm an der Mauer ab und pinkelte
gegen die Hauswand. Na bravo, dachte Friederike. Am liebsten hätte sie ihn stehen lassen und wäre auf ihrem Zimmer verschwunden. Aber sie brachte es nicht über sich, ihn sich selbst zu überlassen. Um zu verhindern, dass er einschlief, schubste sie ihn an:
»Los, wir gehen ein paar Schritte.« Sie wollte sich nicht zu weit
vom Hotel entfernen, also lavierte sie ihn durch den schmalen
Gang auf den Hinterhof, um dort ein paar Runden zu drehen,
bis er wieder halbwegs zu sich kam.

Die frische Luft schien ihm gutzutun, es dauerte nicht lange,
da hatte er sich einigermaßen gefangen. »Was machen wir jetzt?«
Mit seinen Hundeaugen blickte er sie an. Wieder wurde ihr eine
Entscheidung aufgebürdet. Dabei wünschte sie sich selbst jeman-

den an ihrer Seite, den sie das hätte fragen können. Es war doch verrückt: Wenn sie eine komplizierte These hätte diskutieren wollen, hätte sie eine ganze Liste potenzieller Gesprächspartner und Ratgeber in ihrem Kopf gehabt, die sie hätte anrufen können, selbst jetzt zu dieser Uhrzeit – aber für zwischenmenschliche Notlagen fiel ihr niemand ein. Ihr Blick wanderte zum Hotel oder was für ein seltsamer Ort das auch immer sein mochte. Sie blickte hoch zum Balkon, auf dem immer noch eine Gestalt zu liegen schien. Bewegte sie sich? Konnte da wirklich jemand bei diesen Temperaturen so lange auf dem Boden liegen? Mehrere Stunden waren vergangen, seit Friederike die Person entdeckt hatte, und es war ziemlich kalt.

»Was machen wir jetzt?«, fragte ihr Schützling erneut.

»Jetzt holen wir diesen Verrückten da vom Balkon.«

Friederike zog ihn auf das Gebäude zu. Sie stolperten vorwärts durch den spärlich beleuchteten Hof. Friederike wurde das Gefühl nicht los, dass jemand sie verfolgte. Sie blickte sich um, zum Hintereingang der Bar, hinauf zum Hotel – konnte aber niemanden entdecken. Jetzt kriege ich schon Paranoia, dachte sie.

Friederike suchte einen Zugang zum Hotel, der dem Trakt nahe lag, in dem sich das Balkonzimmer befand. Seitlich des Hotels stieß sie auf eine Tür mit einem hellblauen Knauf. Friederike zückte ihre Karte, hielt sie an das blaue Rechteck neben der Tür und war erleichtert, als diese aufsprang.

Auch im Innern des Hotels verließ sie das Gefühl nicht, beobachtet zu werden. Sie nahm eine Abzweigung und blieb unmittelbar hinter der Kurve stehen, wartete einen Moment – und lugte dann vorsichtig um die Ecke in den Gang zurück, aus dem sie gekommen waren. Auch nach verborgenen Kameras hielt sie Ausschau, doch es gab nichts, das irgendwie ungewöhnlich gewirkt hätte. Sie sah nicht einmal Lampen, die Gänge waren von einer indirekten Lichtquelle beleuchtet – oder waren es die Wände selbst, die dieses magisch wirkende Glimmen an die Umgebung abgaben?

»Was machen Sie da?« Ihr Begleiter hatte wieder etwas Farbe im Gesicht, eine unschuldige Röte überzog seine Wangen.

»Alles in Ordnung«, antwortete sie und zog ihn weiter. Er hatte sichtlich Schwierigkeiten damit, geradeaus zu laufen und die Augen offen zu halten; immer wieder stützte er sich an der Wand ab.

Sie irrlichterten durch das Gebäude. Friederike nutzte jede Gelegenheit aus, die sie weiter nach oben führte, manchmal waren es nur zwei kleine Stufen, einmal auch eine lang gezogene schmale Rampe. Die einzelnen Gänge unterschieden sich kaum voneinander. Alles war in Weiß- und Grautönen gestrichen, ab und zu eine Pastellfarbe, aber so unscheinbar, dass man sie sich kaum einprägen konnte. Es gab nichts, anhand dessen Friederike sich hätte orientieren können. Selten nur stießen sie auf Fenster, meistens schmal, von der Hüfte bis zur Decke, eine moderne Art Schießscharten. Es reichte, um sich zu versichern, dass sie auf dem richtigen Weg waren, dass sie sich im Gebäude langsam nach oben arbeiteten. Halb stützte sie den Jungen, halb zog sie ihn vorwärts, einmal fielen sie sogar hin, und als Friederike erschöpft neben ihm im Gang auf dem Boden saß und nach Atem rang, war sie wieder versucht, ihn zurückzulassen und sich aus dem Staub zu machen. Sie kannte ihn ja gar nicht – sollte er sich doch selbst um seine Probleme kümmern!

Ihr Weg hatte sie immer tiefer in das Labyrinth hineingeführt. Ein System hatte Friederike nicht ausmachen können, und so hatte sie den anfänglichen Versuch, beim Abbiegen irgendwelche Schemata einzuhalten, aufgegeben. Sie konnte nicht einmal sagen, ob sie den jetzigen Punkt vorher schon einmal passiert hatten. Türen hatte sie zuerst überhaupt keine entdeckt; mittlerweile konnte Friederike sie recht gut von den Wänden unterscheiden. Die Versuchung, sich einfach neben den Jungen auf den Boden zu legen und zu schlafen, war groß. Aber sie wollte nicht einfach hier auf einem Gang bleiben, wo wer weiß wer vorbeikam, nein, sie wollte in die Sicherheit eines Zimmers, in einen geschützten Raum. Sie mobilisierte ihre letzten Reserven, stand auf und zog am Arm des Jungen, bis er sich wieder aufgerappelt hatte und schwankend an ihrer Seite hing. Hoffentlich muss er sich nicht übergeben, dachte sie, während sie ihn weiterzog. Unbeholfen stolperten sie vorwärts – und gelangten endlich wieder an ein Fenster. Sie waren tatsächlich im obersten Stockwerk angekommen, Friederike entdeckte sogar den Balkon, er war gar nicht weit weg von ihnen. Ganz sicher lag dort ein Mensch. Was, wenn er tot war? Dann wäre Friederike daran schuld, sie hatte ihn schon vor Stunden dort gesehen und da hatte er sich noch bewegt.

»Was ist da?« Der Junge stand neben ihr und starrte angestrengt nach draußen.

»Wir müssen die Tür zu dem Zimmer finden«, sagte sie. Sie war mit ihren Kräften am Ende. »Sie muss irgendwo weiter rechts sein, denke ich.« Friederike tastete sich an der Wand entlang, und tatsächlich dauerte es nicht lange, bis sie eine Tür gefunden hatte. Sie klopfte. Das Geräusch hallte dumpf über den Gang, und Friederike zog unwillkürlich die Schultern ein. Sie wartete. Nichts geschah. Friederike hielt ihre Schlüsselkarte an das Rechteck in der Tür. Es summte, darauf folgte ein mechanisches Klacken – ein Misston, auf den hin sich nichts rührte. Friederike hämmerte lauter und fordernder gegen die Tür. Bestimmt würden gleich die ersten Leute auf dem Flur auftauchen, um sich über den Krach zu beschweren. Unbeirrt trommelte sie gegen das Holz, und gerade als Friederike aufgeben wollte, öffnete sich die Tür.

Flüchtig

Sie waren wie vom Erdboden verschluckt. Valentin hatte nur für einen Moment nicht aufgepasst, hatte seinem Hungergefühl nachgegeben und sich in der Küche der Bar eine Banane genehmigt. Er aß nie in der Öffentlichkeit, doch keinesfalls hatte er seine transparente Frau und den dubiosen Eindringling zu lange aus den Augen lassen wollen. Danach hatte er auf die Toilette gemusst, und da es nur eine geschlossene Kabine gab, die jedoch besetzt war, und Valentin sich niemals an ein Pissoir gestellt hätte, hatte er weitere Minuten verloren. Als er endlich zurückkam zur Schwingtür, waren seine transparente Frau und der fremde Mann verschwunden. »Wo sind sie hin?«, fragte er den vorbeieilenden Barkeeper, der nicht einmal anhielt, sondern nur über die Schulter zurückwarf: »Ihre Freundin? Keine Ahnung, Chef!«

Valentin betrat den Gastraum, durchquerte die Bar und trat durch die Vordertür nach draußen auf den Bürgersteig. Es waren nicht viele Menschen unterwegs. Hier war keine Ausgehmeile, es gab fast nur Wohnhäuser, den Schrottplatz und die Hotel-Bar, dazu zwei kleine Restaurants am anderen Ende der Straße. Valentin wagte sich aus dem Schutz des Hauses heraus und lief ein Stück die Straße entlang, lugte in Hauseingänge und Seitenstraßen. Nirgends entdeckte er seine transparente Frau. Ihr pinkes Wollungetüm wäre schwerlich zu übersehen. Er drehte um und ging bis zu dem dunkel daliegenden Schrottplatz. Waren sie ins Hotel zurückgegangen? Immerhin hatte sie dort ein Zimmer. Plötzlich durchfuhr Valentin ein erschütternder Gedanke: Hatte seine transparente Frau den Schnüffler etwa abgeschleppt?

Dunkelheit

Fast wäre sie eingeschlafen. Die Kälte war in jede Faser ihres Körpers gekrochen und hatte alles angenehm schwer gemacht, die Lichter waren mit der Nacht verschwommen. Linda hatte vergessen, dass irgendetwas aus den Fugen geraten war, dass sie sich immer noch weit draußen auf dem Balkon befand. Dann hörte sie das Klopfen. Es kam von der Tür des Hotelzimmers, und sie konnte es hören, weil die Balkontür immer noch offen stand. Sie versuchte, das Geräusch zu verdrängen, das sie aus ihrer wohligen Höhle der Benommenheit riss. Doch es war durchdringend und hartnäckig. Mit jedem Klopfen schwand die Wärme aus ihrem Körper, spürte Linda die Kälte um sich herum, den eisigen Wind. Es dauerte endlos lange, bis sie sich vom Balkon zurück in das Zimmer geschoben hatte. Alles tat weh, die Finger waren starr vor Kälte, die Füße eingeschlafen, ihr Körper ein einziger fremder Gegenstand aus Schmerz und Taubheit. Doch das Klopfen ließ nicht locker, und irgendwie gelang es ihr, sich mit einem letzten Rest Kraft bis zur Tür zu schleppen und sie zu öffnen. Dann wurde ihr schwarz vor Augen, und sie ließ sich geradewegs in die Dunkelheit fallen.

Auf ein Bier

Er hatte Bruno regelrecht bedrängen müssen, damit er ihm die Hotel-Bar zeigte, in der Juri arbeitete. Jupp selbst wusste keine genaue Adresse. »Hab versprochen, noch bei ihm vorbeizuschauen«, hatte er Bruno versichert, und der Italiener war zwar misstrauisch gewesen, hatte ihn aber hergebracht. Vorher hatte Jupp sich noch bei ihm zum Essen eingeladen. »Das reicht doch bestimmt auch für zwei«, hatte er gesagt, als Bruno sich Pasta kochte, und Bruno war zu höflich gewesen, um ihn zum Gehen aufzufordern. Als Jupp noch in der WG gewohnt hatte, hatten sie Juri hier nie besucht. Er war immer recht einsilbig gewesen, was seinen Job anging. »Eine stinknormale Bar eben. Lohnt nicht, dafür so weit zu fahren«, hatte er stets gesagt. Wenn Jupp sich die wenigen Male in Erinnerung rief, als die Idee in der Luft gelegen hatte, fiel ihm auf, dass Juri jedes Mal ziemlich brüsk abgeblockt und schnell einen anderen Vorschlag ins Spiel gebracht hatte, der verlockender gewesen war. Ja, es kam ihm sogar so vor, als hätte Juri auf jeden Fall verhindern wollen, dass dort bekannte Gesichter auftauchten. »Keinen Bock, in meiner Freizeit auf Arbeit rumzuhängen«, hatte Juri stets abgewinkt. Eigentlich ungewöhnlich für den sonst so feierlaunigen Gesellen, der gerne bis tief in die Nacht von Bar zu Bar zog. Also hatte Jupp beschlossen, dem auf den Grund zu gehen, sich endlich Juris Arbeitsstätte anzusehen und herauszufinden, was er auf dem Kerbholz hatte.

Juri stand gerade hinter der Theke, zapfte Bier und unterhielt sich mit seinem Kumpel an der Bar, als Jupp und Bruno die Bar betraten.

»Was wollt ihr denn hier?«, fuhr er Bruno direkt an und warf Jupp einen finsteren Seitenblick zu.

»Kommt Jungs, ich geb euch ein Bier aus«, meinte Jupp versöhnlich, zog seine Jacke aus und schwang sich auf den freien Barhocker an der Theke. Er würde sein letztes Geld dafür zusammenkratzen müssen, aber Hauptsache, Juri war erst einmal besänftigt.

»Ich trinke nicht während der Arbeit«, sagte Juri.

Auch Bruno machte keine Anstalten, sich hinzusetzen. »Ich bin noch verabredet«, sagte er, klopfte auf die Theke und suchte das Weite.

Juri warf Jupp einen feindseligen Blick zu, als wollte er ihn gleich rausschmeißen oder ihm eine verpassen. Er wirkte noch übellauniger als vorhin in der WG. Er hatte die Fäuste geballt, und die Adern an seinen Armen traten deutlich hervor. Sein Kumpel, der auf dem Barhocker neben Jupp saß, legte ihm besänftigend die Hand auf den Unterarm. »Lass gut sein«, sagte er zu Juri, und dann, zu Jupp gewandt: »Ich nehm das Bier.«

Jupp erinnerte sich daran, ihn ein paarmal in der WG getroffen zu haben, wusste aber nicht mehr, wie er hieß. Seines Wissens arbeiteten sie zusammen. Ob er der Anrufer gewesen war? Es konnte jedenfalls nicht schaden, sich ein bisschen mit ihm zu unterhalten.

Die Kellnerin hatte die ganze Szene verfolgt und blickte Juri fragend an. »Macht doch, was ihr wollt«, blaffte der und verschwand durch die Schwingtür nach hinten. Ungerührt zapfte die Kellnerin zwei große Biere und stellte sie ihnen hin. »Zum Wohl«, sagte Jupp und erhob sein Glas.

Das Fliegengewicht

Sie fiel ihr direkt in die Arme, Friederike konnte die Frau gerade noch auffangen. Ihr schmaler Körper verlor sich in der dicken Daunenjacke, ein Fliegengewicht. Friederike griff unter ihren Armen hindurch um den Brustkorb und zog sie ins Zimmer. Die Füße schleiften über den Boden. Friederike hievte die Frau mühsam auf das Bett und drehte sich zu ihrem Begleiter um. Der stand mit seinen müden Hundeaugen immer noch im Flur vor dem Zimmer. »Komm endlich rein und mach die Tür hinter dir zu«, rief sie ihm zu. Unendlich langsam setzte er sich in Bewegung.

Im Zimmer war es eisig kalt, die Kälte war über Stunden hinweg eingedrungen und hatte alles heruntergekühlt. Draußen mussten mittlerweile Temperaturen um den Gefrierpunkt herrschen. Schnell schloss Friederike die Balkontür. Sie suchte Decken und Kissen zusammen und deckte die Frau mit allem zu, was sie finden konnte. Ihr Begleiter stand teilnahmslos in der Mitte des Zimmers, die Arme hingen an den Seiten hinab. Friederike fuhr ihn an, dass er sich nützlich machen sollte, doch mehr als ein hilfloses Zucken der Schultern kam nicht dabei heraus. Sie wandte sich ab und verschaffte sich einen groben Überblick. Das Zimmer sah mehr wie ein Jugendzimmer denn wie ein Hotelzimmer aus. Die Wände waren bedeckt mit Bildern, Postern, Fotografien, Ausschnitten aus Zeitungen und Zeitschriften. Es gab einen kleinen Kochplatz voller Geschirr, Bücher stapelten sich zu Türmen auf dem Boden, Kleider, Papiere und Stifte lagen herum. »Setz den Wasserkocher auf und schau mal, ob du eine

Kanne und Teebeutel findest!«, sagte Friederike zu ihrem Begleiter. Die konkrete Anweisung verfehlte nicht ihre Wirkung – er setzte sich in Bewegung und durchsuchte die Schränke unter dem Wasserkocher.

Die Finger der Frau bereiteten Friederike Sorge, sie hatten jegliche Farbe verloren und waren eiskalt. Friederike hatte sich einmal die Zehen unterkühlt, als sie bei einem Spaziergang durch Sankt Petersburg die Temperaturen unterschätzt hatte. Sie hatte sie zum Aufwärmen unter warmes Wasser gehalten, was ein schwerer Fehler gewesen war, die Schmerzen waren unerträglich gewesen, wie Tausende Nadelstiche. Also versuchte sie es nun sehr sanft, nahm die Hände der Frau abwechselnd zwischen ihre eigenen und wärmte sie. Ganz allmählich bekam die Haut wieder Farbe, die Frau wimmerte und kam langsam zu sich. Nach einer Weile setzte sie sich im Bett auf und schloss die Finger dankbar um die Tasse Tee, die Friederikes Begleiter ihr brachte. Sie sah ziemlich jung aus. Ihr Gesicht war übersäht mit Sommersprossen, die zum Teil so dicht beieinander lagen, dass man die einzelnen nicht mehr voneinander unterscheiden konnte. Sie wirkte zerbrechlich, vielleicht wegen ihres spindeldürren Körpers, der eher an den eines Mädchens als an den einer Frau erinnerte. Ihre Augen waren von einem sehr hellen verwaschenen Blaugrau.

»Du kannst von Glück sagen, dass du die Finger wieder bewegen kannst«, sagte Friederike streng. »Wie lange wolltest du denn auf dem Balkon liegen bleiben? Bis du ein Eiszapfen bist?«

»Ich muss eingenickt sein. Wie spät ist es?«, fragte sie.

Friederike zog das Handy ihres Begleiters aus der Manteltasche und war selbst überrascht – es war gerade einmal 22 Uhr. Er erstarrte, wurde noch ein bisschen blasser um die Nase und streckte Halt suchend eine Hand aus.

»Was ist denn los?«, fragte die junge Frau.

»Meine Maschine landet in vier Minuten«, sagte er.

Die Frau sah ihn fragend an, aber er schüttelte den Kopf und winkte ab: »Ich brauche frische Luft.« Damit verschwand er nach draußen auf den Balkon.

»Er ist ein bisschen empfindlich«, wandte sich Friederike der jungen Frau zu. Beim Erzählen seiner Geschichte beschränkte Friederike sich auf die Fakten, die gefühlsduseligen Ausschmückungen ließ sie weg. »Und jetzt sitzt seine Freundin in irgendeiner Bar in Berlin, und ihr Handy erinnert sie daran, dass sein Flugzeug in diesem Moment in New York landet. Und sie denkt, er sitzt drin«, schloss sie ihren Bericht. Wie aufs Stichwort gab das Handy in ihrer Hand ein Piepsen von sich.

Die junge Frau wirkte jetzt, wo sie aufgewärmt war, aufmerksam und energiegeladen auf Friederike, etwas rastlos vielleicht, weil sie anfing, im Zimmer umherzulaufen.

»Ich versuche, Beine und Füße wieder zum Leben zu erwecken, sorry, wenn es dich nervt.«

»Kein Problem«, sagte Friederike, »außerdem ist es dein Zimmer.«

Das schien die Bewohnerin jetzt erst zu realisieren. »Richtig, was macht ihr eigentlich hier?«

Friederike zuckte die Schultern. »Der Kleine brauchte eine Trinkpause und frische Luft. Ich habe dich heute Mittag bereits auf dem Balkon liegen sehen und war erschrocken, dass du immer noch dort liegst. Ich dachte, es sei langsam Zeit, dich aufzutauen.«

»Danke«, sagte die junge Frau leise.

In diesem Moment kehrte der Junge vom Balkon zurück. Die Frau trat auf ihn zu.

»Wie heißt du?«, fragte sie.

So sehr wie in diesem Moment hatte Friederike sich lange nicht mehr geschämt. Drei Stunden hatte sie mit ihm verbracht.

Er hatte ihr sein Herz ausgeschüttet, ihr seine Sorgen und Nöte anvertraut, und sie hatte ihn nicht einmal nach seinem Namen gefragt.

Alarmglocken

Valentin befand sich kurz vor einem Kreislaufkollaps. Er stand auf dem Gang vor Zimmer 47 und versuchte, nicht zu hyperventilieren. Er hatte es wirklich getan, hatte gegen alle Regeln verstoßen, die Selbstbeherrschung verloren, keine Kontrolle mehr über sich und die Situation. Er huschte in einen verborgenen Flur und schloss den Zugang hinter sich. Seine Knie zitterten so sehr, dass er sich auf den Boden niederließ, ohne sich darum zu kümmern, was dort alles an Bakterien und Schmutz lauern könnte.

Das Verschwinden seiner transparenten Frau mit diesem Fremden hatte ihn so aus der Bahn geworfen, dass er zu ihrem Zimmer gestürmt war und fordernd gegen ihre Tür geklopft hatte. Obwohl er keine Ahnung hatte, wie er ihr seine Anwesenheit hier im Hotel erklären sollte. Doch niemand hatte auf sein Klopfen reagiert. Und da war ihm die Sicherung durchgebrannt. Die nächsten Handlungen bestanden aus Reflexen, geschahen im Affekt. Sein Gehirn hatte nichts zu melden, als er seine Schlüsselkarte zückte, sie vor die Tür hielt und der Öffnungsmechanismus summte. Erst als die Tür mit einem leisen Klicken aufsprang, setzte sein Verstand wieder ein. Und dennoch schob Valentin, bei vollem Bewusstsein, was er da tat, die Tür auf und schlüpfte ins Zimmer. Atemlose Sekunden lang konnte er sich nicht rühren. Er stand da, horchte und wartete, auf ein entrüstetes Auftauchen der transparenten Frau oder des Fremden, weil Valentin hier ungefragt eingedrungen war. Doch nichts geschah. Erst als er sicher war, dass wirklich niemand da war, schaltete er ein seichtes Licht ein und ging die wenigen Schritte durch den Flur ins Zimmer hinein. Ein Hauch Tabakduft lag in der Luft. Das Zimmer sah unberührt aus; bis auf den achtlos auf den Boden geworfenen Bademantel. Ohne nachzudenken, hob Valentin ihn auf und legte ihn über die Rückenlehne des Stuhls am Schreibtisch. Als ihm einfiel, dass er keine Spuren hinterlassen durfte, nahm er ihn wieder zur Hand, brachte es aber nicht über sich, ihn einfach auf den Boden zu werfen. Er grub seine Nase in das weiche Frottee und trat an den Teil des Fensters, wo der Vorhang zur Seite gezogen war. Er schloss die Augen. Sog den Geruch ein. Und plötzlich stellte er sich vor, welches Bild er jemandem bieten würde, der von der gläsernen Kuppel aus ins Zimmer sehen würde. Valentin hatte den Bademantel fallen lassen, war aus dem Zimmer getürmt, und so kauerte er nun auf dem Boden im verborgenen Flur und wollte am liebsten nie mehr hervorkommen.

Das Kartenhaus

Die Minuten an der frischen Luft hatten Hempel den Kopf wieder halbwegs geradegerückt. Froh darüber, dass er sich die Schilderungen über seine Verfehlungen nicht anhören musste, war er bis nach vorn ans Balkongeländer getreten. Alles wirkte so friedlich da draußen, die vereinzelten Lichter der Stadt in der Dunkelheit, die Stille, die Kühle der herannahenden Nacht. Er schloss die Augen und versuchte sich vorzustellen, dass er in diesem Augenblick den Boden der Vereinigten Staaten von Amerika betrat. Dort wäre es jetzt Nachmittag. Die Lichter verschwammen ihm vor den Augen. Vom Alkohol radikalisiert beschloss er, ab sofort nicht mehr zu lügen. Und nicht nur das – er würde fortan nichts mehr verschweigen. Er würde zu Elfies Wohnung fahren und dort auf sie warten, er würde ihr alles beichten und darauf hoffen, dass sie ihm irgendwann verzeihen konnte. Alles wäre besser als dieses Herumeiern, als sich im Kopf die schlimmsten Szenarien auszumalen, die ihn erwarten würden, wenn Elfie die Wahrheit erfuhr. Mit diesem Entschluss kehrte Hempel ins Hotelzimmer zurück.

Die Frau, die sie vom Balkon heruntergeholt hatten, sah schon viel besser aus. Sie stand aufrecht, kam sogar auf ihn zu, streckte ihm die Hand hin und sagte freundlich: »Ich bin Linda.«

»Bing«, sagte er, »Bing Hempel.«

»Krass«, sagte sie, und sie schüttelten sich die Hand. »Und du meinst, eine Lüge vom großen Marathon-Traum sei dein Problem?«

Das Letzte, was Hempel jetzt wollte, war eine Diskussion über seinen Namen. Zum Glück unterbrach die Professorin Linda, indem sie sich – ungewohnt kleinlaut – als Friederike vorstellte und beiden die Hand schüttelte. Hempel kam es unpassend vor, sie zu duzen, und er nahm sich vor, sie nicht direkt anzusprechen, um das Dilemma zu umgehen. Mit einer betreten gemurmelten Entschuldigung verdrückte sich jetzt die Professorin auf den Balkon. Klar, sie hat ja auch bestimmt eine halbe Stunde keine Zigarette mehr geraucht, dachte Hempel.

Linda ging zu dem Sideboard, auf dem auch der Wasserkocher stand, öffnete eine Schublade und förderte eine Flasche Korn zutage. Ein ordentlicher Schuss davon wanderte in ihren Tee. Fragend hielt sie ihm die Flasche hin.

»Bloß nicht«, wehrte Hempel ab. Ihm war immer noch flau im Magen, und er fühlte sich betrunken.

Sie ließ sich mit ihrer Tasse auf dem Boden vor dem Sofa nieder, lehnte sich an und blickte zu ihm auf. »Diese ganze Marathon-Sache ist doch nicht das Hauptproblem«, meinte sie.

»Was willst du damit sagen?« Langsam fragte sich Hempel, was genau die Professorin ihr erzählt hatte. Warum hatte er überhaupt zwei völlig fremde Frauen in seine Probleme eingeweiht?

»Du heißt also Bing, ja?«

»Was hat das denn mit meinem Problem zu tun?«

»Also, den Namen empfinde ich schon als Problem.«

Sie war unverschämt. Und so sehr ihn das auch ärgerte, sie hatte recht. Wie viele von denen, die ihm im Verlauf seines Lebens versichert hatten, dass sein Name so schlimm doch gar nicht sei, dachten in Wirklichkeit genau das Gegenteil? Die Annes, Christians, Steffis und Alexanders dieser Welt hatten ja keine Ahnung davon, wie es war, als Bing durchs Leben zu gehen. Versteckten ihre Erleichterung, dass dieser Kelch an ihnen selbst vorübergegangen war, hinter scheinheiligen Sätzen wie: »Ist doch viel cooler als so ein Allerweltsname.« Elfies Reaktion hatte sich damals von der anderer abgehoben: Sie hatte es nicht kleingeredet oder verharmlost, sondern sein hartes Los anerkannt. Es war tröstlich gewesen. Zeit seines Lebens hatte Hempel sich für seinen Vornamen geschämt, dabei sagte es doch eigentlich gar nichts über ihn aus, sondern nur über die, die den Namen ausgesucht hatte. Dennoch kam er immer in eine Verteidigungshaltung, wenn jemand seinen Namen thematisierte.

»Für den Namen kann ich nichts. Du heißt ja auch, wie du heißt.«

»Ich sage ja auch nicht, dass es deine Schuld ist. Aber irgendetwas müssen sich deine Eltern dabei gedacht haben. Das macht man doch nicht aus Jux. Ehrlich, wer tut das seinem Kind an? Da würde ich einhaken.«

Es tat gut, mal einen Moment nicht an den Marathon und seine Lüge zu denken. Hempel nahm sich eine Tasse, füllte sie im Badezimmer mit Wasser und setzte sich zu Linda auf den Boden.

Die Professorin kam wieder ins Zimmer und erfüllte es binnen Sekunden mit dem Gestank nach erkaltetem Zigarettenrauch. Sie sah die Flasche Korn auf dem Boden, holte sich ein Zahnputzglas aus dem Badezimmer, und Linda schenkte ihr ein.

»Meine Mutter hat den Namen ausgesucht«, fuhr Hempel fort, erzählte von der Nacht seiner Geburt, von Bing Crosby und der Magie des ersten Schnees.

»Was hat dein Vater dazu gesagt? Hat er kein Veto eingelegt?«, fragte Linda.

»Meine Mutter hat gesagt, ein Musiker würde es verstehen.«

Hempel erinnerte sich nicht an seinen Vater. Er konnte nicht einmal sicher sagen, ob er ihn jemals gesehen hatte. Seine Mutter hatte zwar erzählt, dass sein Vater nach der Geburt da gewesen sei, um sich davon zu überzeugen, dass es beiden gut ging. Aber den Erzählungen seiner Mutter war nicht zu trauen. In ihrem Kopf vermischte sich alles: Erlebnisse von ihr selbst als Kind mit denen ihrer Geschwister und mit den Erlebnissen von Hempel – sie merkte meistens nicht einmal, wenn sie Dinge verwechselte und etwas als ihre eigene Erinnerung ausgab, was eigentlich ihrem Sohn zugestoßen war. Woher sollte er wissen, dass die Dinge, die sie aus seiner Kindheit erzählte, nicht aus dem Leben von jemand ganz anderem stammten, irgendeinem Fremden, der ihr das vielleicht einmal bei einer zufälligen Begegnung im Wartezimmer oder an einer Haltestelle erzählt hatte? Oder ob sie schlicht erfunden waren? Die Aussagen seiner Mutter waren nicht verlässlich, egal, wie sehr sie es auch beteuerte. Er erinnerte sich, dass sie einmal in der Oberstufe seiner Klassenlehrerin bei einer Schulveranstaltung stolz erzählt hatte, Hempel würde nach dem Abitur auf eine Musicalschule gehen. Ausgerechnet er. Das ganze Gespräch über hatte er die Luft angehalten und inständig gehofft, dass sie nicht noch mehr Geschichten erfand. Als er sie später zur Rede stellte, sagte sie unschuldig: »Aber es wäre doch so schön.«

So kursierten auch etliche kleine Anekdoten über seinen Vater, bei denen Hempel nicht wusste, wie viel davon den Tatsachen entsprach. Ihm wäre es lieber gewesen, sein Vater hätte nie von der Schwangerschaft erfahren, wäre mit seiner Trompete weitergezogen und verklungen wie ein Musikstück, ohne zu wissen, dass es einen Sohn gab. Hempel hätte sich weniger wie der Verlassene gefühlt.

In seiner Abwesenheit war der Vater in Hempels Kindheit fast präsenter gewesen, als es ein echter Vater hätte sein können. »Das würde deinem Vater aber nicht gefallen«, war ein typischer Satz seiner Mutter gewesen. Sie hatte nie gesagt, dass ihr selbst irgendetwas gefiel oder nicht gefiel, was er tat, es war immer nur auf den abwesenden Vater bezogen gewesen. Es würde seinem Vater nicht gefallen, wenn Hempel seine Erbsen nicht aufaß, es würde ihm nicht gefallen, wenn Hempel den Klavierunterricht abbrach, es würde seinem Vater ganz bestimmt nicht gefallen, wenn er Mechatroniker wurde. Also hatte Hempel seine Erbsen gegessen, spielte leidlich Klavier und hatte ein Studium im kulturellen Bereich begonnen. Er hatte diesem nicht vorhandenen Vater unbedingt gefallen wollen, und auch als er erwachsen war und er längst keine Hoffnung oder Erwartung mehr hatte, dass dieser ominöse Vater jemals noch einmal auftauchen würde, hatte ihn dieses Bedürfnis, seinen eigenen Lebensweg so zu gestalten, dass dieser Vater stolz auf ihn gewesen wäre, nie ganz verlassen. Im Flur des Hauses seiner Mutter hing ein gerahmtes Bild, das seinen Vater zeigte. Das behauptete sie wenigstens. Es war das einzige Bild, das Hempel von ihm kannte: ein Mann neben einem Zug, ins Gegenlicht blinzelnd, die Hand schützend an die Stirn gelegt. Rolli, Jackett, Jeans – nichts Auffälliges. In der Hand einen Trompetenkoffer. Das Bild hatte auf Hempel immer gewirkt wie aus der Zeit herausgefallen – wäre es in Schwarz-Weiß gewesen, hätte es auch in den 20er-Jahren aufgenommen worden sein können. Als Kind hatte Hempel sich vorgestellt, dass sein Vater mit genau diesem Zug auf dem Bild aus seinem Leben verschwunden war. Es gab keinen Abschiedsbrief, keine Geburtstagsgrüße oder Weihnachtskarten. Ein Lebenskünstler, der seine Freiheit über alles liebte, wie Hempels Mutter es immer romantisierte, selbst dann, als ein 13-Jähriger nach seiner Identität suchte und kein Verständnis dafür aufbringen konnte, dass eine Trompete und ein Vagabunden-Dasein wichtiger sein sollten als ein Besuch bei seinem eigenen Kind.

»Meine Mutter hat aber keine Schuld daran, dass ich behauptet habe, dass ich den Marathon mitlaufen möchte«, sagte Hempel.

»Hat sie nicht?«, antwortete Linda ungerührt.

Die Professorin mischte sich ein: »Man kann eine Mutter nun

wirklich nicht für jede Verfehlung ihrer Kinder verantwortlich machen, nur weil sie sich bei der Geburt für einen fragwürdigen Namen entschieden hat. Wisst ihr eigentlich, wie sich das anfühlt, wenn man vor Schmerzen nicht mehr klar denken kann und dann plötzlich mit Hormonen überschüttet wird? Da ist keiner mehr zurechnungsfähig! Das kann man ihr doch nicht ein Leben lang vorhalten …«

Hempel war von der Heftigkeit ihres Ausbruchs überrascht.

»Wohnt deine Mutter eigentlich auch in Berlin?«, fragte Linda.

»Zwei Stunden von hier, auf dem Land. Warum interessiert dich das?«

»Och, nur so. Du musst das Problem an der Wurzel packen«, sagte Linda.

»Und die Wurzel ist meine Mutter?«

»Also gut«, seufzte sie, »du bestehst also darauf, dass der Marathon das Problem ist. Das ist doch leicht, brich dir ein Bein.«

»Wie soll ich Elfie erklären, dass ich mir hier in Berlin ein Bein gebrochen habe, wo ich ihr doch geschrieben habe, dass ich auf dem Weg nach New York bin?«

»Dann flieg nach New York und brich dir dort ein Bein.«

Hempel würde keinesfalls zugeben, dass er eine Verletzung bereits in Betracht gezogen hatte. Er hatte sogar einiges versucht: hatte waghalsige Überquerungen mehrspuriger Straßen riskiert und einmal fast eine Massenkarambolage verursacht, ohne selbst einen Kratzer davonzutragen. Dieser erste Schritt auf die Straße, wenn Verkehr heranrollte, war ein innerer Kraftakt – und eine Verzweiflungstat, Hempel wollte schließlich nicht gleich sterben. Er hatte recherchiert, dass die meisten Unfälle im Haushalt geschahen, doch Elfies Wohnung war der sicherste Ort, den er kannte, er hätte sich schon mutwillig von einer Leiter stürzen müssen, um sich dort zu verletzen. Also hatte er ein paar Sportarten ausprobiert, denen ein hohes Verletzungsrisiko nachgesagt wurde, hatte ein Probe-Fußballtraining bei einem Verein absolviert, war ohne Knieschützer oder Erfahrung auf Inlineskates ein paar Runden erstaunlich erfolgreich auf dem alten Flugfeld gefahren und hatte sich schließlich vor ein paar Tagen lange in dünner Kleidung den kalten Temperaturen draußen ausgesetzt, um sich eine Lungenentzündung einzufangen oder wenigstens eine tüchtige Erkältung. Nichts davon hatte Früchte getragen, sein Immunsystem arbeitete gegen ihn, und etwas Radikaleres schaffte er nicht, weil er eine Mimose war, was Schmerzen anging. Wenn er wusste, dass seine Hausärztin ihm Blut abnehmen wollte, tat er in der Nacht davor kein Auge zu und sagte den Termin möglichst unter einem Vorwand wieder ab. Wenn er es doch einmal gar nicht umgehen konnte, krampfte er seine Hände um die Armlehnen, drückte die Füße in den Boden und schloss bei der Prozedur die Augen, bis es vorbei war, damit ihm nicht schlecht wurde. Anschließend musste er sich noch mindestens 15 Minuten in die Horizontale begeben, um nicht in Ohnmacht zu fallen. Beim Zahnarzt war er seit Jahren nicht gewesen.

Die Professorin machte auf ihn nicht den Eindruck, als ob sie ein Problem damit hätte, beim Blutabnehmen zuzuschauen – oder bei Operationen am offenen Herzen. Die Idee mit der Verletzung schien ihr zu gefallen, sie hatte so etwas Blutdurstiges im Blick. Sie schien immer noch angriffslustig zu sein, und dann diese Art, wie sie ihn ansah und beide Augenbrauen hob, als würde sie sich zig beeindruckende Unfallszenarien für ihn ausdenken. Oh, sicher wäre sie auch bereit, sie in die Tat umzusetzen – sie wirkte nicht gerade zimperlich. Ich sollte einfach zugeben, dass ich zu feige dafür bin, dachte er. »Das wäre aber doch gelogen«, sagte Hempel.

Die beiden Frauen schauten ihn verblüfft an.

»Bisher war Lügen aber nicht dein Problem«, meinte die Professorin.

»Das ist was ganz anderes.« Hempel wusste nicht, wie er es erklären sollte. In den Traum vom Marathon war er hineingeschlittert. Gut, das Training hatte er vorgetäuscht. Trotzdem erschienen ihm diese Dinge wie Notlügen. Aber eine echte Verletzung herbeiführen, um seine Lüge zu vertuschen? »Elfie würde sich Sorgen machen. Sie würde es sogar fertigbringen, alles stehen und liegen zu lassen, Hochzeitsplanung hin oder her, um zu mir zu fliegen und sich um mich zu kümmern.«

Bereits ein kleines Hüsteln von Hempel reichte aus, dass Elfie eine Hühnersuppe ansetzte und Hustensaft kochte, aus Zwiebeln, Kräutern und Honig, so war es in ihrer Familie seit jeher üblich, und allein die Fürsorge ließ ihn sich jedes Mal besser fühlen.

»Ach, ihr wollt heiraten?«, fragte Linda.

Diesen Part hatte die Professorin bei ihren Ausführungen offensichtlich ausgelassen. Hempel fasste kurz die Fakten rund um Marthas Hochzeit zusammen, erzählte, dass sie sich schon als Kinder gemeinsam ihre Traumhochzeiten bis ins Detail ausgemalt hätten und wie viel Mühe Elfie in die Vorbereitung gesteckt habe. Und dass er ihr das unmöglich verderben könne.

Linda lauschte aufmerksam und blickte ihn begeistert an. »Da hast du doch deine Lösung«, lachte sie.

Hempel verstand nicht.

»Du denkst die ganze Zeit nur darüber nach, wie du die Sache mit dem Marathon durchziehen kannst. Denk doch mal in eine andere Richtung: Welche legitimen Gründe könnte es dafür geben, den Marathon sausen zu lassen?«

»Das mit den Verletzungen hatten wir doch schon abgehakt.«

»Wer redet denn von Verletzungen? Denk doch einmal größer. Denk an positive Gründe.«

»Worauf willst du hinaus? Welche positiven Gründe sollte es dafür geben, einen Flug nach New York vorzutäuschen?«

Sie sah ihn mitleidig an und seufzte. »Hast du wirklich keine Idee? Was könnte deine Freundin dir verzeihen, wenn du es über deinen angeblichen Traum vom Marathon stellst?«

Hempel blickte Hilfe suchend zur Professorin, die dem Gespräch aufmerksam folgte, aber keine Anstalten machte, sich einzumischen.

»Du brauchst einfach nur die *richtige* Ausrede, warum du nicht in New York bist. Einen Traum, der größer ist als der vom Marathon.«

Wovon redete sie bloß? Hatte sie nicht kapiert, dass Hempel mit dem Marathon gar nichts am Hut hatte?

»Ich meine, vielleicht kannst du deinen erfundenen Traum mit dem echten deiner Freundin übertreffen.«

Jetzt konnte die Professorin sich eine Bemerkung doch nicht mehr verkneifen. »Er steht auf dem Schlauch. Mit Andeutungen kommst du da nicht weit«, sagte sie zu Linda, ohne ihre Herablassung zu verbergen.

Wut regte sich in ihm. »Vielleicht könntet ihr mal aufhören, in Rätseln zu sprechen, dann verstehe ich auch, worum es geht.«

Die Professorin seufzte vielsagend und verdrehte die Augen.

Linda erklärte geduldig: »Stell dir doch mal vor, du tauchst ganz plötzlich auf dieser Hochzeit auf, extrem gut angezogen natürlich – und machst ihr einen Heiratsantrag! Nicht so 08/15, nein, wir werden uns schon etwas einfallen lassen, das richtig was hermacht, etwas Ungewöhnliches, Ausgefallenes, ganz großes Kino, verstehst du?« Sie schien richtig aufgeregt zu sein.

Für einen winzigen Augenblick sah Hempel die Rettung vor sich: Champagner, Tauben, Feuerwerk, Fallschirmsprung mit Rosen im Arm, Kniefall, all die Klischees kamen ihm in den Sinn. Dann besann er sich.

»Nein«, sagte er bestimmt.

»Hast du etwas gegen das Heiraten?«, fragte Linda.

»Scheidungskind?«, fragte die Professorin.

»Nein. Alleinerziehende Mutter.«

»Wochenendvater?«, fragte die Professorin.

»Nein, hab nie einen Vater gesehen.« Hempel suchte nach Worten: »Ich kann nicht die eine Lüge durch eine noch größere ersetzen. Die erste verschwindet dadurch ja nicht, ich müsste dann eben irgendeinen anderen Marathon mitlaufen, oder Elfie bringt es fertig, dass ich im nächsten Jahr eine Sondergenehmigung bekomme. Sie schafft alles, was sie will.«

Die beiden Frauen blickten ihn an. Es war die Professorin, die das Wort ergriff: »Irgendwann musst du dich entscheiden, was du tun willst«, sagte sie und wedelte demonstrativ mit seinem Handy. »Beichten oder Marathon. Lange kannst du sie nicht mehr hinhalten.«

»Unter Druck kann ich nichts entscheiden«, sagte er.

»Dann verschaffen wir dir erst mal Zeit«, sagte die Professorin.

»Und wie?«

»Ich brauche mein Telefon. Ich habe es an der Rezeption abgegeben, finde sie aber nicht wieder.«

»Kein Problem«, sagte Linda.

Nur eine Taube

Valentin kauerte voller Scham in seinem Versteck. Doch je länger er dort im Dunkel hockte, umso mehr verwandelte sich die Scham in Wut. Wenn die beiden Pfeifen nicht diesen Fremden ins Hotel gebracht hätten, hätte Valentin nicht seinen Posten verlassen und nicht die Ankunft seiner transparenten Frau im Hotel verpasst. Er hätte den Hof unentwegt im Blick gehabt, er hätte gesehen, ob sie das Hotelzimmer verließ und wann sie wieder zurückkehrte. Er hätte seine Mahlzeiten eingehalten, hätte seine Entspannungspause genommen und wäre niemals in ihr Zimmer eingedrungen. Es ist nichts passiert, versuchte er sich zu beruhigen. Aber er konnte nicht schönreden, was geschehen war, er hatte nur Glück gehabt. Dass ihn niemand erwischt hatte, machte die Sache an sich ja nicht ungeschehen. Er hatte heimlich das Zimmer eines Gastes betreten ohne dessen Einwilligung und ohne zwingende Notwendigkeit. Kein Alarm, kein Brand, keine Überschwemmung. Seine Handlung widersprach allem, was sein Leben ausmachte, allen Werten, an die er glaubte. Er zog seinen Terminplaner aus der Tasche und schaute auf die Uhr. Schlafenszeit. Jetzt könnte er wieder in die Spur kommen. Er könnte die Sport-Zusammenfassung in der Mediathek sehen und sich ins Bett legen. Vielleicht wäre er am Morgen wieder zu einem vernünftigen Gedanken fähig. Wenn doch nur Daniel da gewesen wäre, mit dem er sich hätte beratschlagen können. Wenigstens war morgen Valentins Therapiestunde. Er zog ein gemustertes Origamipapier aus seiner Tasche und begann, es zu falten. Nichts Kompliziertes, nur eine kleine Taube zur Beruhigung.

Tiere aus Papier

Mit traumwandlerischer Sicherheit führte Linda sie durch die Gänge des Hotels. Wenn sie in eine Sackgasse gerieten, drehte sie um und folgte einem anderen Weg. Insgeheim amüsierte sie sich über die nervösen Blicke, die ihre beiden Begleiter einander zuwarfen. Als sie die Rezeption erreichten, konnte sie Friederike ihr Erstaunen darüber deutlich anmerken.

»Na, hab ich zu viel versprochen?«, fragte Linda.

»Ganz und gar nicht«, antwortete Friederike und verschwand im Hinterzimmer.

»Was genau haben Sie denn vor?«, fragte Hempel misstrauisch, als sie mit einem Handy in der Hand wieder zurückkehrte.

»Ich habe einen sehr guten Freund in New York, der sicher rasch ein aktuelles Bild aufnehmen und mir schicken kann – das leitest du deiner Freundin weiter. Langsam dürfte sie ja eine Nachricht von dir erwarten«, antwortete Friederike.

Hempel und Linda sahen sie erwartungsvoll an. Doch Friederike rührte sich nicht, sondern starrte nur auf ihr Handy.

»Was ist los, worauf warten Sie denn?«, drängelte Hempel.

Friederike blickte auf. »Tut mir leid. Aber ich kann es nicht einschalten«, sagte sie.

»Warum nicht?«, fragte Hempel.

»Aus Gründen«, entgegnete sie kühl, verschwand mit dem Telefon wieder im Hinterzimmer und kam mit leeren Händen zu ihnen zurück.

»Und was jetzt?«, fragte Hempel mit einem leicht hysterischen Unterton.

»Schreib ihr. Schreib ihr, der Akku sei gleich leer und dass du dich später meldest. Oder noch besser, schreib ihr, dass irgendwas mit deinem Telefon nicht stimmt, dass es dauernd abstürzt, seit es dir runtergefallen ist, und dass du dich meldest, sobald das Problem behoben ist. Das verschafft dir ein paar Stunden Zeit«, schlug Linda vor.

»Ich weiß nicht.«

»Stell dich mal da an den Tresen.« Friederike zog sein Handy aus ihrer Tasche und deutete damit auf die Rezeption. Linda schob ihn an die gewünschte Stelle, und Friederike drückte ab. Nach einem prüfenden Blick auf das Foto sagte sie: »Schick ihr das. Sag ihr, du ruhst dich erst aus und versuchst dann, jemanden zu finden, der es dir reparieren kann.« Zufrieden zeigte sie Hempel die Aufnahme: Man sah ihn und einen Ausschnitt des Tresens mit der Messingklingel darauf und einem Teil der Postfächer im Hintergrund. Es sah eindeutig nach Hotel aus, ohne zu viel zu zeigen, an jedem Ort der Welt hätte man dieses Bild aufgenommen haben können. Hempel selbst sah unglaublich müde aus und blass.

»Wenn Elfie das sieht, schreibt sie bestimmt gleich, dass ich einen von ihren Müsliriegeln essen soll.« Plötzlich griff er sich hektisch an den Rücken: »Mist. Ich habe meinen Rucksack in der Bar vergessen.«

»Um den kümmern wir uns gleich«, beruhigte Linda ihn, »zuerst helfe ich dir beim Text.«

Als sie die Nachricht zusammen mit dem Foto an Elfie verschickt und das Handy wieder in den Flugmodus gestellt hatten, ließ Linda das Telefon in ihre Tasche gleiten und schickte Hempel mit Friederike in die Bar, um nach dem Rucksack zu schauen.

»Kommst du nicht mit?«, wollte Hempel wissen.

»Ich habe noch etwas zu erledigen«, sagte Linda vage, »ich habe da so eine Idee, aber ich möchte nicht zu viel verraten. Wenn alles klappt, erkläre ich es euch später.«

Sie lotste Friederike und Hempel durch das Gangsystem bis hin zu einer Tür, die aus einem Seitenvorsprung des Gebäudes auf den Hof hinausführte. Linda blickte den beiden nach, wie sie den Hof überquerten und in dem Spalt zwischen den Häusern verschwanden. Dann machte sie sich auf den Weg. Endlich passierte mal was! Sie hatte so lange mit niemandem mehr ein richtiges Gespräch geführt, dass sie ganz vergessen hatte, wie gut das tat. Seit sie den Mann am Fenster zu beobachten begonnen hatte, war das Gefühl, am Leben zu sein, langsam, aber stetig zurückgekehrt. Es war noch keine Woche her, dass sie ihren Kaffee in seinem Wohnzimmer getrunken hatte.

Diesmal tat sie sich schwerer damit, seine Wohnung zu finden. Sie hatte keine Zeit zu verlieren, weshalb sie angespannter und ungeduldiger war als sonst. Außerdem wusste sie nicht, wo er sich gerade aufhielt – er könnte sie jederzeit in der Wohnung überraschen. Es dauerte ewig, bis sie endlich das Zimmer der Papiertiere erreichte. »Vorsicht Starkstrom – Lebensgefahr«, stand auf dem gelben Warnschild an der Tür. Von hier aus war es nicht mehr weit. Linda zückte die Schlüsselkarte und hielt sie vor das Rechteck. Mit einem leisen Klicken sprang die Tür auf. Dahinter war es dunkel.

Während Linda die Tür aufschob, wurde es heller im Raum, bis er von den versteckt angebrachten Lichtern angenehm beleuchtet war. Bis auf einen Tisch in der Mitte des Zimmers gab es keine Möbel. Auf der Platte stand ein großes weißes Modell des Hotel-Gebäudes, eine maßstabgetreue Nachbildung des verschachtelten Baus. Das Grundstück, welches das Gebäude umgab, wich jedoch von der Wirklichkeit ab. Verschwunden waren die Altbauten und Häuser, die Begrenzungen, die umliegenden Straßen, der Schrottplatz, die Stadt. Stattdessen war das Hotel umgeben von grauen, in vielen Schichten angelegten Terrassen, von Miniaturbäumen gesäumt. Verbunden waren die unterschiedlichen Ebenen durch zahlreiche schmale Brücken und Treppen, mit Stufen ganz unterschiedlicher Breite und Tiefe. Das Modell war bevölkert. Jedoch nicht von den typischen kleinen, den Menschen nachempfundenen Figuren, wie man es von Architekturmodellen kannte. Hier tummelten sich zahlreiche bunte Tiere aus Papier. Kompliziert gefaltete Origamifiguren waren vereinzelt oder in Grüppchen angeordnet in der Landschaft verteilt: Linda sah Pinguine, Elefanten, Frösche, Hasen, Pfaue, Füchse, Flamingos und etliche andere. Auch der Luftraum des Zimmers war belebt: Hunderte bunt gemusterte Tauben, Papageien und andere papierne Federtiere schwebten an unsichtbaren Fäden in der Luft. Linda zog den Kopf ein, um unter ihnen hindurchtauchend auf die andere Seite des Zimmers zu gelangen, wo eine zweite Tür hinaus auf einen kleinen Flur führte. Mit ihrem Arm blieb sie an einer der Tauben hängen und versetzte damit einen ganzen Schwarm in Bewegung. Ein leises Rauschen durchzog den Raum, als würden die Papiertiere tatsächlich mit den Flügeln schlagen.

Endlich stand sie vor seiner Tür. Sie klopfte mit dem Knöchel ihres Zeigefingers drei Mal gegen die glatte, fast metallisch wirkende Oberfläche. Sie hatte es sich im Kopf genau zurechtgelegt. »Ich habe mich verlaufen«, würde sie sagen, wenn er zu Hause sein sollte. Doch nichts rührte sich. Als auch ein zweites und ein drittes Klopfen ohne Wirkung blieben, öffnete Linda die Tür mit ihrer Karte und huschte hinein.

Komplimente

Zwei Tauben und eine Mandarinente später fühlte Valentin sich imstande, sein Versteck zu verlassen. Nicht einmal die geheimen Gänge vermochten ihn zu erfreuen oder abzulenken, nicht eine einzige Wand verschob er auf seinem Weg zurück zu seiner Wohnung. Gerade als er drauf und dran war, das Hotel durch den Haupteingang zu verlassen, um quer über den Hof in den Westflügel hinüberzugehen, erblickte er sie. Seine transparente Frau und der Schnüffler spazierten in aller Seelenruhe über den Hof und verschwanden in dem schmalen Gang nach vorn zur Straße. Woher kamen sie? Wo im Hotel konnten sie gewesen sein, wenn nicht auf ihrem Zimmer?

Valentin ließ seine Vorhaben fallen und schlich ihnen nach. Sie redeten nicht, nur ihre Schritte auf dem Weg waren zu hören, das leise Klackern der Absätze. Wohin waren sie unterwegs, so spät am Abend? Valentin war überrascht, als er sie in die Hotel-Bar einkehren sah. Er drehte um und nahm den Hintereingang durch den Lagerraum. Der Barkeeper ließ vor Schreck einen kleinen Schrei los, als er durch die Schwingtür kam und fast mit Valentin zusammengeprallt wäre. »Himmelherrgott«, rief Juri und konnte gerade noch zur Seite ausweichen. Der Kasten mit leeren Flaschen in seiner Hand schwang haarscharf an Valentins Körper vorbei. Valentin ignorierte das Schimpfen und postierte sich wieder hinter der Schwingtür am Bullauge. Er erspähte die beiden Gesuchten an einem kleinen Tisch direkt am Fenster.

»Haben die beiden an Tisch 4 schon bestellt? Was trinken sie?«, fragte er, als der Barkeeper das nächste Mal an ihm vorbeikam.

Der zuckte bloß mit den Schultern. Es war nicht zu übersehen, dass Valentin ihm im Weg und er nicht begeistert davon war, dass der Hotelchef sich so spät am Abend noch hier herumtrieb. Er hatte von Anfang an unmissverständlich klargemacht, dass die Bar sein Hoheitsgebiet war – als Chefbarkeeper würde er sich weder in seine Arbeit noch in Personalfragen reinquatschen lassen.

»Was reden die da am Tisch?«, fragte Valentin ungeduldig, als Juri das nächste Mal durch die Schwingtür an ihm vorbeikam.

»Keine Ahnung, Chef. Ich bin nur am Tresen, vielleicht weiß Annika was.« Mit einem Kopfnicken Richtung Kellnerin ließ er Valentin stehen.

Valentin schauderte. Es war ihm unmöglich, Annika anzusprechen. Sie hatte diese unsäglichen Tunnel in den Ohren stecken, man konnte durch ihre Ohrläppchen hindurch bis auf den Hals sehen! Ihm wurde speiübel, wenn er hinguckte, und gleichzeitig schaffte er es nicht, wegzusehen. Es sah widerlich aus, das Loch in ihren Ohrläppchen war so groß, dass man mindestens einen Finger hindurchstecken konnte, und die Haut unterhalb der Holzscheibe war so dünn, dass es aussah, als könnte sie jeden Moment reißen. Jedes Mal kam es zu einer peinlichen Situation, wenn Valentin sich genötigt sah, mit ihr zu sprechen, weil er ihr entweder wie ein Irrer in die Augen starrte oder seinen Blick sonst wo hingleiten ließ, wobei er beim letzten Mal nicht bemerkt hatte, dass er wohl das ganze Gespräch über auf ihre Brüste gestarrt hatte – dabei hatte er sie gar nicht wahrgenommen, sondern eben nur krampfhaft nicht zu ihren Ohren gesehen. Tunnel waren das Einzige, das in Valentin noch mehr Abscheu hervorrief als freiliegende Knöchel. Seit diesem missglückten Aufeinandertreffen letztens vermied Valentin jeden Kontakt mit Annika. Seine Ohren liefen schon rot an und wurden ganz heiß, wenn er nur daran dachte, sie anzusprechen. Undenkbar, sie auszufragen.

Seine Therapeutin hatte ihn davon überzeugen wollen, dass seine eigenen ästhetischen Maßstäbe nicht für die ganze Welt galten. Nur weil ihm etwas nicht gefalle, sei es nicht gleich hässlich, meinte sie. »Über Geschmack lässt sich nun mal nicht streiten.« Diesen abgedroschenen Satz hatte sie tatsächlich bemüht, was Valentin gleichermaßen erstaunt wie enttäuscht zur Kenntnis genommen hatte, sie drückte sich selten so wenig ambitioniert aus.

»Sie wollen doch nicht behaupten, dass man so etwas schön finden kann?! Die Leute verstümmeln sich doch nicht die Ohren, um schön gefunden zu werden, sondern um zu provozieren. Dann muss man doch auch damit rechnen, dass Leute abgestoßen sind, ja, da müsste man doch eigentlich triumphieren, wenn man solch einen Ekel hervorruft, dass kein normales Gespräch mehr möglich ist.«

»Manchmal hilft es, denjenigen darauf anzusprechen und offen zu äußern, dass man Unbehagen empfindet. Behutsam natürlich«, sagte seine Therapeutin.

Im Prinzip mache ich Annika also ein Kompliment, wenn ich über meinen Schatten springe und mit ihr spreche, dachte Valentin. Und ein Kompliment war doch sicher ein guter Anfang für ein Gespräch. Valentin fasste sich ein Herz. Annika war seine einzige Chance, etwas über die beiden am Tisch herauszufinden, ohne selbst in Erscheinung zu treten. Als die Kellnerin das nächste Mal an die Theke kam und auf ihre Getränke wartete, nahm er all seinen Mut zusammen, huschte aus seiner Deckung hinter der Tür hervor, trat zu ihr und sagte: »Ich finde Tunnel in den Ohren wirklich widerwärtig.«

Alles gut

Hempels Rucksack hatte tatsächlich noch bei der Sitzgruppe gestanden, wo er mit der Professorin gesessen hatte – auch wenn die Plätze nun alle besetzt waren. Er nahm ihn an sich und blickte sich nach der Professorin um. Sie hatte einen freien Tisch am Fenster aufgetrieben und winkte ihn heran. Wahrscheinlich hat sie alle mit ihrem Sarkasmus vergrault, dachte er missmutig. Schon wieder rauchte sie. Es schien sie zu entspannen. Auf Hempel hatte es den gegenteiligen Effekt, Unruhe kroch in jede Faser seines Körpers. Mit jedem ihrer gierigen Züge an der Zigarette schien der beklemmende Druck in seinem Inneren zuzunehmen. Am liebsten hätte er sie ihr aus der Hand geschlagen, um den Fluss zu unterbrechen.

Er stellte seinen Rucksack auf dem freien Stuhl ab, blieb hinter der Lehne stehen und trommelte nervös mit den Fingern auf das Holz. Fürs Erste war Elfie ja beruhigt wegen des Fotos. Doch das hatte rein gar nichts an seiner Situation verändert, Hempel hatte nur Zeit gewonnen. Niemand anderer würde für ihn den Marathon mitlaufen – und Elfie würde ihm das alles nie verzeihen. Was also half es ihm? Es waren nur noch mehr Lügen, die er irgendwie wiedergutmachen musste. Noch vier Tage bis zum Marathon.

»Entspann dich doch mal, das macht einen ja verrückt«, sagte die Professorin und hielt seine Hand fest. Sie sah ihn streng über ihre Zigarette hinweg an, die ihr schräg im Mundwinkel hing. Sie schien sich in der Rolle der verwegenen Westernheldin zu gefallen. Mittlerweile kam sie Hempel ein bisschen irre vor.

Er machte seine Hand los, stellte den Rucksack auf den Boden und setzte sich so hin, dass er die Professorin, das Fenster zur Straße und gleichzeitig die Theke im Blick behielt. Er war immer noch nicht scharf darauf, von Juri oder dem Fahrer entdeckt zu werden. Juri war gerade nicht zu sehen, aber der Fahrer hockte immer noch vorne an der Theke und unterhielt sich mit einem ziemlich beleibten, abgekämpft aussehenden Typen. Plötzlich wurde Hempels Aufmerksamkeit nach draußen, vor die Bar gelenkt: Ein Auto fuhr mit Affenzahn vor und bremste direkt vor dem Fenster. Linda saß am Steuer. Die nächste Irre, dachte Hempel. Sie gestikulierte wild mit den Armen und meinte unmissverständlich, dass er und die Professorin zu ihr nach draußen kommen sollten. Die Professorin hatte das Auto noch nicht bemerkt, sie schien völlig in Gedanken versunken inmitten ihrer Rauchwolke. Hempel legte ihr die Hand auf den Unterarm und deutete zu Linda hin. Die Professorin stand ohne ein Zögern auf und zog Hempel mit sich nach draußen.

»Einsteigen«, wies Linda sie durch das heruntergekurbelte Fenster an, aus dem lässig ihr Ellenbogen heraushing. Die Professorin rutschte wie selbstverständlich auf den Beifahrersitz. Hempel glotzte das Auto an. Es war ein schönes Modell, gut gepflegt und wunderbar anzuschauen. Bloß der Farbton war etwas absonderlich, ein sattes Popelgrün. »Mach den Mund zu und steig endlich ein!«, fuhr Linda ihn an. Einen Moment lang spürte Hempel den Impuls, das Weite zu suchen. Sich mit einem unverbindlichen »Tschüss dann« umdrehen und abhauen – was ging ihn das alles an? Doch er konnte sich nicht dazu überwinden, allein das Ruder in die Hand zu nehmen. Er war froh, dass Linda den Ton angab, sie schien einen Plan zu haben. Außerdem konnte er so Juri und den Fahrer abschütteln, die immer noch furchteinflößender waren als die beiden irren Frauen. Hempel öffnete die Seitentür und schob sich auf den Rücksitz. Er hatte noch einen

Fuß in der Luft und die Hand nach dem Gurt ausgestreckt, da trat Linda schon aufs Gaspedal und Hempel wurde unsanft in den Sitz gedrückt. Hektisch schloss er die Tür und hielt sich am Griff fest. Linda wendete auf dem Schrottplatz, raste an der Bar vorbei und weiter die Straße hinunter. Im Fahren erhaschte Hempel einen Blick in die Bar und sah, dass es darin offensichtlich zu einem Tumult kam. War da eine Schlägerei im Gange? Die zwei Typen an der Bar schienen mit dem strengen Pullunder in Streit geraten zu sein – hintereinander stürmten sie aus der Bar hinaus auf die Straße. Der Pullunder hatte wohl etwas abbekommen, sein Gesicht war blutverschmiert und vor Zorn ganz verzerrt. Hempel blickte durch die Heckscheibe. Es wirkte fast so, als ob die Wut des Pullunders gar nicht den anderen Männern, sondern ihnen hier im Auto gälte. Er hatte beide Hände in der Luft zu Fäusten geballt und brüllte irgendetwas Unverständliches hinter dem Fahrzeug her, sodass Hempel sich unwillkürlich duckte.

»Ist was?«, fragte Linda und blickte ihn durchdringend aus dem Rückspiegel an.

»Alles gut«, winkte er ab, und diese Aussage war so idiotisch und falsch, dass er laut auflachte. Doch dann nutzte er es als Mantra, alles gut, alles gut, flüsterte er vor sich hin, während er seinen Oberkörper leicht vor und zurück wiegte und seinen Blick durch die Straßen gleiten ließ, die am Autofenster vorüberzogen. Ganz allmählich beruhigte er sich. Er wollte gar nicht wissen, wohin sie fuhren, er wollte einfach immer so weiterfahren, ohne jemals irgendwo anzukommen.

Die Jagd

Valentin stand auf der Straße und starrte fassungslos den Flüchtenden nach. Seine transparente Frau hatte wahrhaftig gerade seinen Wagen gestohlen! Er nahm das blutverschmierte Taschentuch von der Nase und betastete vorsichtig die Nasenflügel. Zumindest schien nichts gebrochen zu sein, aber das Bluten wollte einfach nicht aufhören. Valentin presste sich das Taschentuch wieder auf die Nasenlöcher.

Er hatte schon als Kind regelmäßig unter Nasenbluten gelitten und war bis heute davon überzeugt, dass die Ursache eine schwerwiegende Erkrankung war. Und obwohl seine Mutter mit ihm zu unzähligen Ärzten gegangen war und ihn auf seinen Wunsch hin hatte untersuchen lassen, bis sie jede erdenkliche Erkrankung ausgeschlossen hatten und die Ärzte allesamt zu dem Schluss gekommen waren, dass er einfach sehr empfindliche Schleimhäute hatte und bei trockener Luft, einer stärkeren Erschütterung oder unter Stress immer zu Nasenbluten neigen würde, hatte Valentin insgeheim die Gewissheit nie verloren, dass es dafür einen ernsthaften medizinischen Grund gab, der ihn eines Tages sein Leben kosten würde.

Der Barkeeper, der Page und sein Kumpel von der Theke waren Valentin nach draußen vor die Bar gefolgt und guckten ihn mit großen Augen an.

»Ich habe Ihnen gleich gesagt, dass es keine gute Idee ist, sich direkt hinter die Schwingtür zu stellen, Chef«, sagte Juri.

Valentin warf ihm einen ungehaltenen Blick zu.

»Ich dachte, Sie wären noch vorne bei Annika«, fügte Juri entschuldigend hinzu.

Annika hatte Valentin so fassungslos angestarrt, nachdem er ihr seine Gefühle gegenüber ihrem Ohrenschmuck gestanden hatte, dass Valentin ohne ein weiteres Wort das Weite gesucht und sich wieder hinter die Schwingtür verkrochen hatte. Und als der Barkeeper das nächste Mal hindurchging, hatte er die Tür mit dem Fuß aufgetreten und sie war mit Schwung direkt auf Valentins Nase gekracht.

»Steht nicht einfach nur da herum wie die Ölgötzen, tut irgendwas!«, fuhr Valentin die Männer an.

»Sie müssen den Kopf nach hinten legen«, meinte der Page.

»Spinnst du? Das hat man vielleicht früher so gemacht, weiß doch jeder, dass das falsch ist. Dann läuft einem das Blut in den Rachen und gerinnt«, meinte Juri.

Valentin wurde übel allein bei der Vorstellung. Fehlte noch, dass er an seinem eigenen Blut erstickte. »Haltet die Klappe, alle beide!«, rief er.

»War das da eben nicht Ihr Auto?« Juri blickte ihn fragend an. »Haben Sie die nicht vorhin beobachtet? Wissen Sie, wer die sind?«

Valentin platzte der Kragen. Wollte der Barkeeper jetzt tatsächlich Valentin die Verantwortung zuschieben, obwohl er es doch war, der den Fremden hergebracht hatte? »Das könnt *ihr* mir doch sicher sagen. Ihr habt den Mann schließlich heute in unser Haus geholt!«

Fassungslos starrten die beiden Ertappten ihn an, viel zu überrascht über die plötzliche Anschuldigung, um sich zu verteidigen.

»Vielleicht rückt ihr jetzt endlich mal raus mit der Sprache!«

»Der Marathon-Mann? Der ist harmlos, wirklich«, wich Juri aus.

»Das klingt nicht sehr überzeugend. Ist er Journalist? Wie ist er hierhergekommen? Hat er euch ausgefragt? Was genau wollte er wissen?«

»Der Typ hat von nichts eine Ahnung, ein jämmerlicher Lügner. Der hat nur einen Ausweg gesucht, damit seine Freundin ihn nicht verlässt, und wir haben gedacht, es wäre anständig, ihm ein Zimmer anzubieten«, sagte jetzt der Page mit einem leichten Lallen, bis ihn der wütende Blick des Barkeepers zum Verstummen brachte.

»Du. Du hast gedacht und ihn angeschleppt«, wies Juri jegliche Schuld von sich.

»Soll ich die Polizei anrufen?«, fragte der Page an Valentin gewandt und hielt sich an Juris Arm fest. Valentin bedachte ihn mit einem abfälligen Blick.

»Hat einer von euch Pfeifen ein Auto?«

Sie schauten Valentin verständnislos an.

»Ihr schuldet mir was, los jetzt.«

Sein militärischer Befehlston wirkte. Umständlich zog der Page einen Schlüssel aus seiner Hosentasche. »Da hinten«, sagte er und wies mit dem Schlüssel Richtung Schrottplatz.

Valentin ging in die angezeigte Richtung. Nach ein paar Metern bemerkte er, dass niemand ihm folgte. Er drehte sich um. Die drei standen da wie angewurzelt. »Braucht ihr eine Extraeinladung? Na los, das ist hier kein Kaffeekränzchen!«, blaffte er.

Endlich setzten sich die drei Trantüten in Bewegung. Der Page hakte sich bei Juri unter und stolperte an seiner Seite bis zum Schrottplatz, der dicke dritte Mann von der Theke folgte ihnen. Neben den Autowracks, die offenbar darauf warteten, verschrottet zu werden, blieben sie stehen. Valentin blickte sich suchend um. »Wo ist der Wagen?« Der Page sagte nichts, sondern zückte den Schlüssel und drückte auf den Knopf. Bei der Rostlaube direkt neben ihnen leuchteten die Lichter auf, der Öffnungsmechanismus klackte. Valentin blickte ungläubig zuerst den Wagen, danach den Pagen an. Der zuckte nur mit den Schultern. »Was denn? Mehr kann ich mir von meinem Pagengehalt beim besten Willen nicht leisten.« Valentin trat an die Scheibe der Fahrerkabine und spähte in den Innenraum. Angewidert zuckte er zurück. Es war nicht nur eine alte Rostlaube, sondern eine fahrende Müllhalde: zusammengeknüllte Taschentücher, Verpackungen von unterschiedlichen Fast-Food-Läden, leere PET-Flaschen. Schon beim Gedanken daran, seine bloßen Hände um das Lenkrad zu legen, bekam Valentin Ausschlag.

»Okay, einer von euch muss fahren.«

»Aber Chef, die sind doch längst über alle Berge«, maulte der Barkeeper.

Valentin guckte ihn mitleidig an: »Das lasst mal meine Sorge sein.«

»Ich bin zu betrunken«, sagte der Page.

»Ich kann nicht fahren«, sagte Juri und blickte zu Boden.

»Du hast doch gar nichts getrunken.«

»Wer sagt denn, dass ich betrunken bin? Ich sagte nur, ich kann nicht fahren.«

»Du kannst echt nicht Auto fahren?«, fragte der Page ungläubig.

»Wer braucht in Berlin schon ein Auto?« Juris Stimme bekam einen aggressiven Unterton.

Der Page kicherte. »Du kannst echt nicht Auto fahren!«

Juri löste sichtbar genervt die Hand des Pagen von seinem Arm, worauf dieser ins Schwanken geriet, auf seinem Hosenboden im Schotter landete und verstummte.

Diese Pfeifen, dachte Valentin. Er überlegte, doch selbst zu fahren, aber er konnte sich nicht einmal dazu überwinden, den Türgriff anzufassen. Da rührte sich plötzlich der andere Mann, der neben dem Pagen an der Theke gesessen hatte und der ihnen bis hierher gefolgt war. »Ich kann fahren«, bot er an.

Valentin beäugte ihn misstrauisch. Der Mann hatte fettige Haare, fleckige, vernachlässigte Kleidung und kleine, eng zusammenstehende Augen, aus denen er ihn verschlagen anblickte. Seine Hände steckten in den Hosentaschen, er wollte cool wirken, doch Valentin war sicher, dass das nur eine Masche war, dass er in Wahrheit der Antwort entgegenfieberte – dafür hatte Valentin ein untrügliches Gespür! Nein, dem war nicht über den Weg zu trauen. Aber was für eine Wahl blieb Valentin?

»Ist eh zu spät, Chef, die sind doch längst weg«, fing Juri schon wieder an.

Valentin zog sein Smartphone aus der Tasche und entsperrte es. Er öffnete eine App und wartete. Langsam lud sich das Kartenmaterial hoch und zeigte auf dem Bildschirm den Teil Berlins, in dem sie sich befanden.

»Und jetzt?«, fragte Juri.

»Warts ab«, sagte Valentin nur.

Nach einer Weile tauchte auf der Karte ein grüner Lichtpunkt auf, der sich stockend stadtauswärts bewegte.

»Abgefahren«, sagte Juri und sah seinen Chef neugierig an. »Ist das ein Sender?«

Valentin ließ sich nicht dazu herab, darauf zu antworten. »Können wir jetzt endlich losfahren?«, fragte er.

»Ich kann nicht«, sagte der Page kleinlaut. Er sah kläglich aus, wie er da auf dem kalten Boden hockte.

»Keiner drückt sich!« Valentins Ton ließ keinen Widerspruch zu. Es behagte ihm gar nicht, sich mit so vielen Menschen in eine so kleine Kabine zu quetschen, und doch sagte ihm eine innere Stimme, dass es besser wäre, auch den Pagen mitzunehmen; der Page schien ihm der einzig berechenbare Mensch in dieser Runde zu sein – einfältig, aber harmlos. Valentin hatte das Gefühl, dass durch ihn die Situation unter Kontrolle bleiben würde, dass er der Einzige war, der dafür sorgen würde, dass bei dem Barkeeper die kriminelle Energie nicht durchbrach und er sich nicht zu irgendwelchen Dummheiten hinreißen ließ.

Der Page rappelte sich wieder auf und stützte sich am Kotflügel ab. Er sah wirklich nicht gut aus. Als Juri ihm die hintere Tür des Wagens aufhielt, winkte er ab.

»Keiner drückt sich«, wiederholte Valentin scharf.

»Wenn ich mitfahre, muss ich ganz sicher kotzen«, sagte der Page. Sein Anblick ließ keinen Zweifel daran, dass er bald Taten folgen lassen würde. Valentin gab auf. Das Auto an sich war schon schlimm genug, auch ohne dass jemand seinen Mageninhalt darin entleerte. Er ging um das Auto herum, benutzte sein Stofftaschentuch, damit er den Türgriff nicht anfassen musste, und zwängte sich auf den Beifahrersitz. Es roch schlimmer, als Valentin es sich vorgestellt hatte.

»Sag Annika Bescheid, dass sie nachher den Laden abschließen soll«, verabschiedete sich der Barkeeper vom Pagen, drückte ihm einen Schlüsselbund in die Hand und schob sich auf den Rücksitz. Der andere Mann saß bereits übereifrig am Steuer.

»Folgen Sie diesem Wagen!« Das hatte Valentin schon immer einmal sagen wollen. So allerdings hatte er sich die Situation nicht vorgestellt. Er blickte auf die Karte in seinem Handy. »Worauf warten Sie noch?«, sagte er zum Fahrer und zurrte seinen Anschnallgurt fest. Mit einem Ruck setzte sich der Wagen in Bewegung.

Über Land

»Kann sie überhaupt noch fahren?«, flüsterte Hempel der Professorin von hinten ins Ohr. Im Wagen hörte man nur die Lüftung und Hempels brüllende Sorgen. Die Professorin blickte zu Linda und zuckte ungerührt mit den Schultern.

»Offensichtlich.«

»Hört auf, über mich zu reden, als wäre ich nicht da. Klar kann ich noch fahren«, sagte Linda.

Damit war es wieder still. Hempel war alles andere als beruhigt. In seinem Kopf schwappte immer noch der Restalkohol hin und her und umspülte den dumpfen Kopfschmerz. Resigniert schloss er die Augen. Er wünschte sich nichts sehnlicher, als zu schlafen und die verfahrene Lage zu vergessen. Aber er traute sich nicht, im fahrenden Wagen einzuschlafen und den beiden Frauen sein Schicksal zu überlassen – zu sehr erinnerten sie ihn an Thelma und Louise. Für eine so endgültige Lösung des Problems wie in dem Film war Hempel nicht bereit, obwohl es im Moment beinahe verlockend erschien, mit dem Wagen in einen Abgrund zu stürzen. Das hier war zwar nicht der Grand Canyon, aber oben an der Ostsee ließen sich bestimmt ein paar geeignete Klippen finden. Und der Wagen war auch angemessen ausgefallen, um damit die unwiderruflich letzte Reise anzutreten. Im Film betrachtete man den Sturz in den Abgrund von außen, ein beeindruckendes Bild in seiner Endgültigkeit, welches trotz aller Tragik das Gefühl von Freiheit und Erlösung wachrief. Doch für die Insassen kam in Wirklichkeit ja noch mehr: die

Angst, der Aufprall, die Schmerzen und der Tod. Nein, Hempel war noch nicht bereit, zu sterben.

Nach mehr als einer Stunde eintöniger Landstraßen hielten sie an einer Tankstelle mit Selbstbedienung. Obwohl es bitterkalt draußen war, stieg Hempel aus und vertrat sich die Füße. Es stank nach Benzin und ihn fröstelte. Über dem halb leeren Snackautomaten flimmerte eine beschädigte Neonröhre tröstend auf dem sonst kargen Gelände. Wie oft hier wohl ein Auto vorbeikommen mochte? Hempel blickte die Landstraße zurück, die sie hergeführt hatte. Er hatte das unbestimmte Gefühl, hier schon einmal gewesen zu sein.

Die Professorin hatte das Tanken übernommen und stieg gerade wieder ins Auto. Auch Hempel stieg ein, schnallte sich an, nahm all seinen Mut zusammen und fragte: »Wohin fahren wir?«

»Zu dir.« Linda beobachtete ihn durch den Rückspiegel.

»Was soll das heißen, zu mir?«

»Kleine Zeitreise in die Vergangenheit«, sagte Linda und trat aufs Gas.

Jetzt wusste Hempel, warum ihm die Gegend bekannt vorgekommen war: Sie waren auf dem Weg zum Haus seiner Mutter, in die Einöde Richtung polnische Grenze. »Woher hast du die Adresse?« Als Linda nur mit einem süffisanten Grinsen reagierte, wandte er sich an die Professorin: »Woher hat sie die Adresse?« Die Professorin grinste ebenfalls und hielt Hempels Handy in die Höhe. Er griff danach, doch sie zog es weg, bevor er es erreichen konnte, und steckte es in ihre Tasche.

Schon wieder also saß Hempel in der Patsche. Eingesperrt in einem Auto mit einer unberechenbaren Fahrerin, nur dass jetzt auch noch eine Sadistin mit von der Partie war. Was lief bloß schief in seinem Leben? Womit hatte er das verdient? Seine Mutter wusste, dass er heute nach New York flog, sie hatte gestern noch pflichtschuldig angerufen und ihm eine gute Reise gewünscht.

Wenn er jetzt bei ihr auftauchte, würde es nicht mehr lange dauern, bis Elfie alles erfuhr. Natürlich würde seine Mutter ihm versichern, Elfie nichts zu verraten – Ehrenwort. Doch das würde sie nicht lange durchhalten. Sie würde in einem völlig ungeeigneten Moment damit herausplatzen, um die Beziehung zu sabotieren, spätestens kurz vor dem Jawort, falls sie sich jemals fürs Heiraten entscheiden würden, ansonsten würde seine Mutter sicher eine andere, ähnlich exponierte Situation dafür finden. Aus Versehen würde es ihr herausrutschen: »Hups«, würde sie sagen, »jetzt habe ich mich wohl verplappert.«

»Leute, ich werde müde, ihr müsst mich irgendwie unterhalten«, sagte Linda. »Könnt ihr singen oder so?«

»Niemals.« Hempel verschränkte demonstrativ die Arme.

»Also gut, dann eben Musik.« Linda deutete auf ein Fach im Armaturenbrett, in dem ein paar Kassetten lagen. Die Professorin nahm eine davon aus der Hülle, steckte sie ins Kassettendeck und schaltete ein. Sie zuckten zusammen, das Auto machte einen unkontrollierten Schlenker und verfehlte nur um ein Haar die Leitplanke, als in ohrenbetäubender Lautstärke die Musik einsetzte. Italo-Pop dröhnte aus den Lautsprechern. Und Hempel hatte gedacht, es könnte nicht schlimmer werden.

»So was hörst du?«, fragte er Linda ungläubig.

»Ist das Auto eines Freundes«, grinste sie und drehte die Lautstärke ein klein wenig herunter, ohne die Geschwindigkeit des Wagens dabei zu drosseln.

Hempel stellte das Grübeln ein. Er sah stoisch aus dem Fenster, blickte auf die Landschaft in der Dunkelheit, ließ einfach alles an sich vorüberziehen und ergab sich seinem Schicksal.

Auf den Fersen

Sich geschmeidig in die Kurven legende Fahrzeuge, heulende Motoren, teure Ledersitze, gut angezogene, virtuose Fahrer: So hätte sich Valentin eine Verfolgungsjagd gewünscht – rasant und stilvoll. Stattdessen juckelten sie in diesem übel riechenden Blechhaufen im Schneckentempo durch die Straßen, die Flüchtenden längst über alle Berge. Nervös starrte Valentin auf den Lichtpunkt, der sich auf der Karte stockend, aber kontinuierlich stadtauswärts bewegte – nicht über die Stadtautobahn, sondern auf kleineren Straßen wanderte das Signal nach Osten. Ausgerechnet Richtung Polen. Das gemäßigte Tempo konnte Valentin kaum beruhigen. Die Diebe schienen sich in Sicherheit zu wiegen. Das hieß aber noch lange nicht, dass Valentin sie einholen konnte, dafür kam diese Schrottkiste viel zu langsam voran. Der Motor überdrehte bereits bei mäßiger Geschwindigkeit, dazu fuhr der Fahrer so armselig, dass Valentin sich fragte, ob er überhaupt einen Führerschein besaß. »Sorry«, nuschelte der Fahrer entschuldigend, als er den Motor beim Anfahren wieder einmal abwürgte, »bin wohl etwas eingerostet.«

Allein die Verwendung des Wortes *sorry* trieb Valentins Blutdruck nach oben. Nur mit großer Anstrengung verkniff er sich den sarkastischen Kommentar, der ihm auf der Zunge lag. Besser, er verscherzte es sich nicht mit seinen Begleitern. Sie brächten es sicher fertig, ihn mitten in der Nacht auf der Landstraße auszusetzen. Der Barkeeper hätte bestimmt nichts dagegen, Valentin ein für alle Mal loszuwerden. Insgeheim fragte sich Valentin, was diese beiden ungleichen Männer wohl verband – sie wirkten nicht gerade vertraut, geschweige denn freundschaftlich miteinander.

Der Barkeeper saß, seit sie losgefahren waren, einsilbig und übellaunig mit vor dem Bauch verschränkten Armen auf der Rückbank und starrte vor sich hin. Es war nicht zu übersehen, dass er alles andere als erfreut über diesen nächtlichen Ausflug war. Der Fahrer des Wagens hingegen wirkte beinahe beschwingt. Anfangs versuchte er sogar, mit künstlich lockerem Ton und dümmlichen Scherzen ein Gespräch anzufangen. Doch das beharrliche Schweigen seiner Passagiere ließ ihn schließlich verstummen.

Valentin schaute aus dem Fenster auf die abendliche Stadt. Er war lange nicht mehr in der Dunkelheit durch Berlin gefahren – und wenn, dann hatte er selbst hinter dem Steuer gesessen und nur auf den Verkehr geachtet. Sie durchquerten Kreuzberg und Friedrichshain. Auf den Straßen war selbst in den Ausgehvierteln nicht sehr viel los, es war kühl, und die Leute blieben dort, wo sie ein warmes Plätzchen gefunden hatten. Nur vor Lokalen und Clubs gab es hier und da Trauben aus Rauchern, die ihren Qualm in die Luft bliesen, als könnte man ihnen daraus die Zukunft vorhersagen. Valentin war selbst zu Schul- und Studienzeiten nicht viel ausgegangen, schon gar nicht tanzen. Sich mit verschwitzten Leuten zu eng auf eine Tanzfläche zu quetschen, war ihm eine unerträgliche Vorstellung, ganz davon abgesehen, dass sein Körper sich nicht gut zu Musik bewegen konnte.

»Man sagt nur *tanzen gehen* dazu, das heißt doch nicht, dass du tanzen musst oder alle sich dauernd auf der Tanzfläche aufhalten«, hatte Daniel ihm versichert, als sie in der Pubertät steckten und er anfing, Interesse für das Nachtleben zu entwickeln. Tanzen gehen sei vielmehr ein universeller Ausdruck dafür, sich in Gesellschaft zu amüsieren. Und da Daniel ihn so eindringlich darum bat und er sich allein nicht traute, hatte Valentin ihn begleitet. Diese Abende nahmen immer einen ähnlichen Verlauf. Anfangs standen Valentin und Daniel zusammen irgendwo am Rand und beobachteten die anderen, Valentin mit einem Mineralwasser, Daniel mit einer Flasche Bier oder einem anderen Getränk. Es dauerte meistens nicht lange, bis Daniel von einem Mädchen angesprochen wurde; kein Wunder, dachte Valentin, Daniel hatte hübsche, sanfte Gesichtszüge und wache, hingebungsvolle Augen. Das Linkische, Stille und Zaghafte, das ihn als Schulkind schwach hatte wirken und oft zum Opfer diverser Gemeinheiten hatte werden lassen, schien ihn nun plötzlich für andere attraktiv zu machen. Das Blatt hatte sich gewendet. Schnell wurde er in Gespräche verwickelt, in die Daniel Valentin rücksichtsvoll versuchte mit einzubeziehen. Aber Valentin waren es zu viele Sinneseindrücke um sich herum, die wummernden Bässe, die grellen Lichter, die gedrängten Körper, die vielen Gesprächsfetzen – es fiel ihm schwer, sich auf eine einzelne Sache davon zu konzentrieren. Die Lautstärke war atemberaubend. Die anderen wölbten ihre Hände vor Mündern und Ohren und schienen sich so gut verständigen zu können; Valentin gelang das einfach nicht, alles verschwamm ineinander und stürmte auf ihn ein, bis er innerlich erstarrte. Seine Einsilbigkeit wirkte desinteressiert und barsch, und die Mädchen wandten sich entweder von beiden Freunden ab oder zogen Daniel von Valentin weg auf die Tanzfläche. Anfangs hatte Daniel sich geziert, ihnen zu folgen, hatte das Tanzen spätestens nach ein oder zwei Liedern wieder abgebrochen, nach mehreren entschuldigenden Blicken zu Valentin. Wenn er dann zu ihm zurückkehrte, winkte dieser jedoch ab.

»Amüsier dich ruhig«, sagte er und betonte, dass er ohnehin müde sei und nicht mehr lange bleiben würde.

»Bist du sicher?«

»Ja, klar. Ich bin schon groß, ich kann selbst auf mich aufpassen.«

Wenn Valentin ankündigte, sich auf den Heimweg zu machen, kam Daniel immer mit. »Wir sind zusammen hergekommen, also gehen wir auch gemeinsam«, pflegte er zu sagen, »so macht man das unter Freunden.« Doch Valentin registrierte durchaus, dass Daniel eigentlich gerne länger bleiben würde, dass er dieses sogenannte Tanzengehen genoss. Und da Daniel zu Hause nicht allzu viel zu lachen hatte und Valentin zudem die Befürchtung hegte, dass Daniel sich sonst doch noch ohne ihn auf den Weg machen würde und ihm sein einziger Freund langsam, aber sicher abhandenkäme im Leben, blieb Valentin von da an länger und schaute ihm zu. Ja, er mochte es sogar, Daniel beim Tanzen zuzusehen und ihm zuzuhören, wenn er nach zwei oder drei Tänzen wieder zu ihm zurückkehrte und, während er außer Atem und mit geröteten Wangen an seinem Getränk nippte, von den Gesprächen und Geschehnissen auf der Tanzfläche berichtete. Sie gingen oft in dieselben Läden, und Valentin kannte bald viele der Gesichter, manche Namen und sogar einige der Verwicklungen untereinander, Freund- und Liebschaften sowie Zerwürfnisse. Er kümmerte sich um Daniel, wenn ihm von zu viel Bier schlecht wurde oder er vom Verlauf des Abends enttäuscht war. Oft übernachtete Daniel dann bei Valentin im Souterrain, und am Morgen ließ er bei einem Kaffee seinen Gedanken und Gefühlen den zurückliegenden Abend betreffend freien Lauf. So hatte Valentin ein bisschen Anteil an dem, was man wohl Erwachsenwerden nannte, was den Gleichaltrigen so wichtig zu sein schien. In den Hofpausen fühlte er sich nicht mehr ahnungslos und außenstehend, wenn sich die anderen einander von ihren Wochenenden erzählten, alle gewöhnten sich daran, dass er stets an Daniels Seite war.

Eines Abends wandte Valentin sich kurz ab, um sich ein neues Wasser zu holen, und als er zurückkehrte, hatte er Daniel aus den Augen verloren. Er ließ seinen Blick über die Menge schweifen, suchte nach Daniel und dem Mädchen, mit dem er zuletzt getanzt hatte. Das Mädchen entdeckte er auch, aber sie tanzte jetzt mit einer Gruppe anderer Mädchen, von seinem Freund war keine Spur zu sehen. Sorge regte sich in Valentin – es sah Daniel nicht ähnlich, einfach so zu verschwinden. Obwohl ihm das Gedränge zuwider war, begab er sich hinein und suchte nach Daniel. Er malte sich die schrecklichsten Szenarien aus, was ihm alles zugestoßen sein könnte. Bilder aus Krimis stiegen vor seinem inneren Auge auf; alle irgendwann einmal gelesenen Schlagzeilen aus dem Berliner Nachtleben nahmen plötzlich reale Gestalt an. Valentin suchte alles ab, die Tanzfläche, die Grüppchen aus Herumstehenden, die Toiletten, das Treppenhaus, noch einmal die Tanzfläche. Als er sicher sein musste, dass Daniel nicht mehr in dem kleinen Club war, verließ er das Gebäude. Er überlegte, ob er die Polizei anrufen oder lieber direkt hingehen sollte. Valentin suchte noch den Hof vor dem Gebäude ab, das Gebüsch, den kleinen Parkplatz, den Hintereingang. Er rief Daniels Namen, zunehmend panisch. Und gerade als er sich entschlossen hatte, direkt zur Polizei zu gehen, kam Daniel um die Ecke geschlendert, Arm in Arm mit einem anderen Jungen.

»Chef?«

Es dauerte einen Moment, bis Valentin sich aus den Fängen der Erinnerung befreien konnte.

»Was machen wir jetzt, Chef?«

Valentin wurde bewusst, dass sie stillstanden. Der Motor lief nicht mehr. Der Fahrer guckte ihn erwartungsvoll an, genauso wie Juri, der sich von der Rückbank aus nach vorn gebeugt hatte und ihm auf besonders nervige Art und Weise auf die Schulter tippte.

»Na was schon, weiterfahren!«

»Aber wohin?«

Jetzt erst fiel Valentins Blick auf sein Handy. Das Signal war von der Karte verschwunden. Hatten sie etwa den Sender entdeckt und zerstört? Das hielt er für äußerst abwegig. »Kein Netz«, sagte er. Sie hatten Berlin mittlerweile hinter sich gelassen und standen irgendwo in der märkischen Schweiz, auf einer kleinen Landstraße mitten im Niemandsland.

Brandenburg Wonderland

Inmitten eines hingewürfelten Haufens unaufgeregter Häuser
stand ein Gebäude wie aus einer kitschigen Schneekugel ge-
plumpst: leuchtende LED-Zuckerstangen, überlebensgroße Weih-
nachtsmänner, Schneemänner und Rentiere bevölkerten den Vorgarten, eine große Modelleisenbahn zog ihre Runden um einen
weiß glitzernden Weihnachtsbaum, unter dem glänzende Ge-
schenkpaket-Attrappen mit riesigen Schleifen lagen, Lichterketten in allen Formen und Farben erstrahlten auf dem Dach des
Hauses, Herrnhuter Sterne hingen in jedem Fenster. Sogar der
Schuppen, der Hempels Mutter als Garage diente, war mit Tannengrün und einer bunten Lichterkette geschmückt. Einen Wimpernschlag lang hielt Hempel es für möglich, dass der Schnee
auf dem Dach und die Eiszapfen an der Regenrinne echt waren,
dass seine Mutter es kraft ihrer Gedanken geschafft hatte, es nur
über ihrem Haus schneien zu lassen.

Sprachlos, mit offen stehenden Mündern, starrten seine beiden Begleiterinnen durch die Windschutzscheibe des Autos auf
die Szenerie aus Kunstschnee, Licht und Glitzer. Linda beugte
sich nach vorn über das Steuer, um alles besser sehen zu können. Die Professorin hingegen kniff die Augen zusammen und
klappte die Sonnenblende herunter.

Hempels Kindheit war keine Lappalie gewesen. Keine Erzäh-
lung hätte das so eindrucksvoll auf den Punkt gebracht wie der
Anblick dieses Lichterwahnsinns mitten im ansonsten dunkel
daliegenden brandenburgischen Brachland Anfang November.
Selbst Hempel war beeindruckt. Seit der letzten Weihnachtszeit

hatte seine Mutter noch einmal deutlich aufgestockt, er entdeckte allein zwei große Lichtfiguren, die im letzten Jahr noch nicht da gewesen waren. Außerdem schienen ihm die Waggons der Modelleisenbahn üppiger beladen, und auch die Bande an Weihnachtswichteln und Waldtieren aus Kunststoff und Keramik hatte Zuwachs bekommen.

Die Professorin steckte sich Halt suchend eine Zigarette an. Hempel war noch nie jemandem begegnet, der so viel Geringschätzung mit dem leichten Zucken einer Augenbraue ausdrücken konnte.

»Wie hast du die Pubertät überlebt?«, fragte Linda. Sie wurde von einem Hustenanfall geschüttelt.

»Gibt es nicht irgendeine Regel, die besagt, dass man mit der Weihnachtsdekoration nicht vor dem ersten Advent anfangen darf? Ich dachte, auf dem Land würde man sich eisern an diese Dinge halten, jeden Samstag brav den Bürgersteig kehren und alle Gartenpforten hinter sich schließen und so …«, sagte die Professorin.

»Totensonntag«, meinte Linda.

Hempel und die Professorin blickten sie verständnislos an.

»Am Tag nach Totensonntag darf man mit dem Dekorieren anfangen – das weiß doch jeder«, erklärte sie.

»Meine Mutter meint, in einer auf Konsum ausgerichteten Gesellschaft orientiert man sich besser am Handel. Lebkuchen, Spekulatius und Schokoladen Nikoläuse kommen ab September in die Regale, also fängt sie dann auch an, ihr Haus zu dekorieren«, erklärte Hempel.

»Sie fängt damit an? Soll das heißen, das hier ist noch nicht alles?« Die Professorin war sichtlich entsetzt.

»Also, ein oder zwei Highlights hat sie sicher noch in petto. Sie verschießt nie ihr ganzes Pulver auf einmal. Es sind ja noch fast zwei Monate bis Weihnachten«, sagte Hempel.

»Maß halten ist wohl nicht gerade ihre Stärke«, bemerkte die Professorin.

Es war nach Mitternacht. Soweit man das erkennen konnte, brannte im Haus kein Licht außer den Weihnachtssternen, wobei die üppigen Outdoor-Lichtinstallationen sicher einiges ihrer Helligkeit an die Innenräume abgaben. »Was sollen wir überhaupt hier?«, forderte Hempel verärgert eine Erklärung von Linda ein. Doch irgendwas stimmte mit ihr nicht. Die Aura der Macherin hatte sie verlassen, sie sah klein und elend aus, mit bleicher Haut und blutunterlaufenen Augen, und immer wieder übermannte sie ein jämmerlicher Husten. Sie war wieder das Häufchen Elend, das sie im Hotelzimmer aufgelesen hatten. Hempel kam sich schäbig vor, sie so angefahren zu haben. Hilfe suchend wandte er sich der Professorin zu. Sie war etwas ins Abseits getreten und hatte sich eine weitere Zigarette angezündet. Irgendwann musste diese verdammte Packung doch mal leer sein?

»Ist mir egal, was ihr macht, aber ich brauche ein Bett«, sagte sie.

Ehe Hempel sie daran hindern konnte, war sie an der Haustür und klingelte Sturm. Wieder und wieder klang das schrille Scheppern der Klingel durch das Haus, doch nichts rührte sich. Mit hochgezogenen Augenbrauen sagte die Professorin: »Deine Mutter hat aber einen gesegneten Schlaf.«

»Das siehst ihr gar nicht ähnlich.« Tatsächlich kam Hempels Mutter mit bemerkenswert wenig Schlaf aus. Ihren Erzählungen nach hatte sie schon als Kind schlecht und wenig geschlafen, aus Angst, etwas zu verpassen. Außerdem roch sie es zehn Kilometer gegen den Wind, wenn sich Fremde ihrem Weihnachtshaus näherten. Jedes Mal, wenn Hempel hier auftauchte, erwartete sie ihn akkurat zurechtgemacht vor dem Haus – selbst wenn er ihr gar keine bestimmte Ankunftszeit genannt hatte. »Ich hatte so eine Ahnung …«, entgegnete sie nur vage, wenn er sie darauf ansprach. Hempel konnte sich nicht vorstellen, dass ihre Anwesenheit unbemerkt bliebe, wenn sie zu Hause wäre. Er trat selbst an die Tür und drückte erneut auf den Klingelknopf.

»Meinst du, sie kommt eher zur Tür, wenn du auf den Knopf drückst?«, fragte die Professorin spöttisch.

»Können Sie mal fünf Minuten lang aufhören, mich fertigzumachen?«

»Aber natürlich, *Bing*.«

»Ich habe mir das nicht ausgesucht, hier zu sein! Sie haben mich mit dieser Verrückten zusammen entführt!«

»Ohne mich würdest du wahrscheinlich immer noch in der Abstellkammer im Hotel herumsitzen und langsam verhungern.«

»Das wäre mir lieber, als mir in der beleuchteten Schneekugel meiner weihnachtsverrückten Mutter den Hintern abzufrieren!«

Hempel hätte am liebsten laut herumgebrüllt, um seinem Ärger Luft zu machen. Aber das hätte sicher die Nachbarn auf den Plan gerufen. Das Letzte, was er sich jetzt wünschte, war eine nächtliche Dorfversammlung wegen Ruhestörung. Ein Anflug von Sorge machte sich in seinem Innern bemerkbar. Wo war seine Mutter? Noch dazu um diese Uhrzeit? Gestern, am Telefon, hatte sie nichts davon gesagt, dass sie verreisen würde oder irgendwo eingeladen wäre. Andererseits – wenn sie zu Hause wäre, hätte sie sicher die Klingel gehört. Plötzlich erinnerte Hempel sich daran, dass sie versucht hatte, ihn anzurufen, während er vermeintlich hoch über dem Atlantik schwebte, ihre Nummer hatte in der Anruferliste gestanden. Warum hätte sie ihn anrufen sollen, wo sie doch wusste, dass er nicht erreichbar war? Hatte sie seine Flugzeiten falsch aufgeschrieben und gedacht, er sei noch nicht losgeflogen oder bereits gelandet? Was war so wichtig gewesen, dass sie ihn angerufen hatte?

»Aber irgendwer muss doch die Festbeleuchtung angestellt haben«, beruhigte Linda ihn.

»Das geht alles automatisch. Sie hat mehrere Zeitschaltuhren verbaut, welche die Lichtinstallationen über den Abend verteilt aktivieren.«

Nun fiel auch Linda nichts Beruhigendes mehr ein. Sie saß auf den Holzstufen vor der Haustür und hatte ihre Arme um die Knie geschlungen. Unter ihren Augen lagen dunkle Ringe, und ihre Lippen waren bläulich verfärbt.

»Wir müssen auf jeden Fall ins Warme«, meinte die Professorin mit einem Seitenblick zu Linda.

Hempel ging zum Schuppen hinüber und öffnete die Tür. Er steckte den Kopf hinein, dann drehte er sich zu den anderen um und sagte: »Ihr Auto ist nicht da, sie muss also unterwegs sein.«

Die Professorin fluchte laut.

»Hier muss irgendwo ein kleines Erdmännchen aus Porzellan herumstehen, etwa so groß.« Hempel hielt seine Handflächen im Abstand von etwa zwanzig Zentimetern übereinander.

»Ist das dein Ernst?«, fragte die Professorin. »Ist dir klar, wie viele Viecher hier herumstehen? Und die Hälfte davon ist unter Kunstschnee oder falschem Tannengrün begraben.«

Er warf ihr einen mordlustigen Blick zu. »Tja, wenn Sie ins Warme wollen, sollten Sie wohl besser suchen helfen.« Er versuchte, ihren Tonfall nachzuahmen, seiner Stimme etwas Unnachgiebiges und Spöttisches zu verleihen. Und tatsächlich setzten sich die beiden Frauen in Bewegung. Stumm arbeiteten sie sich Grüppchen für Grüppchen durch die weihnachtliche Gesellschaft. Hempel ging sehr zaghaft vor. Es fühlte sich an, als würde er etwas tun, was man ihm ausdrücklich verboten hatte. Seiner Mutter würde die kleinste Abweichung auffallen. Sie hatte ein nahezu fotografisches Gedächtnis, was ihre Weihnachtssachen anging. Als Kind hatte Hempel nie vor ihr verheimlichen können, wenn etwas durch seine Schuld zu Bruch gegangen war. Sie hatte noch das Fehlen der kleinsten Christbaumkugel an einem über und über behangenen Baum auf einen Blick bemerkt. Und dann hatte sie es ihm nie auf den Kopf zugesagt, sondern wie nebenbei Bemerkungen über Ehrlichkeit und Karma fallen lassen, bis er vor lauter schlechtem Gewissen von Albträumen geplagt worden war.

Hempels Begleiterinnen waren bei der Suche nach dem Erdmännchen weit weniger zimperlich. Die Professorin fluchte mehrmals, weil ihr unerwartet ein Tannenzweig ins Gesicht schnippte, sie an einer der Lichterketten oder Schleifen hängen blieb oder sie sich die Haut an den Stechpalmenzweigen zerstach, die wider Erwarten echt waren. Eine gefühlte Ewigkeit stolperten sie durch das Weihnachtswunderland. Von Nahem betrachtet schien das alles noch absurder, denn man sah die immense Arbeit, die darin steckte. Sogar die Hollywoodschaukel war mit künstlichen Zweigen, gold glitzernden Bändern und samtroten Kugeln verziert. Um die weißen Metallstangen hatte seine Mutter rotes Klebeband gewickelt, was sie wie Zuckerstangen aussehen ließ. Ein Kinder-Spielhäuschen aus Holz war in eine kleine Wichtelwerkstatt verwandelt worden: In der von zwei Laternen erleuchteten Hütte drängelten sich ein paar geschäftig wirkende Zwerge um eine Werkbank mit einem hölzernen Spielzeugkarussell. In der Wand des Wohnhauses war sogar eine Miniaturtür eingelassen, an der ein winziger Türkranz hing. Davor lag ausgerollt ein langer roter Teppich, an dessen Ende ein mäusegroßer Briefkasten und eine Straßenlaterne in der passenden Höhe standen. Verbrachte seine Mutter ihre Zeit mit nichts anderem, als Weihnachtsdekoration herzustellen?

»Ich hab es!«, rief die Professorin und riss triumphierend eine Figur in die Höhe.

»Das ist ein Eichhörnchen«, klärte Hempel sie auf.

»Du klingst ja richtig empört. Ich habe es halt nicht so mit Nagetieren.«

Sie suchten sich weiter durch die Dekoration. Plötzlich stolperte Linda, schlug lang auf den Boden und stöhnte auf.

»Hast du dir wehgetan?«

»Geht schon«, sagte sie. Sie saß zwischen ein paar Zwergen vor einer Reihe künstlicher Weihnachtssterne. Eine der Figuren hielt sie in den Händen.

»Was hast du da?«, fragte Hempel.

»Einen Zwerg.«

»Gib mal her.«

Hempel ging zu ihr, nahm ihr das Porzellanding aus der Hand und half ihr wieder auf die Beine. Ihre Hand fühlte sich eiskalt an. Dann fiel Hempels Blick auf die Porzellanfigur. »Da ist es ja. Du bist direkt darübergefallen.«

»Na, wenigstens etwas«, murmelte Linda und erhob sich leise stöhnend aus der derangierten Zwergengruppe.

Hempel tastete mit der Hand den Hohlraum der Figur ab und zog erleichtert den Schlüssel aus dem Erdmännchen. Die ganze Zeit über hatte er sich ausgemalt, was die beiden Frauen wohl mit ihm anstellen würden, wenn seine Mutter das Versteck mittlerweile geändert hätte.

Er musste den Schlüssel mehrere Male herumdrehen, ehe sich die Tür öffnen ließ. Seine Mutter war also wirklich nicht da. Sie verschloss nachts nie die Haustür, wenn sie zu Hause war. Sie legte Wert darauf, dass Fluchtwege frei blieben, und so chaotisch sie auch sein mochte: Der Ordner mit den wichtigsten Dokumenten war neben der Eingangstür deponiert, seit er denken konnte – falls es ein Feuer gab. Seine Mutter gehörte nicht zu den angstgeplagten Menschen, aber gegen ein überraschend ausbrechendes Feuer war sie lieber gewappnet. Wenn sie verreist waren und woanders übernachtet hatten, hatte ihr erster Blick stets den Feuerlöschern und den Fluchtwegen gegolten, damit sie im Falle eines Feuers vorbereitet waren. Als Kind hatte auch

Hempel eine solche Notfalltasche mit den wichtigsten Dingen packen und neben der Tür deponieren wollen. Als die Tasche geöffnet auf seinem Bett stand, bereit, gefüllt zu werden, wusste er jedoch einfach nicht, was er hätte hineinpacken sollen. Bis heute war das so geblieben: Hempels Herz hing nicht an Gegenständen. Wenn er umgezogen war, hatte er das immer mit einem kleinen Transporter und zwei bis drei Freunden erledigen können. Elfie hingegen liebte es, sich mit schönen Dingen zu umgeben. Aber sie war wählerisch. Bevor sie etwas Neues kaufte, überlegte sie sich sehr genau, ob sie es wirklich wollte. Auf dieselbe Art und Weise entschied sie ab und zu, dass bestimmte Dinge nicht mehr Teil ihres Lebens sein sollten. Das Aussortierte packte sie in eine Kiste und stellte sie vor die Schlange. Elfie gefiel die Vorstellung, dass etwas, das sie einmal gemocht und sie in ihrem Alltag eine Weile begleitet hatte, bei jemand anderem Einzug hielt. Hempel stellte sich vor, wie Elfie auch ihn in eine Kiste packen und vor den Wohnkomplex stellen würde. »Zu verschenken«, würde sie auf den Kartondeckel schreiben und ihn so hochklappen, dass es auch jeder gut lesen könnte, der zufällig vorbeikäme. Schnell schüttelte Hempel die Vorstellung ab und konzentrierte sich wieder auf die Gegenwart. Er trat in die Diele und lauschte aufmerksam. Es war nichts zu hören. Wenn seine Mutter um diese Zeit noch nicht zu Hause war, blieb sie vermutlich über Nacht außer Haus und würde frühestens morgen auftauchen. Hempel atmete auf – wenigstens sie blieb ihm jetzt erspart. Plötzlich wurde er unsanft zur Seite geschubst. Wut stieg in ihm auf, doch dann bemerkte er, wie elend Linda aus sah, sie konnte sich kaum noch auf den Beinen halten. Die Professorin stützte sie, bugsierte sie im Wohnzimmer auf das Sofa und deckte sie zu. Das Licht der Herrnhuter Sterne tauchte alles in einen gespenstischen Schimmer. »Wo ist der Schalter für den Scheißweihnachtsbaum?«, fragte die Professorin und kroch unter das üppig mit Kugeln, Glitter und Figuren geschmückte Ungetüm.

Hempel schaltete unterdessen die Stehlampe und den Deckenfluter ein. »Kein Schalter. Echte Kerzen. Die werden aber nie vor Weihnachten angezündet«, sagte er.

»Ist ja gut. Ich wollte ja nur etwas Licht. Kann man hier irgendwo einen Tee kochen? Sie braucht Wärme.«

»Ich kümmere mich darum.«

Hempel ging nach nebenan in die Küche und durchsuchte die Schränke. Er kannte sich hier nicht besonders gut aus. Seine Mutter war erst vor einigen Jahren hergezogen, und Hempel hielt die Besuche bei ihr kurz, meistens an eine Mahlzeit gekoppelt – Kaffeetrinken oder Abendessen, etwas mit einem klaren Schlusspunkt. Ein bis zwei Stunden, dann befand er sich in der Regel wieder auf dem Rückweg – weil er abends noch verabredet war oder am nächsten Morgen ein frühes Seminar hatte oder wegen der Witterungsverhältnisse, zum Beispiel angeblich angekündigtes Blitzeis oder Starkregen. Er wusste nicht, ob seine Mutter ihm glaubte, aber sie akzeptierte seine Entschuldigungen und versuchte nie, ihn zum Bleiben zu überreden. Einige wenige Male hatten sie sich auch in Berlin getroffen, weil seine Mutter Unaufschiebbares zu erledigen hatte. Dann war ihr einziges Gesprächsthema, wie froh sie war, nicht mehr in der Stadt zu wohnen – die Hektik, die unfreundlichen Menschen, der Verkehr, die schlechte Luft, die vermüllten Gehsteige. Hempel hatte ihre Schimpftiraden über Hundekot auf den Bürgersteigen, rücksichtslose Falschparker und die verpestete Luft stoisch über sich ergehen lassen, froh darüber, nicht selbst im Mittelpunkt ihres Interesses zu stehen.

In einem der Schränke fand er ein ganzes Arsenal an Teebeuteln und Dosen mit losen Teemischungen – mehr, als man in einem langen Leben verbrauchen konnte. Einen Wasserkocher sah er nicht, dafür einen alten Teekessel. Typisch, dachte er, bloß nichts Praktisches. Er kannte niemanden, der sich so sehr gegen Neuerungen wehrte, die etwas Komfort und Bequemlichkeit versprachen, wie seine Mutter. Kühlschrank und Waschmaschine waren das höchste der Gefühle, von Dingen wie einer Spülmaschine, einem Mixer oder einem Fernseher wollte sie nichts hören. Für Besucher, die danach verlangten, hatte sie stets eine abfällige Bemerkung parat. Die meisten verteidigten dann sofort ihre eigene Lebensweise und bezeichneten Hempels Mutter als weltfremd und durchgeknallt. Hempel selbst hatte Elfie seine Mutter vor ihrer ersten Begegnung als »etwas abgedreht mit einem Hang zum Esoterischen« beschrieben. Elfie aber war voll des Lobes für seine Mutter gewesen, hatte diese trotzige Technikverweigerung als nachhaltig und erfrischend bezeichnet und sich sogar ihre Ausführungen über Ayurveda und Buddhismus ernsthaft interessiert angehört. »Ich könnte das nie«, hatte sie selbstkritisch gesagt und damit das Herz seiner Mutter erobert. Elfie war vielleicht die Erste, die ihrem Lebensstil aufrichtige Anerkennung zollte.

Wer weiß schon, was sie den ganzen Tag so macht, dachte Hempel jetzt. Viel wusste er nicht über ihren Alltag hier auf dem Land, außer dass sie selbst gestrickte Sachen über einen Onlineshop vertrieb. Vielleicht ist sie bei einer nächtlichen Séance, baut auf irgendeinem Acker Demetergemüse an, das nur bei Mondschein ausgesät werden darf, oder ist einer Sekte anheimgefallen, dachte er. Oder sie war bei irgendeinem Festival oder Mittelaltermarkt – wobei das zu dieser Jahreszeit wohl eher unwahrscheinlich war. Das Pfeifen des Teekessels unterbrach die Gedanken an seine Mutter. Hempel goss den Tee auf und brachte ihn ins Wohnzimmer. Linda schlief schon, die Decke bis zum Kinn hochgezogen. Auch die Professorin sah richtig müde aus, sodass Hempel sich bereit erklärte, in der Nacht ein Auge auf Linda zu haben, falls sich ihr Zustand verschlechtern sollte. Die Professorin brachte er nach oben in den ersten Stock und zeigte ihr das Bastelzimmer seiner Mutter, in dem ein Tagesbett stand, und nahm für sich selbst eine Wolldecke mit hinunter ins Wohnzimmer. Erst als er Lindas ruhigen Atemzügen lauschte, merkte er, wie erschöpft er selbst war.

Er nahm sich ein Kissen von einem Stuhl, legte sich auf den Teppichboden und deckte sich zu. An Einschlafen war jedoch nicht zu denken. Er grübelte über den morgigen Tag nach. Seine Mutter würde früher oder später nach Hause kommen, und dann würde es nicht mehr lange dauern, bis Elfie erfahren würde, dass er nicht in New York war, ja, dass er das Flugzeug nie bestiegen hatte. Was würde seine Mutter wohl dazu sagen, dass zwei fremde Frauen in ihrem Haus schliefen? Vermutlich würde es sie sogar amüsieren, dachte er. Im Laufe seiner Kindheit war ihre Wohnung immer wieder von merkwürdigen Gestalten bevölkert gewesen, die seine Mutter irgendwo aufgelesen hatte. »Wenn jemand Hilfe braucht, helfe ich«, pflegte sie zu sagen. Wildfremden hatte sie nächtelang zugehört. Warum war ihr das bei ihrem eigenen Sohn so schwergefallen? Immer war sie der Meinung, schon zu wissen, was er sagen würde, und hatte ihm seine Worte vorweggenommen. Irgendwann hatte er es nicht einmal mehr versucht.

Auf der Landstraße

Valentin probierte es in allen Richtungen. Er lief ein paar Meter weit hinaus auf den Acker. Die Getreidestoppel zerstachen ihm die Knöchel, und einmal versank einer seiner guten rindsledernen Schuhe im Morast und ließ sich nur schwer wieder herausziehen, wobei er ein ekelhaft schmatzendes Geräusch von sich gab. Es nützte alles nichts, Valentin fand nirgendwo ein Funknetz. Und sein Akku wäre auch bald leer. Er schimpfte laut. Der Barkeeper lehnte lässig am Auto und schaute ihm zu, offenbar höchst amüsiert. Der Dicke saß immer noch hinterm Steuer und hielt das Lenkrad fest, als würde er gleich losfahren. Valentin gab auf und kehrte zum Auto zurück.

»Was jetzt, Chef?«

»Wir sind vorhin an einem Gasthaus vorbeigefahren. Da gibt es bestimmt Internet«, sagte der Fahrer, bevor Valentin antworten konnte.

Es widerstrebte Valentin, die Verfolgung abzubrechen. Doch die Lage war aussichtslos. Und es war bitterkalt. Keiner von ihnen hatte in der Eile daran gedacht, Jacken mitzunehmen. Auf dem freien Feld wehte ein eisiger Wind, und das, wo Valentin sich schon bei der sanftesten Brise eine fiese Erkältung einfing. Zurückfahren nach Berlin mochte er aber auch nicht. »Also gut«, lenkte er ein.

So fuhren sie zurück bis zu dem Gasthof mitten in der Prärie, am Rand eines Waldes: ein schmutzig weißer alter Bau mit Strukturputz, gelben Glasbausteinen und einem Flachdach, umgeben von Gestrüpp und einem zugewachsenen Bolzplatz. Vor dem Eingang stapelten sich Sperrmüll und Altglas, es sah alles andere als einladend aus. Sie stiegen aus. »Ausflugslokal« stand großspurig auf dem verwitterten Schild über dem Eingang. Der Barkeeper blickte Valentin zweifelnd an, als hätte er Hoffnung, dass sein Chef es sich noch anders überlegte und sie nach Berlin zurückkehren würden. »Also dann«, sagte Valentin aufmunternd, ohne sich zu bewegen. Er hatte gehofft, einer seiner beiden Begleiter würde vorgehen. »Nach Ihnen, Chef«, sagte Juri stattdessen und hielt ihm die Tür auf. Flankiert von den beiden Männern betrat Valentin den Gasthof. Allein hätte er sich nie getraut, auch nur einen Fuß über die Schwelle zu setzen. Ein kleiner schmaler Flur führte zur Gaststube. Valentin klopfte und öffnete die Tür, die ein abscheuliches Quietschen von sich gab. Fünf alte Männer an einem Ecktisch verstummten schlagartig und glotzten sie an. Sie waren dabei, Karten zu spielen und zu trinken. Einer von ihnen erhob sich. »Ist gleich Sperrstunde.« Es war offenbar der Wirt, der sie abschätzig ansah. »Eine Runde mach ich euch noch, wenn ihr wollt.«

Valentin hob abwehrend die Hände: »Wir wollen Ihnen keine Umstände machen. Wir würden gerne nur kurz das Internet benutzen.«

»Gibts hier nicht«, knurrte er und setzte sich wieder hin, verärgert darüber, dass sie trotz seines großzügigen Angebots nichts bestellen wollten.

»Es gibt hier kein Internet?«

»Nicht um diese Zeit.«

Valentin sah ihn irritiert an.

»Mein Sohn schaltet es abends aus.«

Juri kicherte. Mit einem strengen Blick brachte Valentin ihn zum Schweigen.

»Damit sich von den feinen Herren hier keiner heimlich irgendwelche Filmchen ansieht«, führte der Wirt mit einem vielsagenden Blick in die Runde aus. Die Männer grinsten breit in ihre Gläser.

»Können Sie es für uns nicht kurz einschalten? Ich bezahle es auch«, sagte Valentin schnell, als er den abwehrenden Blick des Gastwirts registrierte.

»Da muss der Herr sich schon bis morgen gedulden. Das kann nur mein Sohn.«

»Wir könnten uns die Sache ja mal ansehen?«, schlug Valentin vor.

»Nee. Keiner geht an die Maschinen ran außer mein Sohn. Da muss der Herr sich bis morgen gedulden«, wiederholte er mit Nachdruck.

Valentin konnte ihm im Gesicht ablesen, wie er es genoss, die Zügel in der Hand zu halten. Er gab sich auch keine Mühe, es zu verbergen.

»Also gut. Haben Sie Zimmer für uns?« Valentin spürte, wie Juri neben ihm zusammenzuckte.

»Aber die Zimmer sind nicht hergerichtet.«

»Wird schon gehen«, sagte Valentin wenig überzeugt.

»Es sind aber nur zwei. Die anderen kann ich Ihnen nicht anbieten, die sind vollgestellt. Kommen nicht viele Gäste um die Jahreszeit. Und die kündigen sich immer vorher an«, fügte er vorwurfsvoll hinzu.

Valentin war viel zu schockiert von dem Gehörten, als dass er darauf hätte reagieren können. Juri druckste etwas herum, bevor er mit sichtlichem Widerwillen anbot, sich mit dem Fahrer ein Zimmer zu teilen, womit Valentin ein Zimmer für sich hätte. Als ob eine andere Möglichkeit überhaupt zur Debatte stehen würde, dachte Valentin. Der Fahrer wirkte als Einziger gelöst und gut gelaunt – was Valentin erst recht misstrauisch machte. Was sollte an ihrer Lage amüsant sein? Keiner, der bei gesundem Menschenverstand war, würde das hier noch mit Humor nehmen.

Der Wirt schien diese Meinung zu teilen, brummte missmutig vor sich hin, stemmte sich aus dem Stuhl hoch und setze sich schlurfend in Bewegung. Hinter der Theke angelte er sich zwei Schlüssel von einem Schlüsselbrett und bedeutete seinen Gästen, ihm zu folgen. Das Braun der alten Fliesen auf dem Boden ließ Valentin erschauern. Wobei – immer noch besser als Teppichboden, Fliesen konnte man wenigstens auch mit kleinem Aufwand sauber halten.

Als Valentin einen Blick in das erste Zimmer warf, wollte er sich gar nicht vorstellen, wie die unbenutzbaren Zimmer aussahen. Es war eine Zumutung: synthetischer Teppichboden in einer undefinierbaren Farbe, der unter den Füßen knisterte, weil man sich statisch auflud, wenn man die Füße nicht genug anhob. Das Doppelbett war höchstens 1,20 Meter breit, und es erfüllte Valentin mit Schadenfreude, wenn er sich ausmalte, wie die beiden Männer versuchen würden, hier gemeinsam die Nacht zu verbringen. Doch der Fahrer wirkte immer noch entspannt, bedankte sich sogar bei dem Wirt. Wahrscheinlich hat er schon in viel schlimmeren Unterkünften übernachtet, dachte Valentin. Juri schnappte sich eines der Kopfkissen und platzierte es auf dem Boden, ohne dabei zu sagen, wem von beiden er diesen Schlafplatz zudachte. Valentin blieb keine Zeit, das Geschehen zu verfolgen, denn der Wirt drängte ihn zum Weitergehen. »Die saufen mir da unten sonst den guten Schnaps leer«, brabbelte er und schlurfte den spärlich beleuchteten Gang hinunter. Er schloss eine Tür auf und drückte Valentin den Schlüssel in die Hand. »Wenn Sie noch was brauchen …« Er führte den Satz nicht zu Ende, sondern machte auf dem Absatz kehrt.

»Hätten Sie noch eine zusätzliche Decke für mich? Ich fange mir schnell eine Erkältung ein.« Einen Moment glaubte Valentin, der Wirt würde sich das mit dem Zimmer noch einmal anders überlegen. Doch dann brummte er etwas in sich hinein, schob

Valentin zur Seite und holte eine speckige Fleecedecke aus dem Schrank. In einer ironisch dienerhaften Geste breitete er sie über dem Bett aus.

»Sonst noch Wünsche, der Herr?«

»Nein, danke«, sagte Valentin schnell, und der Wirt ging schnaubend aus dem Zimmer und donnerte die Tür hinter sich zu.

Kerzengerade saß Valentin auf der Bettkante. Keinesfalls würde er sich hier hinlegen – und schon gar nicht die Augen zumachen. Er hatte die Kalk- und Schimmelflecken in der Dusche gesehen. Von den Spinnweben an der Decke ganz zu schweigen. In seinem Nachttisch sah es aus wie in der Kruscht-Schublade eines Albtraums – ein paar stumpfe Messer und rostige Werkzeuge lagen darin, dazwischen das Neue Testament, immerhin. Das Bett war fast so breit wie das des Doppelzimmers, doch auf dem Überwurf zeichneten sich Umrisse ab, als hätte dort kurz zuvor noch jemand gelegen, und Valentin konnte sich nicht dazu überwinden, sich dorthin zu legen. An solchen Orten spielen Dorfkrimis, dachte er. Am Morgen würde man einen von den unerwünscht eingedrungenen Städtern irgendwo tot auffinden – an einem schilfumwachsenen See in der Nähe, verscharrt im Wald oder erhängt in einer Scheune. Oder es gäbe einen verheerenden Brand, den man einem von ihnen in die Schuhe schieben würde. Aus der verschworenen Dorfgemeinschaft wäre natürlich nichts herauszubekommen, sie würden eine eiserne Mauer des Schweigens bilden.

Rastlos ging Valentin zum Fenster, zog die Gardine mit den Fingerspitzen etwas zur Seite und spähte nach draußen. Es war zu düster, um viel zu erkennen. Die Umrisse der Mülltonnen im Hof, dahinter beginnend der Wald. Die Heizung machte gurgelnde und klopfende Geräusche, wurde jedoch nur lauwarm. Bis Tagesanbruch würde es noch Stunden dauern. Valentin war müde und erschöpft. Er setzte sich auf den einfachen Holzstuhl, der etwas verloren im Zimmer herumstand, deckte sich angewidert mit der fleckigen Decke zu und versuchte, irgendwie zur Ruhe zu kommen. Doch seine Gedanken galoppierten in alle Richtungen. Auf seine Frage, ob es hier einen Fernseher gab, hatte der Wirt nur mit einem bellenden Lachen geantwortet. Auch Empfang hatte Valentin weiterhin keinen, so konnte er weder nach seinem Wagen fahnden noch sich mit einer Sendung aus einer der Mediatheken ablenken. Es blieb ihm wohl nichts anderes übrig, als bis zum Morgen auszuharren. Er zog die wenigen Bögen Origamipapier heraus, die noch in seiner Tasche waren, und versuchte sich daran zu erinnern, wie man eine Eule faltete.

Diese gemeinsame Heimfahrt nach Daniels vorübergehendem Verschwinden im Club war schweigsam verlaufen und voller Verlegenheit gewesen – auf beiden Seiten. Meistens übernachtete Daniel bei Valentin, wenn sie zusammen ausgegangen waren. In jener Nacht aber trennte er sich vor dem Haus von ihm und ging allein zu sich nach Hause. Das Haus lag nur zwei Querstraßen weiter, und doch war sein Freund so weit von ihm entfernt wie noch nie. Sie sprachen später nie mehr darüber. Die anfängliche Verlegenheit wich nach und nach, verlor sich bereits im Licht des nächsten Tages. Und doch. Etwas zwischen ihnen hatte sich verschoben und ihre Freundschaft unwiderruflich verändert.

Daumenkinos

Friederike schloss die Tür hinter sich. Endlich allein. Das kleine Zimmer war gut gefüllt. Weniger Weihnachtsdeko zwar, dafür jede Menge Krimskrams. Ein wuchtiger Holztisch nahm viel Raum ein. Er war komplett bedeckt mit glänzenden Papieren, Werkzeugen und anderen Bastelmaterialien. Daneben stand ein Regal, das vollgestopft war mit Wolle, Handarbeitsutensilien, Kisten und Kästen. Überall lag oder stand etwas herum. In einer Ecke stapelten sich große durchsichtige Plastikkisten mit Wollsachen in grellen Farben. Es roch nach Mottenpapier und Staub. Friederike öffnete eine der Kisten und besah sich den Inhalt: Pullover aus grobem Strick mit Norwegermustern und Weihnachtsmotiven darauf – Rentiere, Christbäume, Zuckerstangen und Schneemänner. Sie erinnerte sich, dass Hempel erzählt hatte, dass seine Mutter mit Selbstgestricktem ihr Geld verdiente, das sie über einen Onlineshop vertrieb. Dass es Weihnachtspullis waren, hatte er dabei verschwiegen. Friederike sehnte sich in ihr schlichtes Hotelzimmer zurück, nach ein bisschen Entspannung für die Augen. Sie holte die Zigaretten aus ihrer Tasche. Es war nur noch eine letzte in der Schachtel. Friederike nahm sie heraus und drehte sie zwischen ihren Fingern, steckte sie seufzend wieder zurück und sah sich weiter im Zimmer um. Es gab eine schmale Liege mit Beistelltisch und Lampe, eine kleine Kommode und ein Bücherregal. Es waren alte, robuste Bauernmöbel. Friederike überflog die Titel auf den Buchrücken. Es war nichts Beeindruckendes dabei, vieles, was man im Urlaub so weglesen konnte. Bemerkenswert vielleicht der Hang zu Krimis, viele Ti-

tel aus den 70er-Jahren, dazu ein paar Gedichtbände. Eine Buch-
reihe erregte Friederikes Aufmerksamkeit. Die Leinenrücken
waren alle gleich hoch und in unterschiedlichen Farben schat-
tiert. Sie nahm das vorderste heraus und schlug es auf. Es war
ein Fotoalbum, so kleinformatig, dass auf jeder Seite nur ein ein-
zelnes Bild Platz fand. Ein typisches Familienalbum, dachte Friederike, als sie das schlafende Baby auf der ersten Seite sah. Sie
blätterte weiter. Auf jeder Seite schlief das Kind. Von Seite zu Seite
wurde es größer und älter, wurde vom Baby zum Kind, zum Ju-
gendlichen, immer deutlicher traten Hempels Züge hervor. Auf
dem letzten Bild war er ein erwachsener Mann, vielleicht zwanzig, schätzte sie. Er lag schlafend auf einem Liegestuhl, die Sonne leuchtete ihn an. Warum hatte seine Mutter ihn immer beim
Schlafen abgelichtet? Es war seltsam; wenn man das Album schnell
genug durchblätterte, hatte man den Eindruck, man könnte ihm
beim Wachsen zusehen. Friederike nahm den zweiten Band heraus. Auf den ersten beiden Seiten waren Fotos von Geburtstagskuchen zu sehen – einmal mit einer Null und einmal mit einer
Eins darauf. Das nächste Bild zeigte ein Baby auf dem Arm von
jemandem, dessen Kopf auf der Fotografie abgeschnitten war.
Dahinter kamen Bilder einer sich stets gleichenden Szene: Ein
Junge pustet Kerzen auf dem Geburtstagskuchen aus. So wohnte man den Feiern bis zum 26. Geburtstag bei. Danach brach die
Reihe ab und machte der nächsten Szenerie Platz. Friederike sah
auf dem ersten Bild nur einen Kinderwagen, dann Hempel auf
wackligen Beinen die vielleicht ersten Schritte machen. Es folgten Bilder mit einem Dreirad, Roller, Kettcar, dann Fahrrad und
Mofa. Anschließend sah man Hempel vor unterschiedlichen Fahr-
zeugen stehen: Pkw, ein VW-Bus, eine Dampflok. Hier ging es
offenbar um Mobilität. Ein Buch zeigte nur Kleidung. Es wirkte
gruselig, immer lag ein komplettes Outfit auf dem Boden ausgebreitet, wie es auch am Körper aussehen würde, nur dass kein

Körper da war, um die Kleider auszufüllen. Als hätte man die Person wegretuschiert. Und auch die unsichtbare Person wuchs heran – auf die Babykleider folgten Kleinkinder-, Kinder- und Teenager-Klamotten. Es fiel Friederike nicht schwer, sich Hempel in die Kleider hineinzudenken.

Das Betrachten der Fotoalben ließ ein unbestimmtes Unbehagen in Friederike zurück. Sie wirkten wie bildliche Aufzeichnungen eines schrägen Experiments – als wäre Hempel ein Studienobjekt, dessen Heranwachsen es genau zu beobachten und zu dokumentieren galt. Ein Fotoalbum zeigte sogar eine Reihe Verletzungen: eine Beule an der Stirn, blaue Flecken an Armen und Beinen, aufgeschürfte Knie, Pflaster auf unterschiedlichen Stellen, ein Gipsbein. Als Friederike das letzte Fotoalbum zurückstellte, fiel ein Bild heraus. Sie hob es auf und betrachtete es. Darauf abgebildet war eine Frau mittleren Alters. Sie saß auf der Treppe vor einem Holzhaus und blinzelte ins Gegenlicht, das sie mit beiden Händen von den Augen abzuschirmen versuchte. Sie saß am Rand der Treppe, was auf der Stufe neben ihr viel Platz übrig ließ, wodurch es wirkte, als würde jemand fehlen. In einem normalen Fotoalbum wäre es ein Bild gewesen, dem Friederike keine besondere Beachtung geschenkt hätte. Doch nach all diesen Reihen um Hempel und seine Person strahlte dieses Bild eine Einsamkeit aus, dass es Friederike regelrecht den Hals zuschnürte. Einem Impuls folgend steckte sie es ein. Dann legte sie sich aufs Bett. Nur kurz die Augen zumachen, dachte sie, während die Zimmerdecke sich über ihr drehte, und schlief ein.

Hoffnung

Als Jupp die Hotel-Bar betreten hatte, war er zuerst maßlos enttäuscht gewesen. Eine stinknormale Bar – gemütlich zwar, das
musste er zugeben, aber ganz bestimmt nichts Besonderes und
viel gediegener, als er sich vorgestellt hatte. Juri hätte er in einer
wesentlich zwielichtigeren Umgebung vermutet. Dass der gut-
mütige Italiener so schnell abgezwitschert war, war auch nicht
gerade hilfreich gewesen, und der Kumpel von Juri, den er an der
Theke auszuquetschen versucht hatte, hatte sich ebenfalls als
Reinfall erwiesen. Er musste schon vor Jupps Ankunft tüchtig Alkohol getankt haben und war ziemlich gefühlsduselig. Er wiederholte sich oft, erzählte mit schwerer Zunge irgendwas von einem
Streit mit Juri, woraus Jupp schloss, dass er der Anrufer gewesen
war. Immer wenn Jupp das Thema auf den Inhalt des Streits zu
lenken versuchte, jammerte Juris Kumpel nur wieder etwas von
Freundschaft und Verzeihen. Doch gerade als Jupp die Segel hatte streichen wollen, hatten sich die Ereignisse überschlagen. Zuerst war der kleine Adrette an der Bar aufgetaucht – ein Erb-
senzähler, das sah man auf den ersten Blick. Er scharwenzelte
die ganze Zeit hinter der Schwingtür um Juri herum, den das
sichtlich nervte. Den wenigen Gesprächsfetzen nach zu urteilen, die Jupp aufschnappen konnte, war er Juris Chef. Einen Bar-
besitzer hatte Jupp sich anders vorgestellt, irgendwie verwege-
ner und nicht so langweilig. Aber die Kellnerin gefiel ihm, und
der Kumpel von Juri hatte die zweite Runde Bier bezahlt, also
war Jupp doch sitzen geblieben. Und dann war es rundgegan-
gen. Zuerst war der Adrette zur Kellnerin gegangen und hatte

sie beleidigt, wollte sich dann wieder nach hinten verziehen und bekam just in dem Augenblick die Tür von Juri mitten auf die Zwölf. Das Blut war ihm nur so aus der Nase geschossen, er hatte angefangen zu brüllen und wild mit den Armen zu gestikulieren, hatte sich ein herumliegendes Küchentuch auf die Nase gedrückt und war plötzlich aus der Bar rausgerannt, Juri und sein Kumpel hinterher. Jupp war ihnen gefolgt und hatte seine Chance ergriffen, als sie sich bot. Autodiebstahl mit Verfolgungsjagd – das ist doch besser als nichts, hatte er gedacht. Der Adrette schien etwas zu verbergen zu haben, so panisch, wie er war. Einen der Autodiebe hielt er offenbar für einen Journalisten, der hinter ihm her war. Wenn der wüsste, dachte Jupp schadenfroh – und stolz darauf, dass er sich wie ein Profi unerkannt eingeschleust und das Steuer übernommen hatte.

Er war zwar kein besonders guter Autofahrer, aber irgendwie waren sie vorwärtsgekommen – bis sie hier in dieser Absteige gestrandet waren. Mit Juri hatte er sich nicht anlegen wollen, also hatte Jupp ihm das Bett überlassen, wo er jetzt schnarchte wie ein Bär, während Jupp auf dem Boden kauerte und vergeblich versuchte, eine halbwegs erträgliche Liegeposition zu finden. Wenigstens ein Kissen hatte Juri ihm überlassen.

Jupp zog sein Handy heraus, um Fischer eine Nachricht zu schreiben. Er hatte es sich genau zurechtgelegt. Er schrieb, dass er Augenzeuge eines Verbrechens geworden sei und sich nun auf Verfolgungsjagd befinde, dass er einer ganz heißen Sache auf der Spur sei. »Du weißt ja, wie das ist, Fischer, wenn die Pflicht ruft«, tippte er, »ich melde mich, wenn ich wieder in die Stadt komme – aber wer weiß, wohin es mich noch verschlägt, Fischer, ich bin auf dem Weg nach Osten, vielleicht muss ich bis nach Russland oder China, so ein Journalistenleben ist unberechenbar.« Das Senden der Nachricht schlug fehl. Jupp erhob sich schwerfällig und wanderte mit dem Handy in der Hand durchs Zimmer. Er versuchte es am Fenster, doch auch dort hatte das Telefon keinen Empfang. Jupp versuchte es weiter, und gerade als er aufgeben wollte, fand er neben der Zimmertür tatsächlich eine Stelle, von der aus die Nachricht versendet wurde. Auch wenn es am Ende nicht mehr war als ein einfacher Autodiebstahl, so hatte dieser Jupp doch vorläufig ein Zusammentreffen mit Fischer erspart. Zufrieden sank er auf sein Nachtlager und schloss die Augen.

Wer weiß wo

Valentin sah auf dem Display seines Handys den Sekunden beim
Verstreichen zu. Ab und zu veränderte er seine Position, was nicht
viel half – alles war verspannt und tat weh. Trotz der Decke fror
er. Acht Uhr, das hatte er seiner Mannschaft unmissverständlich
klargemacht, war das äußerste der Gefühle. Acht Uhr, das hatte auch der Wirt klargemacht, war der früheste Zeitpunkt, zu
dem seine Frau die Kaffeemaschine in Betrieb nehmen würde,
und ohne einen Kaffee, hatten Juri und der Fahrer einstimmig
angekündigt, würden sie sich keinen Millimeter von hier wegbe-
wegen. Valentin war also gar nichts anderes übrig geblieben. Wenn
es nach ihm gegangen wäre, wären sie im Morgengrauen aufgebrochen. In der Nacht nickte er immer wieder einmal ein, ein
paar Sekunden oder Minuten, um kurz darauf wieder hochzu-
schrecken und auf die Uhr zu starren. Valentin pflegte eine strenge Morgenroutine. Dazu gehörte, ein Glas warmes Wasser in
kleinen Schlucken zu trinken – am Fenster stehend mit Blick
auf das Hotel –, danach eine halbe Stunde schnellen Schrittes
um den Block zu laufen, um den Kreislauf in Schwung zu bringen, anschließend zu duschen, frische Sachen anzuziehen und
ein leichtes, bekömmliches Frühstück zu sich zu nehmen. All das
erledigte er normalerweise bis 7.30 Uhr, bevor er seinen Dienst
im Büro des Hotels antrat. Seit der Eröffnung hatte er diese Routine nur zu besonderen Anlässen unterbrochen. Als sein Vater
gestorben war, waren es drei Tage gewesen, nach dem Tod seiner Mutter einige Zeit mehr, bis Daniel aufgetaucht war und ihn
Schritt für Schritt in seine Routine zurückgeholt hatte. Valentin

nestelte an seiner kleinen Tasche herum und zog die Postkarte von Daniel noch einmal heraus. Er traute dem friedlichen Buddha auf der Vorderseite nicht. Gab man *Hongkong* in eine Suchmaschine ein, erblickte man riesige eng stehende Wolkenkratzer, schmale Gassen, in denen sich die Menschen drängelten, bunte meterhohe Leuchtreklamen mit chinesischen Schriftzeichen über ihren Köpfen. Von welcher Ruhe sprach Daniel also? Mit dem Auto waren es fast 11.000 Kilometer von Berlin nach Hongkong: Polen, Weißrussland, Russland, Kasachstan, China. Nur fünf Länder durchqueren, gut 130 Fahrtstunden. Valentin hatte das recherchiert. Welcher Verrückte setzte sich schon in ein Flugzeug?

»Eisen ist schwerer als Luft«, hatte er seiner Therapeutin geantwortet, als diese fragte, warum er der Einladung seines Freundes nicht nachkam.

»Die Begegnung mit fremden Kulturen bringt uns weiter in der Charakterbildung«, entgegnete sie.

»Ein Flugzeugunglück endet für etliche Passagiere tödlich«, sagte er.

»Wie wahrscheinlich ist es, von einem Flugzeugunglück betroffen zu sein?«

»Das spielt keine Rolle. Wenn man betroffen ist, ist es zu 100 % entsetzlich.«

Valentin steckte die Karte zurück in seine Tasche. Um fünf Uhr gab er den Versuch, einzuschlafen, endgültig auf. Er drehte das Warmwasser auf, ließ es eine Weile laufen und füllte das Zahnputzglas. Er würde wenigstens versuchen, seine morgendlichen Rituale einzuhalten. Als er die Flüssigkeit ins Licht hielt, wirkte sie so trüb und abstoßend, dass er sie zurück ins Waschbecken goss, ohne auch nur daran zu nippen. Stattdessen trank er ein paar Schlucke kaltes Wasser direkt aus seiner gewölbten Hand, weil er es vor Durst einfach nicht mehr aushielt. Draußen war es noch dunkel. Er wickelte sich in die Decke und öffnete das Fenster, ließ die kalte Luft hineinströmen. Zunächst erschien es ihm gänzlich still, doch nach und nach vernahm er schwache Geräusche, die er nicht einordnen konnte, wahrscheinlich Tiere. Hinter dem Haus fing der Wald an, nichts war erleuchtet, der Mond wer weiß wo. Valentin traute sich nicht, sein Zimmer zu verlassen. Wer konnte schon sagen, wer oder was ihm da draußen begegnen würde? Also lief er in seinem Zimmer umher und grübelte darüber nach, wie der Tag weitergehen würde. Wenn die Diebe mit seinem Auto die ganze Nacht weitergefahren waren, könnten sie mittlerweile schon halb Polen durchquert haben. Gab es seinen Wagen überhaupt noch? Man las ja immer wieder, dass geklaute Autos in ihre Einzelteile zerlegt und dann Stück für Stück verscherbelt wurden. Vor allem, wenn es sich um spezielle Autos handelte, die zu leicht wiedererkannt werden konnten. Mit den Einzelteilen verdienten sie mehr Geld als mit dem Auto am Stück und gingen weniger Risiken ein.

Valentins Gedanken kreisten um den fremden Mann aus dem Hotel. Marathon-Mann hatte der Barkeeper ihn genannt. Er hatte nicht wie ein Autodieb gewirkt, dafür hatte er einfach nicht verschlagen oder clever genug ausgesehen – soweit Valentin das nach den wenigen Momenten, in denen er sein Gesicht gesehen hatte, beurteilen konnte. Und dann war da ja auch noch seine transparente Frau. Welchen Sinn ergab es, dass ausgerechnet diese beiden seinen Wagen entwendeten? Und wer hatte den Wagen eigentlich gefahren? Valentin war zu langsam gewesen, um es erkennen zu können – er hatte nur gesehen, wie der Fremde und die transparente Frau hineingehechtet waren, dann waren sie schon losgerast. Es musste jemand Drittes im Bunde sein. Hatte Valentin sich wahrhaftig in der transparenten Frau getäuscht? Konnte es sein, dass sie ihm nur etwas vorgemacht hatte, dass sie in Wirklichkeit von Anfang an nur das Hotel ausspioniert hatte? Valentin konnte sich das nicht vorstellen. Wie sollte sie gewusst haben, dass er am Tag seiner ersten Sitzung in Schöneweide in diesem erbärmlichen Park auftauchen würde? Wie er es auch drehte und wendete: Nichts ergab Sinn.

Landluft

Auf dem Land ist die Luft viel besser. Der Schlaf ist erholsamer, der Körper regeneriert sich wie von allein – und erst der Geist! Diese Aussagen von Thomas kamen Friederike beim Aufwachen in den Sinn. In den vergangenen Jahren hatten sie gemeinsam viele Reisen unternommen, und da Friederike sich beruflich meistens in Städten aufhielt, war sie in ihren Urlauben mit Thomas gern aufs Land gereist. Vier Wochen im Sommer waren dafür reserviert gewesen. Sie waren ein Stück des Jakobswegs gegangen, durch den Negev gewandert, waren in Lappland bis zum Polarkreis gekommen. Vier Wochen abschalten, nicht erreichbar sein, mal etwas anderes sehen und erleben, das hatte ihnen beiden gutgetan, und auch Friederike hatte es ausgehalten, eine Weile ohne Internet auszukommen. Aber so leben? Der Morgen graute gerade erst, und Friederike hätte am liebsten noch ewig weitergeschlafen, aber die Gänse auf dem Nachbargrundstück veranstalteten einen Höllenlärm. Hier schnatterte nichts verträumt im Hintergrund, nein, es war ein ohrenbetäubender Krach. Hätte Friederike eine Schrotflinte oder ein Luftgewehr zur Hand gehabt, sie hätte nicht gezögert. Irgendwo krähte ein Hahn. Na klar, dachte Friederike, auch dieses Klischee wird bedient. Der Ausblick allerdings war malerisch, davor konnte auch sie sich nicht verschließen. Aus ihrem Fenster sah sie hinter dem Haus auf die Felder, über denen dichter Nebel lag. Die Pflanzen waren von Raureif überzogen. Weiter hinten Wald, dunkle Baumwipfel hoben sich im ersten Morgendämmer vor dem mit schweren Regenwolken verhangenen Himmel ab. Selbst der heruntergekommene Schuppen sah romantisch aus in diesem Licht.

Seit der Geburt des Babys ließ Thomas in Gesprächen immer wieder durchblicken, wie gut er sich vorstellen konnte, ihr Leben vollends aufs Land zu verlagern. Nur eine halbe Stunde länger mit dem Auto in die Stadt rein, und dafür bekämen sie die absolute Idylle – ein frei stehendes Objekt im Speckgürtel. Sie sollten nicht zu lange zögern, bevor die Preise noch weiter in die Höhe schossen und es für sie zu teuer werden würde. Friederike hatte ihm zugehört wie einem Fremden. Diese Idylle war nichts für sie, sie war Stadtkind durch und durch, wollte ihre Freunde, die Kinos, Buchläden, Cafés und Restaurants, die Kultur in unmittelbarer Nähe nicht aufgeben. Das hatte sich auch nicht geändert, nur weil sie ein Kind bekommen hatte. Weil sie jetzt Mutter war. Wann hatte sich Thomas von der Vorstellung, wie sie ihr gemeinsames Leben führen würden, verabschiedet? Ihre Idee, in der Stadt alt zu werden, wo sie alles, was sie zum Leben brauchten, in Laufweite hatten, dazu noch die gute medizinische Versorgung. Warum wollte er das plötzlich eintauschen? Woher kam diese Sehnsucht nach einem Haus und einem Stück Land? War das die Midlife-Crisis? Die späte Vaterschaft? Plötzlich vermisste Friederike den warmen Körper des Babys. Am frühen Morgen, vor dem ersten Füttern, hatten sie oft ein paar ruhige Minuten im Bett, in denen sich das Baby schlaftrunken an ihrem Arm festklammerte. Sein Atmen hatte dann etwas so Friedliches, der Duft des Kinderkopfes hüllte sie wohlig ein, ein benommener Halbschlaf. Friederike regte sich dann möglichst nicht, um den Augenblick nicht zu zerstören. Kein anderer Moment des Tages glich diesem, dessen Zauber im Bruchteil einer Sekunde zerbrach. Zuerst regten sich die Hände des Babys, sie zuckten, bevor sie sich zu Fäusten ballten, das Baby einmal tief Luft holte und ohne Umschweife anfing, aus Leibeskräften zu brüllen.

Kaum zu glauben, dass es einen Atemzug früher noch so friedlich dagelegen hatte.

Leute, die auf dem Land wohnten, sagten immer, sie könnten
sich nicht vorstellen, in der Anonymität der Stadt zu leben. Aber
das war genauso ein Klischee wie viele Bilder, die sie selbst vom
Landleben zeichneten. In Charlottenburg hatte Friederike die
meisten Mieter in ihrem Haus gut gekannt. Man klingelte, wenn
man eine Tasse Zucker oder Kaffee brauchte. Man lieh sich Lei-
tern aus, nahm Pakete füreinander an und fasste mit an, wenn
Hilfe benötigt wurde. Man traf sich im Hof, wenn man den Müll
rausbrachte, und ging spontan mit dem anderen hoch, auf eine
Tasse Kaffee oder ein Glas Wein. Man holte die Post für jemanden aus dem Briefkasten, der im Urlaub war, goss die Blumen auf
dem Balkon, ja, für manche Wohnungen hatte man Ersatzschlüs-
sel, falls sich jemand aus Versehen aussperrte. Es war nicht anonym, es war freundschaftlich. In dem neuen Haus in Schöneweide hingegen beobachteten sich alle gegenseitig, als lauerten
sie darauf, dass jemand gegen irgendeine Hausregel verstieß.

Hier auf dem Dorf wusste bestimmt auch jeder, was hinter
dem nächsten Gartenzaun geschah. Was für ein Mensch war wohl
Hempels Mutter, dass es ihr offenbar egal war, aus dem Verhal-
tensschema des restlichen Dorfes so herauszustechen? Sie hatte
ihr ganzes Leben umgekrempelt. Hatte ihren Job hingeschmis-
sen und ihre Wohnung in der Stadt gekündigt, um in dieser Weih-
nachtskugel zu leben. Vielleicht war sie völlig durchgeknallt –
aber sie war frei. Friederike hatte Lust, sie kennenzulernen. Was
war das für eine Frau, die sich offenbar für nichts schämte, die
ihre Marotte so offen zur Schau stellte, dass sie einem kilome-
terweit über die flache Landschaft entgegenleuchtete?

Landpartie

Hempel wachte von einem Scheppern auf. Die kurze, ungemütliche Nacht hatte Spuren hinterlassen. Sein Kopf fühlte sich dumpf an und träge von der ungewohnten Menge an Hochprozentigem, die er gestern in sich hineingeschüttet hatte. Dass er geträumt hatte, wusste er noch, doch das genaue Szenario konnte er schon im Aufwachen nicht mehr richtig greifen, nur Fetzen waren übrig: ein menschengroßes sprechendes Erdmännchen auf der Geburtstagsparty des Weihnachtsmanns, die Gästeschar ein Wirrwarr aus Tieren, Engeln und Zwergen. Hempel auf der Flucht, das Gefühl, immerfort zu rennen, ohne jemals ans Ziel zu gelangen, auf offener Fläche, die Verfolger nur einen Schritt hinter ihm. Seine Fußsohlen taten so weh, als wäre er tatsächlich die ganze Nacht über gerannt. Das Sofa, auf dem Linda geschlafen hatte, war leer, ihre Decke lag ordentlich zusammengefaltet auf der Lehne. Die Geräusche, die Hempel geweckt hatten, kamen aus der Küche. Seufzend stemmte er sich aus dem Sessel und schälte sich aus seiner eigenen Decke. Beim ersten Schritt ergriff ihn ein leichter Schwindel. Er könnte etwas zu essen vertragen, wollte sich aber immer noch nicht an Elfies Müsliriegeln vergreifen.

»Kaffee?«, fragte Linda, als er in die Küche kam, gerade so, als würden sie sich jeden Morgen hier begegnen und gemeinsam frühstücken. Unglaublich, dass Hempel dasselbe Häufchen Elend vor sich hatte, das gestern kaum noch zu einem selbstständigen Schritt in der Lage gewesen war. Sie schien sich über Nacht regeneriert zu haben und voller Tatendrang zu stecken. Hempel brummte zustimmend und sah dabei zu, wie Linda mit dem alten Herd, Wasserkessel, Porzellanfilter und der Kaffeekanne hantierte, als hätte sie nie etwas anderes getan. Er war erleichtert, dass die Professorin noch nicht zu sehen war – sein eigener Pessimismus reichte ihm für den Moment vollkommen aus.

Er durchsuchte den Kühlschrank und die Speisekammer und beförderte alles sofort Essbare auf den Küchentisch. Die Ausbeute war mäßig, seine Mutter hatte zwar einen riesigen Vorrat an Backutensilien und hätte vermutlich aus dem Stegreif eine stattliche Torte backen können, aber Brot und Käse oder Aufschnitt hatte sie nicht. Hempel riss eine Packung Spekulatius auf, aß ein paar davon und schüttete den Rest in eine Schüssel. Als Linda ihm eine Tasse mit heißem Kaffee in die Hand drückte und ihm der Geruch in die Nase stieg, hob das seine Laune etwas. Er schaufelte sich drei Löffel Zucker hinein und nippte daran.

»Also, was willst du nun tun?«, fragte Linda.

Die kleine Nachfrage reichte, um den Anflug guter Laune wieder zunichtezumachen. Missmutig zuckte er mit den Schultern.

»Also, meinen Vorschlag kennst du ja – es gibt hier sicher eine charmante Scheune, in der man prima eine Hochzeit feiern kann …«

Hempel warf ihr einen genervten Blick zu.

»Ich meine ja bloß«, sagte sie fröhlich.

Hempel blickte aus dem Fenster. Der Himmel war immer noch schwer von Regen – in der Nacht schien kein einziger Tropfen gefallen zu sein. Er nahm einen Schluck aus seiner Tasse. Obwohl er sich nicht viel aus Kaffee machte, tat ihm das Koffein gut, es stabilisierte seinen Kreislauf. Vielleicht liegt es auch nur am Zucker, dachte er, und dann dachte er wieder an Elfie, und alles war so trostlos wie am Tag zuvor. Oder eigentlich noch schlimmer, denn obendrein befand er sich nun auch noch im Haus seiner Mutter, die jeden Moment hereinplatzen konnte.

Von oben drang ein Knarzen zu ihnen herab. In diesem Haus hatte alles sein Geräusch, und Hempel kannte die Töne gut genug, um zu wissen, dass die Professorin auf dem Weg die Treppe herunter war. Auf der letzten Treppenstufe gab das Holz ein Quietschen von sich, dann öffnete sich die Tür. Sie sah wesentlich hübscher aus als am Vortag, wirkte entspannter, ja fast ein bisschen vergnügt. Dankbar nahm sie die Tasse Kaffee an, die Linda ihr einschenkte. Die beiden Frauen fingen ohne Umschweife an, über das Haus und die Weihnachtsdekoration zu plaudern. Hempel wandte sich ab. Von Verrücktheiten hatte er erst mal genug. Elfie verstrickte sich auch immer schnell in Gespräche, wenn sie irgendwo zusammen waren, selbst wenn sie dort niemanden kannte. Und das beschränkte sich gar nicht auf Small Talk, sondern sie sprach mit den Fremden schon nach kurzer Zeit über ganz persönliche Themen. Sie hat so etwas Verbindliches an sich, dass man sich ihr leicht anvertraut, dachte Hempel. Nicht selten tauschte sie am Ende sogar die Telefonnummern mit jemandem aus und verabredete sich kurz darauf, »um in Ruhe weiterzureden«. Wenn Hempel später genauer nachfragte, erzählte Elfie ihm stets nur einen Teil des Gesprächs, manche Dinge behielt sie für sich. »Ist nicht mein Geheimnis«, sagte sie dann. So überließ sie es auch immer Hempel selbst, sich mit Namen vorzustellen – oder eben auch nicht. Sie beschränkte sich auf die Worte: »Das ist mein Partner.« Mit vorschnellen Urteilen hielt sie sich zurück. Wenn Hempel sich über jemanden aufregte, aus seinem Umfeld oder auch nur wegen eines Zeitungsartikels darüber, was jemand gesagt oder getan hatte, gelang es ihr immer, sich in die Position des anderen hineinzuversetzen – oder zumindest versuchte sie es.

Wie gerne hätte Hempel jetzt mit ihr gesprochen, es zog richtig in seiner Brust. Linda und die Professorin mutmaßten gerade, was für eine Frau Hempels Mutter wohl sei. Wie kam es, dass alle einen klaren Kopf hatten, während es in seinem immer noch rauschte und jeder Gedanke in einem zähen Morast festzustecken schien?

»Wo ist denn nun deine Mutter?«, fragte Linda.

»Sie ist nicht da. Erinnerst du dich nicht?«

»Blackout«, sagte sie entschuldigend.

»Ich wundere mich auch, dass sie noch nicht aufgetaucht ist. Ich rufe sie an«, entschloss sich Hempel. »Wo ist mein Telefon?«

Linda reichte ihm sein Handy, das zum Aufladen auf der Anrichte gelegen hatte. Er schaltete den Flugmodus aus und wartete aufgeregt, bis es die Verbindung zum Mobilfunknetz aufgebaut hatte. Von Elfie war eine Nachricht eingetroffen. An der Uhrzeit konnte er sehen, dass sie direkt auf seine letzte Nachricht geantwortet hatte. Selbst ihre kleine Nachricht zeugte von Verständnis. Er solle sich keinen Stress machen, diese tolle Stadt genießen und sich melden, wenn sein Telefon wieder funktionierte. Sie habe alle Hände voll zu tun, würde aber immer ein Schlupfloch finden für ein Gespräch mit ihm. Sie freue sich schon, alles selbst zu sehen, um wenigstens ein bisschen das Gefühl zu haben, bei ihm zu sein. Hempel schluckte. Natürlich wollte sie per Videocall mit ihm sprechen, solange er in New York war. Sie schaltete selbst meistens ihre Handykamera an, wenn sie von auswärts mit ihm telefonierte, trug ihn durch das aufgebaute Filmset oder auch die Garderoben von Festspielen oder Modenschauen, je nachdem, wohin ihr Job sie gerade verschlagen hatte, stellte ihn oft sogar ihren Kolleginnen und Kollegen in der Maske und der Kostümabteilung vor und erzählte dabei von all den Pannen und zwischenmenschlichen Verwicklungen. Wenn sie mehrere Tage oder auch Wochen am Stück woanders verbrachte, kannte Hempel alle Namen und Gesichter, als wäre er selbst mit ihnen zusammen gewesen.

Er schüttelte den Drang ab, Elfie anzurufen, und wählte stattdessen die Nummer seiner Mutter. Die Professorin, Linda und er selbst fuhren erschrocken zusammen, als der alte Telefonapparat auf der Anrichte direkt neben ihnen in atemberaubender Lautstärke losschrillte. Hastig brach Hempel den Anruf ab und das Klingeln verstummte. Die beiden Frauen starrten ihn an, bevor sie in schallendes Gelächter ausbrachen.

»Ich rufe meine Mutter sonst nie auf dem Handy an«, verteidigte er sich, während er fühlte, wie ihm das Blut in den Kopf stieg vor Scham, »sie ist ja fast immer zu Hause.«

»Denkst du«, sagte Linda und wischte sich die Tränen aus den Augenwinkeln.

Hempel war damals überaus erstaunt gewesen, als seine Mutter ihm ihr Handy präsentiert hatte. »Nur für den Notfall«, hatte sie betont, während sie ihm ihre Nummer diktierte, »man weiß ja nie.« Hempel war erleichtert gewesen, dass es kein Smartphone war, er wollte sich gar nicht vorstellen, was geschehen würde, wenn seine Mutter eines Tages anfing, Gefallen an Kurznachrichten und dem Verschicken von Bildern oder GIF-Animationen zu finden.

Als Linda und die Professorin sich wieder im Griff hatten, wählte er die Handynummer seiner Mutter. Es dauerte eine Weile, bis sie sich meldete.

»Hallo? Wer ist denn da?« Sie klang außer Atem, als wäre sie zum Telefon gerannt.

»Ich bins, dein Sohn.«

Stille. Hempel versuchte, irgendetwas in dieser Stille zu erkennen, er horchte genau hin, doch da war wirklich nichts, kein rasches Ein- oder Ausatmen, nicht das leiseste Seufzen, wenn überhaupt, dann ein Luftanhalten.

»Rufst du aus New York an? Ist etwas passiert?«

»Alles in Ordnung, der Flieger ist wie geplant gelandet. Wo bist du denn?«

Erneute Stille.

»Zu Hause«, sagte sie schließlich.

Jetzt habe ich dich erwischt, dachte er. Seine Mutter, die sich selbst immer als gnadenlos ehrlich rühmte und behauptete, noch nie in ihrem Leben gelogen zu haben, hatte er endlich bei einer Lüge ertappt. Das würde er ihr noch lange aufs Brot schmieren!

»Ha!«, rief er triumphierend.

Linda und die Professorin schauten ihn mit großen Augen an. Die Professorin hob den Finger an die Lippen, Linda wedelte komisch mit den Händen.

»Ha? Was soll denn das heißen, ha?«, fragte seine Mutter ungehalten. »Warum rufst du überhaupt an? Ist es bei dir nicht mitten in der Nacht?«

Hempel wurde übel. Um ein Haar hätte er sich selbst verraten. Er war ja gar nicht hier, sondern in New York!

»Ich kann nicht schlafen, der Jetlag«, stotterte er. »Ich wollte dir nur sagen, dass ich gut angekommen bin.«

»Aha, gut. Gibt es sonst noch etwas?«

»Nein, alles gut.«

»Gut. Mein Wasser kocht nämlich.«

»Ich habe mich nur gewundert, dass du nicht ans Festnetztelefon gegangen bist.«

»Sicher etwas mit der Telefonleitung. Das passiert öfter hier auf dem Land, das weißt du doch.«

Hempel nahm keinerlei Zittern in ihrer Stimme wahr, nichts Brüchiges legte die Vermutung nahe, dass sie Skrupel hatte, ihn anzulügen. Und mit einem Mal fragte sich Hempel, ob das schon immer so gewesen war, ja, ob seine Mutter vielleicht nie Begebenheiten verwechselt, sondern ganz bewusst nach Lust und Laune verdreht hatte. Und er fragte sich, ob sie in den letzten Jahren tatsächlich jemals Yoga- und Töpferkurse besucht hatte oder sich vielleicht eigentlich ganz woanders herumgetrieben hatte.

Da fiel Hempel noch etwas ein: »Aber du hast ja mich ange-rufen.«

»Nein, du hast mich angerufen«, antwortete seine Mutter.

»Ja, jetzt. Aber ich meine vorher, vor ein paar Stunden, da hast du bei mir angerufen. Ich rufe also nur zurück.«

»Was soll das heißen, du rufst nur zurück? Eben hast du ge-sagt, du wolltest mir mitteilen, dass du gut angekommen bist.«

»Ja, aber …«

»Bist du gut angekommen?«

»Ja, aber …«

»Na, dann ist doch alles in Ordnung.«

Hempel begann, sich darüber zu ärgern, dass er sich überhaupt Sorgen um sie gemacht hatte.

»Ja, alles bestens«, murmelte er.

»Na wunderbar. Schlaf gut später«, sagte sie.

»Mach ich«, sagte Hempel und legte auf.

Was für ein sinnloses Gespräch! Der Blick der Professorin ließ keinen Zweifel daran, dass sie dasselbe dachte. Linda kicherte, was Hempel ärgerte. Sie schaute ihn an und prustete los, ja, sie krümmte sich richtig vor Lachen.

»Ist ja gut jetzt, wir haben alle kapiert, dass das eine blöde Idee war«, blaffte Hempel. Er spürte seinen Ärger im Körper Wellen schlagen, wobei er nicht zu sagen vermochte, gegen wen sich seine Aggression richtete, ob er wütend war auf seine Mutter, die ihn offensichtlich ohne mit der Wimper zu zucken anlog, oder ob er wütend war, dass er sie nicht auffliegen lassen konnte, weil er genauso log wie sie.

»Es geht doch nichts über ein ehrliches Miteinander«, spottete die Professorin.

Hempel versetzte das Handy wieder in den Flugmodus und ließ es weiter aufladen. »Es sieht ihr gar nicht ähnlich, so kurz an-gebunden zu sein. Normalerweise dauern die Telefonate mit ihr

Stunden, weil sie immer vom Hölzchen aufs Stöckchen kommt und kein Ende findet.«

»Vielleicht hat sie eine Affäre?«, schlug Linda vor.

»Also bitte.«

»Warum denn nicht? Sie ist auch nur ein Mensch«, sagte Linda schulterzuckend.

»Vielleicht hat sie ja einfach ihr eigenes Leben. Warum sollte sie ihrem Sohn darüber Rechenschaft ablegen, wo sie ist und mit wem?«, mischte sich die Professorin ein, »das ist doch allein ihre Angelegenheit.«

»Jedenfalls klang sie nicht so, als würde sie Hilfe brauchen«, stellte Linda fest, und da konnte niemand widersprechen.

»Können wir dann jetzt bitte wieder zurückfahren?«, fragte Hempel genervt.

»Geht nicht. Ich habe noch eine Verabredung«, sagte Linda.

»Sag bloß, hier gibt es Leute, die Dating-Apps benutzen?«, fragte die Professorin belustigt.

Linda lachte. »Wartet einfach mal ab, es dauert nicht mehr lange.«

Die Professorin machte es sich mit ihrem Kaffee auf dem Sofa gemütlich, kuschelte sich in die Decke und fing an, in einem Buch zu lesen, als wären sie hier auf einer Landpartie zur Erholung. Ihre Ruhe steigerte Hempels Nervosität noch, schließlich konnte jeden Augenblick seine Mutter hier auftauchen, und dann hätte er jede Menge zu erklären.

Linda betrachtete die Bilderrahmen, die auf dem Sims der Kaminattrappe aufgestellt waren, über der zwei gestrickte Weihnachtssocken und ein paar Stechpalmenzweige hingen. Sie nahm einen der Rahmen und betrachtete die Fotografie: ein weinendes Kleinkind auf dem Schoß eines etwas finster dreinblickenden Weihnachtsmannes, im Hintergrund ein großer Weihnachtsbaum und Publikum.

»Bist du das?«

Hempel brummte unzufrieden. »Sie hätte sich wohl ein Kind gewünscht, das schlagfertig und unerschrocken genug ist, dem Weihnachtsmann zu begegnen. Das ist die einzige Fantasiefigur, die sie in mein Leben gelassen hat. Bei allen anderen wie dem Osterhasen oder dem Sandmann hat sie mir von vornherein gesagt, dass es die nicht in Wirklichkeit gibt ... Wobei, die größte Fantasiefigur, die sie zugelassen hat, ist wohl vielmehr mein Vater gewesen.«

Linda schwieg.

»Sie hat wohl gedacht, wenn sie nur den richtigen Namen für mich aussucht, ist meine musikalische Karriere vorprogrammiert. Warum hat sie nicht kapiert, dass sie falsch liegt, dass sie von mir keine große Künstlerkarriere zu erwarten hat? Es ist fast, als hätte sie mit der Wahl meines Vornamens mein Scheitern auf allen Ebenen vorherbestimmt.«

»Warum lässt du deinen Vornamen nicht einfach ändern?«

Hempel nervte diese Frage. Und jeder dachte, er sei der Erste, der sie stellte, weil sie ja ach so originell war. »Weil man den Vornamen nicht einfach so wechselt wie seine Unterhosen. Weil man den Vornamen ja nun einmal bekommen und lange mit sich herumgetragen hat. Und auch wenn ich von Anfang an eine wandelnde Enttäuschung für meine Mutter war, zumindest liebt sie Weihnachten und dieses Scheißlied, und mich immerhin so sehr, dass sie mich nach dem Sänger benannt hat ...« Hempel war, ohne es zu merken, laut geworden, die letzten Worte hatte er regelrecht gebrüllt.

Linda und die Professorin blickten ihn überrascht an.

»Du magst deinen Namen ja«, stellte Linda mit einem Lächeln fest.

»Ich mag ihn nicht. Aber es ist nun mal meiner«, sagte er und blickte verlegen zu Boden.

Linda stellte das Bild zurück und griff sich das nächste. Sie betrachtete es eine ganze Weile, bevor sie fragte: »Was zur Hölle ist das?«

Hempel nahm ihr den Rahmen ab und stellte ihn zurück auf den Sims, ohne das Foto eines Blickes zu würdigen. Er wusste genau, was darauf zu sehen war. Es zeigte ihn als Jungen. Sein Alter war schwer zu sagen, da sein Kopf zur Hälfte abgeschnitten war. In seinen Händen lag ein undefinierbares, buntes und längliches Etwas – sein Kuschelmikrofon, das ihm seine Mutter extra für das Bild in die Hand gedrückt hatte. Er erinnerte sich gut an jenen Tag, denn kurz danach war es von der Bildfläche verschwunden.

Hempels Kuschelmikrofon war damals nicht einfach verloren gegangen. Er selbst hatte es angezündet und dabei zugeschaut, wie es in den Flammen verbrannte. Das war der Grund gewesen, weshalb er wochenlang nicht einschlafen konnte, während seine Mutter der festen Überzeugung war, dass er den Verlust des Kuschelmikrofons nicht verkraftete. Tag und Nacht lief der Plattenspieler mit den größten Schnulzen, die ihre Plattensammlung zu bieten hatte. Immer wieder fasste Hempel sich ein Herz und tauchte am Bett seiner Mutter auf, um ihr die Wahrheit zu beichten. Doch dazu war es nie gekommen. Elfie war die einzige Person, der Hempel sein Geheimnis bisher anvertraut hatte. Jetzt fragte er sich, was wohl passiert wäre, wenn er es damals geschafft hätte, seiner Mutter die Wahrheit zu gestehen, sich gegen sie und ihre Träume für sein Leben zu behaupten. Ob er dann jetzt auch hier stünde?

Linda warf einen Blick auf die Standuhr. »Komm, es ist Zeit«, sagte sie und reichte ihm seine Jacke.

Nach Osten

Um Punkt acht Uhr stand Valentin wie aus dem Ei gepellt im Gastraum auf der Matte. Der Tisch, an dem gestern die Männer gesessen hatten, war übersät mit leeren Flaschen und Gläsern, der Aschenbecher quoll über. Der Geruch nach abgestandenem Bier, Rauch und Schweiß hing in der Luft. Obwohl es draußen bereits hell war, herrschte in der Gaststube nur fahles Licht, der letzte Fensterputz schien lange zurückzuliegen. So einiges hier schien länger keinen feuchten Lappen gesehen zu haben. Valentin sah die Schlieren auf dem Metall unter dem Zapfhahn, die Spinnweben in den obersten Regalfächern, die ringförmigen Abdrücke der Gläser, die einmal auf dem Holz der Theke abgestellt worden waren, und schüttelte sich. In den Ritzen der Tasten der Kasse hatte sich eine richtige Patina gebildet aus Schmutz und wer weiß was. Um halb neun tauchte der Fahrer endlich in der Gaststube auf. »Juri kommt gleich«, sagte er. Seine gute Laune war ungebrochen, und allein das animierte Valentin, eine besonders finstere Miene aufzusetzen. Der Fahrer hingegen dachte offenbar, ihn aufmuntern zu können, indem er drauflosplapperte: »Also von mir aus fahre ich Sie auch bis China. Wissen Sie, eigentlich wollte mich ein Freund besuchen kommen. Keine Sorge, ich habe ihm abgesagt und gesagt, dass ich Wichtigeres zu tun habe.« Selbst als Valentin keine Anstalten machte, sich für seine aufopferungsvolle Bereitschaft zu bedanken oder sich überhaupt zu einem Gespräch mit ihm herabzulassen, schien das seine fröhliche Stimmung nicht zu trüben. Er lehnte sich an die Theke. »Ist doch gar nicht mal so übel hier«, meinte er, als stünden sie im schönsten Wellness-Tempel. Valentin warf ihm einen vernichtenden Blick zu. Auch Juri wirkte mürrisch, als er den Gang heruntergeschlurft kam und sich zu ihnen gesellte. Er schien mindestens genauso schlecht geschlafen zu haben wie Valentin.

Erst um Viertel vor neun erschien der Herr übers Internet. Es war nicht zu übersehen, dass es sich um den Sohn des Hausherrn handelte, er hatte die gleiche Statur und dieselben eng zusammenstehenden Augen. Um einiges freundlicher als sein alter Herr fragte er, wie sie geschlafen hätten, und Valentin versuchte, den Small Talk mitzumachen, damit er möglichst schnell das Internet einschaltete. Hastig zog er sein Handy hervor, wählte sich in das WLAN ein und startete die Software für den Sender. Als die Verbindung hergestellt war, wartete Valentin angespannt darauf, dass das Signal auf der Karte erschien. Wo sich sein Wagen wohl befand? Er rechnete damit, dass sie bis weit nach Polen würden reinfahren müssen, um die Diebe einzuholen. Doch weit gefehlt! Der Punkt leuchtete gar nicht so weit östlich von ihnen auf. Er blinkte nicht, was bedeutete, dass sich der Wagen im Moment nicht bewegte. Oder zumindest der Sender nicht. Selbst mit ihrer Schrottkiste würden sie höchstens eine Stunde bis dorthin brauchen.

Die Verirrten

Bei Tageslicht betrachtet sah das Weihnachtsspektakel vor dem Haus nicht mehr ganz so beeindruckend und glamourös aus. Etliche Figuren waren ramponiert und in die Jahre gekommen, offen liegende Kabel störten den Zauber, und nichts konnte über die billige Importware aus China hinwegtäuschen. Die Liebe seiner Mutter zur Nachhaltigkeit erstreckte sich offensichtlich nicht auf den Weihnachtshokuspokus. Hier setzte sie mehr auf den Wow-Effekt als auf Regionalität. Linda hatte Hempels Handy in der Hand und aktivierte die Umgebungskarte. Zielstrebig lotste sie ihn querfeldein hinter sich her. Mit jedem Schritt weg vom Haus fühlte Hempel sich etwas weniger unwohl. Sie überquerten die kleine Straße und gingen hügelaufwärts über die Wiese auf eine Scheune zu, die auf der Anhöhe lag. Von hier konnte man das Dorf und die zu dieser Jahreszeit karg aussehende Landschaft unter dem wolkenverhangenen Himmel gut überblicken.

Vor dem Scheunentor stand ein missmutig dreinblickender Bauer, der sie argwöhnisch musterte. Linda ließ sich davon nicht einschüchtern. Sie ergriff seine Hand und schüttelte sie beherzt. Der Bauer brachte, so überrumpelt, kaum ein Wort heraus. Linda plauderte munter drauflos, als hätten sie sich zu einem gemeinsamen Spaziergang verabredet.

Hempel wandte sich um und warf einen Blick zurück zum Haus. Ohne das Leuchten der Weihnachtsdeko wirkte es deprimierend. Ein Auto erregte seine Aufmerksamkeit. Es näherte sich der Ortschaft über die Landstraße, auf der sie selbst gestern hergekommen waren. Es schlingerte seltsam hin und her über die komplette Breite der Straße, ab und zu machte es ruckartig einen Satz nach vorn. Ohne zu blinken, bog es in die Straße seiner Mutter ein und kam vor dem Haus zum Stehen, direkt neben ihrem grünen Wagen. Das musste seine Mutter sein. Jetzt ist es also vorbei, dachte Hempel. Irgendwie war er sogar erleichtert. Die Türen des Autos öffneten sich, und Hempel traute seinen Augen kaum: Der finstere Juri, der cholerische Pullunder und der kleine Dicke von der Bar stiegen aus. Wie hatten sie ihn nur gefunden? Der Pullunder schoss regelrecht aus dem Auto. Er lief um den grünen Wagen herum und untersuchte ihn scheinbar ganz genau. Dann legte er die Hand an seine Stirn und blickte suchend in alle Richtungen – wohl, um den Fahrer zu finden. Schnell zog Hempel den Kopf zwischen die Schultern und drehte ihm den Rücken zu. Linda und der Bauer waren verschwunden, doch die Scheunentür stand offen. Hempel stolperte hinein. »Entschuldigung«, murmelte er, als er in Lindas Rücken stieß. Sie war allein.

Langsam gewöhnten sich seine Augen an das spärliche Licht. »Es ist perfekt.« Linda klatschte vor Freude in die Hände.

Hempel blickte sich danach um, was sie so zufrieden machte. Aber da war nichts. Es war eine gewöhnliche Scheune, die längere Zeit nicht mehr zu ihrem ursprünglichen Zweck genutzt worden war. Linda drehte an einem Schalter im Balken. Zwei große Lampen, die an einem Querbalken befestigt waren, brachten Licht ins Dunkel. Die hintere Hälfte der Scheune bestand aus Boxen, in denen wohl einmal Tiere untergebracht gewesen, die jetzt aber mit Gerümpel vollgestellt waren. Eine der vorderen Ecken war frei. Jemand hatte dort ein Podest eingebaut, wie ein Tanzboden oder ein Boxring. Es war augenscheinlich länger nicht genutzt worden – Strohreste, Spinnweben und die Hinterlassenschaften irgendwelcher Tiere machten es nicht gerade einladend. Doch Linda schien rundum zufrieden.

»Was hast du denn hier vor?«, fragte Hempel.

»Warts ab!«

»Wie hast du ihn rumgekriegt, dass er dir seine Scheune überlässt, mit Geld?«

»Das läuft auf jedem Dorf gleich. Zuerst musst du herausfinden, wen du anrufen kannst, wenn du nachts um drei mit deiner Karre im Wald im Schlamm stecken geblieben bist – wer bereit wäre, dich mit dem Traktor rauszuziehen. Und mit dem musst du einen trinken gehen.«

»Du gehst mit dem Typen einen trinken?«

»Ich meinte das im übertragenen Sinne. Ach, ist doch auch egal.«

Linda ging zu den Boxen und untersuchte den Berg von Gerümpel. »Genau das, was wir brauchen!«

Was hatte sie vor? Wollte sie sich hier häuslich einrichten? Nicht mehr lange und die Nächte würden bitterkalt werden. Aber was ging es Hempel an? Er hatte genug eigene Probleme. Warum waren dieser Juri und die zwei anderen Männer ihm gefolgt? Und wie hatten sie ihn überhaupt gefunden? Auch seine Mutter konnte jeden Moment hier auftauchen. Was würde dann passieren? Wahrscheinlich würde sie alle in ihr Haus bitten, ihre Plätzchendosen öffnen und so tun, als hätte sie jeden einzelnen persönlich eingeladen. Bei ihr musste man auf alles gefasst sein – eine so schräge Versammlung wäre genau ihr Ding. Hempel hatte früher vermieden, Freunde mit nach Hause zu bringen. Man konnte nie wissen, wen seine Mutter gerade zu Gast hatte, und Hempel war es peinlich, sich vorzustellen, dass er mit seinen Freunden hereinplatzte, während sie sich gerade die Karten legen ließ oder einen Themenabend abhielt. Außerdem war er das Gefühl nicht losgeworden, dass sie seine Freunde über ihn ausfragte – dass sie auf die Art etwas über ihn zu erfahren hoffte, was er vor ihr verheimlichte. Sie war davon überzeugt, dass da ein Geheimnis sein musste. Sie ertrug es nicht, dass er einfach durchschnittlich war. Er stach mit nichts hervor, mit keiner Leidenschaft, mit keinem Laster – und das wollte oder konnte sie nicht akzeptieren. Sie verachtete alles Gewöhnliche. Schon immer hatte Hempel gerätselt, was für ein Mensch sein Vater wohl gewesen sein mochte. Wer hatte sie begeistern können, wer war speziell und ungewöhnlich genug für sie gewesen? Seit Hempel denken konnte, war da keine ernsthafte Beziehung gewesen. Ab und zu hatte mal jemand bei ihnen gewohnt. Schräge Typen, die seine Mutter Verirrte nannte. Wahrscheinlich hätte sie ihre helle Freude an dieser Zusammenkunft, die ohne ihr Wissen hier stattfindet, dachte er.

Linda war voller Energie. Sie schnappte sich einen herumstehenden Besen und fegte den Holzboden, wirbelte Staub auf, scheuchte Spinnen und anderes Kleingetier auf. Sie fegte wie eine Besessene, unermüdlich, mit kräftigen Besenstrichen. Als sie endlich zufrieden schien, wischte sie sich den Schweiß von der Stirn, stand breitbeinig auf dem Podest mit aufgestütztem Besen und blickte strahlend zu Hempel. Plötzlich fiel Sonnenlicht durch das Giebelfenster und ließ die Staubkörner um sie herum glitzern. Das war keine Verrückte, die ihn in sein absurdes Elternhaus entführt hatte – es war eine Erscheinung.

»Was hast du denn vor? Du denkst hoffentlich nicht schon wieder, du könntest mich von der Idee mit der Hochzeit überzeugen?«

»Keine Sorge. Du hast klargemacht, dass du da nicht mitziehst. Das hier hat gar nichts mit deiner Freundin zu tun, sondern mit dir.«

Hempel sah sie verständnislos an.

»Ich erkläre es dir später. Jetzt brauche ich erst mal Hilfe.«

»Okay, und wobei?«

Linda stellte den Besen zur Seite und ging wieder zu dem Berg aus Gerümpel. »Hier, fass mal bei dem Sofa mit an.« Sie hob ein ramponiertes beiges Plüschsofa an einer Ecke an und wartete darauf, dass er ihr half. Also packte er mit an. Sie schien genau zu wissen, was sie wollte, auch wenn Hempel nicht verstand, was das alles sollte.

»Willst du hier einziehen?«, fragte er scherzhaft.

»Vielleicht«, lachte sie.

So verstellten sie Möbel. Hempel tat, wie ihm geheißen, trug einen Tisch, verrückte Regale und eine Kommode, stellte einen Sessel zum Sofa dazu. Linda schleppte eine Stehlampe herbei und anderen Kram. Nach einer Weile sah diese Ecke der Scheune wie ein Wohnzimmer aus grauer Vorzeit aus. Als hätte man es vor Jahrzehnten vergessen und nun wiederentdeckt.

»Jetzt kommt der Feinschliff«, meinte Linda und förderte verschiedenen Nippes aus den zum Teil offen stehenden Kisten zutage: ein paar Gegenstände aus Keramik, gesplitterte Bilderrahmen, ein altes Tastentelefon. Sogar eine Tischdecke war dabei, die sie auf dem Couchtisch ausbreitete und dann mit einer Vase und einer Obstschale dekorierte. Endlich schien sie zufrieden zu sein. »Eins fehlt noch.« Sie ging an die Seite und nahm etwas hoch, das dort an einem Balken lehnte. Als sie zurückkam, erkannte Hempel einen Baseballschläger. Wo hatte sie den aufgetrieben? In diesem Kaff hatte doch bestimmt noch nie jemand Baseball gespielt. Sie hielt ihm den Schläger hin wie einem Ritter das Schwert.

Der Mann, der alles wusste

Friederike tauchte ab. Sie hatte sich einen der Krimis gegriffen und es sich auf dem Sofa gemütlich gemacht, hatte sich der Handlung des Buches überlassen, die rasch an Fahrt aufnahm und Friederike alles andere um sich herum vergessen ließ. Bis es klingelte. Friederike blickte von ihrem Buch auf. Hatten Hempel und Linda den Schlüssel vergessen? Sie waren doch bestimmt noch nicht fertig mit ihrem »Aktiönchen«, wie Linda es genannt hatte? Es klingelte ein zweites Mal. Diesmal hielt derjenige den Finger etwas länger auf dem Klingelknopf. Friederike ignorierte es. Was ging es sie an? Es war ja nicht ihr Haus. Sie konnte keine Auskunft geben, weder zum Verbleib der Eigentümerin noch zu dem Weihnachtsspektakel oder dem Haus selbst. Sie wusste nicht einmal, wo genau es lag. Ja, Friederike sollte gar nicht hier sein. Das wurde ihr jetzt in diesem Moment ganz klar: Sie war hier falsch. Wieder klingelte es, wieder etwas länger als zuvor. Seufzend schälte sich Friederike aus der Decke und schlich auf Zehenspitzen zur Tür. Noch bevor sie sie erreicht hatte, klingelte es zum vierten Mal. Genervt riss Friederike die Tür auf. Und brachte kein Wort heraus.

Es dauerte einen Moment, bis ihr Gehirn die Person, die vor ihr stand, richtig einsortiert hatte. Es war der Mann aus dem Park. Der Mann, der alles wusste. Er schien ebenfalls überrumpelt zu sein. Aber er hat doch geklingelt, er muss doch wissen, was er hier will, dachte Friederike.

»Was machen Sie denn hier?«, fragte sie schließlich.

»Sie sind nicht zu unserer Verabredung erschienen«, platzte es aus ihm heraus. Es klang richtig vorwurfsvoll.

»Unsere Verabredung?«

»Ja, im Park.« Er blickte sich um, als würde er erst jetzt in diesem Augenblick realisieren, dass sie sich nicht in dem Park befanden, in dem sie sich die letzten zwei Male getroffen hatten.

»Aber … wäre das nicht erst heute Nachmittag?«

Der Mann stutzte. »Also, selbst wenn Sie sich jetzt ohne Umschweife auf den Weg machen würden, kämen Sie kaum noch pünktlich. Wollten Sie mich etwa versetzen?«

»Sind Sie übergeschnappt?« Friederike war irritiert. Wie konnte es sein, dass dieser Mann plötzlich ausgerechnet hier auftauchte? »Sind Sie ein Stalker?«

Der Mann bekam glühend rote Ohren. Es war nicht zu übersehen, wie unangenehm ihm die Situation war. Er schien um eine Antwort zu ringen. Friederike betrachtete ihn genauer. Er sah müde und durchgefroren aus, wie er da stand in Hemd und Pullunder, obwohl es draußen höchstens ein paar Grad über Null waren. Die Arme hatte er um den Körper geschlungen. Er wirkte noch ausgemergelter als bei ihrem letzten Treffen.

»Ist Ihnen kalt?«

Er nickte und sagte dann: »Ich bin Ihnen wohl eine Erklärung schuldig.«

Als er Anstalten machte, einzutreten, versperrte Friederike ihm den Eingang. Sie traute ihm nicht – was wusste sie schon von ihm? Beschämt trat er einen Schritt zurück und blickte zu Boden.

»Warten Sie hier, ich ziehe mir etwas über, dann können Sie mir draußen alles erklären«, sagte sie. Hinter ihm in der Weihnachtslandschaft entdeckte sie zwei Männer. Einen der beiden erkannte sie – es war einer der Männer aus der Hotel-Bar, vor denen Hempel sich versteckt hatte. Er saß mit verschränkten Armen auf der Hollywoodschaukel und starrte missmutig vor sich hin. Der andere, ein beleibter, etwas angegrauter Typ, besah sich offenbar interessiert die Weihnachtsdeko. »Ist das Ihr Sicherheitskommando? Ihre Bodyguards oder so was?«

Der Mann im Pullunder zog überrascht die Augenbrauen nach oben und hob abwehrend die Hände. »Nein, keine Sorge, die haben mich nur hergefahren.«

»Ich komme gleich wieder«, sagte Friederike bestimmt, schob ihn mit der Hand aus dem Türrahmen nach draußen und drückte ihm die Tür vor der Nase zu. Ob sie sich hier verbarrikadieren sollte, bis Hempel und Linda zurückkamen? Doch was würde dann passieren? Hempel war nicht gerade eine Hilfe, wenn es darum ging, Dinge anzupacken. Friederike spielte mit dem Gedanken, aus einem der rückwärtigen Fenster zu verschwinden. Aber vom Aus-dem-Fenster-Klettern hatte sie erst mal genug.

Sie ging nach oben in das Zimmer, in dem sie geschlafen hatte, und leerte einen herumstehenden Korb über dem Tisch aus. Sie kramte aus den Wollsachen im Regal drei Pullis heraus und warf sie in den Korb – auch ein paar Bommelmützen und Schals fand sie noch.

Draußen verteilte sie die Sachen an die Männer. Die zwei aus der Bar zierten sich nicht, sie griffen dankbar nach den Wollsachen und zogen sie über. Nur ihr Gesprächspartner von der Parkbank schien sich nicht dazu durchringen zu können. »Na, nun machen Sie schon, wenigstens den Pulli. Sonst sind Sie erfroren, noch bevor sie mir erklären können, was Sie hier machen.«

Er nahm den letzten Pullover aus dem Korb, hielt ihn eine Armlänge von sich und betrachtete mit gerümpfter Nase den Pinguin mit Weihnachtsmannmütze, der die Vorderseite zierte. Sichtlich angewidert zog der Mann ihn über. Er versank regelrecht darin, und zusammen mit seinem Umhängetäschchen sah er wie ein kleiner Junge aus. Zweimal setzte er zum Sprechen an, verstummte dann aber doch. Es war nicht zu übersehen, dass ihm die Worte fehlten, dass er nicht wusste, wie er anfangen sollte.

»Na los, kommen Sie, gehen wir ein paar Schritte. Im Gehen redet es sich viel leichter, Sie werden sehen«, erlöste Friederike ihn und ging in Richtung des Weges hinterm Haus, den sie am Morgen von ihrem Fenster aus betrachtet hatte. Der Mann folgte ihr.

Wut

Hempel kam sich lächerlich vor mit dem Baseballschläger in der Hand.

»Na los, trau dich. Es ist ganz leicht.« Mit verschränkten Armen stand Linda vor ihrem Bühnenbild und schaute ihn aufmunternd an. »In der Stadt zahlen die Leute richtig Geld dafür, dass sie ein ganzes Zimmer zertrümmern dürfen. Es reinigt die Seele. Es wird dir guttun, glaub mir.«

Wann hört dieser Albtraum endlich auf?, dachte Hempel. Alles an ihm war gelähmt, er war unfähig, auch nur den kleinen Finger zu bewegen. Minutenlang stand er einfach da und blickte Linda an, sah dabei zu, wie ihre Schultern hinabsanken, wie sich die Enttäuschung auf ihrem Gesicht ausbreitete, bis sie sich schließlich von ihm abwandte und die Scheune verließ; ein Leuchten verlosch. Warum bürdete man ihm das auf? Nie erfüllte er die Erwartungen, immer war er der Versager, derjenige, von dem man sich mehr versprochen hatte. Er war kein Künstler geworden, nicht schwul, kriegte sein Studium nicht auf die Reihe. Und jetzt, wo er eine Frau gefunden hatte, die ihn trotz aller Gewöhnlichkeit liebte, fuhr er auch das gegen die Wand. Er konnte keinen Marathon laufen, er konnte nicht einmal eine Scheune voller Gerümpel verwüsten. Offenbar taugte er zu gar nichts. Aber warum hatten alle Erwartungen an ihn? Woher kamen diese Ansprüche? Hatte er seiner Mutter jemals Anlass gegeben zu glauben, er sei zu Außergewöhnlichem berufen? Hempel guckte auf das Wohnzimmer aus Sperrmüll. Versuchsweise stieß er mit dem Baseballschläger die Vase auf dem Couchtisch an. Sie fiel um, rollte auf den Rand des Tisches zu und blieb genau an der Kante liegen. Hempel schubste sie über den Rand. Sie fiel mit einem Scheppern auf den Boden, ohne zu zerbrechen. Typisch, dachte er, nicht einmal das bringe ich fertig.

Hempels Umfeld hatte während seiner Kindheit nie einen Zweifel daran aufkommen lassen, dass seine Mutter bewundernswert sei, dass sie immer alles für ihn getan, ja, sich regelrecht aufgeopfert habe. Alleinerziehend, dabei berufstätig, immer unabhängig und sich durchkämpfend. Sie habe stets sein Bestes gewollt, ihm so vieles ermöglicht. Nur: Was er eigentlich wollte, das hatte sie ihn nie gefragt. Bei jeder Versicherung von ihr, dass es okay sei, wenn er nicht sehr gut Blockflöte, Gitarre oder Klavier spielen könne, dass er es doch wenigstens versuche und sein Talent schon noch finden werde, hatte in Hempels Ohren unausgesprochene Enttäuschung mitgeschwungen. Alle Wut, die er jemals in sich gespürt und runtergeschluckt hatte, brach in diesem Moment auf. All der Druck, der sein ganzes Leben lang auf ihm gelastet hatte, dass er etwas Besonderes, Außergewöhnliches daraus machen musste, war wieder da – sein ganzer Körper bebte.

In der Schwebe

Voller Enttäuschung hatte Linda die Scheune verlassen. Sie hatte
so fest damit gerechnet, dass Hempel auf die Aktion anspringen
würde, dass sie richtig sauer war. Schon als Hempel im ersten
Gespräch mit ihr seine Mutter zu verteidigen begonnen hatte,
obwohl diese ihm diesen absolut indiskutablen Vornamen verpasst hatte, war Linda überzeugt davon gewesen, dass in seinem
Innern irgendwo unbewältigter Zorn schlummerte. Doch erst
bei ihrer nächtlichen Autofahrt waren ihr die Crash-Rooms in
den Sinn gekommen. Sie konnte sich nicht daran erinnern, woher sie das Prinzip der Crash-Rooms kannte, ob sie vielleicht selbst
schon einmal in einem gewesen war – die Idee war einfach da
gewesen. Für Berlin hatte sie gleich mehrere Angebote im Internet gefunden. Menschen bezahlten gutes Geld, um etwas kontrolliert zu zerstören. Man konnte sich Autowracks und Vorschlag-
hämmer bestellen oder eben komplett eingerichtete Zimmer,
dazu Baseballschläger. Früh am Morgen, als die anderen noch
schliefen, hatte Linda sich Hempels Handy geschnappt und das
Internet durchforstet. Aber die Crash-Rooms waren eine typische
Großstadtattraktion, hier draußen gab es so etwas nicht. Doch
es hatte Linda nur drei kurze Telefonate gekostet, um den Bauern und seine vollgerümpelte Scheune aufzutun. Hier auf dem
Land stand man früh auf. Man wusste ein paar Scheine bar auf
die Hand zu schätzen – und stellte nicht zu viele Fragen. Als Linda dem Bauern ihr Anliegen geschildert hatte, war er zwar skep-
tisch gewesen, hatte aber schließlich eingewilligt. Er habe den
Sperrmüll sowieso entsorgen wollen, hatte er gesagt, und dass

sie alles gerne so klein wie möglich machen dürften. Ein paar Spinner aus der Stadt, hatte er wahrscheinlich gedacht. Und jetzt ist die ganze Aktion ein Schuss in den Ofen, dachte Linda enttäuscht. Bis sie plötzlich hinter sich aus der Scheune Gebrüll und ein lautes Krachen hörte. Sie grinste zufrieden. Innerlich triumphierend stapfte sie den Hang hinunter. Wütende ließ man besser allein, bis die Wut verraucht war.

Als sie auf der Hälfte des Hügels angelangt war, entdeckte sie das Auto. Eine ziemliche Schrottkiste – ein Eindruck, der durch den schönen Oldtimer daneben noch verstärkt wurde. Ob Hempels Mutter nach Hause gekommen war? Das Auto würde zu ihr passen, dachte Linda. Sie atmete die Luft ein. An irgendetwas erinnerte sie das alles. Oder vielmehr löste es ein Gefühl in ihr aus, nach etwas Vertrautem, das sie nicht näher benennen konnte. Aber es fühlte sich gut an. Heimelig. Ihr Leben in Berlin schien sie abzuschirmen von allem, diese Isolation im Hotel, der irrsinnige Balkon, all das hielt sie in der Schwebe, sie hatte sich dort völlig in der Gleichförmigkeit der Tage verloren. Wie könnte sie einen Weg da herausfinden? Und: Wollte sie das wirklich?

Als Linda das Gartentor des Hauses erreicht hatte, bemerkte sie die beiden Männer auf dem Grundstück. Sie fielen kaum auf, wie sie da in ihren kitschigen Weihnachtspullis auf der Hollywoodschaukel saßen, zwischen sich die riesige Schneemann-Attrappe. Sie trugen geringelte Schals und Bommelmützen in grellen Farben und fügten sich so gut in das Weihnachtsspektakel ein, dass man sie glatt für weitere lebensgroße Figuren hätte halten können. Der eine Mann hatte die Arme vor dem Körper verschränkt und sah richtig genervt aus. Linda stutzte. Sie kannte ihn. Und ihr fiel auch ein, woher – es war der Barkeeper aus der Hotel-Bar! Sie hatte sogar ein paarmal mit ihm an der Theke gesprochen, wenn ihr im Zimmer die Decke auf den Kopf gefallen war und sie sich nach Gesellschaft gesehnt hatte. Nichts Wichtiges, sie hatten nur die üblichen Floskeln ausgetauscht, und doch hatte Linda sich danach immer etwas besser gefühlt. Wenn er hier war, konnte auch der Autobesitzer nicht weit sein. Linda blieb am Zaun stehen. Wie hatten sie bloß herausgefunden, wohin sie gefahren waren? Sie wollte sich gerade davonschleichen, um alles aus der Ferne zu beobachten, da wandte der Barkeeper seinen Kopf und blickte Linda direkt in die Augen.

Der Spaziergang

Verlegen ging Valentin neben der transparenten Frau her. Sie folgten dem Feldweg, der an einem schmalen Rinnsal entlang über Weiden und Felder führte. Die Frau sah noch zerzauster aus als bei ihrem letzten Treffen, wirkte aber gleichzeitig gefasster, irgendwie stabiler, mit wachen Augen. Die kleine Auszeit von ihrem Alltag entfaltete ihre Wirkung.

»Also – was machen Sie hier?«, fragte sie mit vorwurfsvollem Unterton, ohne stehen zu bleiben.

Valentin konterte in demselben Tonfall: »Sie haben mein Auto geklaut.«

Sie wirkte ehrlich überrascht. Und sie lachte. Sie stand neben ihm auf dem Feldweg und lachte laut, ihr ganzer Körper bebte. Valentin wusste nicht, ob er sich freuen oder ärgern sollte. Doch seine Erleichterung darüber, mit ihr sprechen zu können, überwog. Er wollte, dass dieser Spaziergang nicht zu Ende ging, wollte sie möglichst lange ganz für sich haben. Also verkniff er sich eine sarkastische Bemerkung und bestand auch nicht auf einer Erklärung wegen des Autos. Als sie sich beruhigt und mit einer gemurmelten Entschuldigung die Tränen aus den Augenwinkeln gewischt hatte, gingen sie in gemächlicher Geschwindigkeit weiter. Valentin fasste sich ein Herz und erzählte ihr vom Hotel. Nicht die ganze Wahrheit; Valentin ließ alles Geheime weg, so schwer ihm das auch fiel. Ein ganz normales Hotel, dessen Direktor sich Sorgen um sie gemacht habe, als sie im Park zufällig miteinander gesprochen hätten. Er habe das Gefühl gehabt, sie brauche dringend einen Unterschlupf, in dem sie zur Ruhe kommen könne.

»Und was sollte diese mysteriöse Nummer mit der Schlüsselkarte auf dem Klo?«

»Da hat meine Mitarbeiterin die Bezeichnung ›Sondereinsatz‹ wohl etwas zu dramatisch ausgelegt«, sagte er.

Sie schien nicht ganz überzeugt zu sein. »Ich möchte Sie nicht verletzen, aber Sie wirken nicht gerade wie ein selbstloser Menschenfreund, der Versager auf der Straße einsammelt und aufpeppelt«, sagte sie.

Valentin versuchte, das Thema zu wechseln. »Vielleicht können Sie Ihrem Mann klarmachen, dass ihr Tag genauso wichtig und anstrengend ist wie seiner.«

»Natürlich, das ist ja auch ganz offensichtlich. Ich bespaße ein Baby, er rettet Menschenleben. Wer gewinnt in diesem Vergleich, denken Sie?«

Dazu fiel Valentin nichts Kluges ein.

»Wissen Sie, da war dieser Moment, kurz nach der Geburt. Es gab Komplikationen. Das Baby hat keinen Mucks gemacht, als es da war. Die Hebamme hat es abgenabelt und ist mit ihm weggerannt, Thomas hinterher. Irgendjemand hat mit mir geredet, hat mir erklärt, dass das Baby eine Infektion hat und Sauerstoff braucht, es danach aber zu mir gebracht wird. Dass ich mir keine Sorgen machen muss. In meinem Gehirn ist das aber gar nicht angekommen.«

Valentin schwieg und betrachtete sie von der Seite. Sie sah in die Landschaft, ohne dass ihr Blick irgendwo einen Halt zu finden schien.

Sie redete weiter: »Das Problem ist aber – ich habe mir keine Sorgen gemacht. Ich habe gedacht, dass sie mich nur beruhigen wollen, dass das Baby es vielleicht nicht schafft. Und ich war erleichtert. Verstehen Sie? Im ersten Moment war ich einfach nur erleichtert.« Sie blieb wieder stehen und sah ihn jetzt direkt an. »Sie sind der Erste, dem ich das erzähle.«

Valentin schwieg eine Weile. Es war kein Geständnis, auf das man sofort etwas erwidern konnte. Stumm gingen sie nebeneinanderher, folgten dem Pfad weiter in die Landschaft hinein. Schließlich ergriff er das Wort. »Meine Therapeutin hat einmal gesagt, wenn man die negativen Gefühle unterdrückt, dann verschwinden auch die positiven Gefühle. Dann fühlt man einfach gar nichts mehr, dann lebt man in einer Art neutralen Blase.«

»Und denken Sie, man kann da wieder herausfinden?«, fragte die transparente Frau.

Wieder zögerte Valentin. Er erinnerte sich an die Worte seiner Therapeutin.

»Sie malen sich immer nur negative Szenarien aus, niemals positive. Diese kommen aber ganz genauso vor. Wer einen Flug verpasst, trifft vielleicht am Flughafen eine ganz außergewöhnliche Person.«

»Das klingt nach einer sehr mittelmäßigen romantischen Komödie«, hatte er geantwortet, doch davon hatte sie sich nicht beirren lassen.

»Bleiben Sie einfach mehr im Moment, statt alle womöglich eintretenden Varianten bis ins letzte Detail zu durchdenken, bevor sie überhaupt geschehen können. Sie bringen sich um die Chance, das zu erleben, was Sie sich im Innersten wünschen, wonach Sie sich sehnen.«

Valentin hatte das damals mit einer sarkastischen Bemerkung abgeblockt. Doch wenn er jetzt in seinem Kopf keine Einschränkung zuließ, wenn er dem Spiel seiner Therapeutin folgte, er keine Regeln und Grenzen des Möglichen mit einbezog, dann wäre er genau jetzt am liebsten bei Daniel gewesen. Wenn er sich mit einem Wimpernschlag zu ihm hätte befördern können – in diesem Moment hätte er es gewagt. Seine größte Angst war nicht, dort in der Fremde zu sein. Es war der Weg dorthin, der ihn lähmte. Schon die Orte, an denen man sich beim Reisen unweigerlich aufhalten musste, flößten ihm unsägliches Unbehagen ein: Haltestellen, Bahnhöfe, Flughäfen. Zu viele Menschen, Hektik, Gestank. Enge Sitze im Flugzeug, eingepfercht mit fremden Personen in Flughafenbussen, so viel Unvorhersehbares. Valentin ertrug es nicht, ausgeliefert zu sein, nicht zu wissen, was ihn erwartete oder wie er sich verhalten sollte. Er glaubte nicht daran, dass er das je überwinden würde.

So schnell, wie der Mut, zum Flughafen zu fahren, sich ein Ticket zu kaufen und loszufliegen, gekommen war, so schnell verließ er ihn auch wieder. »Ich denke, *Sie* können das schaffen«, sagte er schließlich. »Wenn Sie es wollen.«

Die transparente Frau drehte sich um und richtete einen nachdenklichen Blick zurück auf den Weg, den sie gekommen waren.

Aufgewirbelter Staub

Hempel wusste nicht, wem genau seine Wut galt – diesem abwesenden Wundervater, seiner Mutter oder sich selbst. Aber sie
rauschte durch seine Adern. Er holte aus und ließ den Baseballschläger mit voller Wucht auf das Regal krachen. Die Bretter aus
günstigem Pressspan hatten ihm nichts entgegenzusetzen. Jeder
Schlag setzte nur noch mehr Energie in ihm frei. Wieder und
wieder holte er aus und drosch auf die Möbel ein. Ein Brüllen
hallte durch die Scheune, und Hempel stellte überrascht fest, dass
es sein eigenes war. Er konnte gar nicht mehr aufhören. Sperr-
holz krachte, Glas splitterte. Ab und zu verschnaufte er kurz, um
dann erneut anzusetzen und den Baseballschläger durch die Luft
zu schwingen. Als das komplette Bühnenbild in seine Einzelteile zerlegt vor ihm lag, war Hempel nass geschwitzt und außer
Atem, aber immer noch voller Adrenalin. Die ganze Scheune hing
voller Staub. Er ging nach draußen, um frische Luft zu schnap-
pen, und blickte von oben den Hügel hinunter auf die Häuser
des Dorfes, die sich in die herbstliche Landschaft schmiegten. Das
Haus seiner Mutter sah lächerlich aus – bunt, übertrieben, ab-
trünnig. Es lag hier so offensichtlich vor ihm, dieses krampfhafte
Anderssein als andere, und damit war es auch wieder ganz prä-
sent, sein Gefühl als Kind, nicht richtig zu sein, zu normal, zu
langweilig, zu uninteressant für seine Mutter und ihre Welt. Er
brüllte wieder. Hempel brüllte, wie er noch nie gebrüllt hatte.
Freude, Energie, Wut – es war alles gleichzeitig. Er rannte den
Hügel hinunter, den Baseballschläger hielt er mit beiden Händen umklammert. Er sprang über den niedrigen Zaun mitten ins

Weihnachtswunderland, und ehe er richtig wusste, was er tat, zertrümmerte er dem riesigen Rentier, das mit seiner roten Nase und diesem dümmlichen Grinsen neben der Hollywoodschaukel auf dem Boden saß, den Schädel. Der Kunststoff spritzte durch die Gegend. Direkt neben Hempel ertönte ein ängstlicher Aufschrei. Erschrocken ließ er den Baseballschläger fallen. Es war dieser Juri, hier im Vorgarten seiner Mutter, mitten im brandenburgischen Brachland. Mit Weihnachtspulli und Bommelmütze.

Gabelungen

Der Rückweg zum Haus verlief schweigsam. Jeder hing den eigenen Gedanken nach. Friederike tat es gut, dabei nicht allein zu sein. Dieser Hoteldirektor war schräg, keine Frage, aber gerade das machte ihr seine Gesellschaft angenehm. Sie fühlte sich etwas normaler neben ihm, ohne vorgeben zu müssen, jemand anderer zu sein. Das hatte ihr die ganzen letzten Monate gefehlt.

Friederike war bereits so daran gewöhnt, einen Kinderwagen vor sich herzuschieben, dass sie gar nicht recht wusste, wohin mit ihren Händen. Ihr fiel ein, wie es mit Thomas gewesen war, bevor das Baby alles auf den Kopf gestellt hatte. Friederike war nie der touchy Typ Frau gewesen, sie umarmte Thomas kaum in der Öffentlichkeit oder stand nicht Arm in Arm mit ihm herum. Aber manchmal hatte sie, wenn sie gemeinsam unter Leuten gewesen waren, seine Nähe gesucht, und dann hatte er kurz ihre Hand genommen und durch einen leichten Druck signalisiert, dass er bei ihr war – ein schönes, unaufdringliches Zugehörigkeitsgefühl. Friederikes Hände waren latent zu kühl, Thomas' Hände hingegen warm und anschmiegsam. Gestern Morgen erst hatte er ihr seine Hand kurz auf die Schulter gelegt, sie vielleicht sogar leicht gedrückt, sie war sich nicht mehr sicher, so flüchtig war der Moment gewesen und sie in ihrer Müdigkeit gereizt und unaufmerksam.

Manchmal suchte das Baby in der Nacht ihre Nähe. Es bewegte Arme und Beine im Schlaf unkoordiniert, und es kam vor, dass eine Hand oder ein Fuß plötzlich auf Friederike landete. Das war eine ähnlich angenehme Berührung, nicht besitzergreifend, sondern leicht und friedvoll. Wenn Friederike nachts länger wach lag, setzte sie sich oft auf, surfte mit ihrem Handy im Internet und hielt dabei einen der nackten Babyfüße in ihrer Hand. Diese kleinen, schönen Augenblicke waren ihr in der Überforderung beinahe untergegangen.

Valentin betrachtete die transparente Frau verstohlen aus dem Augenwinkel. Ob sie mit ihm zum Hotel zurückkehren würde? Insgeheim wünschte er es sich. Nun, da sie wusste, wer er war, würden sie sich einfach jederzeit zusammensetzen und unterhalten können. Es wäre nett, mal wieder jemanden zum Reden in seiner Nähe zu haben. Wie es wohl wäre, wenn er sich den Hotelgästen als Direktor zu erkennen geben würde? Sicher hätten sie alle viel zu erzählen. Doch Valentin verwarf den Gedanken sogleich. Es widersprach der Idee der Abgeschiedenheit. Seine Gäste mussten ihre eigenen Lösungen finden, frei von jeder Beeinflussung – auch von seiner.

Viel zu schnell für seinen Geschmack erreichten sie wieder das Haus. Valentin hätte gerne noch etwas gesagt, um sie vom Hotelaufenthalt zu überzeugen. Doch noch ehe er passende Worte hätte finden können, bogen sie um die Hausecke.

Im Vorgarten bot sich ihnen ein skurriles Bild: Auf der Hollywoodschaukel saßen rechts und links vom Schneemann Juri und Hempel und mampften Müsliriegel. Jupp stand mit hochgekrempelten Ärmeln und skeptischem Blick neben dem Schrottauto des Pagen, die Hände in die Hüften gestemmt. Die Motorhaube war hochgeklappt. Als Friederike und Valentin die Gruppe erreichten, tauchte Linda hinter der Motorhaube auf, schlug sie mit einem ohrenbetäubenden Knall zu und sagte: »Nichts zu machen. Da kann nur noch der Pannendienst helfen.« Ihre Hände waren ölverschmiert.

Valentin zuckte zusammen, als er Linda erkannte. Was machte Nummer 52 hier? Jetzt war es nicht mehr nur ein Gast des Hotels, mit dem er persönlichen Kontakt hatte, sondern schon zwei! Er versuchte, sich seine Nervosität nicht anmerken zu lassen, nickte ihr nur kurz grüßend zu und sah schnell woandershin.

»Was ist dem armen Rentier zugestoßen?«, fragte Friederike mit einem Blick auf die Trümmer neben der Hollywoodschaukel.

Hempel ignorierte die Frage, griff in seinen Rucksack und hielt eine Handvoll Müsliriegel in die Höhe: »Also, falls jemand Hunger hat …«

Valentin nahm dankbar an – endlich industriell verpacktes Essen, bei dem er sich keine Sorgen machen musste, wer es schon alles in seinen Händen gehalten hatte. Auch die anderen griffen zu, und so verweilten sie eine Weile in der Weihnachtslandschaft, knabberten die Müsliriegel und schwiegen. Erst als alles aufgegessen war, verkündete Hempel: »Ich habe eine Entscheidung getroffen. Ich fliege nach New York.«

Hempel hatte es gespürt, unmittelbar nachdem das Rentier seinen Kopf verloren hatte. Eine Gewissheit. Er würde nicht mehr abwarten – er würde etwas tun. Wie hatte Linda gesagt? Die meisten Menschen nahmen sich zu viel auf einmal vor, und wenn sie daran scheiterten, kapitulierten sie komplett. Vielleicht kam es nicht auf das Scheitern an, sondern auf das, was man schaffte, auch wenn es nur ein Bruchteil dessen war, was man hatte erreichen wollen. Er hatte nur noch wenige Stunden Zeit. Dann würde sich ein Gespräch mit Elfie nicht mehr umgehen lassen. Hempel wusste, dass er dieses Gespräch am Telefon niemals überstehen würde. Sie würde so viele Fragen stellen: Was am Flughafen geschehen sei, ob es Turbulenzen auf dem Flug gegeben habe, ob der Sitznachbar erträglich gewesen sei, wie seine Unterkunft aussehe, ob er schon andere Läufer kennengelernt habe. Grobe Fakten, das würde er vielleicht noch hinbekommen, vor den Details aber hatte er Angst. Und Elfie liebte Details. Ob der Jetlag schlimm sei, ob er sich den Smoothie habe besorgen können, der dagegen helfen solle, und wo. Nein, ein solches Gespräch würde Hempel keine zehn Sekunden überstehen, ohne dabei in Tränen auszubrechen. In seinem ganzen Körper zog es, so sehr vermisste er Elfie. Und auch wenn alle Entscheidungen in seinem Leben nur eine trotzige Reaktion auf das Verhalten und die Erwartungen seiner Mutter gewesen sein mochten – Elfie wollte er ganz sicher nicht verlieren. Er hatte nur zwei Möglichkeiten: Er konnte zu ihr fahren, ihr alles beichten und hoffen, dass ihre Gefühle für ihn ausreichten, um ihm das zu verzeihen. Oder er flog nach New York. Den Anruf noch einmal mit einem Vorwand hinauszögern, hinfliegen und sie von dort aus anrufen. Echte Details erzählen, nichts mehr erfinden. Beim Marathon antreten und auf ganzer Linie versagen. Und wenn er ins Ziel kriechen müsste. Und wenn er nach einem Kilometer zusammenbrechen würde. Und wenn er die Ziellinie Stunden später nur mit dem Taxi überqueren konnte. Und wenn man ihn wegen Untauglichkeit disqualifizieren würde. Und wenn schon. Er würde wenigstens endlich etwas tun.

Kleine Schritte

Während die anderen draußen diskutierten, wie genau es nun weitergehen sollte, ging Hempel durch das Haus seiner Mutter und beseitigte alle Spuren. Die eingesammelten Wollsachen verstaute er wieder in den Kisten, das abgespülte, abgetrocknete Geschirr in den Schränken. Er füllte die Wasserflasche für seinen Rucksack auf und brachte die angebrochene Kekspackung in den Vorgarten, wo man sie ihm sofort aus den Händen nahm und kreisen ließ, während man weiterdiskutierte. Hempel schloss die Vordertür ab und verstaute den Schlüssel im Erdmännchen. Sein Versuch, dem Rentier den Kopf irgendwie zurechtzubasteln, damit die Zerstörung nicht auffiel, scheiterte kläglich – seine Mutter würde schnell bemerken, dass sich hier jemand an ihrem Kunstwerk vergriffen hatte. Aller Wahrscheinlichkeit nach würde sie im Dorf herumfragen, ob jemand etwas beobachtet hatte. Zum Glück hatte Hempel bisher noch niemanden aus dem Dorf kennengelernt – selbst wenn der Bauer also von Hempel erzählen würde, so wusste er doch nicht, wen er da vor sich gehabt hatte. Außerdem hatte er Hempel nur ganz kurz gesehen – Linda war wohl eher diejenige, die er sich eingeprägt hatte. Und Hempel hatte ja ein wasserdichtes Alibi: Er war schließlich in New York! Von diesem Gedanken einigermaßen beruhigt gesellte Hempel sich zurück zu den anderen, die sich mittlerweile offenbar einig geworden waren. Genau genommen hatte Valentin niemandem eine Wahl gelassen. Er würde nur Friederike mitnehmen, hatte er bestimmt, es sei schließlich sein Wagen. Friederike wiederum hatte darauf bestanden, dass sie Hempel ebenfalls mitnahmen und ihn auf direktem Weg zum Flughafen brachten. »Die Frau von der Fluggesellschaft meinte, innerhalb von 24 Stunden wird vermutlich irgendwo ein Platz frei werden. Zur Not musst du eben einen kleinen Umweg machen und umsteigen«, erklärte sie Hempel.

Juri wollte unbedingt auch mit ihnen mitfahren, er appellierte an Valentin als Chef, dass er bald losfahren müsse, wenn er pünktlich zum Schichtbeginn in der Bar sein wolle. Doch Valentin lehnte ab, er würde sich um Ersatz kümmern, falls Juri nicht zeitig genug wieder in Berlin wäre. Er solle gemeinsam mit dem Fahrer auf den Pannendienst warten und anschließend mit ihm in die Stadt zurückfahren. Juri war davon alles andere als begeistert, fügte sich aber in sein Schicksal. Und Linda wusste noch nicht, was sie tun wollte. »Vielleicht bleibe ich noch ein bisschen«, meinte sie, »ich finde schon etwas zum Unterkommen.« Irgendetwas war mit diesem Ort, das Linda anzog – die Weite, die frische Luft, die Einfachheit. Vielleicht auch die Natur. Sie fühlte sich hier besser als in ihrem Zimmer in der Stadt, inmitten der gesammelten Dinge anderer Menschen, anderer Leben. Irgendwie freier und leichter, als könnte hier auch für sie etwas Neues beginnen.

»Wo ist eigentlich mein Koffer?«, fragte Hempel in die Runde.

»Na, wo wohl? Im Kofferraum«, sagte Juri. Auf Hempels überraschten Blick setzte er lässig hinzu: »Wir sind Profis, Digger, was hast du denn gedacht?«

Hempel holte seinen Koffer aus dem Auto und entfernte die alte Banderole vom Check-in. Kaum zu glauben, dass er erst gestern damit am Flughafen gestanden hatte. Linda schloss ihm den Kofferraum des grünen Wagens auf und warf dem verdutzten Valentin den Autoschlüssel zu. Hempel verstaute den Koffer und den um die Müsliriegel erleichterten Rucksack und setzte sich demonstrativ auf den Rücksitz. Jetzt, wo er sich zu dem Flug entschlossen hatte, wollte er keine Zeit mehr verlieren. Nicht, dass seine Mutter im letzten Moment noch auftauchte und ihm einen Strich durch die Rechnung machte. Er kurbelte das Fenster herunter und rief ungeduldig: »Können wir jetzt bitte losfahren?«

Friederike verabschiedete sich mit einer kurzen Umarmung von Linda, winkte den anderen zu und nahm auf dem Beifahrersitz Platz. Valentin hatte die Hand schon am Griff der Fahrertür, da erinnerte er sich an eine Ermahnung von Irina, die Mitarbeiterführung betreffend: dass auch die härtesten Knochen auf Lob und Anerkennung angewiesen waren. Er rief dem Barkeeper, der wieder neben dem Schneemann auf der Hollywoodschaukel saß, zu: »Jörg, du kannst heute freimachen.«

Hempel schaute fassungslos zu Juri, der rot anlief.

»Jörg?«, fragte Hempel.

»Irgendwie muss man sich ja Respekt verschaffen«, knurrte der zurück und setzte seinen finstersten Blick auf.

Valentin öffnete die Fahrertür und stieg ein.

»Wer hat hier drin geraucht?«, fragte er streng.

Friederike zog den Kopf etwas ein, dann zuckte sie mit den Schultern und sagte: »Machen Sie sich mal locker. Das müsste für einen Zigarettenrauchliebhaber wie Sie doch ein Fest der Behaglichkeit sein.«

»Die Rede war von frischem Zigarettenrauch. Kalter Rauch ist widerwärtig. Es wird Wochen dauern, bis ich das hier wieder draußen habe.«

»Na, dann können Sie es jetzt noch einmal richtig genießen«, sagte sie, zog eine Zigarette aus ihrer Tasche und zündete sie an. »Ich kaufe Ihnen unterwegs ein Duftbäumchen, wenn Sie wollen.«

Hempel auf der Rückbank grinste breit.

»Duftbäumchen enthalten jede Menge hochallerg…«, setzte Valentin an, sah das verschmitzte Lächeln seiner transparenten

Frau, seufzte und winkte ab: »Ach, was solls, vergessen Sies.« Er schloss seine Finger ums Lenkrad – ein angenehm vertrautes Gefühl. »Alle abfahrbereit?«, fragte er und löste die Handbremse. Als sie das Ortsschild hinter sich gelassen hatten, drehte Hempel sich nicht noch einmal um.

Die Fahrt zurück in die Stadt verlief ohne Zwischenfall. Friederike nickte auf dem Beifahrersitz ein, die Stirn an die Scheibe gelehnt. Valentin fasste es als ganz persönliches Kompliment auf – sie musste ihm viel Vertrauen schenken, wenn sie schlafen konnte, während er den Wagen fuhr. Er genoss das Gefühl, am Steuer zu sitzen, den Asphalt unter den Reifen zu spüren. Hempel glotzte aus dem Fenster und versuchte, sich das Gefühl, das Richtige zu tun, zu bewahren.

Als sie den Flughafen erreichten, war es später Nachmittag. Valentin hielt auf dem Taxistreifen und machte keine Anstalten, auszusteigen. Einsilbig verabschiedete er sich von Hempel. Er wollte so schnell wie möglich wieder in sein Hotel zurück. Friederike aber stieg mit aus. Einem Impuls nachgebend umarmte sie Hempel und spürte, wie er sich in ihren Armen versteifte. Sie ließ ihn los, trat einen Schritt zurück und lächelte ihn aufmunternd an. »Hals- und Beinbruch«, sagte sie. Hempel setzte seinen Rucksack auf, nahm seinen Koffer und hob die Hand zum Abschied, bevor er Richtung Flughafengebäude trabte. Bald war er von den anderen Passanten nicht mehr zu unterscheiden.

Als Friederike sich wieder auf den Beifahrersitz setzte, hielt Valentin gerade eine Postkarte vor seine Nase. »Haben Sie da gerade an der Postkarte geschnuppert?«

Er ließ die Karte sinken. Ein goldener Buddha war auf der Vorderseite zu sehen. »Weinliebhaber halten auch zuerst ihre Nase über das Glas«, sagte er, »und erfreuen sich am Bouquet eines guten Tropfens.«

»So ein Quatsch.«

Valentin zuckte zusammen.

»Sie sind wie ein Abstinenzler, der am Wein riecht. Wie ein Vegetarier, der heimlich an einer Wurst schnüffelt. Sie lieben ja auch Zigarettenqualm, ohne jemals eine Zigarette selbst zu Ende geraucht zu haben«, sagte Friederike gnadenlos. Eine betretene Stille folgte. »Verzeihung, ich wollte Sie nicht verletzen«, entschuldigte sie sich.

»Sie haben ja nicht unrecht …«, gab er zu und steckte die Karte in sein Täschchen zurück. »Ich kann eben nicht aus meiner Haut.« Sein Blick fiel auf die große Uhr vor dem Flughafengebäude und er zuckte zusammen. Er hatte wahrhaftig den Termin bei seiner Therapeutin verpasst.

»Müssen Sie noch wohin?«, fragte die transparente Frau.

»Nein. Nur nach Hause«, murmelte er erschöpft. Er griff zum Autoschlüssel, da legte sie ihre Hand auf seine.

»Warten Sie«, sagte sie. Valentin hielt inne. Kam dieser Hempel etwa zurück? Oder hatte sie sich entschlossen, ebenfalls wegzufliegen?

»Hören Sie das?«, fragte sie.

»Was denn?«

»Den Regen.«

Er fiel in dicken, schweren Tropfen. Seit Monaten hatte Friederike keinen Regen mehr gehört. Es hatte natürlich ab und zu geregnet, sicher nicht zu knapp, schließlich war das Berlin, aber sie hatte nie hingehört. Alles war überlagert worden von Erwartungen, Anforderungen, herausgeschrienen Bedürfnissen, Unwohlsein, Müdigkeit. Alles war darin untergegangen, sie selbst und auch das Geräusch des Regens. Es war der schönste Klang seit Langem. Valentin sah erstaunt, dass Tränen ihre Wangen hinabliefen, als fielen die dicken Regentropfen geradewegs auf ihr Gesicht. Es klang beinahe so schön wie im gläsernen Zimmer. Verstohlen blickte er auf die transparente Frau, die gar nicht mehr transparent wirkte. Vielleicht klingt es auch noch ein bisschen schöner, dachte Valentin.

Abheben

Hempel rutschte tiefer in den Sitz und umklammerte die Armlehnen. Seine Handflächen schwitzten, und während alle anderen um ihn herum in ihrem Handgepäck kramten, letzte Nachrichten auf dem Handy tippten oder in die Duty-free-Prospekte vertieft waren, hatte er bereits seinen Anschnallgurt geschlossen. Aufmerksam schaute er den Sicherheitshinweisen zu, die auf den Bildschirmen abgespielt wurden. Waren alle anderen schon so oft geflogen, dass sie es nicht mehr nötig hatten, da hinzusehen? Wussten sie, wie sie sich in einem Notfall verhalten mussten? Hempel hatte Sorge, sich nicht alles richtig merken zu können. Er kramte die Plastikkarte aus der Sitztasche hervor, um sich noch einmal die wichtigsten Punkte einzuprägen.

»Ihr erstes Mal?«

Hempel hatte seiner Sitznachbarin bisher keine Aufmerksamkeit geschenkt, so sehr war er darauf bedacht gewesen, nichts von der Sicherheitspräsentation zu verpassen. Jetzt sah er sie sich genau an. Er würde Elfie später von ihren großen goldenen Ohrringen erzählen, von dem leuchtenden Blau ihres Pullovers, das genau zu ihren Schuhen passte. Er würde ihr erzählen, wie die ältere Dame munter drauflosgeplappert hatte und dass seine Aufregung wegen seines bevorstehenden ersten Fluges dadurch gleich etwas abgemildert worden war. Er spürte die Vibration der Räder auf dem Rollfeld, wie früher vom Skateboard auf dem Teer, dachte er. Das Flugzeug nahm immer mehr Fahrt auf und Hempel wurde in den Sitz gedrückt. Plötzlich machte es eine Aufwärtsbewegung und er spürte, wie es den Bodenkontakt verlor, wie alles an seinem Körper etwas angehoben wurde. Sie flogen eine Schleife über der Stadt, und als das Flugzeug sich zur Seite neigte, warf Hempel einen Blick aus dem Fenster. Er konnte tatsächlich die Schlange erkennen. Von hier oben ist der Name noch viel weniger gerechtfertigt, dachte er, und dass er Elfie unbedingt erzählen musste, dass ihr Zuhause von oben aussah wie eine mehrstöckige, zu Boden gekrachte Hochzeitstorte. Hempel schloss die Augen und spürte, wie das Flugzeug weiter an Höhe gewann.

Dank

Ich danke Erik von Herzen für die Zeitfenster zum Schreiben, um in der Geschichte abzutauchen. Danke an Otto und Gustav, die viel Geduld und Verständnis aufbringen mussten. Danke an Lucia für die gemeinsamen Schreibausflüge und die Gespräche. Der Roman ist in turbulenten Zeiten entstanden – nun darf er den Lesenden ein Schlupfloch sein, für eine Weile. Aber keine Sorge: Sie sind ja nicht aus der Welt.

—

»Noch nie hat Literatur so viel Appetit gemacht.«
SÜDDEUTSCHE ZEITUNG

352 Seiten / Auch als eBook

Anne Köhler erzählt die Geschichte von Elsa, einer jungen
Frau, die auf der Suche nach sich selbst ihrer Familie wieder
naherkommt – und vielleicht auch einer glücklichen Liebe.
›Ich bin gleich da‹ ist ein kraftvolles Buch über die Sehnsucht,
über den Mut zum Aufbruch ins Unbekannte und die heilsame Kraft des leidenschaftlichen Kochens.

www.dumont-buchverlag.de   **DUMONT**